막내 황녀님

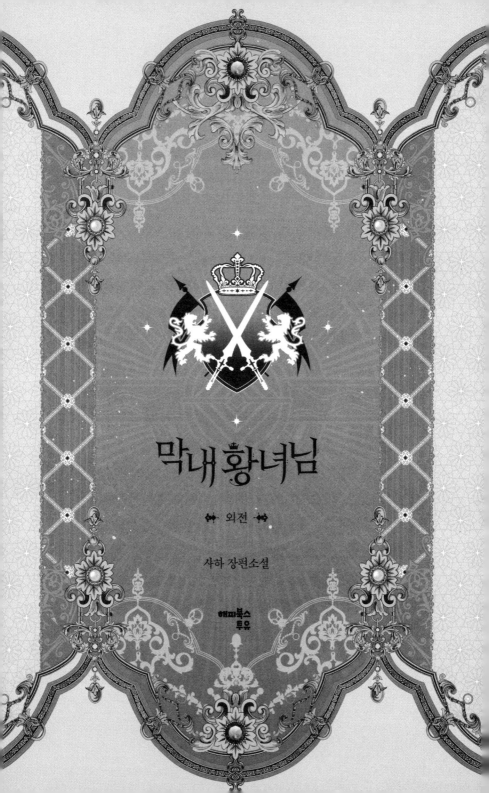

# 막내 황녀님

외전

사하 장편소설

해피북스
투유

차례

외전 1

◆

대법사의 나날

히페리온에 세 번째 별이 떠오르는 순간, 제국은 무한한 광영을 누리리라.

히페리온의 시황제가 늙은 현자에게 받은 예언이었다. 그러나 세 번째 별은 결코 떠오르는 법이 없었다.

유구한 황실의 역사 속에서 황족들은 둘째의 저주에 시달렸다. 허나 당대에 이르러 예언은 실현되었으니. 그것이 바로 히페리온의 세 번째 별, 에니샤 로드고 히페리온이었다.

통칭 막내 황녀라 불리는 그녀는 실로 무한한 광영의 상징이었다. 황녀가 태어난 이후, 제국은 그 어느 때보다도 화려한 전성기를 누리고 있었다. 유일한 대적자로 기대되던 서부 스칸샤마저 꺾어버린 히페리온이었다. 대륙의 모든 나라가 제국에게 고개를 조아렸다.

그리고 대륙을 다 부수고 다니는 황족들의 사랑을 한 몸에 받고 있는 막내 황녀. 마법 재능을 타고난 그녀는 놀랍게도 아르커스의 대법사가 되었다. 예전부터 아르커스와 심상찮은 관계라고 주목받았는데, 결국 대법사의 자리까지 오른 것이다.

히페리온의 황녀가 이름도, 신분도 버리지 않고 대법사가 됐다는 것에 수많은 반발이 일어났다. 아무런 희생 없이 어떻게 대법사의 자리에 오르느냐는 것이었다. 특히 전 대법사의 인기가 마법사들 사이에서 하늘을 찔렀기 때문에, 더욱 거부감이 심하기도 했다.

그러나 대륙 마법사들의 반발 따위, 아르커스 마법사들은 깨끗하게 무시했다. 오히려 새로운 대법사를 험담하는 것이 발각되면 비 오는 날 먼지 나도록 두들겨 팬다는 말이 나돌았다. 아르커스가 무서워서 감히 대놓고 떠들진 못하지만, 대륙 마법사들은 뒤에서 몰래몰래 황녀를 험담하곤 했다.

동부 대륙마법협회 본부 근처의 여관 겸 술집. 시끌벅적한 술집에서는 마법사들과 용병들이 북적거리며 뒤섞여 술을 마시고 있었다. 그리고 오늘도 새로운 대법사를 좋은 안줏거리로 씹고 있었다.

"전 대법사랑 똑같이 이번에도 금색 마력이라던데."

친구의 말에 사내는 얼굴을 찌푸렸다. 어설프게 전 대법사를 흉내 내는 꼴이 마음에 들지 않은 탓이었다. 사내는 나무로 만든 잔을 쾅 하고 테이블에 내려놓았다. 검은 흑맥주가 잔에서 넘쳐 주르륵 흘러내렸다.

"솔직히 대법사 자격 미달이지. 천공섬이나 부숴먹고……!"

천공섬 부순 대법사를 뭐가 좋다고 떠받드는지, 아르커스 놈들도 미친 것 같다고 그는 목소리를 높였다. 전 대법사였으면 자기 목숨을 바쳐서라도 지켜냈을 거라고 말하니, 함께 술을 마시던 이들이 모두 동의를 표했다. 그들 중 하나가 고개를 절레절레 내저으며 말했다.

"아무래도 히페리온 황족들이 끔찍하게 아끼는 덕분 아니겠어?"

히페리온 황족들의 막내 황녀 사랑은 유명했다. 인간이 아니라고 여겨질 만큼 냉정하고 이기적인 황족들이 막내 황녀에게만은 사랑을 퍼부었다. 그들의 광증이 다른 방향으로 진화한 게 아닌가 싶을 정도였다. 그런 히페리온 황족들이라면, 아르커스를 협박해서 막내 황녀를 대법사 자리에 올렸을 수도 있었다. 충분히 가능성 있는 가설이라며 고개를 끄덕이고 있을 때였다. 흑맥주를 마시던 사내가 고개를 까닥이며 어딘가를 가리켰다.

"야, 근데 저기."

그가 가리킨 곳은 아까부터 구석에 조용하게 앉아있던 로브 삼인방이었다. 셋 중 가장 체구가 작고 여린 한 명이 특히 눈에 띄었다. 얼굴 반절을 로브 모자로 가리고 있었지만, 드러난 입술과 턱의 모양새만 봐도 시선을 잡아끄는 미녀였다. 그녀는 끊임없이 음식을 먹고 있었는데, 어찌나 맛있게 먹는지 지켜보기만 해도 절로 군침이 돌 정도였다. 지금은 양념을 발라 구운 오리 구이를 신속한 속도로 먹어치우는 중이었다. 양옆의 두 사람이 살을 발라 놓아주면 왐냠 하고 한입에 쏙 집어넣었다. 그게 깔끔하고 단정하면서도, 참 맛나게 먹는구나 싶었다. 잠시 멍하니 지켜보던 그들은 입을 모아 말했다.

"우리도 저거 시킬까?"

그리고 만장일치로 음식을 주문했다.

새롭게 안주를 시키고, 술을 한창 마시고 있을 때였다. 요의를 느낀 사내는 얼큰하게 술기운 오른 얼굴로 잠시 혼자 바깥에 나왔다. 비틀거리며 술집을 나서니, 눈앞에 석양이 지는 하늘이 보였다. 붉게 물들어가는 풍경에 잠시 취해 있을 때였다.

"......?"

어스름하게 허공으로 흩어지는 금빛이 보였다. 처음에는 석양의 일부인 줄 알았지만, 정신 차리고 보니 마력이었다. 금빛 마력은 절대 흔하지 않았다. 사내는 기척을 죽이고 조심스럽게 마력의 흔적을 따라갔다. 술집 옆 으슥한 골목길. 금빛 마력의 정체는 부드럽게 날갯짓하는 금색 삼족오였다.

삼족오는 천천히 선회하더니, 한 여인의 손목 위에 내려앉았다. 옷차림을 보니, 아까 술집에서 맛있게 음식을 먹던 사람이었다. 로브 모자를 걷은 여인의 뒷모습에서 눈을 뗄 수 없었다. 저도 모르게 홀린 듯이 다가가다가, 발치의 돌멩이를 건드렸다.

"!!"

달그락 소리와 함께 그녀가 이쪽을 돌아보고, 삼족오는 흩어졌다. 들켰다는 것을 깨달았지만 움직일 수 없었다. 뒤돌아보는 고개를 따라, 은은하게 후광처럼 감도는 금빛 머리카락이 흐트러졌다. 맑은 주홍색 눈동자가 꿰뚫을 듯 선명하게 저를 응시했다. 그녀가 낭랑한 목소리로 질문했다.

"봤어?"

질문을 이해한 것은 약간의 시간이 흐른 후였다. 사내는 뒤늦게 파드득 놀라며 입을 열었다. 하지만 두근거리는 심장 때문에 제대로 말할 수가 없었다. 벌겋게 달아오른 얼굴로 말을 더듬거리자, 그녀가 가만히 웃었다. 우아한 이목구비가 그림처럼 아름다운 미소를 그렸다.

"못 본 걸로 하자."

예쁜 입술이 섬뜩한 속삭임을 내뱉었다.

"어디 가서 말하면 재미없을 줄 알아."

그녀는 미련 없이 골목길을 떠났다. 그리고 그녀가 스쳐 지나간 후에야, 사내는 깨달았다. 금빛 마력의 삼족오, 눈부신 금발과 타오르는 주홍색 눈동자를 가진 절세미녀. 아르커스의 대법사이자, 히페리온의 세 번째 별이었다.

⋆⋆⋆❀⋆⋆⋆

스칸샤가 멸망한 후, 서부의 주술사들은 히페리온을 원수로 여겼다. 특히 막내 황녀는 그들이 가장 죽이고 싶어 하는 존재였다. 악령과 깊게 맞닿아 있는 주술사들은 에니샤가 일곱 대죄의 군주인 아바르티아를 소멸시켰다는 사실을 알고 있었다.

대륙 곳곳으로 흩어진 주술사들은 호시탐탐 복수할 기회를 노렸다. 하지만 이제 에니샤는 마력을 완전히 되찾았을 뿐만 아니라, 그전보다 훨씬 월등한 힘을 가지고 있었다. 주술사들이 아무리 까불어봤자 상대가 되지 않았다. 귀찮은 벌레들을 잡으러 다니는 느낌으로, 에니샤는 대륙을 돌아다니며 서부 주술사들의 잔당을 처리하고 있었다. 오늘 동부 대륙마법협회를 찾아온 것도 협회장 제나에게 정보를 얻으러 온 것이었다. 레시나는 아쉽게도 함께 오지 못했다. 이번에 새로이 황실 수석마법사가 된 탓이었다. 델 하르인 바로 다음가는 자리를 맡은지라 여러모로 바빠졌다. 박하잎 궐련 피울 시간도 없다고 투덜거리지만, 레시나는 기뻐하는 내색을 숨기지 못했다. 어쨌든 레시나가 바쁘므로, 에니샤는 벨루안과 녹시타만 데리고 대륙마법협회를 찾았다. 제나에게 필요한 정보를 받은 다음, 조금 출출해서 근처 식당에서 간단히 요기를 하고 있었는데……. 뜻하지 않게 얼굴을 보이게 된 것이다. 그것도 대법사 욕을 신나게 하던 남자에게 말이다.

에니샤는 다시 로브 모자를 깊게 눌러쓰며 골목길을 벗어났다. 어떻게 알았는지, 길 끝에 벨루안과 녹시타가 기다리고 있었다. 벨루안이 골목길 안쪽을 눈짓하며 물었다.

"괜찮으십니까?"

"당연하지."

어깨를 으쓱하며 답했지만, 벨루안은 눈매를 찌푸렸다.

"제가 처리하겠습니다."

"뭐, 그럴 필요까진 없을 것 같아."

남자가 경고를 알아들었을 거라고 믿었다. 똑똑한 자라면 입을 잘 다물고 있으리라. 그가 나불거려도 상관은 없었다. 주술사들을 잡기 위해선 대법사가 움직이고 있다는 소문이 퍼지지 않는 게 제일 좋지만, 도망치면 도망치는 대로 추적하면 될 터였다. 사실 그보다는 시끄러워지는 게 싫은 마음이 가장 컸다. 이러니저러니 해도, 에니샤는 대륙 최고의 유명 인사였다. 여기 있다는 사실이 알려지면, 좋은 쪽으로든 나쁜 쪽으로든 소란스러워질 수밖에 없었다.

"아무튼 잘 타일렀어."

그러자 녹시타가 옆에서 불쑥 끼어들었다.

"뭐라고 했는데요?"

"그냥 간단하게."

"대법사아……."

알려달라고 조르는 녹시타에게 별것 아니라며 손을 내저을 때였다. 쾅 하는 소리와 함께 술집 문이 열리더니, 갑자기 사람들이 우르르 쏟아져 나왔다. 술집 안에 뒤섞여 있던 마법사와 용병들이 사방을 두리번거리다 에니샤 쪽을 쳐다보았다.

"저기 있다!!"

눈 몇 번 깜빡할 사이, 에니샤와 벨루안, 녹시타는 사람들에게 둥글게 둘러싸였다.

"대법사! 아르커스의 대법사야!"

"히페리온 막내 황녀라고!"

몰려드는 인파 속에서 에니샤는 아까 골목길에서 만난 남자를 찾아냈다. 물끄러미 쳐다보자, 그가 더듬거리며 말했다.

"내가, 내가 말하려고 그런 게 아니라……!"

그러나 남자의 변명이 끝나기도 전에, 에니샤는 눈썹을 모으고서 말했다.

"나는 입 가벼운 사람 별로야."

벨루안과 녹시타가 뒤이어 주르륵 답했다.

"저도 별로입니다."

"나도 별로예요."

벨루안이 주위를 스윽 훑었다. 차가운 시선에 모여든 이들이 움찔 몸을 떨었다. 발치의 그림자가 느릿하게 흔들리며, 기이한 울림이 들려왔다. 벨루안은 비틀린 미소를 지으며 말했다.

"적당한 교훈을 주는 것이 좋지 않겠습니까."

아까 신나게 대법사 욕하는 걸 들었을 때부터 기분이 좋지 않았던 벨루안과 녹시타였다. 적당한 교훈이 뭘까 고민하던 에니샤는 문득 하늘을 올려다보았다. 그리고 깜짝 놀라서 소리쳤다.

"나 집 가야 해!"

지금 이럴 때가 아니라고, 얼른 황궁으로 돌아가자며 허둥지둥 마법진을 그렸다. 눈앞에서 그려지는 마법진에 마법사들이 넋을 빼고 쳐다보았다. 다수의 인원을 초장거리로 옮기는 이동마법진이었다. 뛰어난 실력의 마법사 여럿이 며칠을 걸려 매달려야 겨우 만들 수 있는 것이건만, 에니샤는 혼자서 순식간에 그려내고 있었다. 하지만 남들이 구경하거나 말거나, 에니샤는 빨리 집에 돌아갈 생각뿐이었다. 동동거리는 에니샤의 모습에 녹시타가 걱정스레 질문했다.

"무슨 일 있어요……?"

"오늘 아빠랑 오라버니들하고 저녁 먹기로 했거든."

벨루안과 녹시타는 단박에 이해한 얼굴이 되었다. 벨루안이 가볍게 고개를 끄덕이며 말했다.

"그렇다면 간단하게 끝내겠습니다."

에니샤가 마법을 시전하자, 화려한 금빛이 사방으로 몰아쳤다. 마음이 급해서 마력을 조금 많이 넣어버린 것 같았다. 하늘로 치솟는 금빛 마력을 바라보던 벨루안이 손가락 끝에서 핏방울을 뚝 떨어트렸다. 그림자에 스며든 핏물과 함께, 기괴한 생명체가 꾸물꾸물 기어 나왔다.

"사, 사역마다!!"

모여 있던 마법사와 용병들이 비명을 지르며 도망치기 시작했다. 사역마는 여러 갈래로 찢어져, 정확히 아까 술집에서 대법사의 험담을 하던 이들을 뒤쫓았다. 꽁지 빠져라 도망가는 뒷모습을 향해 벨루안은 싱긋 웃으며 말했다.

"앞으로는 입조심하시길."

그리고 금빛이 크게 번쩍이는 것을 끝으로, 아르커스의 삼두법사는 사라졌다.

❧❀❧

히페리온 황궁의 푸른 하늘 위에 금빛 마법진이 생겨났다. 드넓은 황궁을 다 뒤덮을 것처럼 생겨난 이동마법진은 100명 정도는 너끈하게 옮길 크기였다. 그리고 거대한 이동마법진에서 퐁퐁퐁 하고 세 사람이 떨어졌다. 에니샤와 벨루안, 녹시타는 각기 아르커스의 날개를 펼치며 사뿐하게 바닥에 착지했다. 에니샤는 두 사람에게 잔뜩 미안한 얼굴로 사과했다.

"미안, 마력이 너무 많이 들어갔네."

얼음 속에서 깨어나고 5개월 정도가 지났다. 예전보다 훨씬 뛰어난 마력을 지니게 된 에니샤는 한동안 새로운 힘에 적응하느라 고생했다. 처음에는 마법만 쓰면 황궁을 부숴놓았다. 지금은 거의 적응을 끝냈는데, 가끔 급하게 마법을 쓰면 어김없이 사고를 쳤다. 녹시타가 키득거리며 에니샤를 놀렸다.

"3인용 이동마법진이 100인용 됐어요······."

에니샤의 얼굴이 빨개지자, 벨루안이 피식 웃으며 말했다.

"그래도 오늘은 무난하지 않습니까."

"······그런가."

에니샤는 한숨을 폭 내쉬었다. 벨루안의 말대로, 이 정도면 그나마 무난한 축에 속하는 사고였다. 그간 에니샤가 마력을 주체하지 못하고 저지른 사고들은 아주 다양했다. 어두워서 불 밝히려다 심야의 황궁을 대낮으로 만들기, 마법 실험하다가 황궁에 허허벌판을 생성하기, 삼족오 만들다가 황궁보다 더 큰 괴수를 만들어버리기 등등. 어찌나 사고를 쳐댔는지, 이제 황궁에서 에니샤가 대법사라는 사실을 모르는 이가 없을 정도였다. 양심의 가책에 시달린 에니샤는 황궁 방어마법진을 보강하는 등, 나름의 속죄를 치렀다. 어쨌든 오늘도 화려하게 귀환을 알린 덕분에, 황녀궁 시녀들이 몰려오고 있었다. 에니샤는 로브를 벗으며 벨루안과 녹시타에게 말했다.

"나 먼저 갈게! 이따 찾아갈 테니까 저녁 먹고 보자!"

아르커스 마법사들은 현재 황궁에서 머무르고 있었다. 황궁 내에 특별 구역을 지정하여, 그곳에 천공섬과 비슷한 환경을 만들어

됐다. 에니샤가 갖은 정성을 들여 만든 특별 구역은 풍부한 마력이 넘쳐나, 옛 천공섬처럼 아르커스 마법사들을 보호해주는 곳이었다. 하지만 어디까지나 비슷한 수준을 흉내 낼 뿐이지, 천공섬에 비할 것은 아니었다. 에니샤는 내년 열아홉 살 생일 전까지 천공섬의 토대를 만들어 띄우는 것이 목표였다. 잠시 천공섬 생각을 하면서 황녀궁 식당으로 달려가니, 이미 다들 앉아 있었다. 에니샤는 활짝 웃으며 인사했다.

"아빠! 오라버니들!"

자리에 앉아 있던 로드고와 쌍둥이가 일제히 고개를 돌렸다. 무표정하던 세 사람의 얼굴이 갑자기 말랑하게 풀렸다. 로시엘이 꽃처럼 웃으며 말했다.

"에니샤, 네가 늦어서 폐하와 황태자랑만 식사하게 되는 줄 알았단다."

정말 끔찍한 비극이 벌어질 뻔했다며 능청스레 하는 말에 웃음이 터졌다. 에니샤는 소리 내어 웃으며 식탁 앞에 자리했다. 식당에서 먹다 말고 나와서 그런지 배가 고팠다. 전채 요리부터 깨끗하게 접시를 비워나가던 에니샤는 눈을 반짝였다. 아까 다 못 먹은 오리구이가 아쉬웠는데, 그런 에니샤의 마음을 알아채기라도 한 것처럼 저녁 식사는 오리 콩피였다.

갈색이 될 정도로 파삭하게 구운 껍질에 부드럽고 기름진 살코기가 맛있었다. 함께 곁들인 무화과와 작은 양파도 빼놓지 않고 골고루 챙겨 먹었다. 황족들은 오리 뼈로 산을 쌓으며 대화를 이어갔다.

"곧 있으면 수확제지?"

헬라드가 나이프로 뼈와 살을 단박에 발라내며 물었다. 로시엘은 헬라드의 접시에서 오리 살코기를 뺏어다 에니샤의 접시 위에 올려주며 말했다.

"맞아. 에니샤, 혹시 수확제에 참석해줄 수 있니?"

로시엘이 약탈해 온 오리 살코기를 포크로 쿡 찍어서 먹던 에니샤는 눈을 살짝 크게 떴다. 가을맞이 수확제는 그간 모든 행사를 취소했던 제국이 처음으로 다시 치르는 행사였다. 때문에 평소보다 훨씬 규모 있게 치를 예정이라고 듣긴 했다. 에니샤도 황녀로서 수확제에 참석할 생각은 당연히 하고 있었다. 그런데 이렇게 따로 물을 정도면, 뭔가 역할을 하나 맡기고 싶은 모양이었다.

"수확제에서 네가 마법을 약간만 보여주면 좋겠어."

막내 황녀의 건강함을 보여주고, 대법사인 막둥이의 위대함도 보여줄 겸 수확제의 시작을 알리는 마법을 부탁하고 싶다는 것이다. 최대한 화려한 마법으로 가능하냐는 로시엘의 질문에 에니샤는 고개를 치켜올리며 당당하게 말했다.

"물론이죠."

멋들어진 마법으로 준비하겠다고 답하자, 로시엘이 흐뭇한 미소를 감추지 못했다. 조용히 식사하고 있던 로드고가 눈썹을 치켜올리며 말했다.

"무리하진 말거라. 근래 바쁘다 들었는데."

내 딸한테 귀찮은 일 시키지 말라는 소리였다. 로시엘이 짜증 난다는 표정을 감추지 않고서 로드고를 노려보았고, 헬라드가 옆에서 킥킥 웃었다. 에니샤는 생긋 웃으며 말했다.

"괜찮아요! 황녀로서 히페리온에 보탬이 되고 싶어요."

의젓한 대답에 로드고는 느슨한 눈웃음을 그렸다. 그가 부드러운 눈을 하고서 질문했다.

"대법사 일은 어떠하고?"

방금까지 생글거리던 에니샤는 저도 모르게 입을 꽁하니 다물었다. 그리고 약간 자존심 상한 얼굴로 답했다.

"조금 난항이에요."

주술사들이 도망가는 솜씨가 아주 대단했다. 미꾸라지처럼 어찌나 쏙쏙 빠져나가는지, 간발의 차로 놓친 적도 여러 번이었다.

"다 잡았는데 자꾸 마지막에 놓쳐서……!"

포크를 손에 쥐고 분노를 터뜨리자, 로드고와 쌍둥이가 동시에 소리 내어 웃었다. 헬라드가 웃음기 어린 목소리로 말했다.

"너무 열심히 하지 마. 설렁설렁 하자."

주술사보다 내 동생 피곤한 게 더 걱정인 헬라드였다. 에니샤는 시무룩하게 말했다.

"네……. 지금 잔당들의 우두머리 격인 주술사를 추적 중이에요. 그 사람만 잡으면 큰일은 해결되니까요."

최대한 수확제 전에 해결을 보겠다고, 에니샤는 의지를 다졌다.

⊰⊱

저녁 식사를 끝낸 후에는 특별 구역을 찾아 벨루안, 녹시타와 함께 천공섬 연구를 진행했다. 밤늦게까지 연구를 한 뒤, 황녀궁으로 돌아왔다. 하지만 에니샤는 침의 대신, 평복을 꺼내 갈아입었다. 모자가 넉넉한 로브를 걸치고 창가에 기대서 누군가를 기다렸다.

얼마 지나지 않아 하얀 눈바람이 일어났다. 창문 바깥에서 새하얀 남자가 나타났다. 은회색 머리카락이 바람에 흩날리고, 그 아래 옅은 청회색 눈동자가 명료히 빛났다. 곧은 시선이 에니샤에게로 향했다.

에니샤는 창문을 열고 뛰어내렸고, 그는 익숙하게 받아 안았다. 널찍한 품이 에니샤를 끌어안았다. 달콤하면서도 보드라운 목소리가 귓가에 들려왔다.

"조금 늦었습니다, 에니샤 님."

그는 자드카르의 공왕, 카힐 자드카르였다. 부업 공왕, 본업 에니샤의 정규직 남자친구인 카힐은 며칠에 한 번씩 히페리온을 찾아왔다. 에니샤와 카힐은 장거리라는 말이 부족할 정도로 엄청나게 멀리 떨어져 있지만, 연애는 순조롭게 진행 중이었다. 둘 다 대륙을 넘나드는 힘의 소유자들인 덕분이었다. 북부와 중부 정도쯤이야 간단하게 건너다닐 수 있었다. 카힐이 에니샤의 로브 자락을 단단히 여며주며 말했다.

"헤르노어 아카데미가 오늘 학술제라고 합니다."

그가 고개를 가만히 기울여 오며 속삭였다.

"약속, 기억하십니까?"

에니샤는 살그머니 웃는 것으로 답을 대신했다. 두 사람은 동부 헤르노어 아카데미로 향했다. 그리고 과거의 그날처럼, 마법학부 건물 꼭대기에 나란히 앉았다. 미리 준비된 의자와 차양을 보니, 이

걸 준비해놓는다고 늦게 온 모양이었다. 그날처럼 제 어깨에 담요를 둘러주는 카힐이 귀여워서 에니샤는 남몰래 웃었다.

에니샤와 카힐은 오순도순 이야기를 나누며 불꽃놀이를 구경했다. 불꽃놀이가 끝난 뒤에는 상가들이 늘어선 거리로 내려가 돌아다녔다. 학술제를 맞이하여 상점 거리들도 불야성이었다. 한 손은 카힐과 팔짱을 끼고, 다른 한 손은 방금 산 군것질거리를 들고 있으니 남부러울 것이 없었다.

에니샤는 손에 들고 있는 길쭉한 막대 모양의 튀김을 한 입 베어물었다. 계피 가루를 잔뜩 뿌린 튀김을 먹으며 조잘조잘 말했다.

"레오네 케이크 가게, 아직 문 열었을까?"

온 김에 가보면 좋겠다며 이야기하고 있을 때였다. 에니샤는 순간 우뚝 몸을 멈추고서, 어딘가를 쳐다보았다.

"……!"

복잡한 인파 사이로 사라지는 음침한 기운의 끝자락. 에니샤가 근래 계속 뒤쫓고 있었던 주술사였다. 순식간에 사라졌지만, 충분히 추적 가능한 범위였다. 에니샤는 재빠르게 사람이 없는 길목으로 카힐을 잡아끌었다.

"카힐, 나 좀 도와줘."

카힐은 무슨 일이냐고 묻지도 않고 곧장 고개를 끄덕였다.

골목에 들어서자마자 가장 먼저 추적마법부터 전개했다. 마력이 드러나지 않도록 환상마법까지 덧씌운 후, 주술사의 뒤를 추적하도록 마법을 시전했다. 그리고 바로 뒤이어 세 가지 마법을 동시에 전개했다. 머리카락과 눈동자의 색을 변형하고, 신체 나이를 되돌려서 외형을 바꾸는 마법이었다. 막내 황녀님의 모습으로 소란을 피웠다간 주목을 받기 쉬우니, 최대한 모습을 바꿔야 했다. 최대한 어두운 색으로 머리카락과 눈동자를 감추고, 나이는 조금 어리게 바꿔서 사람들의 경계심을 사지 않도록 할 생각이었다. 머릿속에서 빠르게 수식 계산을 이어나가며 마법을 시전했다.

"......?"

그런데 뭔가 이상했다. 쑤우욱 하는 느낌과 함께 시야가 낮아졌다. 조금 전까지 딱 적당하던 길이의 로브가 펄럭거리며 길어졌다. 거의 로브에 뒤덮인 꼴이 되어서 허우적거리자, 카힐이 얼른 다가와서 옷을 걷어줬다. 덕분에 간신히 소맷자락 밖으로 손을 꺼낼 수 있었다.

제 손을 확인한 에니샤는 눈이 휘둥그레졌다. 조그마한 손가락이 소매 끝에서 꼬물거렸다. 어떻게 된 상황인지 깨달은 에니샤는 비명을 질렀다.

"으아아앗!"

마력을 너무 많이 쏟아부은 나머지, 그만 꼬마 에니샤가 되어버린 것이다. 신체 나이를 변형하는 마법을 가르쳐줄 때, 레시나는 신신당부했다.

— 이 부분은 특히 주의해야 합니다.

줄줄 적어놓은 수식의 한 부분을 톡 하고 가리키며, 그녀는 심각한 어조로 말했다.

— 여기서 마력을 과주입하면 확 어려지거나 늙거나 하거든요. 정확하게 계산된 양만을 넣어야 합니다.

그때 열심히 고개를 끄덕끄덕했던 기억이 아직도 선명했다. 하지만 한 가지 간과한 점이 있었으니. 지금의 에니샤는 넘쳐나는 마력을 주체하지 못하는 사람이라는 것이었다.

"안 돼애애애……."

에니샤는 새파래진 얼굴로 바닥에 철퍼덕 주저앉았다.

"내가 어떻게 힘들게 성년까지 자라났는데! 다시 꼬맹이가 되다니……!"

거의 통곡하는 에니샤 옆에서 카힐이 위로했다.

"며칠만 있으면 원래대로 되돌아오지 않습니까."

하지만 그의 입꼬리는 이미 씰룩거리고 있었다. 당당하고 멋있는 대법사로 돌아온 지 얼마나 됐다고, 다시 꼬마 대법사행이었다. 아무리 잘 봐줘도 열 살 정도인 몸이었다. 에니샤는 울상을 하고서 카힐에게 질문했다.

"나 지금 하나도 위엄 없어 보이지 않아?"

"……죄송합니다."

아니라는 말은 하지 않는 카힐이었다. 에니샤는 양손으로 얼굴을 덮고서 한숨을 푹푹 내쉬었다.

"하아아……."

야속한 운명에 눈물이 다 글썽거렸다. 카힐이 웃음을 참으려고 애쓰며 말했다.

"일단 옷부터 어떻게 해야 할 것 같습니다."

하지만 그럴 시간이 없었다. 에니샤는 고개를 살랑살랑 내저으며 마력을 끌어올렸다. 금빛 마력이 몸을 휘돌며 치렁치렁하던 옷자락을 단숨에 싹둑 잘라냈다. 가뿐한 옷차림이 된 에니샤는 잠시 고민했다. 날개를 달고 날아다니는 것보다, 카힐에게 안겨 다니는 쪽이 훨씬 눈에 띄지 않을 터였다. 카힐에게 양손을 뻗었다.

"안아줘."

"……."

카힐의 입꼬리가 다시 씰룩였다. 그는 간신히 웃음을 참고선 에니샤를 안아 들었다. 에니샤는 익숙하게 그의 품속에 자리를 잡았다. 카힐이 살짝 미소 지으며 말했다.

"옛날 생각이 나는군요."

에니샤는 콧잔등을 찡그리며 투덜거렸다.

"그땐 너도 요만했거든."

"이것보단 좀 더 컸습니다."

카힐이 능청스럽게 되물었다.

"항상 당신을 안아드릴 수 있는 정도는 되지 않았습니까?"

"……."

에니샤는 그를 잠시 흘겨보았다가, 앞으로 척 손가락질하며 당당하게 소리쳤다.

"가자!"

벌써 추적마법이 끊어졌다. 저쪽에서 눈치챈 것이다. 지금부터 바로 뒤쫓아야 안 놓치고 잡아낼 수 있으리라.

"잡히기만 해봐……!"

아주 자근자근하게 밟아버릴 것이라며, 주먹을 꼭 움켜쥐고 분노하는 에니샤의 모습에 카힐은 다시 웃음 참기의 시련을 맞이했다. 그는 결국 소리 내어 웃다가 에니샤의 원망을 듣고서야 웃음을 그쳤다. 간신히 웃음을 집어넣은 카힐이 힘을 끌어올렸다.

"추적하겠습니다."

카힐의 주변으로 설풍이 일어났다. 발치에서부터 일어난 눈바람이 몸을 허공으로 띄웠다. 카힐은 마법의 흔적을 따라 주술사를 뒤쫓기 시작했다.

발 아래로 동부의 야경이 펼쳐졌다. 곳곳에 등불을 밝힌 거리가 밤의 어둠 속에서 별처럼 반짝였다. 하늘을 가로지르며 흔적을 뒤따르니, 추적마법이 끊어진 곳은 으슥한 산속이었다.

산의 초입에 카힐이 내려섰다. 에니샤는 카힐의 품에서 폴짝 뛰어내려 주변을 살폈다. 어딘가에 산의 기운을 빨아들이는 제단이 있었다. 손가락으로 눈가를 쓸어내리며 마법을 걸곤, 가만히 눈을 감았다. 머릿속에서 빠르게 산의 모습이 그려졌다. 어두운 산속을 헤집으며 마력의 흐름을 추적했다. 어느 순간, 에니샤는 반짝 눈을 떴다. 주홍색 눈동자 위로 영롱한 금빛이 감돌았다.

"……찾았다."

나직한 속삭임과 동시에 날개를 펼쳤다. 사람도 없겠다, 숨길 것도 없었다. 망설임 없이 쏘아져 나가는 에니샤를 카힐이 뒤따랐다.

산의 가장 중심에 나무를 베어내고 만든 작은 공터가 있었다. 그곳에 보기만 해도 흉측한 검은 제단이 놓여 있었다. 검붉은 피가 말라붙은 제단 주변에는 뼈와 시체가 수북했다. 몇몇 시체는 되살아났는지 산 자를 흉내 내며 꿈틀거리기도 했다. 그리고 주술사들은 새로운 제물을 바치기 위한 주술을 준비하고 있었다. 그 수가 다섯이나 되었지만, 에니샤가 처음에 추적했던 주술사는 없었다. 자신을 계속 추적하지 못하도록, 일부러 근처의 제단으로 에니샤의 시선을 분산시키고 도망친 것이다. 우두머리 격인 놈이라 그런지 역시 약삭빨랐다.

에니샤는 사뿐하게 날개를 접으며 제단 위에 내려앉았다. 주술사들이 크게 당황하여 에니샤를 올려다보았다. 화려한 금빛 날개를 본 그들의 눈이 휘둥그레졌으나, 이내 한참 작은 꼬마아이임을 알고는 전부 얼굴에 물음표를 그렸다.

"웬 어린애지?"

"어…… 대법사 아냐……?"

자신 없는 질문에는 확신이 없었다. 하지만 굳이 주술사들에게 구구절절 설명해줄 필요는 없었다.

"됐고."

에니샤는 마력을 한껏 끌어올리며 말했다.

"일단 맞고 시작하자."

열 받은 꼬마 대법사의 손에서 마법이 휘몰아쳤다.

⚜

주술사들은 마력을 봉인하는 것으로 처리했다. 대륙에서 대법사의 마법을 풀어낼 수 있는 이는 없으니, 그들은 더 이상 주술을 쓰지 못하는 평범한 사람이 된 것이나 다름없었다.

주술사들이 죽이고 되살려낸 시체들은 다시 땅으로 되돌려 보내고, 엉망으로 흩어져 있던 다른 뼈와 시체들도 곱게 묻어줬다. 오늘 놓친 우두머리 주술사는 아무래도 제나가 준 정보를 바탕으로 다시 제대로 탐색에 나서야 할 것 같았다.

제단까지 깔끔하게 파괴한 뒤, 에니샤는 황궁으로 돌아왔다. 그리고 카힐과 함께 가장 먼저 레시나를 찾아갔다.

"레시나아……!"

레시나는 수석마법사의 집무실에서 밤늦게까지 마법 연구에 매진하고 있었다. 그녀는 난데없이 저를 찾아온 에니샤와 카힐을 보곤 깜짝 놀랐다가, 품 하고 웃음을 터뜨렸다. 에니샤는 새빨개진 얼굴로 꿍얼거렸다.

"웃지 마……."

그만 웃고 나 좀 되돌려달라고 힝힝 찡찡 하는데도, 레시나는 아무 대답을 하지 못했다. 웃음을 참느라 정신없는 탓이었다. 그녀는 얼굴까지 벌게져선 끅끅거렸다.

"황녀님, 아니, 어쩌다가, 그렇게에……."

간신히 입을 열어서 말하다가, 결국 다시 웃음이 터졌다. 푸하하 소리 내서 웃는 레시나 옆에서 카힐도 조용히 고개를 돌렸다. 어깨가 부들부들 떨리는 것으로 보아, 그도 웃고 있는 것이 틀림없었다. 얼굴이 터지기 일보 직전인 에니샤를 카힐이 달랬다.

"죄송합니다. 하지만 너무 귀여우셔서……."

그래도 위엄 넘치는 대법사 같다며, 말도 안 되는 위로를 해댔다. 그 옆에서 숨넘어갈 듯이 헐떡대며 웃던 레시나는 겨우 숨을 고르고서 말했다.

"크흑, 그, 마법 써서 되돌리기보단, 그냥 며칠만 기다리시면 원래대로 돌아올 텐데요……."

에니샤는 양손으로 빨갛게 달아오른 볼을 꾹꾹 누르며 말했다.

"아빠랑 오라버니들 때문에 그래."

레시나와 카힐은 단박에 이해했다. 카힐이 고개를 끄덕이며 말했다.

"확실히 지금 에니샤 님의 모습을 보신다면 황궁이 뒤집힐 것 같습니다."

일단 제도의 화가, 음유시인, 조각가 등등 모든 예술인을 소집하는 것부터 시작하지 않겠냐고 하는데, 아주 가능성 있는 이야기였다. 에니샤는 불쌍한 눈을 하고서 레시나를 쳐다보았다.

"제발 어떻게 좀 해줘……."

그러나 후하후하 심호흡하며 겨우 웃음을 멈춘 레시나는 손을 내저었다.

"어휴, 대법사께서 마력을 쏟아부은 마법인데 제가 어떻게 파훼합니까? 저 말고 좌법사나 우법사께 도와달라고 하는 것이 낫지 않겠습니까?"

하지만 그쪽도 신체 나이를 되돌리는 마법은 잘 알지 못한다. 에니샤는 그냥 포기하고, 며칠 동안 숨어서 지내는 쪽으로 마음을 굳혔다.

고요한 밤의 황궁, 에니샤는 카힐과 손을 잡고 타박타박 걸음을 옮겼다. 무거운 발걸음에는 기운이 하나도 없었다. 어떻게든 잽싸게 고쳐서 황족들이 모르게 할 생각이었는데, 이래서야 완전히 망했다. 에니샤는 잔뜩 기운 빠진 목소리로 중얼거렸다.

"내일부터 어쩌지……."

벌써부터 로드고와 쌍둥이가 난리 칠 모습이 눈에 훤했다. 축축 늘어지는 에니샤를 흘깃 눈짓한 카힐이 조심스레 권유했다.

"정 그러시면, 며칠간 자드카르에서 머무르시는 것은 어떻습니까?"

"마음 같아선 그러고 싶은데, 오늘 놓친 주술사 잡아야 해서……."

한번 꼬리를 잡았을 때 최대한 바짝 추적해야 했다. 에니샤는 열심히 머리를 굴려서 이것저것 꾀를 내보았다.

"전염병 걸린 척할까? 그래서 황녀궁에 아무도 오지 말라고 하는 거야."

"그러기엔 황족들께서 너무 튼튼하십니다."

"……아, 맞다."

병에 걸리는 게 뭔지도 모르는 사람들이었다. 옛날에 에니샤가 감기 걸렸을 때, 무려 감기 걸린 최초의 황족으로 역사서에 기록되기까지 하지 않았는가.

이 방법은 안 될 것 같았다. 아무튼 절대 들키기 싫고, 어떻게든 하고 싶다고 카힐에게 끙끙거리며 말했다. 그와 도란도란 의논하다 보니 어느새 황녀궁이었다. 에니샤는 카힐과 함께 도둑고양이처럼 몰래 침실로 향했다. 하늘로 날아올라서 달그락달그락 침실 창문을 열고, 카힐이 먼저 안에 들어갔다. 그리고 에니샤가 창틀에서 뛰어내리는 것을 받아주었다. 무사히 침실에 도착했구나, 하고 한숨 돌리려던 때였다. 스르릉, 검 뽑히는 쇳소리가 들려왔다. 소리가 들려온 곳을 쳐다본 에니샤는 놀라서 팔짝 뛰었다.

"……카힐 자드카르?"

헬라드가 검을 뽑은 채로 이쪽을 쳐다보고 있었다. 잔뜩 미간을 찌푸리고 있던 그의 검 끝이 에니샤에게 향했다. 헬라드는 로브 모자를 푹 눌러쓴 에니샤를 지긋하게 노려보았다. 그리고 턱을 까딱이며 물었다.

"뭐냐, 이 작은 건?"

⟡

오랫동안 잠들어 있던 에니샤가 깨어났던 그날. 황녀궁에 솟아오른 금빛 마력기둥을 보며, 헬라드는 자신이 술에 취해 헛것을 보는 것이라 여겼다. 하지만 이성적인 판단을 내리기도 전에, 몸은 이미 움직이고 있었다. 황녀궁으로 달려가면서도 생각하고, 또 생각했다. 이것은 현실이 아닐 수도 있다고. 또다시 지독한 악몽에 시달리는 것일지도 모르니, 너무 기대하지 말자고. 두근거리는 심장을 붙잡고 황녀궁에 도착했을 때. 눈앞에 에니샤가 있었다. 얼음기둥 속에 힘없이 잠든 것이 아닌, 밝고 환하게 웃으며 살아 움직이는 에니샤가.

그때까지도 헬라드는 긴장을 놓지 않았다. 이건 악몽일지도 모른다고 끊임없이 스스로를 채찍질했다. 하지만 제 품에 안긴 에니샤가 진실이라는 것을 확인한 순간, 헬라드는 난생처음 새로운 경험을 하게 되었다. 눈시울이 확 뜨거워지더니, 눈물을 펑펑 흘린 것이다. 하늘에 맹세코, 생리적인 이유가 아닌 감정적인 눈물을 흘린 것은 그날이 처음이었다. 오래도록 참았던 것이 터진 것처럼, 눈물은 한참 동안 그칠 줄을 몰랐다. 그리고 그날 이후. 헬라드는 가끔씩 한밤중에 에니샤의 침실을 찾곤 했다. 별다를 것 없이 그냥 얼굴만 보고 가는 것이 전부였다. 혹여나 잠든 에니샤가 깰까 봐 숨소리도 크게 내지 못하고, 살그머니 왔다가 가곤 했다. 무슨 쓸데없는 짓인가 싶긴 했지만, 그러지 않으면 불안해서 참을 수가 없었다. 이 모든 것이 꿈이 아닌 현실이라는 확신을 얻고 싶었다. 그래서 오늘도 황녀궁 침실을 찾았다.

하지만 침실은 텅 비어 있었다. 에니샤가 아직 들어오지 않은 건가, 하고 생각했지만 마음은 점점 불안해져갔다. 점차 신경이 날카로워지던 때였다. 카힐 자드카르가 웬 조그만 것을 데리고 나타났다.

✿

헬라드의 검이 흉흉했다. 에니샤가 로브 모자를 뒤집어쓰고 있어서 잘 보이지 않는 모양이었다. 카힐이 슬쩍 앞으로 나서서 에니샤 앞을 가로막았다.

"……."

헬라드가 눈썹을 한껏 위로 치켜올렸다. 물론 여전히 칼은 집어넣지 않은 채였다. 가족이긴 하지만, 히페리온 황족들의 성정이 얼마나 뭐 같은지 잘 알고 있는 에니샤였다. 대답 못 하면 그냥 칼로 푹 찔러버릴 수도 있었다. 하는 수 없이 앞으로 나서며 슬그머니 모자를 걷어냈다.

"오라버니, 저예요……."

헬라드는 잠시 아무 말도 하지 못했다. 눈만 깜빡이다가, 일단 검부터 집어넣었다. 그리고 얼굴을 바짝 들이대면서 질문했다.

"쭈글이야?"

에니샤가 고개를 끄덕끄덕하자, 그는 믿기지 않는다는 듯 말했다.

"작아졌잖아……?"

"그게, 마법을 잘못 써서요."

"이럴 수가……."

헬라드가 크게 충격받은 얼굴로 비틀거렸다. 그의 반응이 조금 의외였다. 보자마자 무척 좋아할 줄 알았는데, 이렇게 충격받았다는 듯이 행동할 줄은 몰랐던 것이다. 헬라드가 이마를 손으로 짚고 거칠게 숨을 몰아쉬었다. 그는 한없이 심각한 목소리로 중얼거렸다.

"내가 살아생전 이 모습을 다시 보는 일이 있을 줄이야……."

헬라드의 눈이 번뜩이고 있었다. 에니샤는 저도 모르게 다시 카힐 뒤에 숨었다. 헬라드가 얼른 무해한 얼굴을 해 보이며 살랑살랑 웃었다.

"에니샤, 이리 와봐."

"안 놀리겠다고 약속하면요."

"놀리기는 무슨. 너무 귀여워서 그렇지."

"……."

"폐하랑 로시엘한테 들키기 싫지? 오라버니가 황태자궁에 숨겨줄까?"

다분히 사심 가득한 발언이었다. 제 궁에만 감춰놓으려는 의도가 빤히 보였다. 에니샤는 앞에서 좋아 죽는 헬라드를 보며 속으로 한숨 쉬었다. 한참 에니샤를 물고 빨던 헬라드가 문득 카힐을 돌아보았다.

"그나저나……."

헬라드는 한없이 못마땅한 눈으로 그를 쳐다보며 질문했다.

"공왕 전하께선 어찌하여 이리 야심한 시각에 황녀의 침실을 드나드시는지?"

에니샤는 헬라드의 검이 검집에 얌전히 들어 있는지부터 다시 확인했다. 그리고 카힐이 쓸데없는 소리를 하기 전에 재빠르게 헬라드의 등을 떠밀었다.

"저 데려다준 거예요! 오라버니도 그만 들어가세요."

헬라드는 어떻게 둘이만 두고 가냐고 투덜거리면서도, 일단 물러났다. 옛날 같았으면 어림도 없었겠지만, 요즘에는 그래도 에니샤의 남자친구라고 많이 이해해주는 분위기였다.

헬라드를 돌려보내고 나니 진이 쏙 빠졌다. 당장 내일 아침부터 어떻게 될지 걱정이었지만, 일단은 피곤해서 자고 싶었다. 에니샤는 커다란 안락의자 위에 털썩 드러누웠다. 팔다리 다 뻗어도 안락의자의 반절도 차지하지 못하는 모습을 보며, 카힐이 슬쩍 웃었다.

"저도 그만 가보겠습니다. 일찍 주무십시오."

"으응……."

그는 고개만 끄덕이는 에니샤의 이마 위에 가볍게 입술을 내리누르며 속삭였다.

"내일도 보러 오고 싶습니다."

"일해야지."

"할 일은 다 해놓고 있습니다."

그러더니 카힐은 잠시 말없이 에니샤를 쳐다보았다. 머리카락이 간질간질하게 닿을 정도로 가까운 거리에서 쳐다보다가, 불쑥 말했다.

"주머니에 넣어 가면 안 됩니까?"

"그럼 바로 자드카르 멸망이야."

에니샤와 카힐은 동시에 소리 내어 웃었다.

❧❧❧

벌써 소문이 다 난 모양이었다. 다음 날, 에니샤는 눈뜨자마자 저를 찾아온 황족들을 만났다. 로시엘은 제 눈앞에서 꼬물거리는 에니샤를 보며 푹 빠진 기색을 감추지 못했다. 쑥스러워하는 에니샤에게 로시엘이 간곡히 청했다.

"에니샤, 오라버니 보고 한 번만 웃어주련?"

그리고 에니샤가 어색하게 웃어 보이자, 그는 황홀한 얼굴로 말했다.

"마법이란 정말 좋은 거구나……."

황족들은 마법의 위대함에 대해 찬양을 아끼지 않았다.

아침 식사를 마치고 나가보니 황녀궁 앞에는 이미 각종 예술인들이 줄을 서고 있었다. 에니샤는 황족들의 애원에 못 이겨 딱 세 시간만 어울려주기로 약속했다. 로드고와 쌍둥이들은 아주 행복해했다. 비단 황족들뿐만 아니라, 예술인들도 몹시 행복해했다. 불행한 사람은 오직 에니샤뿐이었다.

예술의 세계에 영감을 제공해준 다음에는 치열한 쟁탈전이 일어났다. 서로 에니샤를 데려가겠다고 싸움이 난 것이다. 헬라드가 진지하게 발언했다.

"솔직히 내가 어제 에니샤 황태자궁으로 데려갔으면, 다들 쪼그만 에니샤는 구경도 못 했다고."

너그럽게 모두가 볼 수 있도록 해줬으니, 자신이 데려가야 한다는 것이었다.

로시엘이 차갑게 비웃으며 반박했다.

"무슨 궤변을……. 에니샤가 안 간다고 했겠지."

정곡을 찔린 헬라드가 움찔하는 사이, 로시엘은 재빠르게 에니샤를 공략했다.

"에니샤, 오라버니랑 갈까?"

황자궁에 맛있는 간식들이 가득하다며, 먹을 것으로 유혹했다. 하지만 승자는 로드고였다.

"오늘 나와 함께 집무실에서 일하기로 약속하지 않았나?"

쌍둥이가 충격적인 얼굴로 에니샤를 돌아보았다. 빨리 거짓말이라고 말해달라는 표정이었다. 에니샤는 미안함에 살며시 웃으며 말했다.

"저번부터 약속을 해뒀던 거라서요…….."

하늘이 무너진 쌍둥이를 내버려두고, 로드고는 개선장군처럼 의기양양하게 에니샤를 데리고 사라졌다.

에니샤는 로드고에게 달랑달랑 안겨서 본궁의 집무실로 향했다. 그에게 안겨 가는 동안, 아직 소식을 전해 듣지 못한 황궁 사람들이 눈을 튀어나올 듯 부릅뜨고 쳐다보았다. 에니샤는 부끄러움을 참지 못하고 로드고의 품에 얼굴을 폭 묻었다.

우여곡절 끝에 도착한 황제의 집무실은 평소와 다를 바가 없었다. 로드고에게 맞춰 제작한, 작은 에니샤에겐 너무나 큰 가구들이 위압적으로 늘어서 있었다. 그리고 큼직한 집무실에 어울리지 않는 작은 인형이 책상 위에 놓여 있었다. 쭈글쭈글한 생김새의 볼품없는 고양이인형은 목에 손수건을 매고 있었다. 고양이인형을 바라보며 에니샤는 혼자 기분 좋게 웃었다. 에니샤를 안고 집무실에 들어선 로드고는 잠시 고민에 빠졌다.

"흐음…….."

작아진 에니샤가 앉을 곳이 없었기 때문이었다. 새로이 책상과 의자를 내오라 할까 고민하는 그를 톡톡 두드리며 말했다.

"그냥 여기 앉을게요!"

에니샤는 옛날처럼 로드고의 넓디넓은 책상 한구석을 차지했다.

책상 위에 앉은 에니샤와 로드고는 본격적으로 하루 일과를 시작했다. 제나가 준 주술사들에 대한 정보를 읽던 에니샤는 집무실 한쪽에 걸린 히페리온 제국 지도를 바라보았다. 벌써 몇 번이나 바뀐 지도였다. 대륙을 넓디넓게 차지하는 히페리온 제국 중에서, 특히 서부가 눈에 띄었다. 드넓은 서부 사막-초원지대는 전부 에니샤의 소유였다. 과거 출정 때 공언했듯이, 에니샤의 생일선물로 바쳐졌기 때문이었다. 로드고는 사막-초원지대가 마음에 들지 않으면 헬라드나 로시엘이 차지한 다른 비옥한 땅과 바꿔주겠다고 권하기도 했다. 하지만 에니샤가 거절했다. 어차피 거기 가서 살 것도 아니고, 딱히 땅에 욕심이 있진 않았기 때문이었다.

잠시 딴짓하고 있으니, 로드고가 결재하던 서류를 밀어두고 넌지시 말을 걸어왔다.

"무엇이 잘 안 풀리나 보지?"

"조금요……."

"아빠가 도와줄까?"

"아뇨. 이번에야말로 꼭 잡을 거예요!"

제나한테 얻어 온 정보를 바탕으로 미리 함정을 파둘 계획이었다. 하지만 수확제 전까지 해결하지 못할 수도 있을 것 같았다. 이것저것 가설을 세워보던 에니샤는 책상 끄트머리에 놓인 커다란 편지 봉투를 발견했다. 옅은 분홍빛이 도는 편지 봉투는 두툼한 고급 종이에 금박 장식이 박혀 있었다. 호화로워 보이는 편지가 유독 눈에 들어왔다. 아무리 봐도 사적인 편지 같았다. 웬만한 서신은 비서관 선에서 처리해버리는 로드고였다. 무슨 편지기에 집무실 책상 위에까지 올려놓은 것일까. 에니샤는 호기심을 이기지 못하고 질문했다.

"그런데 이건 뭐예요?"

에니샤가 가리킨 것을 쳐다본 로드고는 잠시 눈매를 찌푸렸다가, 이내 표정을 풀고 순순히 대답했다. 그런데 그의 대답이 가히 충격적이었다.

"청혼."

"……?"

에니샤는 귀를 의심했다. 눈만 크게 뜨고 있다가, 조심스럽게 질문했다.

"누구한테 들어온 청혼이에요……?"

로드고의 눈 위로 장난기가 스쳤다. 그가 입매를 시원스럽게 끌어올려 웃으며 말했다.

"나에게."

에니샤는 그대로 굳어버렸다.

아니, 대체 어느 정신 나간 사람이……?

객관적으로 로드고는 나쁜 사람이었다. 가족이라는 이름으로 강력한 콩깍지를 쓰고 봐도 그랬다. 로드고를 감당할 수 있는 사람이 과연 세상에 존재할지, 에니샤는 의문이었다. 제국의 황후는 누구나 탐낼 만한 자리였다. 그러나 그 자리는 독이 든 성배였다. 사실 더 냉정하게 말하자면 성배도 아니고 그냥 단두대였다. 히페리온 귀족들은 그간 로드고에게 황후를 맞아들이라 은근히 종용해왔지만, 절대 자기 집안 여식을 내놓으려고 하진 않았다. 어디 머나먼 외국에서 데려오라고 말할 뿐이었다. 멀리 갈 필요 없이 당장 헬라드의 사례만 봐도 그러했다. 헬라드가 성년이 되고 혼기가 차는 동안에도, 제국 귀족들은 절대 혼담을 보내지 않았다. 그나마 유디트는 헬라드에게 밀리지 않는 성격인지라, 히페리온 황궁에 들어와도 괜찮을 것이라 생각했으나…….

"진짜 걱정이네."

에니샤는 혼자 중얼거리며 본궁을 걸어 나갔다. 이제 특별 구역으로 가서 아르커스 마법사들과 천공섬 연구에 들어갈 예정이었다. 하지만 그런 에니샤를 낚아채는 사람이 있었으니.

"뭐가 걱정이니?"

훌쩍 저를 안아 올리는 이는 로시엘이었다.

"로시엘 오라버니!"

에니샤는 반갑게 인사하면서도, 지금 특별 구역으로 가야 한다는 말을 잊지 않았다. 로시엘이 싱긋 웃으며 말했다.

"알고 있어. 특별 구역 가는 길까지만 같이 산책하자. 그건 괜찮지?"

에니샤는 그에게 안긴 채로 웃으며 고개를 끄덕였다. 청명한 가을 하늘 아래, 로시엘은 에니샤를 안고서 느긋하게 걸음을 옮겼다.

"그런데 아까 걱정된다고 한 건 뭐야?"

"아, 그게요…….."

로시엘이라면 잘 알고 있을 것이었다. 때마침 만났으니, 에니샤는 그에게 궁금한 것을 물어보기로 결정했다.

"아빠가 청혼받았다는데, 오라버니는 알고 계셨어요?"

청혼 이야기가 나오자마자 로시엘은 환하게 웃었다. 헬라드를 팔아버렸다고 자랑했을 때와 꼭 같은 표정이었다.

"당연히 알고 있지."

로드고에게 청혼을 넣은 상대는 어느 소국의 여왕이었다. 그녀는 굉장히 욕심 많은 사람이었고, 자신의 자리에 만족하지 못했다. 탐욕에 눈이 먼 나머지 제국까지 손을 뻗친 것이다. 여왕은 로드고에게 청혼하며 지참금으로 자신의 나라를 바치겠다는 뜻을 표했다. 로시엘이 냉소를 지으며 말했다.

"한마디로 나라 팔아서 황후가 되겠다는 소리야."

"……."

에니샤는 도저히 이해가 되질 않았다. 제국의 황후가 나라를 바칠 정도로 탐나는 자리인 걸까? 여왕만 믿고 따르던 왕국민들을 지참금으로 내버릴 정도로 말이다.

"어쨌든 그 정도 규모의 청혼이니, 황실에서도 어느 정도 고려를 하는 중이지만……."

로시엘은 말하다 말고 짧게 혀를 찼다.

"너도 알고 있잖니? 폐하의 성정이 어디 보통이어야지."

이번 수확제 때 그쪽에서 찾아온다고 하던데, 분명 울고불고 도망갈 것이라며 장담했다. 가만히 듣고 있던 에니샤는 조심스럽게 질문했다.

"아빠는 어떻게 생각하시는데요……?"

무릇 결혼에는 본인의 의사가 가장 중요한 법이었다. 대를 이어야 하는 헬라드와 달리, 로드고는 반드시 결혼할 필요는 없었다. 모쪼록 그의 뜻이 충분히 반영되길 바랐다. 그러나 에니샤가 질문하자마자, 로시엘은 웃음을 터뜨렸다. 맑은 웃음소리가 낭랑하게 울려 퍼졌다. 로시엘이 귀여워 죽겠다는 듯 에니샤의 얼굴에 마구 키스하고서 말했다.

"황족들을 그리 순진하게 봐주는 사람은 너뿐일 거야."

"……?"

질문에 돌아온 대답치곤 한참 엉뚱했다. 하지만 로시엘은 더 이상 말해주질 않고 웃기만 했다.

로시엘은 에니샤를 특별 구역에 데려다주고 휙 떠나버렸다. 에니샤는 혼자 고개를 갸웃거리며 특별 구역 안으로 자박자박 걸어 들어갔다. 금빛 반구로 싸여 있는 특별 구역은 아르커스 마법사들만이 출입할 수 있었다. 투명한 마력의 막을 스쳐 지나간 에니샤는 고민에 빠진 채 걸음을 옮겼다. 정신을 차렸을 때는 이미 죄다 모여든 마법사들한테 꽁꽁 둘러싸인 후였다.

"대법사……?"

다들 까마득한 높이에서 저를 내려다보고 있었다.

"……아."

에니샤는 자신이 꼬마 모습이라는 것을 뒤늦게 깨달았다. 그리고 한참 동안 놀림을 당한 후에야, 겨우 벗어날 수 있었다. 에니샤를 탈출시켜 준 것은 벨루안이었다. 작은 에니샤를 달랑 들어 올린 벨루안이 입술을 꽉 말아 물었다. 에니샤는 한숨 쉬며 말했다.

"……웃어도 돼."

결국 벨루안은 참지 못하고 낮게 웃었다. 대법사 집무실에 도착해서 만난 녹시타는 대놓고 웃어댔다.

"또 마법 실수한 거예요? 귀여워요……."

이렇게 한 손으로 들 수도 있다며, 에니샤를 가지고 이리저리 장난 치다가 벨루안한테 혼나고서야 내려줬다. 에니샤는 속으로 신세 한탄을 하며 의자에 앉았다. 그리고 바로 후회했다.

"……."

책상 위로 머리꼭지만 내민 에니샤의 모습에 벨루안과 녹시타가 동시에 웃음을 터뜨렸다. 벨루안이 큭큭거리며 푸딩 사역마를 두 마리나 가져와서 엉덩이에 받쳐줬다. 에니샤는 두 사람에게 어쩌다 이렇게 됐는지 이야기를 하며 서류 작업을 시작했다.

천공섬 연구를 위한 수식 계산을 확인하고 있는데, 자꾸 집중이 되질 않았다. 수식으로 빽빽한 종이 위에 깃펜으로 낙서를 하다가, 엉덩이 밑의 푸딩 사역마를 손으로 말랑말랑 주물렀다. 답지 않게 자꾸 산만하게 굴고 있으니 녹시타가 빤히 쳐다보았다. 왜 그러냐는 무언의 질문에 에니샤는 솔직하게 말했다.

"아빠한테 청혼이 들어왔대."

벨루안이 질색하며 소리쳤다.

"그 사람한테 말입니까?"

녹시타가 깜짝 놀란 표정을 하고서 뒤이어 중얼거렸다.

"여자가 불쌍해요……."

"아무래도 그렇지? 그런데 그쪽에서 욕심이 있어서 먼저 청혼했대."

에니샤는 심각한 얼굴로 팔짱을 꼈다.

설마 새엄마가 생기는 걸까? 좋은 사람이어야 할 텐데…….

여러모로 마음이 복잡했다.

수확제가 시작되었다. 그간 에니샤는 주술사 추적에 힘썼으나, 결국 잡질 못했다. 황족들이 꼬마 모습인 에니샤를 물고 빠느라 도통 놔주질 않아서 시간이 부족했던 탓이었다. 결국 수확제가 지나고 끝장 보기로 결론을 내렸다. 카힐이 도와주겠다고 약속했으니, 그때는 정말 마무리를 지을 생각이었다. 그리고 수확제가 시작한 지금, 에니샤는 아직 어른으로 돌아오지 못했다. 수확제 막바지쯤에나 원래대로 돌아올 것 같았다. 부끄러우니까 마지막에만 모습을 드러내겠다고 말하자, 황족들은 강력히 반대했다. 어린 에니샤와 어른 에니샤, 둘 다 자랑해야 한다는 것이었다. 로드고와 쌍둥이의 등쌀에 못 이긴 에니샤는 결국 어린 모습으로도 연회에 참석하기로 결정했다.

수확제는 먼저 전야제로 며칠간 연회를 열고, 가장 마지막 날 제의를 치른다. 무르익은 곡식을 제물로 바치고, 에니샤가 화려한 마법을 선보이는 것으로 수확제가 마무리될 예정이었다. 그리고 전야제 연회 때, 에니샤는 문제의 그분이 올 것이라는 소식을 들었다.

연회 당일, 황녀궁 시녀들의 도움을 받아 치장하던 에니샤는 심란한 마음으로 거울을 쳐다보았다. 오랜만에 옛날에 입던 어린 시절 드레스들을 죄다 끌어 내와서 치장하는 시녀들은 무척 신나 보였다. 리본과 레이스가 잔뜩 달린 드레스를 입은 에니샤만 착잡할 뿐이었다.

이 모습으로 연회장에 들어가야 한다니⋯⋯.

한숨이 절로 나왔다. 그래도 연회에 참석하는 대신, 오늘은 황족들과 함께 입장하지 않기로 약속했다. 대신 벨루안, 녹시타가 저를 데리러 오기로 했다. 두 사람과 함께 조용히 연회장에 입장했다가, 누구보다 빠르게 다시 퇴장할 생각이었다. 제일 먼저 연회장에서 뛰쳐나갈 것이라며 의지를 다지던 때였다. 시녀장이 다소 당황한 얼굴로 에니샤를 찾아왔다.

"황녀님, 손님이 오셨습니다."

"손님?"

에니샤는 의아한 얼굴로 물었다. 벨루안과 녹시타가 오기엔 아직 이른 시간이었다. 그리고 그들이 왔다면 굳이 이렇게 따로 알리지 않았을 터였다. 누가 황녀궁을 찾았나 싶어 고개를 갸웃하니, 시녀장은 조심스럽게 고했다.

"루네르의 여왕입니다."

"······!"

로드고에게 청혼을 했다는 소국의 여왕이었다. 사전에 약속하지 않은 방문은 무례한 행동이었다. 하지만 여왕씩이나 되니, 시녀장도 돌려보내지 않고 일단 에니샤에게 방문을 알렸으리라.

에니샤는 잠시 고민했다. 무슨 이유로 찾아왔는지는 모르겠다만, 어쩌면 예비 새엄마가 될지도 모르는 사람이었다. 번잡한 연회장에서 만나는 것보단, 차라리 지금 황녀궁에서 조용히 만나보는 것이 나을지도 몰랐다. 아마 그녀도 이런 이유로 에니샤를 찾아왔을 듯하고 말이다.

"응접실로 모시도록 해. 잠시 기다리시라고 전하고."

"예, 황녀님."

에니샤는 마저 치장을 끝내고 응접실로 향했다. 최대한 빨리 끝내긴 했지만 시간이 꽤 흐른 뒤였다. 살짝 조급해진 마음으로 응접실에 들어서자, 안락의자에 앉아서 우아하게 차를 마시고 있는 여인이 보였다. 등을 꼿꼿이 세운 그녀는 청순한 느낌의 미녀였다. 백금발의 머리카락을 우아하게 틀어 올린 여왕은 맑은 연녹색 눈동자로 에니샤를 응시했다.

그녀가 살짝 놀란 눈으로 에니샤를 훑었다. 시녀장에게 미리 사정을 설명하라고 일러뒀던지라, 이야기는 다 들었을 터였다. 하지만 다 들어놓고도 막상 어린아이가 등장하자 당황한 듯했다. 에니샤는 최대한 순수해 보이는 미소를 지었다. 무서운 히페리온 황족이라는 편견을 깨기 위한 노력이었다. 그러나 여왕은 아무 말 없이, 에니샤를 위아래로 훑기만 할 뿐이었다. 그러더니 살짝 눈매를 찡그리며 말하는 것이 아닌가.

"……황녀님이십니까?"

딱 한마디였으나, 누가 듣더라도 노골적인 비아냥거림이 담긴 말이었다. 여태껏 적대심을 내보인 사람들은 가끔 있었지만, 이렇게 초장부터 대놓고 드러내는 경우는 없었다. 에니샤는 굉장히 신선한 기분으로 여왕을 바라보았다.

나한테 이러는 사람 처음이야…….

루네르의 여왕이 저를 못마땅하게 여기는 이유는 대충 알 것 같았다. 가뭄에 콩 나듯 가끔씩, 아주 가끔씩 황족들에게 관심 가지는 사람들이 있었다. 그런 경우 대부분 두 부류로 나뉘었다. 에니샤를 귀엽게 여기거나, 짜증 나게 여기거나. 짜증 나게 여기는 이유는 대부분 비슷했다. 황족들의 사랑을 에니샤가 독차지해서, 자신이 사랑받지 못한다는 것이었다. 하지만 그런 사람들이 간과하는 부분이 있으니. 히페리온 황족들은 본디 사랑이 뭔지도 모르는 종족이라는 것이다. 황족의 본성을 아는 이들은 에니샤가 아주 특별한 경우라는 것을 잘 숙지하고 있었다. 그런 사람들은 황후 자리 너희 가문에 줄까, 하고 말하면 당장 짐 싸들고 외국으로 도망쳤다. 하지만 그저 겉으로 드러난 황족들의 명성과 권력, 화려한 외모만을 본 자들은 허튼 생각을 품곤 했다. 황족들이 넘치도록 퍼붓는 사랑을 저 또한 받을 수 있을 것이라고 말이다. 루네르의 여왕도 그런 부류인 모양이었다. 다만 여태까지와 다르게, 은근히 돌려 까지 않고 아예 처음부터 대놓고 적대심을 표출하는 것이 특이했다. 여왕 정도면 그간 누구 눈치 볼 일도 없이 마음대로 살아왔을 테니 그런 걸까?

그래도 황족들이 막내 황녀를 얼마나 귀애하는지 알고 있을 텐데…….

호기심이 잔뜩 피어올랐다. 에니샤는 저도 모르게 여왕을 빤히 관찰하다가, 살짝 얼굴을 찌푸렸다. 주술의 기운이 묻어났다. 아주 희미해서, 몹시 자세히 들여다보지 않으면 알 수 없는 수준이었다.

"……."

여왕이 신경질적으로 부채를 펼치더니 파닥였다. 저를 들여다보는 에니샤의 표정을 다른 식으로 해석한 모양이었다. 많이 늦었지만, 에니샤는 먼저 인사를 건넸다.

"에니샤 로드고 히페리온이에요."

일국의 여왕이니 황녀인 에니샤가 먼저 인사해도 어긋난 예법은 아니었다. 사실 루네르 같은 소국이면 여왕이 먼저 황녀에게 인사하는 것이 보통이지만 말이다. 그래도 그런 거 하나하나 따졌다간 오늘 안에 서로 말도 못 나눌 것 같았다. 에니샤가 인사를 건네니, 여왕은 그제야 마주 인사하며 부채를 접었다.

"황녀님을 따로 뵙고 싶어서 찾아왔습니다. 하도 유명하시니, 어떤 분이신가 궁금하여……."

맞은편에 앉는 에니샤를 집요한 시선이 훑어 내렸다. 대체 무슨 짓을 하고 돌아다니기에 이런 꼬맹이 모습인지, 아주 한심하다는 눈빛이었다. 여왕이 대놓고 한숨을 쉬더니 말했다.

"황녀님께서도 성년이신데, 언제까지 부모의 품에서 머무를 것은 아니지요?"

"……?"

내가 머무르는 게 아니라 저쪽에서 안 놔주는 건데…….

대법사 일 하고, 황녀 노릇 하고, 그 와중에 연애도 하느라 바빠 죽는 에니샤였다. 저리 말하니 억울함이 치솟았다. 하지만 그보다는 궁금증이 더 컸다. 뭘 믿고 이리도 당당하게 구는지, 정말 궁금해서 머릿속이 간지러울 지경이었다. 에니샤는 순수한 호기심으로 질문했다.

"혹시 이미 결혼이 결정된 건가요?"

그렇지 않고서야 이렇게 오만방자할 수 없었다. 하지만 에니샤의 질문이 그녀에게 치명타를 입힌 듯했다. 여왕의 눈빛이 표독스러워졌다. 그녀가 자리를 박차고 일어났다.

"아직은 아니지만……!"

입술을 살짝 깨문 여왕이 에니샤를 매섭게 노려보며 말했다.

"곧 그리 될 것입니다."

그녀는 고개를 도도하게 치켜들며 문 쪽으로 향했다. 벌써 가는가 싶어서 손님 배웅을 하러 뒤쫓아 일어났다. 하지만 여왕은 피식비웃음 짓더니, 에니샤를 팍 밀치고 나가버렸다. 작은 몸인 에니샤는 그녀가 사납게 밀치는 손길에 저만치 나가떨어졌다. 하마터면넘어질 뻔했는데, 의자 등받이를 붙잡아 간신히 버텼다.

아니, 밀기는 왜 밀어?

황당한 눈으로 쳐다보던 때였다. 응접실 문이 열리는 순간, 여왕의 얼굴이 싹 뒤바뀌었다. 그녀는 한없이 청순하고 가녀린 미녀로변신했다. 여왕은 문을 열어준 시녀장에게 자애로운 미소를 지어보이곤, 에니샤를 돌아보며 상냥하게 말했다.

"즐거운 담소였습니다, 황녀님. 환대에 감사드려요. 연회장에서뵙겠습니다."

무릎을 살짝 굽히며 우아하게 인사하는 자태에는 흠잡을 곳이하나도 없었다. 에니샤는 어이가 없어서 입술만 멍하니 벌렸다.

✦◦✿◦✦

예전에 읽은 동화책이 생각났다. 딴 건 생각이 안 나는데, 새엄마가 전처의 딸을 구박하고 학대하는 내용만큼은 아직도 기억났다. 의붓딸에게는 모질게 굴다가, 다른 사람들 앞에서는 천사인 척 상냥하게 행동하는 모습이 가증스러웠다. 주인공인 딸이 너무 불쌍해서 계모를 욕하며 봤던 기억이 있는데……. 내가 그런 처지가 되다니.

"대법사."

"……."

"대법사?"

"……아, 응."

에니샤는 벨루안이 두 번이나 부르고 나서야 대답했다.

"피곤하신 겁니까?"

"아니……."

저를 걱정스레 바라보는 그에게 아무 일도 아니라고 말했다.

벨루안 옆에서 녹시타가 고개를 갸웃거렸다. 두 사람이 보기에도 자신이 이상한 모양이었다.

연회장에 도착한 에니샤는 아직 황족들이 입장하지 않았다는 것을 확인하곤, 좌우법사와 함께 제일 구석진 곳에 콕 박혀 들었다. 히페리온 귀족들이 흘금흘금 쳐다봤지만, 황녀 아닌 척하며 계속 숨어 있었다. 에니샤는 녹시타와 함께 벨루안 뒤에 숨은 채로 연회장을 관찰했다. 막 루네르의 여왕이 사뿐사뿐 입장하고 있었다. 에니샤는 그녀를 몰래 손가락으로 가리키며 말했다.

"루네르의 여왕 말이야. 주술사랑 엮여 있는 것 같아."

무슨 주술을 원했는지 모르지만, 일단 주술사와 엮여 있다는 것만으로도 좋지 않았다. 주술사가 다른 사람을 위해 걸어주는 주술은 결코 선행이 아니었다. 대가를 받고 이뤄지는 일종의 거래였다. 그녀가 무엇을 바쳤는지 알 수 없기에 위험했다. 기운이 희미한 것으로 보아 엄청난 주술은 아닌 것 같지만 말이다. 여왕과 주술사의 관계에 대해 셋이서 소곤소곤 토론하던 때였다.

"황녀니이임······!"

레시나가 흐흐 웃으며 다가왔다. 수석마법사의 예복을 입은 그녀는 에니샤를 보고 귀여워 죽겠다며 숨죽여 웃었다.

"마력을 너무 많이 밀어 넣어서 아직도 꼬마 모습이시군요."

"아기가 안 된 걸 다행으로 생각하기로 했어."

잠시 신세 한탄에 젖어 있던 에니샤는 레시나에게 마구 손짓했다. 가까이 다가온 그녀에게 여왕을 가리키며 속닥였다.

"루네르의 여왕, 혹시 아는 거 있어?"

에니샤가 가리킨 쪽을 쳐다본 레시나의 표정이 괴상하게 구겨졌다.

"어······. 저 사람이 루네르의 여왕이라고요?"

그녀는 한참 고개를 갸웃거리다가 중얼거렸다.

"제가 알기론 저렇게 미인은 아니었는데 말입니다······."

루네르 왕국은 중부 끝자락에 걸쳐진 곳으로, 위치상 제국보다는 서부와 더 가까웠다. 중요한 교역로를 가지고 있어서 부유한 편이나, 영토가 좁은 소국이었다. 루네르의 특징 중 하나가 근친혼이 허용된다는 점이다. 워낙 소국이어서 마땅히 결혼할 상대가 없는지라, 왕실 혈통을 지킨다는 명목 아래 근친혼이 빈번했다. 때문에 유전병이 심하다는 것이다.

"루네르 왕실이 원래 주걱턱으로 유명하지 않습니까? 이번 대 여왕도 주걱턱이 심해서 음식물도 잘 못 삼킬 정도라고 들었습니다."

하지만 눈앞의 여왕은 엄청난 미녀였다. 이상한 일이라며 연신 고개를 갸웃거리는 레시나에게 에니샤는 하나 더 물어보았다.

"혹시 성격이 어땠는지도 알아?"

"성격이요? 뭐, 왕족들이 다 거기서 거기죠. 저쪽도 딱히 착한 편은 아니었는데……. 왜 그러십니까?"

"나한테만 이상하게 행동해서."

아무래도 이중인격인 것 같다고 심각하게 말하자, 레시나의 눈매가 단번에 치켜 올라갔다.

"예엣?"

저 여우 같은 년이 어디서 우리 황녀님을 괴롭히느냐며, 소매를 걷어붙이고 씩씩거렸다.

"제가 당장 일러바치고 오겠습니다!"

평소엔 로드고와 쌍둥이가 무서워서 그림자만 봐도 도망가는 레시나였다. 그런 그녀가 먼저 나서서 황족들한테 일러바치겠다고 하는 모습에 에니샤는 조금 웃었다. 하지만 레시나를 만류할 수밖에 없었다.

"아빠랑 오라버니들한테 얘기했다간, 알잖아."

일이 어디까지 커질지 모른다며, 일단 대화로 해결해볼 생각이라고 말했다.

레시나까지 합세해 넷이서 토론을 하고 있을 때였다. 연회장을 휘휘 둘러보던 여왕이 에니샤를 발견하곤 환하게 미소 지었다. 그녀가 이쪽으로 다가와서 고상하게 인사를 건넸다.

"히페리온의 세 번째 별을 뵙습니다."

이번엔 다른 사람들도 있어서 먼저 인사하는 모양이었다. 에니샤는 콧잔등을 찡그렸다가 대충 인사를 받아줬다. 그리고 생글거리는 그녀에게 테라스를 고갯짓하며 말했다.

"저에게 잠시 시간을 내어주실 수 있을까요?"

에니샤가 먼저 대화하자고 청할 줄은 몰랐던지, 여왕은 잠시 멈칫했다. 그러나 이내 환히 웃으며 답했다.

"……물론이에요. 영광입니다, 황녀님."

에니샤는 여왕과 함께 단둘이서 테라스에 자리했다. 가을밤이 쌀쌀해서, 테라스 한구석에는 화로가 놓여 있었다. 테라스 문이 닫히자마자 여왕은 조금 전까지 청순하던 얼굴을 벗어던졌다. 거만한 얼굴로 내려다보는 여왕에게, 에니샤는 질문했다.

"무슨 주술을 받은 거죠?"

"……!"

그녀가 눈을 부릅떴다.

"지금이라도 주술을 버리고 원래대로 돌아가는 것이 좋아요. 제가 도와줄게요."

여왕이 입술을 잘근잘근 씹었다. 에니샤는 차분히 말을 이어갔다.

"당신이 원하지 않는다면 그대로 놓아두겠으나……."

잘게 떨리는 그녀의 눈을 바라보며, 에니샤는 말을 끝맺었다.

"황실에 주술사와 엮인 사람을 들일 수는 없어요."

"!!"

여왕의 얼굴이 와락 일그러졌다. 눈동자 위로 독살스러운 안광이 돌더니, 그녀가 손을 번쩍 치켜올렸다.

이때까지만 해도 에니샤는 설마 싶었다. 하지만 뒤이어 철썩 소리와 함께 눈앞이 반짝였다. 고개가 홱 돌아가며 조그만 몸이 날아갔다. 에니샤는 바닥에 거의 구르듯 넘어졌다. 얼굴 한쪽이 화끈거렸다. 뺨을 맞은 것이다.

"……."

에니샤는 망설이지 않고 벌떡 일어났다. 그리고 곧장 달려가 그녀 앞에서 팔짝 뛰었고……. 똑같이 뺨을 때려줬다.

"꺄아아아아악!!"

여왕은 날카롭게 비명을 질렀다. 비명 소리에 테라스 문이 활짝 열리고, 사람들이 모여들었다. 여왕은 벌겋게 부은 제 뺨을 움켜쥐고 서럽게 흐느꼈다.

"황녀님, 어찌하여……. 아무리 제가 마음에 들지 않으셨어도 그렇지……."

에니샤가 먼저 뺨을 때렸다며 가증스러운 거짓말을 해댈 때였다. 모여든 사람들이 갑자기 반으로 갈라졌다. 로드고가 나타난 것이었다. 그의 뒤로는 헬라드와 로시엘이 나란히 서 있었다.

"……."

세 사람은 잠시 눈매를 찌푸린 채 상황을 바라보았다. 에니샤는 아픈 뺨을 움켜쥐고서 속으로 '큰일 났다'를 연발했다. 하지만 여왕은 황족들 앞에서도 불꽃연기를 이어나갔다.

"황녀님께서 저를 모욕하셨습니다……!"

에니샤가 먼저 뺨을 때려서 저도 모르게 마주 때린 것이라며, 여왕은 눈물을 펑펑 흘렸다.

짧은 웃음소리가 들려왔다. 로드고가 헛웃음을 내뱉은 것이었다.

"그래서?"

"예……?"

여왕이 울다 말고 당황하여 로드고를 쳐다보았다.

"황녀가 뺨을 때렸으면 얌전히 맞아야지."

"하, 하지만……!"

"닥쳐라."

로드고의 눈빛이 서늘히 가라앉았다.

"감히 히페리온의 황녀를 상처 입히다니."

그가 사나운 목소리로 말했다.

"수확제의 산 제물이 되고 싶은 모양이로군."

❦

태양의 성질을 타고난 히페리온은 금발과 주홍색 눈동자를 물려받는다. 그러나 달의 성질을 타고난 히페리온은 짙은 체모와 푸른 눈동자를 물려받는다. 이번 대 히페리온 황족 중에서 유일하게 달의 성질을 타고난 로시엘은 푸른빛이 도는 흑발에 연한 하늘색 눈동자를 가지고 있었다. 차분한 느낌의 외모처럼, 히페리온의 두 번째 별은 매사에 냉소적이었다.

히페리온이 으레 그러하듯, 로시엘은 두려움과 존경을 동시에 받는 사람이었다. 로시엘의 신랄한 비난을 듣고 울음을 터뜨리는 것이 황궁 비서관들에겐 통과의례일 정도였다. 하지만 업무적으로는 조금도 흠잡을 곳이 없었다. 히페리온 국정의 중심축으로서, 로시엘은 넓디넓은 제국을 유지하는 데 큰 역할을 해내고 있었다. 때문에 이번 루네르 여왕의 청혼 또한 로시엘의 손에 가장 먼저 들어왔다. 청혼을 받자마자, 로시엘은 황제를 팔아버리고 싶어서 안달을 냈다.

"폐하께서도 나라를 위해 몸 바쳐 희생하실 때가 됐지."

중요한 교역로를 끼고 있는 루네르를 통째로 바친다니, 참으로 구미가 당기는 제안이었다. 이만큼 좋은 혼인장사가 있겠냐며 화사하게 웃는 로시엘 앞에서 비서관들은 조용히 생각했다. 사실 혼인장사에 제일 적합한 사람은 막내 황녀라고 말이다.

광증을 앓고 있다는 히페리온 황족 중 유일한 정상인으로 평가받는 황녀였다. 정신은 멀쩡한데, 히페리온이 타고나는 아름다운 외모와 훌륭한 재능은 고스란히 가졌다. 또한 대법사이기도 하니, 황녀와 결혼하면 저절로 아르커스까지 딸려오게 될 터였다. 누구나 탐낼 수밖에 없는 혼인 상대였다. 하지만 어느 국가도 함부로 혼담을 못 넣었다. 일단 스칸샤의 전례가 너무 처참했다. 황녀에게 혼담 잘못 넣었다가 작살난 스칸샤 이후, 다들 지나가는 말조차 꺼내지 못했다. 북부 자드카르의 눈치를 보는 탓도 있었다. 새로운 공왕이 등극한 후, 자드카르의 국세는 빠른 속도로 강해졌다. 지금은 명실상부한 북부의 지배자였다. 그런 자드카르의 공왕과 히페리온의 황녀가 연인 사이임은 온 대륙에 자자하게 소문나 있었다. 괜히 대륙 공식 연인을 건드려 자드카르를 자극하고 싶은 나라는 어디에도 없었다. 하여, 황실에 유일하게 남은 혼처가 로드고와 로시엘이었으나······. 어느 누구도 로드고에게 청혼이 들어오리라곤 예상치 못했다. 물론 쌍둥이에게는 이보다 재미난 일이 또 없었다.

"야, 로시엘!"

에니샤가 청혼서를 발견한 그날, 헬라드는 신이 나서 로시엘의 집무실을 찾아가기까지 했다.

"폐하한테 혼담 들어왔다며?"

집무실 문을 박차고 들어와 외치는 헬라드에게 로시엘이 밝은 웃음으로 화답했다.

"그런데 에니샤도 알아?"

"안 그래도 방금 에니샤 만나고 왔는데······."

조금 시무룩하던 에니샤를 떠올린 로시엘은 황홀한 눈으로 중얼거렸다.

"아빠가 결혼하는 거냐고 묻는 표정이 어찌나 쭈글쭈글하던지······. 귀여워서 정말······."

주어고 뭐고 다 빠진 소리였으나 누굴 지칭하는지 알아채긴 쉬웠다. 로시엘이 저런 표정을 하고서 말하는 대상은 딱 하나뿐이기 때문이었다. 네가 쭈글이라고 부르는 이유를 알 것도 같다는 로시엘의 말에 헬라드가 키득거렸다. 쌍둥이는 오랜만에 한마음 한뜻이 되어 폐하를 팔아버릴 계획을 의논했다. 하지만 말만 그렇게 할 뿐, 전부 그냥 하는 소리였다. 로드고는 절대 재혼 생각이 없었고, 로시엘도 여왕이 루네르를 갖다 바친다는 말에 잠시 혹했을 뿐이었다. 히페리온의 황후는 정치적으로도 중요한 자리였다. 아무나 앉힐 수 없었다. 이미 황후 없는 정치 체제를 구축한 지 오래이니, 채워 넣을 필요성도 느끼지 못했다. 굳이 새로운 사람을 들여서 분란을 만들 이유가 없는 것이다. 그럼에도 불구하고, 다들 에니샤한테 아무 소리 않고 입 다문 이유는 한 가지였다.

에니샤가 질투해줬으면 좋겠다!

막둥이의 관심과 사랑을 독차지하기 위해선 무슨 짓이든 불사하는 히페리온이었다.

"적당한 긴장감이 새로운 활력을 불어넣을 수도 있는 법이지."

로시엘이 턱을 괴며 하는 말에 헬라드가 사악하게 웃었다. 로드고도 아닌 척하며 입 다물고, 은근히 에니샤가 질투해주길 기다리고 있었으나……. 이와 같은 상황이 벌어질 줄은 꿈에도 몰랐다.

"……."

아주 드물게, 황족들은 당황했다. 세상천지 어느 누가 히페리온 막내 황녀의 뺨을 후려갈기겠는가. 그래서 처음 테라스에서 벌어진 사태를 보았을 때, 그냥 에니샤가 여왕을 때린 거라고 생각했다. 에니샤가 얻어맞았을 것이라곤 상상도 못 했다. 빨갛게 부어오르기 시작한 에니샤의 뺨을 보곤, 어이없는 헛웃음을 흘릴 수밖에 없었다. 그러나 입만 웃는 모양을 하고 있을 뿐이었다. 로드고와 쌍둥이의 눈빛이 싸늘하게 가라앉아 갔다. 기막힌 어이없음이 지나간 후에는 분노가 차오르기 시작했다. 그나마 에니샤 앞이라고 우선 참는 것이었다. 아마 하고 싶은 대로 했다면, 이미 여왕은 이 세상 사람이 아니었으리라.

세 남자는 서로를 바라보았다. 이럴 때만 유대감 넘치는 삼부자
는 눈빛을 교환하며 만장일치를 이뤄냈다.

일단 에니샤부터 어디 보내고……. 막내 안 보는 곳에서 처리
하자.

연회장은 쥐 죽은 듯 조용해졌다. 모두 찍 소리도 못 하고 있었
다. 황족들은 아무 말도 하지 않고 가만히 루네르의 여왕을 노려보
았다. 에니샤는 욱신거리는 뺨을 손으로 식히며 여왕을 쳐다보았
다. 그녀는 와들와들 떨고 있었다. 눈물조차 흘리지 못하고 파르르
떠는 모습은 보기만 해도 안쓰러울 지경이었다. 황족들의 기운을
견디지 못한 그녀는 얼굴이 새파랗게 질리더니, 결국 혼절하여 바
닥에 쓰러졌다. 하지만 어느 누구도 여왕을 부축해주지 않았다. 이
미 연회에 참석한 히페리온 귀족, 비서관, 기사 등등은 루네르 정벌
계획을 세우고 있는 듯했다. 에니샤도 수확제에 인신공양으로 바
쳐지는 여왕을 어렵지 않게 상상할 수 있었다.

알미운 여자였다. 하지만 뺨 한 대 얻어맞았다고 멀쩡한 사람을
산 제물 삼을 생각은 없었다. 주술사와 엮여 있는 것 같으니, 그 부
분에 대해서도 알아봐야 했다. 그러려면 일단 황족들부터 진정시
켜야 하리라.

에니샤는 로드고와 쌍둥이를 바라보았다. 로시엘이 단박에 부드
러운 눈웃음을 그리며 다정히 말했다.

"에니샤, 이리 오렴."

얼마나 다쳤는지 오라버니가 한번 보자며 살금살금 손짓했다. 헬라드는 입을 꽉 다문 채, 아무 말도 하지 않고 있었다. 황족들 중에서 가장 성질이 급한 그였다. 아까부터 계속 손을 쥐었다 폈다 하는 것이, 에니샤만 없다면 당장 여왕에게 지옥을 구경시켜줄 기세였다.

에니샤는 타박타박 앞으로 걸어 나갔다. 그리고 로드고의 앞에 멈춰 섰다. 로드고가 느릿하게 미간을 구기더니, 한숨을 내쉬며 허리를 굽혔다.

"……하."

그는 에니샤를 품에 안아 들고 한참 동안 뺨을 바라보았다. 로드고의 눈 위로 살의가 스쳤다. 에니샤는 살짝 눈매를 찡그리고서 말했다.

"나 몰래 어디 가서 처리하려고 그러죠?"

"……."

정곡을 찔렸는지, 로드고는 대답하지 않았다. 에니샤는 그의 눈을 가만히 들여다보며 부탁했다.

"저에게 처분을 맡겨주세요."

"에니샤……."

로드고가 다시금 한숨을 내쉬었다.

"너를 이렇게 만들어놓지 않았느냐. 번제의 제물로 바쳐도 모자랄 터인데……."

그는 동의를 구하듯 옆을 돌아보았다. 헬라드와 로시엘이 한마디씩 했다.

"그래, 에니샤. 우리한테 맡기라고."

"오라버니가 적정한 수준에서 훈계하도록 할게."

물론 황족들의 기준으로 적정한 수준이리라. 그들을 논리적으로 설득하려다간 끝이 없을 듯했다. 무려 에니샤가 뺨을 맞은 초유의 사태이니, 절대 쉽게 물러나지 않을 것이다. 몸도 작아졌겠다, 에니샤는 오랜만에 필살기를 꺼내들었다. 눈매를 축 늘어뜨리며 서럽게 중얼거렸다.

"나 이제 성년인데……."

로드고와 쌍둥이가 움찔하는 것이 보였다. 에니샤는 눈동자를 촉촉이 하고서 재차 말했다.

"내 일은 내가 처리할 수 있는데……."

그리고 세 남자를 번갈아 쳐다보며 슬프게 질문했다.

"또 아빠랑 오라버니들이 다 해버릴 거예요……?"

"아, 아니, 그게 아니라, 에니샤……."

로시엘이 다급하게 변명을 하려 했으나, 에니샤와 눈이 마주치고는 그만 말문이 딱 막혀버렸다.

"로시엘 오라버니……."

에니샤가 울적한 목소리로 그의 이름을 부르는 순간, 로시엘은 바로 항복했다. 여기서 에니샤를 이길 수 있는 사람은 아무도 없었다. 결국 루네르 여왕의 처분은 에니샤에게 넘어가게 되었다.

여왕은 우선 지하감옥에 가둬뒀다. 황족들에게 절대 여왕을 손대지 않겠다는 약속도 받아냈다. 그런 다음 에니샤는 일찍 황녀궁으로 돌아왔다. 연회장에 있어봤자 구경거리나 될 터였다.

황녀궁 침실에서 응급처치를 받고, 얼음 넣은 주머니를 얻었다. 걱정하는 이들을 죄다 물리고 홀로 침대에서 얼음주머니로 뺨을 식혔다. 속이 복잡했다. 여왕을 어떻게 처분할지 고민하는 것 때문은 아니었다. 딱 집어서 말할 수는 없는데, 마음이 자꾸 요상했다.

얼음주머니를 침대 옆 협탁에 내려놓고 우두커니 앉아 있었다. 한참 침실 속 어둠에 잠겨 있던 에니샤는 자신이 무엇 때문에 이러는지 깨달았다. 그러나 로드고와 쌍둥이한테는 이야기할 수 없는 것이었다.

"으아아…….”

침대에 드러누워서 베개를 끌어안고 버둥거리다가 고개를 번쩍 치켜들었다. 고민 상담을 나눌 수 있는 아주 좋은 상대가 있었다. 에니샤는 망설임 없이 마법진을 그렸다. 금빛이 번쩍이고, 시야가 뒤바뀌었다.

"……?"

뭔가 이상하다는 것은 이동을 하고 나서야 깨달았다. 이동마법진의 위치를 '현재 그가 있는 곳'으로 잡아버린 탓이었다. 온 사방에 뿌옇게 수증기가 서려 있었다. 후텁지근한 열기와 함께 축축한 느낌이 피부에 달라붙었다. 거대한 수정 원석을 깎아 만든 욕조가

보였다. 더운 물에 몸을 담그고 있던 남자가 한밤의 침입자를 발견
하곤 몸을 일으켰다. 차르륵 하고 물이 쏟아지는 소리가 들려왔다.
흐린 시야 속에서 언뜻 훤칠한 장신이 보였다. 열기에 불그스름해
진 눈매 아래, 탄탄한 근육을 타고 물방울이 흘러내렸다. 그가 놀란
목소리로 이름을 불렀다.

"에니샤 님⋯⋯?"

에니샤는 새빨개진 얼굴로 더듬거렸다.

"카, 카힐⋯⋯."

에니샤가 온 곳은 카힐의 욕실이었다. 어디에 시선을 둬야 할지
알 수 없었다. 에니샤는 고개를 아래로 푹 숙이고서 소리쳤다.

"미안해⋯⋯!"

당황해서 어쩔 줄 모르는 에니샤와 달리 카힐은 침착했다. 그는
대리석 타일 위에 내려서서 욕조 옆에 걸린 가운을 집어 들었다.
가운을 대충 느슨하게 걸친 다음, 곧장 에니샤에게 다가왔다. 무릎
을 굽혀 앉은 카힐이 가만히 에니샤를 들여다보았다. 금방 목욕을
하고 있었던 탓인지 그에게서 향긋한 냄새가 흘러나왔다. 조심스
럽게 고개를 들어올리는데, 카힐의 손이 턱 밑을 받쳐왔다.

"⋯⋯여기."

손가락 끝이 빨갛게 부은 뺨 위를 살며시 스쳤다. 그의 눈이 살
짝 커졌다가, 무섭도록 단단하게 굳었다.

"왜 이럽니까?"

젖은 머리카락 끝에서 물방울이 툭 떨어졌다.

하얀 얼굴 위에 달라붙은 머리카락을 보고 있자니, 카힐이 손으

로 조금 거칠게 쓸어 넘겼다. 그에게서 낮은 한숨이 터져 나왔다.

"에니샤 님······."

가라앉은 목소리가 욕실을 울렸다. 에니샤는 아직 열기가 식지 않은 얼굴로 중얼거렸다.

"이, 일단 나가서 얘기하면 안 될까?"

카힐은 잠시 말없이 바라보더니, 천천히 일어났다. 마른 명주 천으로 대강 물기를 닦아낸 그는 가운 하나만 걸친 채 에니샤를 끌어안았다. 그리고 직접 침실까지 안고 와서 에니샤를 침대 위에 앉혀 놓았다.

자드카르 공왕의 침실은 히페리온과 사뭇 다른 느낌이었다. 북부의 추위를 막기 위해 두툼한 나무 덧창을 덮어놓은 것이 가장 먼저 눈에 들어왔다. 가구들도 정교하고 복잡한 문양을 많이 넣는 히페리온과 달리, 단순하면서 굵직하고 강한 느낌이었다. 침실을 두리번두리번 살피는 동안, 카힐이 옆에 앉았다. 에니샤는 그를 돌아보았다. 가운을 단단히 여미지 않아 가슴팍이 고스란히 보였다. 느슨한 옷자락 너머로 심장 위에 새겨진 문양이 보였다. 정령의 계약자라는 상징이었다. 한계를 넘어선 힘을 쓰면, 심장 위의 문양이 전신에 퍼지곤 했다. 그가 문양이 떠오를 만큼 힘을 썼던 일은 대부분 에니샤를 위해서였다.

옛날 일들이 떠올라서 문양을 물끄러미 쳐다보고 있는데, 옷자락이 휙 젖혀졌다. 가슴팍이 훤히 드러나며, 가려져 있던 문양이 온전히 나타났다. 에니샤는 놀라서 뒤로 자빠졌다.

"으악!"

넘어져봤자 침대긴 하지만, 카힐은 손으로 에니샤의 등을 받쳐 줬다. 그 탓에 그와 훨씬 가까워져버렸다.

"갑자기 옷은 왜 벗고 그래!"

놀라서 가슴이 콩닥콩닥하는 에니샤의 항의에 카힐은 눈썹을 스 윽 치켜올렸다.

"보고 싶으셨던 것 아니십니까?"

"그건 그런데……."

문양이 보고 싶긴 했다. 하지만 대답을 해놓고 보니 뭔가 느낌이 이상했다. 다시 얼굴이 빨개지기 시작한 에니샤에게 카힐이 눈웃 음을 그리며 말했다.

"주인님께서 원하시면 다 보여드려야지요."

속삭임이 귀를 간질였다. 에니샤는 그를 흘겨보며 말했다.

"장난치지 말고."

카힐이 낮게 소리 내어 웃었다. 에휴, 한숨 쉬며 침대에 드러눕 자 그가 따라서 나란히 누웠다. 한쪽 팔로 고개를 받치고서 옆으로 누운 채 말했다.

"그래서…… 얼굴은 왜 그러신 겁니까?"

"아, 이거. 지금 사정이 약간 복잡해."

에니샤는 카힐 쪽으로 돌아누워서 그간 있었던 일들을 조잘조잘 말했다. 오늘 연회에서 있었던 일까지 다 일러바치고 나니, 카힐은 자연스럽게 질문했다.

"여왕이 아직 살아 있습니까?"

그가 생각하기에도 여왕의 생존이 기적처럼 느껴지는 모양이었다. 간신히 살려냈다는 말에 카힐이 고개를 끄덕였다.

"다행이군요. 제 몫이 남아 있을 테니."

"그런 거 없어······!"

여왕한테는 손댈 생각 하지 말라고 단단히 일렀다. 아빠랑 오라버니들 단속하는 것만으로도 벅찬데, 너까지 그러지 말라고 울상 짓자 카힐은 선선히 답했다.

"에니샤 님이 싫다면 가만히 있겠습니다. 하지만 황족들께서도 그러실지는 모르겠습니다."

"역시 그렇지?"

황족들은 에니샤가 원치 않으니 한 발 뒤로 물러났다. 하지만 겉으로만 그렇지, 이미 물밑에서 작업 들어갔을 확률이 높았다. 로드고와 쌍둥이 생각을 하니 저절로 시무룩해졌다. 에니샤는 한참 꼼지락거리다가 조심스럽게 카힐을 불렀다.

"저기, 카힐······."

금방 말하지 못하고 망설였지만, 카힐은 가만히 기다려줬다. 그와 자신은 영혼이 연결되어 있다. 아마 지금 카힐은 에니샤의 감정을 어느 정도 공유하고 있을 터였다. 조금 텁텁하고 나른한 침실의 공기와 모든 것을 이해해줄 상대의 존재가 마음을 편하게 만들어줬다. 에니샤는 용기를 내서 속 깊은 곳에 담아뒀던 말을 꺼냈다.

"나 조금 질투하는 거 같아······."

아닌 척하고 있었지만, 로드고가 재혼할 수도 있다는 소식을 들었을 때 기분이 울적했다. 헬라드와 달리 로드고는 딱히 꼭 필요한 결혼도 아니었다. 심지어 새엄마가 될지도 모르는 여왕이 자신을 미워하니 더욱 그랬다. 로드고를 붙잡고 결혼하지 말라고 찡찡거리고 싶은 것을 겨우 참았다. 그러다 여왕이 제 뺨을 때린 것을 들켰을 때, 조금은 속이 시원하다고 생각해버리기까지 했다. 헬라드의 약혼자인 유디트와는 마음이 잘 맞아서 그런지 질투심을 느낄 일이 없었는데, 이번엔 유난히 그랬다. 에니샤는 심란하게 중얼거렸다.

"아빠랑 오라버니들이 너 괴롭히는 이유를 이해해버렸어……."

웃음소리가 들려왔다. 세상 심각하게 고민을 늘어놓고 있는데 웃어버리는 카힐이었다. 눈을 세모꼴로 해 보이자, 그가 에니샤를 꼭 끌어안으며 키득거렸다.

"이렇게 귀여우시니 황족들께서 놓지를 못하는 것입니다."

맨 가슴팍에 얼굴을 그대로 문지르게 된 에니샤는 민망함에 바둥거렸다. 카힐은 금방 놓아주었지만, 이미 에니샤의 얼굴은 불타는 홍당무였다. 그가 머리를 쓰다듬어주며 나직하게 말했다.

"너무 심려치 마십시오. 오히려 황족들께선…… 에니샤 님이 지금 생각하는 것을 그대로 말하면 가장 좋아하실 겁니다."

"정말?"

간절하게 올려다보자 카힐이 그럼요, 하고 다정히 답했다. 그의 확답을 듣고 나니 한결 마음이 가벼워졌다. 에니샤는 방긋 웃고서 카힐과 다른 이야기도 도란도란 나누었다. 루네르의 여왕이 자연스럽게 화제에 올랐다.

"여왕이 무척 충동적이고 감정적으로 행동하더라고. 혹시 정신적으로 문제가 있는 건 아닐까?"

마음이 약한 사람은 주술사에게 홀리기 좋은 대상이었다. 근친

혼의 유전병 중에는 혈우병, 주걱턱과 같은 신체적 질환 말고도 정신병이 전해지는 경우도 있다고 들었다. 실력이 뛰어난 주술사라면 그런 사람 하나 흔들어놓는 것 정도는 일도 아닐 터였다. 여러 가지 상황을 가정하며 이야기하고 있을 때였다. 보라색의 삼족오가 침실로 날아들었다. 벨루안의 연락이었다. 야밤에 에니샤를 찾아서 자드카르까지 삼족오를 날리다니, 보통 큰 일이 아닌 듯했다.

에니샤는 얼른 손을 내뻗어 삼족오를 받았다. 벨루안의 얼굴이 허공에 떠오르고, 그의 표정을 본 후에야 잘못을 깨달았다.

— …….

조그만 몸의 에니샤와 함께 가운만 입고 침대에 누워 있던 카힐이었다. 아주 오해하기 쉬운 상황이었다. 벨루안 옆에서 불쑥 고개를 내민 녹시타의 눈이 접시만 하게 커졌다. 말도 못 하고 입술을 뻐끔거리며 손가락질하는 녹시타에게 에니샤는 황급히 변명했다.

"아니, 이건 오해야! 그냥 내가 말없이 찾아와서 이렇게 된 건데……."

그러나 이미 좌우법사는 쓰레기 보듯 카힐을 쳐다보고 있었다. 불행 중 다행으로, 급한 건이 있어서 카힐 문제는 겨우 넘어갈 수 있었다.

— 여왕이 사라졌습니다.

"……!!"

에니샤는 여왕을 지하감옥에 가둬두고, 아르커스 마법사들에게 감시를 명령해놓았다. 그런데 아르커스의 마법을 뚫고 사라진 것이다.

— 상당한 실력의 주술사가 개입한 듯합니다. 대법사께서 추적하던 주술사일 가능성도 염두에 두고 있습니다.

"확실히…… 그럴 수도 있겠어."

— 어찌하시겠습니까? 추적마법은 이미 걸어둔 상태입니다.

간신히 황족들을 설득해놓긴 했지만, 어디까지나 임시방편이었다. 여왕이 도망쳤다는 사실을 알게 되면 그들은 정말로 가만있지 않을 것이다. 하지만 에니샤는 여왕이 도망친 게 아니라 주술사에게 끌려갔을 것이라고 생각했다. 루네르 왕족 정도면 제물로 삼기에 훌륭한 혈통이었다. 얄미운 사람이지만 억울한 누명을 쓰게 하고 싶진 않았다. 고민하는 에니샤에게 카힐이 말했다.

"오늘밤 안에 결판을 내는 것이 좋지 않겠습니까. 제가 도와드리겠습니다."

에니샤는 잠시 카힐을 바라보았다가, 이내 벨루안에게 답했다.

"위치 말해줘."

여왕이 도주한 곳은 동부였다. 확실히 주술사의 도움을 받지 않고는 도망칠 수 없는 곳이었다. 에니샤는 카힐과 함께 일전에 조무래기 주술사들을 소탕했던 산 앞에 도착했다. 곧이어 벨루안과 녹시타가 나타났다. 카힐과 둘이 다녀와도 된다고 했는데, 저놈이랑 단둘이서 보낼 수 없다고 따라온 것이었다. 녹시타는 도착하자마자 냉큼 카힐의 옆에서 에니샤를 낚아채 왔다.

"아무 일도 없었어요……?"

무슨 허튼짓을 했다면 바로 말해달라며, 벨루안과 함께 카힐을 맹렬하게 노려보았다. 카힐이 눈썹을 치켜올리며 말했다.

"저는 기본적인 도덕관념을 갖추고 있는 사람입니다."

"……."

녹시타가 입을 삐죽 내밀며 에니샤의 귀에 속삭였다.

"그래도 대법사는 귀여우니까 조심해야 해요."

위험한 귀여움이라고 신신당부하는 그가 귀여워서 조금 웃었다. 마음 같아서는 정말 오해라고 자세히 설명해주고 싶지만, 우선 주술사부터 빨리 해결해야 했다. 지난번과 같은 장소를 선택한 것으로 보아, 확실히 그 주술사가 맞는 듯했다.

에니샤는 작은 몸에 맞춰 조그만 아르커스의 날개를 만들어냈다. 그리고 벨루안의 추적마법을 따라갔다. 일전에 분명히 무너뜨렸던 제단이 새롭게 세워져 있었다. 아직 제물을 바친 적 없는 깨끗한 제단 위에는 루네르의 여왕이 앉아 있었다. 하염없이 눈물 흘리고 있던 그녀가 에니샤를 보곤 눈을 크게 떴다. 여왕이 무어라 말하려는 순간, 제단 앞에 검은 연기가 뭉쳐 들며 한 인영이 모습을 드러냈다. 황금으로 만든 작은 손도끼를 손에 든 젊은 여자였다. 요사스레 눈을 빛내는 그녀는 새빨간 양귀비꽃을 닮아 있었다. 주술사가 에니샤를 바라보며 생긋 웃었다.

"기다리고 있었어요, 대법사."

에니샤는 눈매를 가늘게 좁혔다. 전부터 생각했지만, 남은 주술사들의 우두머리답게 기운이 상당했다. 이 정도면 웬만한 아르커스의 마법사들은 가뿐히 짖힐 수 있으리라. 에니샤가 상황을 판단하는 동안, 그녀는 기쁜 어조로 말했다.

"역시 찾아올 줄 알았어. 여왕을 걱정해준 거예요? 당신 정말 귀엽네요."

아바르티아께서 사랑하신 이유를 알 것 같아.

주술사의 속삭임에 에니샤는 잠시 입술을 깨물었다. 마음속에서 깨끗하게 지워냈던 이름을 다시 듣는 일은 유쾌하지 못했다. 그러나 곧 표정을 가다듬곤 말했다.

"여왕을 놓아줘."

"글쎄요. 본인이 원하지 않을 텐데."

주술사가 여왕의 얼굴을 손으로 쓰다듬었다. 손가락으로 훔쳐낸 눈물을 핥으며, 그녀는 요염하게 웃었다.

"우리 내기할까요?"

✦✦✦✦✦

루네르의 여왕은 아름답지 못했다. 평범한 것도 아니었다. 냉정하게 말하여, 그녀는 추녀였다. 아무리 높은 권력을 가지고 있어도 허무했다. 거울을 볼 때마다 여왕은 자신의 모든 것이 부질없다고 여겼다.

조금만 더 아름다웠다면…….

아름다움에 대한 집착은 정신을 갉아먹었다. 궁 안의 모든 거울을 깨부수고, 자신에게 아첨하지 않는 자들은 매질하여 쫓아냈다.

미쳐가던 그녀에게 어느 날 점성술사가 찾아왔다. 미래를 볼 수 있다며 왕궁에 들어온 그녀는 여왕에게 거울을 내밀었다. 거울에서 눈을 뗄 수 없었다. 새벽이슬에 젖은 풀잎처럼 청순한 미녀가 그림처럼 거울 속에 비쳤다. 그 어떤 흠결도 없이 완벽한 얼굴이었다. 점성술사는 다정하게 말했다.

— 나는 당신을 행복하게 만들어줄 수 있어요.

행복해지길 원해요?

그녀가 그렇게 묻는 순간, 여왕은 왕좌에서 뛰어 내려왔다.

— 나에게 저 얼굴을 줘! 뭐든지 다 할 테니까……!

왕관마저 내버리고 애걸복걸하는 여왕의 모습에 여자는 기쁘게 웃으며 본성을 드러냈다. 하지만 사악한 주술사라는 사실은 조금도 신경 쓰이지 않았다. 악령의 힘을 빌려서라도, 그토록 원했던 외모를 가지게 된 것이 중요할 뿐이었다.

어떤 거울을 보아도 눈부시게 아름다운 스스로가 믿기질 않았다. 뛸 듯이 기뻐했으나, 기쁨은 잠시였다. 욕심은 끝이 없었다. 자신보다 더 아름다운 사람이 눈에 들어올 때마다 미쳐버릴 것 같았다. 세상에서 가장 아름다워지고 싶었다. 질투심에 괴로워하는 여왕에게 주술사가 물었다.

— 아직 행복하지 않으신가요?

고개를 끄덕이니 그녀가 애석하단 듯이 말했다.

— 역시 의지할 수 있는 존재가 없어서 그런 걸까요. 당신을 지켜줄 수 있는 사람이 필요하겠어요.

주술사는 히페리온의 황제에게 혼담을 넣어보자고 속삭였다.

― 이렇게나 예뻐졌는데, 당연히 대륙에서 가장 잘나가는 남자의 아내가 되어야죠. 여자로서 그보다 더한 행복이 있겠어요?

왕위 따위 무슨 필요가 있겠냐며, 왕국을 지참금으로 내걸자고 말했다. 주술사의 말이 옳았다. 그간 받았던 설움을 보상받으려면, 최고의 남자 곁에 서지 않으면 안 됐다. 여왕은 당당하게 히페리온을 찾아갔다. 하지만 그곳에서 황녀를 만난 순간, 참을 수 없는 분노를 느꼈다. 자신이 평생 간절히 원했던 모든 걸 다 가지고 있는 사람이었다. 어여쁜 외모가 질투 나서, 그녀가 받고 있는 사랑이 부러워서 견딜 수 없었다. 막내 황녀를 끌어내리고 자신이 그 자리에 서고 싶었다. 이만큼 아름다워졌으니, 충분히 저곳에 어울리는 사람이라 생각했다. 그러나 여왕은 차디찬 지하감옥으로 내쫓겼을 뿐이다. 손톱으로 제 얼굴을 긁으며 비명을 질렀다. 황녀보다 아름답지 못해서 그런 것이 틀림없었다. 흐느끼던 여왕은 감옥 구석에 놓인 물그릇에서 자신의 예전 얼굴을 보았다. 추한 외모에 절규할 때, 주술사가 다시 찾아왔다.

― 아아, 가엾은 여왕님…….

그녀는 눈물을 닦아주고서 질문했다.

― 영원히 아름다워지고 싶어요?

홀린 듯 고개를 끄덕이는 여왕을 이끌고 감옥을 빠져나가며, 주술사는 높게 웃음을 터뜨렸다.

― 내가 그렇게 만들어줄게요.

주술사의 제단 위에 앉고 나서야, 무언가 잘못됐다는 것을 깨달았다. 하지만 예전 얼굴로 돌아가고 싶진 않았다. 어찌할 바를 모르고 흐느끼던 때, 히페리온의 황녀가 찾아왔다. 주술사의 눈이 환희로 가득 찼다.

"우리 내기할까요?"

그녀는 오싹하리만큼 요사스레 미소 지으며 황녀를 유혹했다.

"여왕님이 누굴 선택하실지 말이에요. 이기는 사람이 여왕님을 데려가고, 지는 사람은……."

주술사가 웃음을 터뜨리며 말했다.

"여기서 죽는 걸로."

빙글빙글 웃는 주술사에게 황녀는 고개를 까닥이며 질문했다.

"내가 네 말대로 해야 할 이유는?"

"그래야 여왕님께서 행복하실 테니까요."

그녀는 얼굴을 옆으로 기울이며 말했다.

"대법사는 마음이 약하잖아요. 남 슬퍼하는 거 못 보는 사람이면서."

"……."

황녀는 잠시 아무 말도 하지 않았다. 고요한 주홍색 눈동자가 여왕을 향했다. 황녀는 느릿하게 입을 열었다.

"이리 와요. 거기 있으면 죽어요."

주술사가 곧장 맞받아치듯 말했다.

"그리고 저리 가면 본래의 추한 모습으로 돌아가겠죠."

황녀가 작게 한숨을 내쉬었다. 여왕은 황녀의 뺨을 쳐다보았다. 자신이 때린 흔적이 아직 여실히 남아 있었다. 붉게 부어오른 뺨을 하고서, 황녀는 차분하게 말했다.

"외모는 일부일 뿐이에요. 당신의 전부가 아니라."

한 걸음 가까이 다가오며 작은 손을 내밀었다.

"당신 잘못이 아니잖아요. 그렇게 생각하도록 만든 세상이 잘못된 거예요. 세상을 바꿔야지, 왜 스스로를 바꾸려고 해요?"

심장이 세차게 뛰었다. 울분과 함께 여러 감정이 섞이며 목구멍 끝까지 치솟았다. 여왕은 저도 모르게 있는 힘껏 소리쳤다.

"네가 뭘 알아!!"

뜨거운 눈물이 줄줄 흘러내렸다.

"다 가졌으면서, 예쁜 얼굴 갖고 태어난 주제에……!"

악다구니 쓰듯 토해놓는 속마음은 참으로 지저분했다.

"나도 예쁘다고 칭찬 듣고 싶었고, 사랑받고 싶었어! 아름다운 외모만 있다면 모두가 나를 사랑해줬을 거라고!!"

스스로의 더러움이 진절머리 나서 눈물이 도저히 멈추지 않았다. 황녀가 제게 침을 뱉을 것이라 생각했다. 하지만 그녀는 그러지 않았다.

"황족들이 나를 사랑하는 이유는 내 얼굴 때문이 아니에요."

다만 재차 저를 향해 손을 뻗을 뿐이었다.

"내가 어떤 모습을 하고 있든 그들은 나를 사랑해줄 거고, 그건 나도 마찬가지예요."

끝맺는 말끝이 단단했다.

여왕은 황녀를 홀린 듯이 바라보았다. 무엇에도 흔들리지 않을 것처럼 굳건한 마음이었다. 저 손을 잡기만 하면 모든 게 괜찮아질 것 같았다. 황녀는 조심스럽게 말했다.

"그리고……. 절세미녀는 아니라도, 평범한 얼굴로 돌아가게 만들어줄 수는 있어요."

그녀가 조금 애타는 어조로 속삭였다.

"내게 당신을 도울 기회를 주세요."

가만히 지켜보고 있던 주술사가 깔깔 웃음을 터트렸다.

"포기해요, 대법사."

주술사는 노래를 부르듯 말을 이어갔다.

"당신은 모든 사람을 구할 수 없어요. 천공섬과 아르커스 마법사들을 잃어버렸던 것처럼요."

한없이 당당하던 황녀의 얼굴이 일순 창백해졌다. 금방이라도 무너질 것처럼 애처로운 눈빛이 그녀의 눈동자 위를 스쳤다. 떨리는 입술이 안쓰러웠다. 그러나 위태로운 황녀의 모습은 금세 어둠 속으로 사라졌다. 주술사가 손으로 눈 위를 덮어버린 탓이었다. 높고 날카로운 목소리가 가슴을 찔러왔다.

"원래대로 돌아갈 생각은 아니잖아요?"

내가 가르쳐준 대로 해요. 변하지 않는 아름다움을 얻게 해줄 테니까.

악독한 속삭임과 함께 손에 서늘한 금속이 느껴졌다. 손도끼를 쥐여 준 것이었다. 바들바들 떨리는 손으로 도끼를 치켜올렸다. 여왕은 천천히 입을 열었다.

"나는……. 예쁘다는 말이 듣고 싶어요."

그래서 누군가 나를 사랑해주길 바라요.

눈물 젖은 속삭임과 함께 도끼날이 번뜩였다. 가슴팍을 쪼개버리기 직전이었다. 어둠이 달아나고, 눈부신 황금빛이 시야를 가득 메웠다. 손에 꽉 쥐고 있던 도끼는 금빛에 휘감겨 한 줌의 재로 사라졌다. 맑고 또렷한 목소리가 들려왔다.

"정말 말 안 듣는 여왕님이네요."

천천히 눈을 깜빡였다. 시야에 들어찬 주홍색 눈동자가 자신을 곧게 바라보았다. 겉으로 드러난 얼굴이 아닌, 깊숙한 내면을 들여다보는 눈이었다.

"예쁘다는 말은 내가 실컷 해줄게요. 당신 예뻐요. 정말 예쁘니까……."

눈물 나게 따뜻한 손이 저를 어루만져주었다.

"이런 걸로 허무하게 인생을 내버리지 말아요."

무언가가 가슴을 텅 하고 내려치는 기분이었다. 온몸이 부들부들 떨렸다. 얼굴을 와락 일그러뜨리며 오열했다. 황녀는 울부짖는 여왕을 끌어안고 도닥여주었다. 작은 몸으로 버거울 텐데도, 놓지 않고 끝까지 안아주었다.

"대법사!!"

주술사가 찢어질 듯이 높은 목소리로 소리쳤다. 분노하는 주술사 앞에서 황녀가 짧은 웃음소리를 냈다.

"내기는 무슨."

황녀는 비뚤게 입매를 끌어올리며 말했다.

"건방지게 구는 건 여기까지야."

여왕은 금빛 날개 뒤로 떠오르는 얼음의 검을 보았다. 그리고 뒤 엉키며 피어오르는 녹색과 보라색의 빛도. 거대한 마법이 폭발하듯 터져 나갔다. 어둠을 밀어내는 화려한 마법의 향연을 마지막으로, 여왕은 정신을 잃었다.

✙

기절한 여왕을 지하감옥에 다시 넣어놓고 황녀궁으로 돌아왔다. 카힐이 침실까지 바래다주려고 했지만 그러지 못했다. 벨루안과 녹시타가 이야기 좀 하자며 그를 끌고 가버린 탓이었다. 만류하긴 했는데, 카힐이 선선히 따라나서는 바람에 어쩔 수 없었다. 하루 종일 온갖 사건이 몰아쳐서 피곤했다. 얼른 침대에 누워서 쉬고 싶었다. 몰래 창문을 열고 침실에 들어서던 에니샤는 그만 창턱에 걸터앉은 채 굳어버렸다.

"아빠?"

로드고가 기다리고 있었다. 오늘 뺨 맞은 것 때문에 걱정되어 찾아온 모양이었다. 제 침실처럼 안락의자에 기대앉아 있던 그가 자리에서 일어나 창가로 다가왔다. 에니샤는 로드고에게 안겼다. 바깥바람이 함께 침실 안으로 흘러들어왔다. 외풍이 들지 않도록 창문을 단단히 닫으며 로드고가 중얼거렸다.

"오늘은 쉬고 있을 것이지……."

살짝 못마땅한 기색이 묻어 나오는 목소리였다. 에니샤는 그를 올려다보았다. 짙은 눈썹 아래 자리한 날카로운 눈매, 그 속에 담긴 야성적인 주홍색 눈동자. 평범한 사람들 여럿 기절시킨 사나운 얼굴이지만, 자신에게는 누구보다 자상하고 부드러운 외모였다. 겉모습이 어떠하든, 로드고는 에니샤의 아빠였다.

"아빠……."

에니샤의 부름에 로드고가 말없이 고개를 끄덕였다. 무슨 일이 있었는지 말해보라는 뜻이었지만, 에니샤는 다른 말을 꺼냈다.

"있죠, 나 조금 질투했어요."

로드고의 눈이 커졌다. 부끄러움에 얼굴이 화끈했다. 괜히 그의 옷자락을 쥐어뜯으며 콩알만 한 목소리로 중얼거렸다.

"아빠한테 새엄마 생길지도 모른다고 하니까, 조금, 진짜 아주 조금 서운해서……. 아빠가 결혼 안 했으면 좋겠다고 생각했어요."

카힐이 솔직하게 말하라고 조언해줬는데, 속마음을 말하기가 너무 힘들었다. 부끄러워서 꾸물거리면서도 에니샤는 용기 내어 말을 이어갔다.

"물론 아빠가 하고 싶으면 결혼해야겠지만……."

에니샤는 로드고를 올려다보며 조심스럽게 질문했다.

"조금만 더 있다가 하면 안 돼요……?"

가족끼리 좀 더 시간을 보내고, 그리고 새엄마가 들어오면 안 되냐고 조곤조곤 말할 때였다. 갑자기 로드고가 어깨에 얼굴을 콱 하고 파묻어 왔다. 터질 듯이 안아 오는 탓에 놀라서 파드득하자, 낮은 목소리가 들려왔다.

"……미치겠군."

그리고 로드고는 선언했다.

"아빠 결혼 안 한다."

루네르의 여왕은 본래 얼굴로 돌아왔다. 그녀는 날이 밝자마자 황녀궁 앞으로 찾아와 맨바닥에 무릎을 꿇고선, 손이 발이 되도록 싹싹 빌었다. 아름답던 미녀가 하루아침에 추녀로 변했으니, 황궁 사람들은 전부 깜짝 놀랐다.

에니샤는 여왕에 대해 함부로 말하지 말라고 입단속 해뒀다. 어째서 여왕이 이렇게 되었는지 궁금해하는 이들에게는 대법사의 일이라고 점잖게 한마디만 던져두었다. 여왕의 주걱턱은 의학적으로 고칠 방도를 찾아보기로 했다. 제국의 뛰어난 의술과 아르커스의 마법이라면 아주 불가능한 일도 아니리라. 그리고 여왕의 소식을 들은 히페리온들은 크게 실망했다.

"여왕이 에니샤 앞에서 바닥에 고개 박아가며 빌었다고······?"

시종에게 보고를 받은 로시엘이 들고 있던 서류를 툭 떨어트렸다. 서류에는 루네르 정벌 준비에 대한 내용이 빽빽하게 적혀 있었다. 같이 업무를 보고 있던 헬라드가 눈이 휘둥그레져서 외쳤다.

"왜? 왜 사과하는데? 그냥 더 뻗대지······!"

헬라드 또한 어제부터 이미 황실 기사들에게 정벌에 나설 준비를 지시해놓은 터였다. 여왕을 위한 여러 가지 특별한 고문도 열심히 구상해놓고 있었는데, 전부 백지화된 것이다. 헬라드가 책상을 내려치며 안타까워했다.

"연회장에서 한 대 칠걸."

"그러게······."

"아니, 에니샤는 그걸 또 봐주고 앉아 있냐. 미치겠네."

개는 너무 착해빠졌다며 날뛰는 헬라드를 보던 로시엘이 눈썹을 찌푸리며 중얼거렸다.

"그래도 에니샤가 결정했으면 따라줘야지."

속 깊은 애니까 분명 이유가 있지 않겠느냐고 말했다. 하지만 말은 그렇게 하면서도, 로시엘 또한 아쉬운 기색이 역력했다. 여왕이 사죄의 의미로 향후 루네르 교역로를 제국에 10년간 무상 제공한다고 해서 그나마 참는 것이었다. 그 외에도 여러 가지 귀한 선물을 황녀궁에 보낸다고 하니, 억지로 봐줄 만한 수준이었다.

한동안 분노와 안타까움으로 한숨을 푹푹 내쉴 때였다. 창밖을 내다본 헬라드가 해의 기울기를 보더니, 벌떡 자리에서 일어났다.

"야, 늦었다. 얼른 가자."

오늘 쌍둥이는 에니샤와 금빛숲에 소풍 가기로 약속해놓았다. 로시엘은 남은 서류를 눈으로 가늠하며 헬라드에게 말했다.

"먼저 가 있어. 에니샤 기다리겠다. 내가 남은 것 처리하고, 주방 들러서 간식 받아다 갈 테니까."

✦◈✦◈✦

수확제 기간 동안, 에니샤는 더 이상 연회에 참석하지 않고 황녀궁에서 빈둥빈둥 놀았다. 마지막 날 선보일 마법만 좌우법사하고 의논해서 준비하는 것이 다였다. 다들 수확제로 바쁜 가운데, 오늘은 오랜만에 쌍둥이와 금빛숲을 찾아갈 계획이었다.

"에니샤!"

헬라드가 황녀궁으로 에니샤를 데리러 왔다. 그는 아직 자그마한 에니샤를 달랑 안아다가 콧노래를 부르며 금빛숲으로 향했다.

"로시엘 오라버니는요?"

"일 더 하다가 간식 들고 온대."

황태자와 황녀가 도란도란 이야기를 나누며 지나가는 모습에 황궁 사람들은 몰래 미소 지었다.

헬라드에게 안겨서 편히 금빛숲에 도착한 에니샤는 감탄했다. 가을에 접어든 숲은 알록달록한 색으로 물들어 있었다. 과실수마다 열매가 주렁주렁했는데, 밤나무가 특히 대단했다. 가시가 보송보송한 밤송이들이 가득 매달려 있었다. 안에 들어 있는 밤이 맛있을 것 같았다. 밤나무를 올려다보고 있자니, 헬라드가 같이 올려다보며 물었다.

"밤 따줄까?"

하나 먹어보고 싶긴 했다. 생밤도 맛있고, 구워 먹어도 맛있고…… 벌써 어떻게 먹을지 행복한 상상이 마구 떠올랐다.

에니샤가 고개를 끄덕이자, 헬라드는 어디서 기다란 막대기와 바구니를 찾아 들고 왔다. 그리고 에니샤에게 바구니를 쥐어 주고, 막대기는 자신이 들었다.

"음……."

헬라드는 막대기를 든 채로 잠시 고민했다. 그러다가 겉옷을 벗어 들었다. 두터운 옷감으로 만든 외투를 에니샤의 머리에 단단히 덮어주며 말했다.

"이거 쓰고 있어."

에니샤는 기대에 찬 눈으로 헬라드를 바라보았다. 그가 막대기로 밤송이를 하나씩 떨어트리면, 자신이 조심조심 주워서 바구니에 담을 생각이었다. 하지만 헬라드는 그런 사람이 아니었다. 막대기를 뒤로 한껏 젖히는가 싶더니……. 밤나무를 그대로 내려쳤다. 쾅 소리와 함께 밤나무가 좌우로 마구 휘청거렸다. 밤송이가 우박처럼 와다닥 떨어졌다. 에니샤는 헬라드의 외투를 뒤집어쓰고서 밤송이 벼락을 피해 허겁지겁 도망갔다.

밤나무가 너무 불쌍했다. 저러다 우지끈 하고 꺾이는 건 아닐까 걱정될 정도였다. 몰아치는 밤송이 폭풍에 갇혀 있을 때였다.

"맙소사, 헬라드……!"

뒤늦게 금빛숲을 찾아온 로시엘이 눈앞에 벌어진 꼬라지를 보고 기겁했다. 그는 얼른 밤송이들 사이에서 에니샤를 구출했다. 치마 끝자락에 박힌 밤송이를 뽑아내 저 멀리 던져버리며, 로시엘이 뾰족하게 소리쳤다.

"에니샤를 밤나무에 깔리게 할 생각이야?"

"아니, 본의 아니게……."

헬라드가 로시엘한테 혼나는 동안, 에니샤는 바닥에 굴러다니는 밤송이를 발로 꾸욱 밟아보았다. 밤송이가 벌어지며 잘 익은 알맹이를 드러냈다. 갈색 밤톨을 주워 관찰하던 에니샤는 마법사의 이점을 십분 활용했다. 마력을 끌어올려 작은 불을 지핀 것이다. 밤톨은 에니샤의 손 안에서 노릇노릇한 군밤이 되어버렸다. 군밤 까먹고 있는 에니샤를 보며 쌍둥이는 싸우다 말고 웃음을 터뜨렸다. 세 사람은 밤송이 몇 개를 주워서 바구니에 담았다. 그리고 금빛나무 밑에 앉아서 로시엘이 가져온 도시락으로 가을만찬을 즐겼다.

오늘 황궁 주방에서 내어준 도시락에는 석화가 들어 있었다. 상큼하게 레몬즙을 뿌린 석화를 먹으며 이런저런 이야기를 나눴다. 에니샤는 쌍둥이에게 로드고와 했던 이야기도 말해줬다.

"……그래서 아빠한테 결혼 천천히 하는 게 어떠냐고 말해버렸어요."

헬라드와 로시엘이 몹시 흥미로운 눈으로 에니샤를 쳐다보았다. 헬라드가 먹고 있던 샌드위치를 한입에 확 털어 넣고선 질문했다.

"폐하가 뭐래?"

"결혼 안 한대요."

쌍둥이는 일제히 한숨을 내쉬었다. 왜 그러냐고 쳐다보자, 로시엘이 손으로 이마를 짚으며 중얼거렸다.

"내가 그 자리에 있었어야 했는데……."

그러더니 잔뜩 애달픈 눈으로 에니샤를 바라보며 묻는 것이 아닌가.

"오라버니도 결혼할까?"

진짜로 결혼할 마음도 없으면서, 에니샤가 질투 한 번만 해줬으면 좋겠다고 저러는 것이었다. 막둥이 질투 받겠다고 국가 중대사를 이런 식으로 덜렁 내걸다니. 기가 막힌 노릇이었다. 에니샤가 대답도 않고 뚱하니 쳐다보자, 로시엘은 결국 자신의 발언을 취소했다. 옆에서 헬라드가 낄낄 비웃었다.

세 사람은 얼마간 도시락을 비우는 데 집중했다. 텅 빈 도시락 통을 산처럼 옆에 쌓아놓은 뒤, 후식으로 군밤을 만들어 먹었다. 에니샤가 마법으로 군밤을 만드는 모습에 쌍둥이는 아낌없이 칭찬을 퍼부었다. 로시엘이 잘 익은 군밤을 까서 에니샤에게 건네며 물었다.

"수확제 마법은?"

"이미 준비 끝내났죠."

기대하셔도 좋다며, 에니샤는 으쓱 뽐냈다.

<br>

수확제 마지막 날.

황성에 구름처럼 사람들이 몰려들었다. 대규모 인파가 몰린 가운데, 수확제의 대미인 황실 제의가 시작되었다.

곳곳에 내걸린 히페리온 깃발이 가을바람에 펄럭였다. 무르익은 황금빛 곡식을 장신구처럼 머리와 가슴에 꽂은 사람들이 풍요를 찬양하며 노래했다. 사방에 넘실거리던 노랫소리가 잦아들 무렵, 히페리온의 황제가 모습을 드러냈다.

붉은 망토를 길게 늘어뜨리고 높게 쌓아올린 제단의 계단을 걸어 올라갔다. 성큼성큼 내딛는 발걸음이 짐승의 그것과 같아서, 지켜보던 군중들은 저도 모르게 숨을 죽였다. 향나무를 장작 삼은 불꽃이 커다랗게 타올랐다. 황제는 죽여서 피를 빼고 이삭으로 장식한 새끼 양과 송아지, 올해 수확한 곡식과 과실을 차례대로 불 속에 집어넣었다. 그리고 느릿하게 뒤돌아서더니, 옆으로 몇 걸음 물러났다.

그는 조용히 하늘을 올려다보았다. 으레 이어지는 축원 없이, 그저 올려다보는 모습에 군중들은 잠시 당황했다. 그러나 이내 환호성을 지르기 시작했다. 푸르른 가을 하늘에 금빛 날개를 활짝 편 막내 황녀가 모습을 드러낸 것이다. 하늘을 한 바퀴 선회한 황녀는 작은 날개를 파닥이며 천천히 제단 위에 내려앉았다. 어린 황녀의 모습은 참으로 오랜만이었다. 탄생부터 온 제국의 축복을 받아왔던 황녀의 조그만 모습은 제국민들에게도 각별한 감회를 안겨주었다.

모두 추억에 잠겨 황녀를 바라보고 있을 때였다. 황녀의 발치에서 금빛 소용돌이가 일어나며, 몸을 확 감쌌다. 불꽃처럼 타오른 소용돌이가 금빛 파편으로 화려하게 부서졌다. 반짝이는 파편 속에 꼬마 황녀는 사라지고 없었다. 우아한 성년으로 자라난 황녀가 살며시 눈을 깜빡였다. 나풀거리는 황금색 머리카락 아래, 작은 아이의 몸에 맞춰져 있던 드레스도 어른의 것으로 변해 있었다. 조금 전까지 자그맣던 날개 또한 커다랗고 아름답게 자라나 있었다. 황녀가 양손을 하늘로 내뻗었다. 거대한 황금의 삼족오가 하늘로 날아올랐다. 크게 날갯짓하며 우짖은 삼족오가 금빛으로 부서지더니, 또 다른 형상을 이루었다. 사자와 검이 하늘 가득히 새겨졌다. 히페리온의 문양이었다. 신묘하고 아름다운 광경에 군중들은 황궁이 떠나가라 함성을 내질렀다. 에니샤는 날개를 천천히 접어 넣으며 환히 웃었다. 그리고 로드고를 돌아보았다. 로드고는 무척 감상적인 얼굴을 하고 있었다. 어리디어린 에니샤가 어른으로 자라나기까지, 평생을 함께했던 로드고였다. 그도 감회가 남다르리라. 부드러운 눈빛으로 저를 바라보는 로드고에게, 에니샤는 장난스럽게 웃으며 손키스를 쪽 하고 날렸다. 잔망스러운 딸의 애교에 로드고는 결국 피식 웃고 말았다.

외전 2

◆

황녀의 나날

……보내주신 엘하르크의 과자가 너무 맛있었어요. 더 보내주시면 안 될까요? 히페리온의 과자도 보냅니다.

— 보고 싶은 마음을 담아, 에니샤.

과자야 얼마든지 더 보내줄 수 있지요. 하지만 직접 얼굴을 보고 이야기하고 싶어요. 여건이 된다면, 엘하르크에 놀러오는 것은 어떤 가요?

— 더 많이 보고 싶은 마음을 담아, 유디트 엘하르크.

유디트의 서신을 받은 에니샤는 즐거움을 감추지 못하고 배시시 웃었다. 그녀와 만난 지도 오래되었다. 오랜만에 동부로 놀러 가서 유디트와 수다를 떨고 싶었다. 마침 하렌과 이스미온에게 물어보 고 싶은 것도 있었다. 헤르노어 아카데미에 들렀다가, 엘하르크 왕궁으로 놀러 가면 딱 좋을 듯했다. 유디트의 서신을 다시금 읽어보던 에니샤는 뒷장에 붙은 추신을 발견하곤 눈이 동글해졌다.

추신. 자드카르 공왕 전하께서도 함께 오시면 좋을 것 같군요.

"카힐도 같이 오면 좋겠다고……?"

유디트가 무슨 이유로 함께 오라고 하는 건지 궁금했다. 하지만 카힐도 같이 가면 재미있을 것이었다. 근래 그와 제대로 진득하게 붙어 있었던 적이 없었다. 겨울로 접어들며 카힐이 많이 바빠진 탓이었다. 제국이야 겨울에도 조금 쌀쌀하다 싶은 정도지만, 북부의 겨울은 혹독했다. 때문에 자드카르에서는 월동 준비를 하는 것이 무척 중요한 국책 사업이었다. 하지만 지금쯤이면 바쁜 일이 얼추 끝났을 듯했다.

에니샤는 카힐에게 삼족오 한 마리를 날려 보냈다. 카힐과 연결되고, 허공에 그의 얼굴이 떠올랐다. 피곤해서인지 조금 날카로워 보이던 카힐은 에니샤를 보자마자 눈빛이 말랑해졌다. 그가 보드라운 목소리로 이름을 불러왔다.

— 에니샤 님.

슬쩍 뒤편으로 내다보이는 풍경으로 짐작컨대 집무실인 모양이었다. 에니샤는 책상 위에 양손으로 턱을 받치고서 그에게 물었다.

"공왕 전하, 바쁘신가요?"

카힐이 살짝 웃으며 에니샤 쪽으로 몸을 기울였다. 그리고 한쪽 손으로 턱을 받치고서 다정히 말했다.

— 에니샤 님과 이야기를 나눌 시간은 언제나 있습니다.

"아아…… . 놀러 가자고 말하려고 했는데."

하루 이틀 정도 동부에 다녀올 시간이 있느냐고, 헤르노어 아카데미와 엘하르크 왕궁에 놀러 가자고 그를 꼬여냈다. 하지만 카힐은 에니샤보다 한술 더 떴다.

— 지금 갈까요?

당장이라도 이쪽으로 날아올 기세인 카힐에게 황급히 손을 내저었다. 우여곡절 끝에, 그와 함께 이번 주 내로 동부 소풍을 떠나기로 결정했다. 카힐이랑 단둘이서 다녀온다는 말에 좌우법사와 황족들은 입이 댓 발로 튀어나왔다. 하지만 못 가게 막지는 않았다.

그리하여 에니샤는 카힐과 동부로 향했다. 단출한 여행복을 차려입은 카힐이 황녀궁으로 에니샤를 데리러 왔다. 에니샤도 로브 모자를 덮어쓰고, 그와 함께 가장 먼저 헤르노어 아카데미를 찾았다.

교장실로 향하는 복도는 익숙하면서도 낯설었다. 이스미온의 집사인 슈미드가 교장실 앞에서 에니샤와 카힐을 맞이했다. 하지만 카힐은 안으로 들어가지 않고, 에니샤만 들여보냈다.

"저는 잠시 학생회장실에 다녀오겠습니다."

두고 온 것이 생각났다며 사라져버린 탓에, 에니샤는 이스미온과 독대하게 되었다. 교장실은 변함없이 이스미온의 취향대로 꾸며져 있었다. 꽃잎이 하나하나 돋을새김된 화병이 눈에 띄었다. 화병에는 비단으로 만든 조화가 다발로 화려하게 꽂혀 있었다.

"오랜만입니다, 에니샤 님!"

이스미온이 촐랑거리며 에니샤를 맞이했다. 에니샤가 로브 모자를 끌어내리며 인사하자, 그는 훌륭한 예술품을 감상하듯 황홀한 시선으로 바라보았다.

"미모가 여전하십니다……."

어릴 때도 아름다우셨지만, 성년이 되시니 정말 빛이 난다며 열렬히 쳐다보았다. 가능하기만 했다면 에니샤를 교장실 한가운데 장식해놨을 기세였다.

이스미온의 눈빛을 모른 척하며, 에니샤는 그와 함께 최근 대륙 정세에 관한 이야기를 나눴다. 아직도 대륙에서는 새로운 대법사를 인정하지 못하는 자들이 많았다. 에니샤가 아카데미 명예졸업생으로 처리된 것 때문에 헤르노어 아카데미에 항의가 쏟아진 것도 그 일환이었다. 솔직히 예전에 '대법사의 정리'를 학술발표한 것만으로도 졸업장은 무슨, 교수직까지 너끈하게 받아 갈 수 있는 상황이었다. 말도 안 되는 억지 꼬투리를 잡아서 항의하는 마법사 놈들을 욕하며 이스미온이 투덜거렸다.

"아르커스조차 에니샤 님의 발아래에 있는데 말입니다."

대륙 마법사들은 무슨 생각으로 저리 거만하게 구는지 모를 일이라며, 그는 고개를 설레설레 내저었다. 쓸데없는 분란에 휘말리게 해서 미안하다고 사과하자, 이스미온은 눈썹을 치켜올리며 새침하게 말했다.

"전혀 미안하실 일이 아닙니다. 그런 말씀은 마십시오."

마법사들의 이야기는 그렇게 넘기고, 다른 잡담이 화제로 올랐다. 엘하르크 왕궁에 간다고 말하니 이스미온의 얼굴이 대번에 창백해졌다. 유디트와 관련된 이야기만 나오면 항상 기겁하는 이스미온이었다. 에니샤는 예전부터 궁금했던 속사정을 슬그머니 물어보았다. 둘이 무슨 관계냐는 질문에 이스미온은 한숨부터 내쉬었다.

"그……. 은인이라면 은인이긴 한데, 은인 겸 원수 같은 느낌이라고 할까요……."

"……?"

잔뜩 호기심 어린 표정을 짓는 에니샤에게 그는 뜻밖의 과거 이야기를 해줬다.

"저는 예지 능력이 발현된 뒤로 정신병자 취급을 당했습니다."

생각지도 못한 이야기였다. 하지만 놀라는 에니샤와 달리, 이스미온은 아무렇지도 않게 웃어 보였다.

"검술이나 마법이 아닌 예언은……. 보수적인 대귀족 가문에서 받아들이기는 너무 튀는 능력이었죠. 귀족 사회에서 따돌림을 당할 수밖에 없었습니다."

과거를 되짚는 눈빛은 무겁게 가라앉아 있었다.

그가 따뜻한 차를 한 모금 마시고선 천천히 말을 이어나갔다.

"가족조차 저를 외면했던 그때, 유일하게 말을 걸어주신 분이 유디트 님이었습니다."

다만 방식이 아주 과격했다며, 이스미온은 진저리쳤다.

"뭐……. 지금 생각해보면 서로 비슷한 처지여서 어울렸던 것 같습니다. 특별한 사람이 괴물로 여겨지는 건 예나 지금이나 똑같으니까요."

유디트 님도 엘하르크가 받아들이기엔 굉장히 특이한 성정이지 않습니까?

이스미온은 그리 덧붙이곤, 대수롭잖단 듯 말을 넘겼다. 하지만 에니샤는 어렴풋이 짐작할 수 있었다. 짧은 이야기 속에 차마 담을 수 없는 곡절들이 숨어 있으리란 것을……. 그것은 에니샤 또한 겪어본 일이기 때문이었다. 에니샤는 말없이 차를 마셨다. 입안에 머금은 찻물이 씁쓸했다.

하렌은 조용히 방에 앉아서 자신을 찾아올 이를 기다렸다. 한쪽 눈을 가리고 있던 안대 또한 이미 벗어놓은 뒤였다. 하렌을 찾아온 방문자는 카힐 자드카르였다.

"……."

두 사람은 잠시 말없이 서로를 바라보았다. 에니샤가 잠들어 있던 동안, 카힐과 하렌은 몇 번 만난 적이 있었다. 언제 잠에서 깨어날지 예언을 받기 위해서였다. 하지만 하렌의 능력은 불완전했고, 원하는 미래를 마음대로 볼 수 없었다. 하렌이 제대로 예지를 받지 못한 것에는 카힐의 탓도 컸다. 그가 온전한 세 가지 맹세를 바치며, 에니샤와 영혼이 엮여버렸기 때문이다. 운명을 묶어버린 행동에 하렌은 카힐을 비난했다.

— 사랑이라는 감정 하나 때문에 운명의 인과를 일그러뜨리다니……. 후회하게 될 겁니다.

그러나 카힐은 가만히 되물었을 뿐이었다.

— 제 사랑이 변합니까?

하렌은 그의 질문에 할 말을 잃었다. 질문을 던진 순간, 카힐 자드카르의 미래가 보였기 때문이었다. 그의 마음은 진흙에 피어난 연꽃과 같았다. 한없이 더럽고 음습한 욕망 속에서 태어났으나, 그 마음만큼은 참으로 고결하고 순수한 것이었다. 이제 하렌은 카힐 자드카르가 어째서 맹세를 바친 것인지 완전히 이해하고 있었다. 하지만 여전히 싫은 건 어쩔 수 없었다. 그의 본질이 무엇인지 알고 있기 때문이었다. 그럼에도 불구하고, 황녀님의 남자친구라는 점에서 조금은 너그럽게 대하고 있었다.

"자드카르 공국은 올해 무사히 겨울을 넘길 거예요."

카힐은 대답 없이 물끄러미 하렌을 쳐다보았다. 하렌은 살며시 얼굴을 찌푸렸다가 이어 말했다.

"……황녀님께서도 아픈 곳 없이, 감기조차 걸리지 않고 건강하게 겨울을 나실 겁니다."

그제야 그는 만족스러운 눈을 해 보였다. 하여튼 마음에 들지 않는다고 생각하며, 하렌은 속으로 투덜거렸다.

◈

소중한 것을 잃는다는 하렌의 예언에 따라, 에니샤는 천공섬과 아르커스의 마법사들을 잃었다. 슬픈 과거는 뾰족한 가시가 되어 에니샤의 가슴 한구석에 박혔다. 그러나 에니샤는 굳이 가시를 뽑아내지 않았다. 영원히 잊지 않고, 마음 한편에 담아갈 생각이었다.

다만 아직까지 걸리는 것이 하나 있었다. 얼음 속에서 잠들어 있었을 때, 저를 깨웠던 누군가의 목소리. 그 목소리의 주인이 누구인지 궁금했다. 하여 이스미온과 대화를 끝낸 후, 하렌을 찾아가 물어보았다. 그러나 하렌은 때가 되면 알게 되리라는 애매한 소리만 했다. 예지가 만능이 아니란 것을 알기에, 에니샤는 더 이상 묻지 않았다. 그리고 카힐과 함께 엘하르크 왕궁으로 떠났다. 바로 유디트의 궁으로 향하니, 그녀는 미리 나와 기다리고 있었다.

"에니샤!"

유디트가 감격하여 에니샤를 끌어안았다. 성년이 된 이후, 유디트는 더 이상 꼬마아가씨라고 부르지 않고 이름을 불러줬다. 에니샤는 활짝 웃으며 유디트를 마주 끌어안았다. 둘이서 한참 끌어안고 난리를 친 후에야, 유디트는 카힐을 쳐다보았다.

"어머, 공왕 전하께서도 오셨군요."

데리고 오라고 한 말이 무색하게도, 쳐다보는 시선이 곱지 않았다.

하지만 옛날부터 히페리온 밑에서 굴러가며 단련된 카힐에게 그 정도는 아무것도 아니었다.

"초대해주셔서 감사합니다, 왕녀님."

카힐이 정중하게 건네는 인사에 유디트는 눈매를 가늘게 접어 웃었다. 그녀는 에니샤와 카힐을 데리고 응접실로 향했다. 응접실에는 차와 함께, 에니샤가 맛있다고 말했던 과자가 산더미처럼 쌓여 있었다.

"세상에……!"

감격한 눈으로 유디트를 바라보자, 그녀가 뿌듯하게 미소 지었다.

"과자집을 지어놓으려다가, 에니샤가 부담스러울까 이 정도만
했어요."

에니샤는 즐거운 마음으로 의자에 앉았다. 그리고 막 과자를 한
입 베어 물려는 순간, 유디트가 엄청난 이야기를 꺼냈다.

"내년 봄쯤에 결혼식을 올릴 예정이에요."

에니샤는 과자를 먹으려다가 그대로 굳어버렸다. 언젠가는 오리
라고 생각했던 순간이지만, 이렇게 예고 없이 치고 들어오면 놀랄
수밖에 없었다. 석상이 되어 있다가, 일단 손에 들고 있던 과자를
입에 넣었다. 그리고 와구와구 씹어서 삼키곤 그녀에게 물었다.

"내년 봄이요?"

"네에. 에니샤의 생일이 지나고, 아마 여름 오기 전이 아닐까 싶
어요."

유디트가 정말 히페리온 황실 사람이 되는구나.

에니샤는 황궁에 있는 그녀를 그려보았다. 딱 맞춘 듯이 어울리
는 모습이지만, 걱정되는 것은 역시 헬라드와 유디트의 결혼 생활
이었다.

가능할까……?

아무리 생각해도 불가능할 것 같았다. 유디트가 황궁에서 며칠
살아보고 바로 이혼한다고 뛰쳐나가면 어찌하나 벌써부터 근심이
었다.

걱정에 절절매는 동안, 유디트는 그런 에니샤를 찬찬히 살폈다.
그녀가 온갖 종류의 과자로 그득한 탁자 위에 겨우 한구석 비집고
앉은 찻잔을 들어올리며 말했다.

"얼굴은 괜찮은 것 같아서 다행이에요."

루네르 여왕과 있었던 사건을 말하는 것이었다. 에니샤는 이제 말짱한 뺨을 슬쩍 만져보았다. 무려 히페리온 막내 황녀의 뺨을 때리고 살아남은 루네르 여왕의 이야기는 이미 대륙에 소문이 자자하게 퍼져 있었다. 여왕이 황녀에게 싹싹 빌고 교역로와 각종 선물을 바쳤다는 사실도 함께 말이다. 유디트가 에니샤를 지그시 바라보며 물었다.

"왜 용서해줬어요?"

여기서 아주 자세하게, 납득 가능한 설명을 해주지 못하면 여왕은 두 번째 죽을 위기를 맞이하게 될 터였다. 에니샤는 여왕이 마음의 감기를 심하게 앓고 있었다고 말했다. 어떤 이유 때문에 무척 힘들어했다고, 목숨까지 내버릴 정도였다고 에두른 설명도 덧붙였다. 하지만 아마 정보에 훤한 유디트라면 다 알고 있을 것이다. 절세미녀였던 여왕이 추녀로 되돌아간 것 또한 암암리에 회자되었으니 말이다.

에니샤는 티스푼으로 차를 저으며 중얼거렸다.

"제가 해줄 수 있는 말이 별로 없더라구요⋯⋯."

말없이 에니샤의 이야기를 듣고 있는 유디트는 차분했다. 에니샤는 그녀에게 살그머니 물어보았다.

"언니라면 뭐라고 조언해줬을 것 같아요?"

"글쎄요⋯⋯."

유디트는 잠시 눈을 아래로 내리깔았다. 그러더니 차갑게 말했다.

"죽게 내버려뒀겠죠."

"네?"

"농담이에요."

유디트는 언제 그랬냐는 듯 생긋 웃어 보였다. 그리고 탁자를 슥 훑더니, 동그랗고 딱딱한 과자 하나를 골라 앞에 놓인 작은 나무망치로 내려쳤다. 퍽 소리와 함께 조각나는 과자의 모습에 왠지 잔인한 장면이 겹쳐 보이는 듯한 착각이 들었다. 하긴 유디트의 성격이라면 애초에 뺨을 맞은 순간부터 작살을 내놨으리라. 아니, 처음 만나서 인사를 나눴을 때 이미 기선 제압을 해버렸을지도 몰랐다. 에니샤가 이것저것 상상해보는 동안, 조각난 과자 조각을 우아하게 집어 들며 유디트가 말했다.

"솔직히 뭐라고 말했든, 내용은 별로 중요하지 않다고 생각해요. 다만 에니샤가 진심을 다했으니 마음을 움직인 거예요."

과자를 바삭바삭 먹으며 그녀가 말을 이어갔다.

"그리고 목숨을 내걸었다곤 하지만……. 그 사람도 누군가 자신을 말려주길 원하지 않았을까요?"

핵심을 꿰뚫는 그녀의 말에 에니샤는 진심으로 감탄했다. 죽이지 않는다는 가정 아래, 유디트가 그 자리에 있었으면 훨씬 멋지게 여왕을 설득했을 것 같았다. 감탄하는 에니샤 앞에서 그녀가 다소 뾰족한 어조로 말했다.

"어쨌든 에니샤는 최선을 다했으니 됐어요. 이미 과한 친절을 베풀었으니, 그 이상은 하지 않는 게 좋겠어요. 그리고 다음부터는 그런 사람 신경 쓰지 말구요."

그럴 바에야 나한테 서신이나 한 통 더 보내라며, 유디트는 얼굴을 찡그렸다.

"이렇게 신경 쓰는 사람들이 많아서야……."

식사는 제대로 챙기고 있느냐며, 어째 더 마른 것 같다고 걱정했다. 오늘 여기 있는 과자 다 먹으라면서, 그녀는 에니샤 앞으로 과자산을 마구 밀어줬다. 그런 다음 방심한 에니샤에게 또다시 엄청난 말을 던졌다.

"두 사람은 결혼할 생각이 있어요?"

나무망치로 과자를 부수려던 에니샤는 그만 탁자를 쾅 하고 내려쳐버렸다. 과자산이 휘청거리며 과자 몇 개가 굴러떨어졌다. 조용히 대화를 경청하고 있던 카힐이 떨어지는 과자를 솜씨 좋게 붙잡아다 올려놓았다. 그리고 유디트를 바라보며 입을 열었다.

"아직 그런 것까진 생각하지 않고 있습니다."

유디트의 입매가 호선을 그렸다.

"그래요. 나는 에니샤가 일찍 결혼하지 않았으면 좋겠어요."

어차피 황족들도 막내 황녀가 혼기 훌쩍 넘기고 황궁에서 뒹굴거리면 더 좋아할 사람들이었다. 압박이 없다면 굳이 쫓기듯 결혼하지 말라며, 유디트가 말했다. 에니샤한테 하는 당부이자, 카힐에게 하는 경고이기도 했다. 카힐은 아직도 굳어 있는 에니샤의 손에서 나무망치를 가져다 탁자에 내려놓으며 단정히 답했다.

"우려하시는 일은 없을 겁니다."

카힐의 대답이 마음에 들었는지, 유디트가 만족스럽게 미소 지었다.

"공왕 전하께서 이리 혜안을 가지고 계시니 자드카르가 번성하는 것이로군요."

"과찬이십니다."

두 사람의 대화를 듣고 있던 에니샤는 문득 입술을 달싹였다.

"언니······."

작게 부르는 소리에 유디트가 얼른 에니샤를 돌아보았다. 에니
샤는 그녀에게 망설이다가 질문했다.

"언니는 괜찮은 거예요?"

뭉뚱그린 질문이었지만, 유디트는 곧장 알아들었다. 그녀가 후
훗 하고 소리 내어 웃었다.

"나를 걱정해주는 사람은 에니샤뿐이네요. 하지만 나보단 황태
자 전하를 걱정하는 게 좋을걸요?"

요염하게 웃어 보이는 입술과 달리, 유디트의 눈은 살벌하게 번
뜩였다.

"황태자 전하께서 마뜩잖게 행동하면, 곧장 우리 황녀님을 황위
에 올려버릴 테니까요······!"

유디트라면 충분히 그러고도 남으리라. 에니샤는 헬라드가 잘해
야 할 텐데, 하고 걱정했다.

에니샤는 카힐과 함께 동부의 밤거리를 걸었다. 번화가 상점들
의 불빛이 반짝거리는 거리를 거닐며, 엘하르크에서만 판다는 이
상한 전통과자도 사 먹었다. 사탕도 젤리도 아닌, 원뿔형의 달달하

고 말캉한 과자였는데 식감이 무척 특이했다. 과일 향이 올라오는 과자를 먹으며 카힐과 이야기를 나눴다.

"헬라드 오라버니가 결혼한다니, 기분이 이상해."

아빠가 결혼한대서 충격받았던 일이 바로 얼마 전인데, 이번엔 헬라드가 결혼이라니. 다만 이쪽은 오래전부터 예정되었던 것이니 그나마 덜하지만……. 기분이 영 싱숭생숭했다. 유디트가 황궁에서 잘 지낼지 걱정도 되고, 아무튼 마음이 복잡했다. 오늘 카힐이랑 결혼 이야기가 나온 탓도 있었다. 카힐은 무조건 에니샤에게 맞춰줄 사람이었다. 지금도 그랬다. 유일하게 남은 자드카르 왕족에게 후사를 가지라는 압박이 쏟아질 텐데도, 카힐은 전혀 티를 내지 않았다. 아마 에니샤가 결혼하기 싫다고 하면 순순히 그러자고 답하리라.

결혼이란 뭘까…….

에니샤가 혼자 과자를 씹으며 심각한 고민에 빠져 있을 때였다. 카힐이 에니샤를 제 쪽으로 바짝 끌어당기며 낮은 목소리로 속삭였다.

"……사람이 따라붙었습니다."

"!!"

에니샤와 카힐은 머리카락과 눈동자 색을 바꾸고, 로브도 눌러쓴 상태였다. 하지만 이목구비를 보고 알아봤을 수도 있다. 정체를 모르고 단순히 돈이 있어 보여 따라붙었다고 하기엔, 따라오는 기척들이 꽤나 전문적이었다. 간만에 카힐이랑 시간을 보내는데 이런 방해꾼이라니. 마음 같아선 그냥 콰콰쾅 해버리고 싶지만, 대법사의 일도 아니고 동부에서 소란을 피우기는 조금 그랬다.

"우선 어딘가로 들어가는 것이 좋겠습니다."

카힐의 말에 에니샤는 작게 고개를 끄덕였다. 주변을 살피는데 문득 벽보 하나가 눈에 들어왔다. 사교장 홍보 전단지였다. 거액의 입장료를 내고 들어가는 사교장인데, 돈만 많으면 누구나 들어갈 수 있었다. 얼굴을 감추고 입장해 신분을 막론하고 어울리는 곳으로서, 상대의 신분을 눈치채도 언급하지 않는 것이 불문율이었다. 위험한 냄새를 폴폴 풍기는 이곳이 눈에 들어온 이유는 마법사들의 환상마법을 특히 강조해서 적어놓은 문구 때문이었다. 마법사들까지 동원해 무희들이 화려한 공연을 펼친다고 하니 궁금했다. 입장료도 비싸게 받는 곳이고 하니, 전단지에 적힌 대로라면 엄청날 것 같았다. 기껏 놀러 나왔는데 이대로 돌아가긴 아쉽고, 사교장에서 조용히 술 마시고 공연 구경이나 하면 좋을 것 같았다. 공연에 사용되는 환상마법들을 상상해보며, 에니샤는 카힐을 쳐다보았다.

"여기 가볼래?"

카힐은 선선히 고개를 끄덕였다.

"사교장이라면 몸을 숨기기도 나쁘지 않겠군요."

사람이 많고 경비 수준도 어느 정도 될 테니, 따라붙는 이들을 따돌리기도 좋을 터였다. 오늘 엘하르크 왕궁을 방문한다고 옷도 제법 괜찮게 차려입은 참이었다. 에니샤와 카힐은 로브를 좀 더 눌러쓰고, 사교장을 향해 걸음을 옮겼다. 밤이 깊어질수록 더더욱 분위기가 무르익는 곳이었다. 휘황찬란한 불빛이 건물 외벽을 환하게 밝혔지만, 내부는 조금도 보이지 않았다. 창문을 전부 붉은 커튼으로 두껍게 가린 탓이었다. 마차들이 정신없이 오가는 가운데, 덩치가 큼직한 경비들이 입구를 지키고 있었다. 로브를 덮어쓴 두 남녀가 나타나자, 경비들은 대번에 앞을 가로막았다. 카힐은 아무 말 없이 반짝거리는 금화를 던져줬다. 입장료로는 넘치는 금액이었다. 금화를 받은 경비는 단색의 가면을 내줬다. 에니샤와 카힐은 가면을 쓰고 사교장 안으로 들어갔다.

텁텁하고 흐린 공기로 가득 찬 건물 내부는 위험한 분위기였다. 붉은 등불이 곳곳에 내걸린 어두운 복도를 따라 걷다가, 어느 순간 탁 트인 공간이 나타났다. 그리고 눈앞에 펼쳐진 풍경에 에니샤는 입을 벌렸다. 장소가 장소인 만큼, 그렇고 그런 곳일 거라고 예상은 했지만……. 생각보다 너무 어른들의 세계였다.

펑 소리와 함께 하늘에서 반짝거리는 종잇조각들이 떨어졌다. 마법으로 만들어낸 빛이 어지럽게 무대 위를 쏟아내고, 경쾌한 음악과 함께 무희들이 춤을 췄다. 여러 겹으로 꽃처럼 풍성하게 프릴을 넣은 치마가 화려하게 흔들렸다. 다리를 번쩍번쩍 들어올리는 탓에 스타킹을 신은 속살이 그대로 보였다. 담배 연기가 자욱한 가운데, 곳곳에 세워진 봉에는 헐벗은 남녀들이 하나씩 서 있었다. 기다란 봉을 붙잡고 몸을 꿀렁거리던 남자 무용수가 에니샤를 보고 한쪽 눈을 찡긋했다. 조금 부끄러워서 에니샤는 시선을 다른 쪽으로 돌렸다. 하지만 어디를 봐도 상황은 비슷했다. 종업원들은 손님들에게 엉겨 붙으며 웃음과 술을 팔았다. 남종업원들은 상체를 완전히 탈의했고, 여종업원들은 다리가 다 드러나는 짧은 치마를 입고 있었다. 성별을 가리지 않고 공평하게 벗고 돌아다니는 모습들이 아주 적나라했다.

"와······."

이런 사교장은 처음이었다. 이름만 사교장이고, 거의 퇴폐업소라고 불러도 손색없을 수준이었다. 이것보단 좀 더 점잖은 분위기일 줄 알았던 에니샤는 넋 놓고 쳐다보았다. 그러다 문득 옆을 돌아보았다. 카힐은 사교장이 아닌 에니샤를 뚫어져라 보고 있었다.

"카힐, 저기 봐."

저쪽 언니 몸매 진짜 좋다면서 감탄하는데, 커다란 손이 눈 위를 슬쩍 덮어 왔다. 에니샤는 그의 손가락을 잡아 벌리며 항의했다.

"왜, 나도 성년인데."

이제 몸도 완전히 성년이라며 말하자, 그가 눈매를 살짝 찌푸렸다.

"······그렇긴 하지만."

카힐이 말하다 말고 입을 꾹 다물었다. 흘긋 쳐다보는 시선이 아까 에니샤에게 눈을 찡긋거렸던 남자 무용수를 보는 듯했다. 카힐은 잠시 눈썹을 꿈틀했다가, 장내를 휙 둘러보며 말을 돌렸다.

"자리에 앉는 것이 좋지 않겠습니까."

확실히 북적거리는 사람들 때문에 이리저리 치이고 있었다. 바로 옆의 가면 쓴 귀부인이 깔깔 소리 내서 웃으며 남종업원과 엉망으로 춤을 추기 시작했다. 그녀의 구두에 밟히기 전에, 에니샤는 카힐과 함께 구석진 곳으로 자리를 잡았다.

2층에 별도로 마련된 좌석들은 칸칸이 나뉘어 있었다. 푹신한 소파에 앉은 에니샤가 1층의 무대를 내려다보며 구경하는 동안, 카힐은 종업원에게 여러 가지를 주문했다. 주문을 받은 종업원이 사라지자, 에니샤는 카힐을 빤히 쳐다보며 물었다.

"너 되게 능숙하다?"

이런 곳 자주 와봤냐고 슬쩍 유도신문을 던져봤다.

"자주 온 것은 아니고……. 일 때문에 몇 번 들른 적은 있습니다. 아주 예전에 말입니다."

그렇게 덧붙인 카힐이 1층을 내려다보며 피식 웃었다.

"먹고살려면 뭐든 해야 했으니까요."

지금이야 번듯한 자드카르 공왕 전하이지만, 카힐의 과거는 씁쓸했다. 곱게 자란 귀족들은 알지 못할 세계도 훤히 꿰고 있는 이유는 그 때문이었다. 잠시 과거를 생각하고 있다가, 종업원이 술잔을 들고 나타나는 바람에 생각이 끊겼다.

남종업원이 술잔 위에 불을 붙였다. 기다란 유리잔 위에 불꽃이 확 피어올랐다가 사그라졌다. 신기한 장면에 감탄하는 동안, 카힐은 말없이 제 몫으로 나온 술을 한 모금 마셨다. 그리고 에니샤의 술도 한 모금 마셔서 별 이상이 없는지 확인한 후에 돌려주었다.

둘이서 술잔을 가볍게 맞부딪치곤, 쭉 들이켰다. 화끈한 감각에 어깨를 부르르 떨자, 앞에서 카힐이 희미하게 웃었다. 아래층에서 박수와 환호성이 터졌다. 밑을 내려다보니, 에니샤가 궁금해했던 공연이 이제 막 시작하는 참이었다. 반짝거리는 드레스를 입은 무희가 천장에서 보석과 깃털로 만든 날개를 달고 내려왔다. 금색 가발을 쓴 무희는 마법의 힘으로 사교장 곳곳을 날아다니며 노래를 불렀다. 귀를 쨍하게 울리는 높은 목소리와 함께 신나는 음악이 사교장을 꽉 채웠다. 한 편의 음악극처럼 재미난 공연이었지만, 기대했던 마법은 별로 없었다. 가끔 빛이나 무대효과를 넣어주는 정도로 조금 사용될 뿐이었다.

이 정도 규모의 사교장이라면 꽤 실력 있는 마법사를 고용할 수 있을 텐데…….

들어올 때 냈던 입장료나, 손님들이 뿌려대는 금액을 생각하면 충분히 가능한 이야기였다. 돈 벌어서 어디다 쓰나 싶었다. 주변을 두리번거리며 살피던 에니샤는 의외의 장면을 발견했다. 몇몇 종업원에게 마법사가 환상마법을 걸어주고 있었다. 언뜻 마법을 살펴보니, 제법 높은 수준의 마법이었다. 환상마법에 걸린 종업원의 얼굴이 놀랄 만큼 미형으로 바뀌었다. 자세히 살피기도 전에, 종업원은 금세 커튼을 드리운 칸막이 안으로 들어가 버렸다.

에니샤는 지나가는 다른 종업원을 붙잡아다 저게 뭐냐고 물어보았다. 남종업원은 저희 사교장의 자랑거리라며, 뿌듯한 얼굴로 입을 열었다.

"마법으로 원하는 사람을 보여주는 겁니다."

"……?"

그런 것치고는 조금 이상했다. 커튼 너머로 비치는 모습이나 신음까지, 아무리 봐도 의심스러운 분위기였다. 의아해하는 에니샤 앞에서 종업원은 자랑을 늘어놓았다.

"얼굴만 바꿔주는 것부터, 자세하고 구체적으로 신체까지 변형하는 것도 있습니다. 추가 비용을 내면 여러 사람 동시에도 가능하고 말입니다."

아직 감을 잡지 못한 에니샤와 달리, 카힐은 이미 눈치를 챈 모양이었다. 카힐은 나직하게 질문했다.

"어떤 사람이 가장 인기가 좋습니까?"

종업원이 음흉하게 웃으며 답했다.

"아무래도 평소에는 절대 못 건드리는 높은 분들 아니겠습니까? 히페리온의 막내분도 인기가 좋지요."

그 외에도 각국의 유명인들은 전부 인기라며 덧붙였다. 이해할 수 없는 질문에 이해할 수 없는 답이었다.

히페리온 막내면 나 아닌가……?

에니샤가 혼자 고개를 갸웃거리는데, 어디서 퍽 소리가 났다. 카힐의 손에 들려 있던 술잔이 깨지는 소리였다. 종업원이 이크 하고 놀라더니 에니샤에게 재빠르게 속삭이곤 도망갔다.

"원하신다면 마법사를 이쪽으로 불러드리겠습니다. 연인분들이 같이 즐길 수 있는 마법도 있으니까요."

휙 하고 사라져버린 종업원 뒤에는 부서진 술잔 조각만이 남았다. 손바닥을 털어내는 카힐의 턱이 딱딱하게 굳어 있었다. 그러더니 조용히 자리에서 일어나며 말했다.

"잠시 뭐 좀 확인하고 오겠습니다."

에니샤는 얼결에 홀로 남게 되었다. 무슨 일인지 추측해보며 술을 홀짝이다, 어떤 생각이 들었다.

……아, 설마.

그런 거라면 카힐이 사교장 전체를 얼려버리지 않은 것만 해도 다행이었다. 이걸 어떻게 처리해야 하나, 고민하고 있을 때였다. 공연이 끝난 듯, 커다란 함성과 박수 소리가 들려왔다. 깃털 날개를 단 무희가 여기저기에 손키스를 보냈다. 2층에 올라온 무희는 손님들에게 일일이 찾아가 인사를 건넸다. 에니샤에게도 다가와서, 의례적으로 인사를 건넸다.

"공연 잘 봤어요."

무채색 가면을 쓴 아가씨의 말에 무희가 생긋 미소 지었다. 그녀는 귀엽다는 듯 에니샤를 바라보며 물었다.

"함께 앉아 있던 남자, 연인이에요?"

몸매가 좋던데, 하며 입맛을 다시는 그녀의 말에 에니샤는 얼른 연인이라고 답했다. 무희는 선선히 물러났다.

"아쉽네요."

그러더니 옆을 지나가는 종업원에게 손짓해서, 작은 술잔을 하나 받아다 내밀었다.

"이거 선물."

그녀가 에니샤의 귓가에 속삭였다.

"연인 사이에 이보다 더 좋은 것도 없죠."

"……?"

무희가 건넨 손가락만 한 술잔에는 오묘한 색깔의 술이 담겨 있었다. 빨간 불빛 아래 위험한 색으로 일렁이는 것이 딱 봐도 수상했다.

"고마워요. 잘 마실게요."

의례상 답인사를 한 후, 그냥 탁자 위에 올려뒀다. 낯선 사람이 주는 것을 먹지 않는 건 기본 상식이었다. 무희는 에니샤가 술을 마시지 않는 것을 보고서도 말없이 웃더니 사라졌다. 정말 위험한 사교장이라고 생각하며, 안주로 시킨 과일 조각이나 집어 먹고 있을 때였다.

카힐이 다시 돌아왔다. 그는 자리에 앉자마자 낮게 숨을 토해냈다. 가면에 얼굴이 가려서 잘 보이지 않지만, 느껴지는 분위기만 봐선 굉장히 화가 난 것 같았다. 그리고 에니샤가 미처 말리기도 전에, 카힐은 탁자 위의 술잔을 잡아채 쭉 들이켜버렸다. 에니샤는 깜짝 놀라서 그의 팔뚝을 붙잡았다.

"카, 카힐, 잠깐만!"

하지만 이미 한입에 털어 넣어버린 뒤였다. 그가 입술에 남은 술방울을 핥아내며 에니샤를 쳐다보았다. 완전히 멀쩡한 모습이었다. 에니샤는 눈을 깜빡였다.

괜히 무희 언니를 의심한 건가……?

카힐은 침착한 어조로 말했다.

"따라붙은 사람들, 에니샤 님이 아니라 제 쪽을 노리는 것 같습니다."

자드카르가 빠르게 세력을 불리면서, 자연스럽게 적대 관계도 생겨났다. 히페리온 막내 황녀는 무서워서 못 건드려도, 자드카르 공왕 정도는 찔러보는 이들이 많았다. 물론 암살자들은 오는 족족 카힐에게 쓱싹 당했지만 말이다. 오늘도 카힐은 깨끗하게 정리해버릴 생각인 듯했다. 그가 싸늘한 목소리로 말했다.

"지금 처리하고 오겠습니다."

왠지 다른 것도 함께 처리하고 올 것 같은 말투였다. 잠깐만 구경하고 계시라며, 카힐은 다시 에니샤를 두고 휙 사라졌다. 눈을 깜빡이던 에니샤는 혼잣말을 중얼거렸다.

"그래, 뭐, 내버려둘 수도 없으니까……."

그러게 왜 마법을 그런 쪽으로 쓰는 건지, 하여튼 사람들은 나쁜 쪽으로만 머리가 비상했다.

에니샤는 1층을 내려다보았다. 새로운 공연이 시작되고 있었다. 아까보다 더 많이 벗은 남녀가 격렬하게 춤추고 있었지만, 별로 재미는 없었다. 담배 냄새도 너무 많이 나고 슬슬 나가고 싶었다. 카힐이 언제 오나 고개를 빼고 이리저리 살펴보았지만, 영 돌아올 기색이 없었다. 기다리는 동안 어느새 두 번째 공연도 끝났다. 진즉 정리하고 돌아와야 했을 시간이었다. 어디 가서 맞지는 않을 걸 알지만, 조금 걱정되는 건 어쩔 수 없었다. 에니샤는 카힐을 직접 찾아 나서기로 결심했다.

주머니에서 은화를 꺼내 탁자 위에 올려놓고, 카힐의 기척을 찾아 떠났다. 맹세의 주인인 에니샤는 원하기만 한다면 카힐이 어디 있는지 훤히 알 수 있었다. 느껴지는 감각을 따라 걸어가자 으슥한 곳으로 발길이 향했다. 빽빽하던 사람들이 점차 줄어들었다. '직원전용통로'라는 팻말이 걸린 문을 열고 들어가자, 완전히 조용해졌다.

왜 이렇게 조용하지?

직원들이 안 돌아다니나, 하면서 안으로 쭉쭉 들어가는데, 뭔가 발에 물컹 밟혔다.

"앗."

에니샤는 바닥에 쓰러진 남자를 발견했다. 황급히 발을 치우며 미안하다고 사과했지만, 남자는 미동조차 하지 않았다. 가만 보니 한군데 얻어터진 상태로 기절해 있었다. 뭘까 하면서 계속 안쪽으로 걸어가니, 복도 여기저기 기절한 사람들이 널려 있었다. 죄다 공평하게 얻어맞은 자국이 나 있었다. 흘려놓은 과자 부스러기를 따라가는 심정으로 쭉 걸어가다가, 마침내 어느 방 앞에 도착했다. 비스듬히 열린 문 사이로 옅은 불빛이 새어 나왔다.

에니샤는 조심스럽게 문을 열어보았다. 어둑한 방 안에 작은 등불이 켜져 있고, 중앙에 우두커니 서 있는 남자가 보였다. 희끄무레한 불빛이 그의 몸을 타고 흘러내렸다. 은은한 빛이 감도는 윤곽이 아름다웠다. 방 안이 조금 더운 것 같다고 생각했을 때였다. 가쁘게 몰아쉬는 숨소리가 들렸다. 에니샤는 등 뒤로 문을 닫으며 그를 불렀다.

"카힐?"

그가 천천히 뒤를 돌아보았다. 붉게 달아오른 얼굴, 조금씩 떨리는 몸, 그리고 묘하게 흐린 눈동자. 카힐의 상태가 이상했다. 덜컥 겁이 났다. 황급히 다가가 카힐의 이마에 손을 짚어보았다. 불덩이처럼 뜨거웠다. 눈과 얼음 정령의 계약자인 카힐이었다. 그가 차갑게 식어버리는 일 때문에 전전긍긍했던 적은 있어도, 열이 올라서 걱정하는 건 처음이었다. 열이 올라 붉어진 눈매 안에 담긴 청회색 눈동자와 시선이 마주쳤다. 그의 눈빛이 잘게 흔들린다고 생각한 순간이었다. 이마를 짚고 있던 손이 내쳐졌다. 그는 어느새 저만치 뒤로 물러나 있었다. 벽에 바짝 달라붙은 카힐 주변으로 삐죽한 얼음 조각들이 반원을 그리며 솟아났다. 명백한 거부였다. 내쳐진 손을 어찌하지도 못하고 엉거주춤하게 든 채로 카힐을 바라보았다. 그의 가슴팍이 불규칙하게 오르락내리락했다. 항상 단정하던 얼굴이 붉게 달아올라 있었다. 더운 숨을 몰아쉬던 카힐은 거칠게 머리카락을 쓸어 넘겼다.

"죄송합니다……."

손끝이 가느다랗게 떨리는 것이 보였다. 무희가 건넨 수상한 술잔이 떠올랐다. 분명 그 술이 문제였다. 카힐의 모습으로 짐작하건대, 아주 독한 약을 탄 모양이었다. 빨리 상태를 확인하고 해독해야 했다. 하지만 조바심 내는 에니샤와 달리, 카힐은 접근을 완강하게 거부했다. 한 발짝 다가가는 순간, 냉랭한 목소리가 날아왔다.

"가까이 오지 마십시오."

눈빛이 얽혀들었다. 꿰뚫을 것처럼 바라보는 시선이 가슴을 푹 파고들었다. 심장이 빠르게 뛰었다. 어쩐지 입안이 조금 마르는 기분이었다. 에니샤는 잠시 입술을 말아 물었다가, 그에게 말했다.

"그럼 그대로 있을 거야?"

"……제가 알아서 하겠습니다."

"고집부리지 마."

치유마법 쪽에는 재능이 없지만, 카힐은 치료할 수 있었다. 그가 에니샤에게 종속되어 있기 때문이었다. 마력으로 약물을 몰아내거나 안에서 태워버리면 될 터였다.

마력을 끌어올려 그를 둘러싼 얼음 일부를 녹였다. 얼음이 녹으며 흥건하게 물이 흘러내렸다. 물 위에 발을 디디니 찰팍 소리가 났다. 카힐은 몸을 흠칫 떨었다. 궁지에 몰린 짐승처럼, 그는 자꾸만 뒤로 물러나려 했다. 그러나 벽에 등이 막혀서 더 이상 도망갈곳이 없었다. 에니샤가 바로 앞까지 다가서자, 카힐은 초조한 듯 입술을 짓씹었다. 아슬아슬하게 막아놓은 둑이 흔들리고 있었다. 그럼에도 불구하고, 에니샤는 손을 내뻗었다. 항상 그렇듯이 카힐은에니샤를 이기지 못했다. 그가 커다랗게 숨을 토해냈다. 커다란 손이 허리를 확 감싸 안았다. 끌어당기는 손길과 함께 단단한 품에온통 감싸 안겼다. 터질 듯이 안아 오는 힘이 너무 강해서, 순간적으로 에니샤는 눈을 크게 떴다. 카힐이 뜨겁게 숨을 내뱉으며 목덜미에 얼굴을 파묻어 왔다. 드러난 살갗 위에 문지르는 입술의 감각이 간지러웠다. 그가 낮게 목을 울리며 연신 이름을 불러왔다.

"에니샤 님, 에니샤 님……."

정신없이 달뜬 목소리로 속삭이는 탓에, 에니샤도 함께 열기로어지러워지는 기분이었다. 그가 매달리며 깊게 파고들었다. 몸이뒤로 밀리며 바닥에 주저앉았다. 등이 바닥에 닿으려는 순간 시야가 뒤집혔다. 에니샤를 땅바닥에 눕힐 수 없었던 카힐이 제 몸을바닥에 누인 것이었다. 졸지에 에니샤는 그를 깔고 누운 모양새가되었다. 머리카락이 마구 흐트러지며 아래로 쏟아졌다. 카힐과 에니샤는 아슬아슬한 거리에서 서로를 마주 보았다. 깊게 골이 팬 미간이 눈에 들어왔다. 직선으로 뻗어나간 눈썹 아래, 어찌할 바를 모르고 잔뜩 찡그린 눈매가 보였다.

"하……."

카힐은 괴로운 듯 숨을 토해내며, 천천히 얼굴을 옆으로 돌렸다.

곧은 목선과 함께 열기로 붉어진 피부가 고스란히 드러났다. 에니샤의 어깨를 붙잡고 밀어내며, 그는 시선을 피한 채 중얼거렸다.

"제가 인내심이 이렇게 없을 줄은 몰랐습니다……."

에니샤는 무척 낯선 기분으로 카힐을 내려다보았다. 자신이 익히 알고 있는 카힐인데도, 지금의 그는 낯설었다. 정말 카힐이 맞는가 싶어서 저도 모르게 손으로 얼굴을 쓰다듬어보았다. 카힐은 가만히 눈을 감고서 에니샤의 손에 저를 맡겼다. 에니샤가 물러날 생각을 하지 않자, 카힐이 천천히 눈을 맞춰 왔다.

"저를 붙잡아두실 겁니까……?"

열에 취한 눈으로 묻는 그에게 고개를 끄덕이자, 카힐은 어금니를 꽉 맞물었다.

"그럼 제게 움직이지 말라고 명령을 내려주십시오."

나쁜 짓을 저지를지도 모르니…….

흐리게 덧붙이는 말이 간절했다. 에니샤는 카힐의 신체를 통제할 수 있는 권한을 가졌다. 원한다면 정말 꼼짝도 못하게 만들어버릴 수 있었다. 피하는 것을 허락해주지 않을 거라면, 혹여나 자신이 허튼짓을 하지 못하도록 명령을 내려달라는 것이었다. 그의 손이 조심스럽게 에니샤의 머리카락을 어루만졌다. 턱과 목 뒤쪽을 느리게 쓸어내며 머리카락을 넘겨주는 감각에 피부가 예민하게 반응했다. 애원하듯 바라보는 눈과 애타는 손길은 전부 오롯이 에니샤를 향하고 있었다. 카힐이 재차 속삭였다.

"에니샤 님, 제발……."

어서 명령을 내려달라는 소리였다. 에니샤는 그를 빤히 들여다보며 말했다.

"지금부터 움직이지 마."

그러나 맹세의 힘을 사용한 명령이 아니었다. 그저 가만히 있으라는 말만 해놓고는, 천천히 고개를 기울였다. 카힐의 눈이 커졌다. 입술과 입술이 맞닿았다. 살짝 벌어진 틈으로 숨결이 섞여들었다. 얼어붙은 것처럼 굳어 있던 카힐의 손이 느릿하게 움직였다. 아주 더디게, 그리고 조심스럽게 에니샤의 허리를 움켜쥐었다.

축축한 소리가 조용한 방 안에 울려 퍼졌다. 입술이 잠깐 떨어진 순간, 약속이라도 한 것처럼 서로를 바라보았다. 잔뜩 흐릿해진 청회색 눈동자는 붉게 젖어 있었다. 뜨거운 시선에 속이 바짝 조여들었다. 에니샤와 카힐은 다시 깊게 달라붙었다. 키스를 나누며 그의 몸에 마력을 밀어 넣었다. 열기 사이를 파고드는 힘에 카힐이 몸을 떨었다. 고통과 또 다른 무엇 때문이었다. 열기가 옮겨 붙은 것일까. 에니샤는 저 또한 몸이 홧홧해지는 것을 느꼈다. 위험한 충동 속에서 그와 입을 맞췄다. 마력이 독을 말끔하게 몰아냈다. 하지만 그러고 나서도 오랫동안, 카힐과 에니샤는 서로를 놓지 않았다.

　　　　　❦

카힐의 해독은 무사히 끝냈다. 그리고 카힐을 뒤쫓았던 이들 또한 깔끔하게 정리했다. 다만 사교장의 불법 영업이 문제였다. 카힐은 단순히 영업을 금지하는 게 아니라 관련자들을 죄다 집어넣고 싶어 했다. 하지만 동부 엘하르크에 속한 가게이니, 자드카르 공왕이 나섰다간 자칫하면 외교 분쟁으로 번질 소지가 있었다. 그렇다고 해서 그냥 넘어갈 생각은 절대 없기에, 카힐은 약간의 도움을 받기로 결정했다. 유디트에게 사교장에 대해 일러바친 것이다.

당연히 그녀는 길길이 날뛰었다. 그런 저열한 짓거리를 해대는 가게를 가만 내버려둘 수 없다며, 죄다 사형대에 올려버리겠다고 이를 갈았다. 그러나 한 가지 문제가 있었으니.

"……지금 뭐라고 하셨어요, 오라버니?"

유디트는 제 눈앞의 남자를 무시무시하게 노려보며 질문했다. 벤야민은 움찔 놀라면서도 지지 않고 목소리를 높였다.

"내 휘하의 귀족들이 엮여 있으니, 적당히 하라고!"

사교장은 벤야민 세력에 속한 귀족이 운영하던 곳이었다. 엄청난 수익이 올라오는 만큼, 벤야민에게 뒤로 찔러주는 뇌물도 상당했다. 황금알을 낳는 거위를 뺏기지 않으려고 바득바득 감싸주는 벤야민의 모습에 유디트는 헛웃음을 지었다.

저렇게 멍청한 놈이 왕태자랍시고 앉아 있다니.

황금알이고 나발이고, 거위 속에 폭탄이 들어 있다는 것을 모르는 듯했다. 정신 차리라고 뒤통수를 때리고 싶은 마음이 목 끝까지 차올랐다. 하지만 유디트의 마음도 모르고, 벤야민은 소리쳤다.

"아무튼 그쪽은 건드릴 생각도 말아! 내 왕태자로서 결코 용납지 않을 테니."

그 한심한 꼬라지를 바라보면서, 유디트는 생각했다.

죽여버리고 싶다…….

어쨌든 벤야민이 저렇게까지 나서면 유디트도 양껏 처벌을 내리기가 힘들었다. 기껏 해봐야 영업 정지 처분일 터였다. 결코 그 정도로 만족할 수 없는 사안이었다. 어찌할까 고민하던 그녀는 좋은 생각을 떠올렸다. 외교 분쟁 따위 신경 쓸 필요 없는 권력자 겸 대륙의 깡패이자, 에니샤의 일이면 물불 가리지 않고 나서줄 사람을 전격 활용하기로 말이다. 바로 유디트의 약혼자였다. 단박에 서신을 작성한 뒤, 유디트는 흡족하게 웃었다.

"이럴 때 써먹으려고 약혼한 것이지."

엘하르크의 인장을 쾅 찍어서 히페리온으로 서신을 보냈다. 분명히 그녀가 생각하는 이상으로, 차고 넘치게 만족스러운 일 처리를 해주리라 믿으며 말이다. 그리고 마치 운명의 장난처럼, 유디트의 서신은 배달 착오로 헬라드가 아닌 다른 사람의 손에 들어가고 말았으니⋯⋯.

"⋯⋯?"

작은 칼로 엘하르크에서 왔다는 서신의 밀랍을 뜯어낸 로드고는 눈썹을 치켜올렸다. 자신이 아닌 헬라드에게 갔어야 할 서신이었다. 분류하는 과정에서 실수가 있었던 모양이다. 책임자를 문책해야겠다고 생각하며, 서신을 따로 빼놓으려던 순간이었다. 그의 눈에 어떤 단어가 걸려들었다. 서신에 에니샤의 이름이 적혀 있었다. 에니샤를 발견하자마자, 로드고는 곧장 서신을 읽어 내려갔다. 처음부터 끝까지 정독한 그는 말없이 입매를 비틀었다. 그리고 사태는 걷잡을 수 없이 불어나기 시작했다.

"화 안 나십니까?"

레시나의 질문에 에니샤는 선선히 고개를 끄덕였다.

"뭐, 옛날에 대륙 떠돌 때는 별별 꼴을 다 봤으니까."

직접적으로 위해를 가한 것도 아니고, 이 정도는 에니샤에게 별다른 타격을 주지 못했다.

"그래도 이번엔 좀 참신하긴 했지."

정말 사람들의 창의성에 감탄했다고 말하자, 레시나는 얼굴을 와락 구겼다.

"진짜 개 같은……. 아니, 멍멍이 같은……."

욕을 하지 않고 표현할 방법을 고심하던 레시나는 결국 무난한 단어를 골라서 말했다.

"……아무튼 나쁜 놈들입니다."

에니샤는 그녀의 말에 웃으면서 서류를 팔락팔락 넘겼다. 현재 대륙마법협회에 등록된 마법사들을 위주로, 사교장의 불법 행위에 가담한 이들을 수색 중이었다. 아주 뿌리를 뽑아버릴 생각으로 임하고 있는데, 한 가지 문제가 생겼다. 열심히 추적해서 잡아들이는 것보다 빠른 속도로 마법사들이 실종되고 있었다. 도망간 건 아니고 말 그대로 실종이었다. 어느 순간 뿅 하고 사라졌다는 말로 미뤄보아, 왠지 카힐이 나선 느낌이었다. 유디트가 왕태자 때문에 사교장 뒤처리를 제대로 하지 못했기 때문이다. 아무리 생각해도 카힐이 한 놈씩 잡아다가 이렇게 저렇게 하는 것 같은데, 물증이 없었다. 조만간 캐물어봐야겠다고 생각하며, 레시나와 함께 대륙마법 협회의 서류를 함께 훑어보던 때였다.

"황녀님!!"

델 하르인이 수염을 휘날리며 뛰어 들어왔다. 그가 시퍼렇게 질린 얼굴로 소리쳤다.

"큰일 났습니다! 황족들께서……!"

끝까지 말을 듣기도 전에, 에니샤는 서류를 내던지고 달려 나갔다. 황궁 분위기가 어수선했다. 막 회의가 파했는지, 본궁에서 쏟아져 나오는 귀족들은 죄다 희게 질린 얼굴을 하고서 높은 목소리로 무어라 대화를 나누고 있었다. 그들의 말에서 단어 하나가 커다랗게 박혀들었다.

엘하르크 정벌.

방금 회의에서 가결된 모양이었다. 에니샤는 황급히 본궁 안으로 뛰쳐 들어갔다. 아직 회의장에 몇몇 귀족과 함께 로드고와 쌍둥이가 남아 있었다.

"아빠, 오라버니들……!"

에니샤를 보자마자 세 남자는 말랑하게 웃어 보였다. 하지만 미인계를 써서 넘어갈 사안이 아니었다.

"엘하르크 정벌이라뇨?"

로시엘이 가장 먼저 살랑거리며 에니샤에게 손짓했다.

"일단 여기 와서 앉으렴, 에니샤."

"말 돌리지 마시구요."

헬라드가 눈썹을 치켜올리며 되물었다.

"엘하르크 정벌 나갈 건데, 뭐 문제 있어?"

"……."

에니샤는 멍하니 입을 벌렸다. 문제가 아주 넘쳐나는데, 전혀 그런 개념이 없어 보이는 모습이었다. 로시엘이 살짝 난처한 미소를 지으며 말했다.

"한 번은 참았지만……. 두 번은 힘들어."

일전 루네르 여왕이 무례를 저질렀을 때, 히페리온은 인내했다. 하지만 어디까지나 에니샤를 위해서였고, 여왕이 바짝 엎드려서 빌었기 때문에 억지로 눈감아준 것이었다. 그러나 엘하르크는 사안이 달랐다. 에니샤를 모욕한 것으로도 모자라, 처분까지 시원찮았다. 루네르 때 눌러놓은 분노까지 합쳐져, 황족들은 오랜만에 제대로 광증이 일었다. 에니샤는 마지막 희망인 로드고를 쳐다보았다. 그러나 로드고도 이미 맛이 간 상태였다.

"다른 누구도 아닌 너를 모욕했는데……. 이는 히페리온을 우습게보지 않고서야 불가능한 일이지 않느냐."

그가 번들거리는 눈을 하고서 말했다.

"아빠는 그리 착한 사람이 아니다, 에니샤."

에니샤는 깨달았다. 이번에는 자신도 말리기 어렵겠다는 것을.

❧❀❧

"나는 사과 못 한다!"

벤야민이 버럭 소리 질렀다. 유디트는 기가 막혀서 그를 빤히 쳐다보았다. 혹시 얘가 말을 못 알아들었나 싶어서, 느릿하게 다시 말했다.

"……히페리온이 엘하르크 정벌에 나선다고 하잖아요."

이미 히페리온은 정벌 준비를 시작했다. 소문에 빠른 엘하르크 귀족 몇몇은 벌써 외국으로 도망갈 수단을 알아보는 중이었다. 당장 제도로 달려가서 무릎 꿇고 싹싹 빌어도 모자랄 판이건만, 벤야민은 개의치 않았다. 오히려 유디트에게 비아냥거리기까지 했다.

"잘난 약혼자님한테 네가 구걸이라도 해보든지."

그것을 마지막으로, 벤야민은 휙 나가버렸다. 아무도 없는 방 안에서 유디트는 한참 혼자 서 있었다. 그러다가 천천히 한숨을 내쉬었다. 자신의 어리석은 판단 착오였다. 히페리온을 끌어와서 협박하면 벤야민이 굽히리라 생각했는데, 그는 끝까지 고집을 부렸다. 명백히 엘하르크가 잘못한 일이었다. 사교장과 연관된 귀족들을 처벌하고, 관련자들을 사형대로 올려서 깔끔하게 정리하고 사과하면 끝이었다. 그런데 그 쉬운 일을 하질 못했다. 나라보다 그깟 자존심이 더 중요해서, 천지 분간도 못하고 히페리온을 상대로 뻗대는 것이었다. 남자의 자존심이니 뭐니 하면서 끝까지 제 세력의 귀족들을 싸고도는데, 아무리 봐도 뒷돈 쏠쏠히 받아 처먹은 모양새였다. 저번에 그렇게 히페리온한테 두들겨 맞아놓고도 정신 못 차리는 벤야민이었다. 유디트는 고개를 내저었다. 벤야민이 뭘 믿고 저러는지는 알고 있었다. 이렇게 제멋대로 굴어대도, 어차피 유디트가 해결해줄 거라고 믿는 것이다. 벤야민이 나라를 버리고, 엘하르크가 유디트를 버려도……. 유디트는 그러지 못하니까. 참으로 쓸쓸한 일이었다. 잘난 체는 저 혼자 다 하고 있었지만, 어쩌면 정말 똑똑한 놈은 벤야민일지도 몰랐다.

스스로를 멍청하다 욕하면서도, 유디트는 결국 홀로 히페리온을 찾아가기로 했다. 헤르노어 아카데미를 방문해 이스미온에게 이동 마법을 부탁했다. 갑작스러운 방문에 놀란 이스미온은 히페리온으로 보내달라는 말을 듣고 더 깜짝 놀랐다.

"무슨……. 설마 이번 일 때문입니까?"

유디트는 말없이 고개를 끄덕였다. 그것만으로도 이스미온은 대충 상황을 짐작해냈다.

"벤야민 놈이 또 유디트 님에게 떠넘겼군요."

이스미온은 곧장 마법학부 교수진을 전원 소집하여, 이동마법진의 작동을 명했다. 호위 하나 없이 홀로 이동마법진 위에 오르는데, 이스미온이 나란히 함께 섰다.

"같이 가겠습니다."

만류하기도 전에 마법진이 작동되었다. 히페리온 황궁에 도착하자마자 가장 먼저 두 사람을 반긴 것은 날카로운 검이었다. 황궁 기사들이 유디트를 향해 검을 겨눴다. 완전히 적으로 취급하는 태도였다. 유디트는 허리를 꼿꼿이 세우고, 고개를 치켜들며 말했다.

"황제 폐하를 알현하고 싶네."

적대적인 기사들 앞에서 도도하게 웃으며 말했다.

"아직은 황태자 전하의 약혼자이니, 자격이 충분하다 생각하네만."

겨눠졌던 검이 천천히 아래로 내려갔다. 기사단장으로 보이는 자가 짤막히 말했다.

"따라오십시오."

이스미온과 함께 마차를 타고 황궁 안을 가로질렀다. 유디트는 말없이 창밖을 내다보았다.

"……"

기분이 좋지 않았다. 자꾸 과거의 기억이 떠올랐다. 왕위 계승에서 완전히 밀려났던 그날. 모두가 알고 있었다. 왕재를 타고난 자는 유디트라는 사실을 말이다. 벤야민 따위, 그녀와 비교조차 안 된다는 것을 다들 알고 있었지만……. 마지막에 대귀족들은 유디트를 배신했고, 단체로 반대표를 던졌다. 모욕적인 그 순간, 대귀족 중에서 유일하게 자신에게 찬성표를 던졌던 것이 이스미온이었다. 물론 함께 처참히 밟혔지만 말이다. 이후 이스미온은 제 손으로 엘하르크 대귀족 작위를 내버리고, 헤르노어 아카데미의 교장이 되었다.

"이스미온."

나직한 부름에 맞은편에 앉아 있던 이스미온이 움찔 놀랐다. 유디트는 그를 물끄러미 바라보며 말했다.

"고마워요."

이스미온이 삐죽거리며 새치름히 대꾸했다.

"어디 죽으러 가는 사람처럼 말씀하십니다."

"충분히 그럴 수 있는 상황이죠."

황태자의 약혼자라고 하지만, 어디까지나 허울에 불과한 사이였다. 히페리온 황족들의 잔인함을 생각한다면, 이것이 유디트의 최후일 수도 있었다.

"황녀님께서 그리 내버려두지 않으실 겁니다."

"에니샤에게 의지할 수는 없어요. 그 아이는 이미 짊어진 짐이 너무 많은걸요."

유디트는 고개를 기울이며 미소 지었다.

"내가 오늘 죽나요, 이스미온?"

"……예지는 만능이 아닙니다."

이스미온이 답답한 듯 곱게 땋은 머리카락을 신경질적으로 흩뜨리며 말했다.

"그리고 제 예지는 단편적인 것에 불과하다는 사실, 아시지 않습니까."

오늘 날씨는 좋을 거라고 투덜대는 소리에 유디트는 작게 웃었다.

다시 대화가 이어지기도 전에 마차가 부드럽게 정차했다. 본궁에 도착한 것이다. 마차의 문이 열리기 직전, 이스미온이 빠르게 말했다.

"저는 아직도 당신이 엘하르크의 왕이 되어야 한다고 생각합니다."

유디트는 싱긋 웃으며 답했다.

"나도 그렇게 생각해요."

하지만 이룰 수 없는 꿈이란 것은, 이스미온도 유디트도 잘 알고 있었다.

유디트는 마른침을 삼키며 본궁 안으로 들어섰다. 아무리 강심장인 유디트라도 히페리온 황궁, 그것도 본궁에 들어서면 자연스레 긴장감이 들었다. 사람을 짓누르는 본궁의 분위기 때문이었다.

하여튼 건물도 꼭 지들같이 지어놨다고 속으로 욕하며 걸음을 옮겼다.

시종장의 안내를 받아 도착한 곳은 홀이었다. 히페리온 문양이 새겨진 거대한 문이 양옆으로 열렸다. 이스미온이 흠칫 몸을 떨며 슬쩍 유디트의 뒤로 숨었다. 유디트는 호흡을 가다듬으며 겨우 발을 내딛었다. 홀의 가장 안쪽, 나란히 놓인 네 개의 황금의자에 황족들이 앉아 있었다. 보기만 해도 오금이 저리는 광경이었다. 유일한 숨구멍처럼 혼자서 반짝이는 에니샤가 보였지만, 유디트는 일부러 그녀와 눈을 마주치지 않았다. 홀에 들어서자마자 곧장 무릎을 꿇었다.

"히페리온의 태양을 뵙습니다."

가장 먼저 황제에게 예를 갖추고, 이어서 황족들에 대한 예도 갖췄다.

"히페리온의 별들을 뵙습니다."

뒤편에 있던 이스미온도 유디트와 함께 무릎을 꿇었다. 유디트는 고개를 숙인 채 바닥을 내려다보았다. 그리고 천천히 입을 열었다.

"엘하르크의 죄를 사죄드리고자 합니다. 어떠한 처벌이든 달게 받겠습니다."

머릿속에서 수많은 생각이 휘몰아쳤다. 히페리온 앞에서 괜히 머리를 굴려선 안 된다. 최대한 솔직하게, 납작 엎드려서 잘못을 비는 게 가장 상책이었다. 단어 하나하나를 신중하게 고르며 말을 이어갔다.

"그러니 부디 전쟁 선포를 거두어주신다면……."

"그만."

소름끼치도록 낮은 목소리가 들려왔다.

"일어나라. 그대가 무릎 꿇을 일은 아니지."

"……."

유디트는 조심스럽게 몸을 일으켰다. 섬뜩한 주홍색 눈동자가 시야에 박혀들었다. 언제 봐도 적응되지 않는 눈이었다. 저런 황제 밑에 에니샤 같은 딸이 나온 건 정말이지 기적이었다. 떨리는 몸을 진정시키기 위해 드레스 자락을 몰래 움켜쥐었다. 그런 유디트의 모습에 황제는 피식 웃으며 입을 열었다.

"히페리온의 황제로서 묻겠다."

"하문하십시오."

잠시 침묵이 흘렀다. 그리고 황제가 말했다.

"왕이 될 생각은 없는가?"

유디트는 느리게 눈을 감았다 떴다. 순간 어지럼증이 느껴진 탓이었다. 심장이 빠르게 뛰기 시작했다. 말라붙은 목소리를 억지로 짜내어 입술을 달싹였다.

"지금…… 무슨 말씀을 하시는 것인지……."

황제는 유디트를 거만하게 내려다보며 말했다.

"그대가 엘하르크의 왕이 될 생각은 없느냐고 물었다."

세상은 평등하지 않다. 고귀한 엘하르크 왕족으로 태어났음에도, 유디트의 처지는 한미한 귀족 집안의 남자들보다 못했다. 머리 위에 보이지 않는 벽이 있었다. 그것은 엘하르크에서 태어난 이상, 결코 깨트릴 수 없는 투명한 벽이었다. 넘어설 수 없는 한계에 분노했다. 유디트는 홀로 목소리를 높이며 끊임없이 싸워나갔다. 외롭고 고독한 싸움이었다. 그래도 조금씩 바꿔나가고 있다고, 그렇게 생각했지만……. 전부 착각이었다. 왕위 계승에서 밀린 그날, 유디트는 현실을 깨닫고 세상과 타협했다. 결혼이라는 이름 아래 히페리온에 팔려가게 되었을 때는 이미 상당 부분을 체념한 뒤였다. 겉으로는 아무렇지 않은 척, 여전히 피도 눈물도 없는 철혈의 마녀인 척 굴었다. 그러나 속은 썩어 들어가고 있었다. 아무리 괜찮다고 스스로를 다독여도 문드러진 마음은 낫지 않았다. 애써 덮어놓고 외면했던 나날들이었다. 그런데 지금 자신에게, 왕이 되지 않겠느냐고 묻고 있었다.

"……."

유디트는 우선 침묵했다. 히페리온의 의중을 알 수 없는 탓이었다. 섣부르게 대답을 하기보단 기다리는 것이 나았다. 유디트의 침묵에 로드고를 대신하여 헬라드가 입을 열었다.

"다른 뜻은 없소, 왕녀."

유디트는 자신의 약혼자를 바라보았다. 그는 황제와 똑같은 얼굴을 하고서 말했다.

"히페리온은 현 엘하르크의 왕태자가 왕이 되는 걸 원하지 않을 뿐이니."

헬라드의 모습에 잠시 희미한 미소를 지었다. 제법 위엄을 갖추고 말하지만, 결혼하기 싫어서 필사적으로 부추기는 꼴이 훤히 보이는 탓이었다. 유디트가 왕이 되면 헬라드와는 자연스럽게 파혼 수순을 밟게 된다. 한 나라의 왕이고 황태자이니, 어느 쪽도 상대의 나라에 속할 수 없기 때문이었다. 일전 루네르의 여왕처럼 속국이 되길 자처하거나, 작위를 버리는 경우가 아니라면 약혼을 이어나 갈 수가 없는 것이다.

"파혼은 이번 사건을 빌미로 히페리온에서 먼저 요구할 테니, 그 대에게는 크게 흠 가는 일도 없을 것이오."

헬라드의 말이 끝나고, 유디트는 고개를 아래로 숙였다. 주어 진 선택지는 두 개였다. 자신이 왕이 되거나, 엘하르크가 정벌당하 는 꼴을 보거나. 당연히 전자를 선택하는 것이 상식적으로 옳았다. 하지만 왕이 되어서는 안 되는 이유들이 머릿속에 우수수 떠올랐 다. 가장 먼저 엘하르크 귀족들이 가만있지 않을 것이다. 유디트 편 에 서는 귀족 세력도 있지만, 대부분 벤야민을 지지하는 자들이었 다. 귀족들의 반발은 둘째 치고, 엘하르크 역사에는 여왕의 전례가 없었다. 여권이 약한 나라니 국민들은 거부감을 느낄 것이었다. 최 악의 경우에는 반역까지 일어날 수도 있었다. 하지만 그 모든 것을 감수하더라도……. 유디트는 왕이 되고 싶었다. 잿더미 속에 묻어 두었던 불씨가 고개를 내밀었다. 진즉 꺼져버린 줄 알았는데, 한구 석에서 끈질기게 살아남아 있었던 것이다. 되살아난 불씨가 다시 유디트를 뜨겁게 달구기 시작했다. 마지막 갈림길에 서서, 유디트 는 저도 모르게 에니샤를 바라보았다. 흔들리는 마음을 훤히 알기 라도 한다는 듯, 에니샤는 가만히 고개를 끄덕였다. 유디트는 곧장 눈치챘다.

아, 이건 꼬마아가씨가 만들어준 기회구나.

갑자기 속에 단단한 자신감이 차올랐다. 유디트는 깊게 숨을 들이마시며 황족들을 바라보았다. 그리고 배에 힘을 주고서, 굳은 목소리로 말했다.

"저를 도운 것을 후회하실 겁니다."

유디트의 눈이 고요하게 빛났다.

"시작은 히페리온의 도움을 받아도, 끝은 그렇지 않을 것입니다. 저의 통치 아래 엘하르크는 강성해질 것이고, 언젠가 제국을 넘볼 만큼 자라날지도 모릅니다."

히페리온 황족들을 향해, 유디트는 한없이 오만하게 발언했다.

"그래도 괜찮겠습니까."

말을 끝맺었을 때, 침묵이 내려앉았다. 뒤쪽에서 찌그러져 있던 이스미온이 기겁하며 숨을 들이마셨다. 그러나 유디트는 차분했고, 히페리온은 굉장히 흡족한 얼굴들이었다. 그들은 어느 누구도 유디트가 오만하다고 비난하지 않았다. 오히려 무척 만족스러워하는 눈치였다. 로시엘이 예쁘게 웃으며 입을 열었다.

"응당 그래야 하지 않겠습니까."

그가 몸을 살짝 앞으로 기울이며 유디트에게 말했다.

"후회하도록 만들어주십시오. 그 정도도 못 해낼 사람에게 이런 제안을 하지는 않으니."

유디트는 주먹을 꽉 움켜쥐었다. 타오르는 희열에 몸이 부들부들 떨렸다. 애써 침착함을 유지하는 유디트를 바라보며, 로드고가 입을 열었다.

"마지막으로 하나 묻지."

로드고는 한쪽 손으로 느슨하게 턱을 괴고서, 매우 한가로운 어조로 질문했다.

"네 손으로 오라비의 목을 자를 수 있나?"

혈육을 제물 삼아 만들어낼 엘하르크의 왕관이었다. 그 무게를 견뎌낼 수 있는지 묻는 것이었다. 가족을 죽이고 황위를 차지했던 히페리온의 태양에게, 유디트는 독화처럼 웃으며 답했다.

"그야말로 제가 바라던 바입니다."

황족들과의 알현이 끝나고, 유디트는 휘청거리며 홀을 벗어났다. 이스미온이 황급히 옆에서 부축해줬다.

"유디트 님……."

그가 복잡한 눈으로 유디트를 바라보았다. 두 사람은 잠시 말없이 서로를 응시했다. 역사의 한순간이 방금 히페리온 황궁의 홀에서 결정되었다. 엘하르크 최초의 여왕. 그 수식어가 가져다줄 고난이 훤히 보였다. 히페리온의 도움을 받아 왕위에 오르다니, 분명 비난받으리라. 유디트가 왕이 되지 않으면 엘하르크가 정벌당하는 상황이라도 말이다. 하지만 그것을 방패 삼고 싶지 않았다. 유디트는 기꺼이 고통받을 준비가 되어 있었고, 얼마든지 자신의 선택을 욕하길 바랐다. 당대에는 비난받더라도, 후대 사람들은 저를 칭송하게 될 테니 말이다. 유디트는 그렇게 해낼 자신이 있었다.

유디트의 눈빛에서 생각을 읽어낸 이스미온이 가볍게 입술을 깨물었다. 그가 한숨을 내쉬며 중얼거렸다.

"일이 이렇게 흘러갈 줄은 몰랐습니다."

이스미온은 작게 숨을 들이마셨다가, 일부러 좀 더 가벼운 쪽으로 화제를 돌렸다.

"그나저나 파혼을 하면, 히페리온은 후사 문제를 어찌할 생각인지……."

그때 가볍게 뛰어오는 발소리가 들렸다.

"언니!"

유디트는 두근거리는 마음으로 뒤를 돌아보았다. 에니샤가 금빛 머리카락을 팔랑이며 제게 달려오고 있었다. 마치 본능처럼, 유디트는 에니샤를 향해 마주 달려가 끌어안았다. 와륵 웃음을 터뜨리는 에니샤는 이제 훌쩍 자라나 저와 눈높이를 나란히 하고 있었다.

"에니샤……."

벅차오르는 감정에 이름을 부르자, 에니샤는 활짝 웃으며 손을 잡아끌었다.

"저랑 둘이서 산책할까요?"

히페리온 황궁도 산책하기 좋다며 재잘거리는 말을 어찌 거절할까. 유디트는 기꺼이 에니샤를 따라나섰다. 어쩌다 보니 이스미온도 엉거주춤 함께 가게 되었다.

세 사람은 황녀궁으로 향했다. 과거 황후궁이었던 황녀궁은 본궁과 가까운 곳에 위치하고 있었다. 아름답게 가꾼 황녀궁은 예전보다 더 화려해진 것 같았다. 많이 달라진 듯한 풍경을 둘러보고 있자니, 에니샤가 조금 부끄러워하며 말했다.

"대대적인 수리를 한 번 했거든요……."

크게 전손된 적이 있었다며 꾸물꾸물 덧붙였다. 자세한 설명을 듣지 않아도, 유디트는 왠지 누가 황녀궁을 부쉈는지 알 것 같았다.

황녀궁에 도착하니 정원에 다과가 준비되어 있었다. 나란히 앉아서 따뜻한 차를 마셨다. 찻물이 몸을 덥혀주며 긴장감을 풀어줬다. 유디트는 에니샤를 물끄러미 바라보았다. 케이크를 크게 잘라 먹던 에니샤가 눈을 동글하게 떴다가 살짝 웃었다. 에니샤는 작은 숟가락을 얌전히 내려놓고서 말했다.

"곧 엘하르크에 선전포고를 날릴 거예요. 현 왕태자를 몰아내지 않으면 침공하겠다고 말이에요. 당연히 그쪽에선 거부할 거고, 그때 제국군이 엘하르크로 파견될 예정이에요."

언니는 그때까지 인질인 척 여기 붙잡혀 있다가, 제국군이 출정할 때 같이 엘하르크로 가면 된다고 설명을 이어갔다. 조곤조곤한 설명을 듣고 있던 유디트는 조용히 질문했다.

"에니샤가 설득해준 것이지요?"

유디트의 서신에는 구체적인 내용이 적혀 있지 않았다. 다만 벤야민이 에니샤를 모욕한 자들을 처벌하는 걸 방해한다는 이야기 정도만 적어 보냈다. 하지만 서신을 받자마자, 히페리온은 바로 구체적인 상황 파악에 들어갔을 터였다. 황실의 정보력이면 사교장에서 벌어진 퇴폐 영업쯤은 손쉽게 알아냈으리라. 감히 히페리온 황족을, 그것도 막내 황녀를 모독한 일이었다. 히페리온은 분명 엘하르크를 그냥 밀어버리려고 했을 것이다. 방향을 조금 틀어서 유디트를 왕으로 삼고, 엘하르크를 남겨두는 발상은 에니샤가 한 것이 틀림없었다. 에니샤가 아니고서야 그런 자비로운 생각을 할 사람이 황실에 없으니 말이다. 유디트의 질문에 에니샤는 천천히 고개를 끄덕이며 말했다.

"하지만 설득이 받아들여진 건, 어디까지나 언니가 그만한 능력을 가지고 있기 때문이에요."

그러더니 한숨을 폭 내쉬며 덧붙였다.

"이번에는 정말 제 말도 안 들으려고 하셨거든요."

등골이 섬뜩했다. 막내 황녀의 말도 듣지 않을 정도였다니…….
엘하르크는 진실로 지도에서 사라질 뻔한 위기를 넘긴 것이다. 이스미온도 유디트와 비슷한 생각을 한 듯, 마시고 있던 찻물에 사레가 들려 캑캑거렸다. 잠시 그의 기침이 진정될 때까지 기다린 후에, 에니샤가 활짝 웃으며 말했다.

"언니가 왕이 될 수 있어서 기뻐요."

유디트는 그만 멍하니 굳어버렸다. 맑은 눈동자에 가슴이 술렁거렸다. 분명 에니샤는 루네르의 여왕에게도 이런 눈을 하고서 진심을 건넸으리라. 저 작은 손을 힘껏 뻗어서, 가장 밑바닥에 처박힌 사람을 밝은 햇볕으로 끌어내는 모습이 어렵잖게 머릿속에 그려졌다. 우습게도 조금 질투가 났다. 에니샤의 마음이 좀 더 제게로 향했으면 하는 욕심이 들었다. 유디트는 히페리온 황족들이 왜 어린 황녀를 물고 빨며 곁에만 두려 하는지, 완벽하게 이해했다. 그들에게도 에니샤의 존재는 구원이었으리라. 갑자기 참을 수가 없어져서, 유디트는 자리를 박차고 일어났다. 그리고 제 앞의 에니샤를 힘껏 끌어안았다.

"앗, 언니……!"

당황한 에니샤를 꽉 끌어안은 채 중얼거렸다.

"나 에니샤 없이 못 살아요……."

에니샤가 웃음을 터뜨렸다. 정말 에니샤랑 같이 엘하르크에 가고 싶다고 한탄하자, 에니샤는 밝게 말했다.

"저도 같이 갈 거예요! 물론 계속 머무르는 건 아니지만……."

그래도 제법 오랫동안 같이 있을 거라는 말에, 유디트는 깜짝 놀라서 바라보았다. 에니샤가 수줍게 웃으며 말했다.

"제가 이번 전쟁의 총사령관이 되었거든요."

✧◦✦◦✧

탄생부터 대륙의 관심을 받아왔던 막내 황녀였다. 어릴 때는 막연히 귀여움의 대상이었다. 하지만 성년이 된 지금, 절세미녀로 자라난 황녀님을 다른 시선으로 바라보는 이들이 많아졌다. 에니샤는 모르고 있었지만, 황족들은 이미 카힐과 연합하여 부지런히 변태들을 처단해오고 있었다. 음지에서 일어나던 일을 에니샤가 알게 되었다는 사실에 황족들은 더없이 분노했다. 그런데 벤야민이 상황 파악 못 하고 까불어댔으니, 아주 제대로 발작하고 만 것이다. 에니샤의 말도 듣지 않을 정도로 말이다.

엘하르크와의 전쟁은 절대 막을 수 없었다. 에니샤는 재빠르게 머리를 굴려 다른 쪽으로 황족들을 유도했다. 그리하여 생겨난 것이 '엘하르크 왕위 찬탈 작전'이었다. 히페리온은 유디트에게 도움을 주는 대가로 딱 한 가지만을 요구했다. 벤야민과 그의 아들, 그리고 사교장과 연관된 귀족들 및 관계자 전원의 신병을 히페리온에 넘기는 조건이었다.

황태자의 파혼, 그리고 엘하르크를 향한 선전포고는 대륙을 뒤흔들었다. 한 가지 더 놀라운 점은 이번 정벌의 총사령관이 막내 황녀라는 것이었다. 사람들은 황족들로도 모자라, 이제 막내 황녀가 손수 대륙을 부수러 나선다며 수군댔다. 그러거나 말거나, 에니샤를 총사령관으로 삼은 히페리온은 정벌 준비를 착착 해나가고 있었다.

제국군은 극소수만이 파견될 예정이었다. 황태자 헬라드와 그의 직속기사단 아할든, 그리고 100명의 기사. 총사령관 에니샤와 그녀를 따르는 아르커스의 좌우법사. 도합 200도 되지 않는 숫자였다. 거창한 선전포고에 비해 초라하기 짝이 없는 수였으나, 어느 누구도 비웃지 못했다. 아르커스의 삼두법사가 참전하기 때문이었다.

극소수의 병력을 파견하는 것은 에니샤의 주장이었다. 사실 가장 처음에는 제국군은 일절 없이, 삼두법사 셋이서만 출정하려 했다. 그나마 헬라드가 뒤에서 구경하고 보조만 한다는 조건을 내세워 간신히 끼어든 것이었다. 에니샤가 단 셋의 숫자로 밀어붙이려는 이유는 간단했다. 아르커스의 힘을 보여주기 위해서였다.

"이번 일은 비단 황녀님뿐만 아니라, 아르커스 대법사를 향한 모욕이기도 하니까."

레시나의 말에 제나가 고개를 끄덕거리며 동의를 표했다. 두 자매는 나란히 황궁 구석에서 박하잎 궐련을 태우고 있었다. 마법사들이 엮인 문제이기 때문에, 엘하르크 정벌에 앞서 대륙마법협회의 협회장인 제나는 황궁을 찾아왔다. 오랜만에 만난 자매는 둘이서 이번 사태에 관해 나름 심도 있는 토론을 나누고 있었다.

"황녀님이 대법사라는 사실을 뻔히 알면서도, 환상마법을 써서 더러운 짓거리를 저지르다니……."

과거라면 상상도 못 할 일이었다. 레시나가 퀼런 끄트머리를 사납게 씹으며 화를 냈다. 제나는 그런 레시나를 토닥토닥 달래며 말했다.

"어쨌든 언니, 나는 역시 황녀님이 똑똑하게 처신했다고 생각해."

천공섬이 파괴된 이후, 아르커스는 은연중 깎아내려지고 있었다. 대법사가 대륙 마법사들에게 인정받지 못하는 것도 그 연장선이었다. 눈 감고 귀 막은 그들에게 학술발표 같은 부드러운 설득은 통하지 않았다. 하여 이번 전쟁에서 아르커스의 힘을 크게 떨쳐서, 다시 과거의 영광을 수복하려는 것이다.

"대법사 싫어하는 마법사들이 죄다 엘하르크 왕태자 쪽에 붙었다니까, 정신교육으론 아주 딱이지 않겠어?"

"그렇긴 하지."

이제 그놈들 다 죽었다며, 레시나는 주먹을 흔들어 보였다. 잠시 둘이서 낄낄거리며 웃다가, 제나가 새 퀼런을 꺼내 입에 물며 질문했다.

"근데 히페리온 황실은 이제 어떻게 되는 거야?"

파혼한 황태자는 다시 신부를 찾을 생각이 없어 보였다. 그리고 히페리온을 감당할 만한 여자도 더 이상 대륙에 남아 있지 않았다. 레시나는 얼굴을 오만상 찡그리다가 말했다.

"뭐……. 황녀님께서 결혼하시려나."

히페리온 황실의 대가 끊기도록 할 수는 없었다. 아마 황족들은 에니샤의 결혼을 염두에 두고 파혼했을 가능성이 높았다. 아닌 척해도 은근히 카힐을 인정하고 있는 사람들이니 말이다. 제나가 헉하고 소리 내며 되물었다.

"그럼 황녀님이 최소 애 둘은 낳으셔야 하는 것 아냐?"

그래야 히페리온 하나, 자드카르 하나 이렇게 되지 않겠냐는 것이다. 애 하나만 낳으면 자드카르 공국은 대가 끊기는 것 아니냐고 걱정하는 제나에게 레시나가 어깨를 으쓱이며 말했다.

"걱정 마. 히페리온은 무조건 둘이니까."

"아……."

유구한 황실 역사 속에서 이어져 내려온 둘째의 저주를 떠올린 제나는 금방 수긍했다. 제나가 박하향 가득한 연기를 내뱉다가 불쑥 말했다.

"그리고 정 급하면 폐하나 황태자께서 말년에라도 하나 가능하지 않을까? 그 괴물 같은 신체들을 생각하면 충분히……. 왁!"

레시나는 당장 제나의 주둥이를 때렸다.

"황족 모독죄로 잡혀가고 싶냐!"

혹시 누가 들었을까 후다닥 주변을 살피는 레시나에게 제나가 억울한 표정으로 항의했다.

"모독은 아니잖아!"

"어휴, 내가 진짜……."

주위에 아무도 없다는 것을 확인한 레시나는 혀를 쯧쯧 차고선,

슬쩍 한마디 했다.

"뭐, 맞는 말이긴 하네."

❈

히페리온의 소식은 당연히 자드카르에도 전해졌다. 카힐이 서운하지 않도록, 에니샤는 직접 그를 찾아가 자세한 이야기를 해줄 생각이었다. 하여 이동마법을 써서 자드카르에 도착했으나……. 에니샤는 텅 빈 집무실에서 고개를 갸웃했다.

"잠깐 어디 갔나?"

과거의 교훈에 따라, 이제 이동마법은 무조건 카힐의 집무실이나 침실로 고정해놓은 에니샤였다. 오늘도 자연스럽게 집무실로 찾아왔는데 카힐이 없었다. 이 시간에는 원래 한창 일하고 있을 때였다. 어디로 간진 모르겠지만, 곧장 얼굴 볼 생각에 기분 좋았던 에니샤는 조금 시무룩해졌다. 에니샤는 잠시 카힐을 기다리기로 하고, 그의 의자에 앉아보았다. 큼직하고 푹신한 의자가 마음에 들었다. 등받이에 거만한 자세로 몸을 기대보다가, 한쪽 구석에 걸린 카힐의 겉옷이 눈에 들어왔다. 예비용으로 놓아둔 것인 듯했다. 에니샤는 의자에서 일어나 겉옷이 걸린 곳으로 가보았다. 체구 차이가 있는 탓에 확실히 엄청 컸다. 소맷자락에 손을 넣어보니, 한 세 개쯤 넣어도 될 것 같았다. 어깨에도 한번 슬쩍 걸쳐보면서 키득키득 웃었다. 한참을 그러고 놀았지만, 카힐은 여전히 돌아올 생각을 하지 않았다.

"뭐 하고 있는 거지⋯⋯."

기다림에 지친 에니샤는 결국 직접 찾아가보기로 결정 내렸다. 기적을 감추는 마법을 걸고 자드카르 왕궁을 탐사했다. 느껴지는 감각을 따라 카힐이 있는 곳으로 향하니, 다다른 곳은 회의장이었다. 한창 회의가 진행 중인 듯, 안에서 격한 말소리가 새어 나왔다. 에니샤가 대강 알고 있는 일정에 따르면 진즉 끝났어야 할 회의였다.

"⋯⋯?"

에니샤는 호기심을 참지 못하고 몰래 회의장 안으로 쏙 스며들었다. 회의장의 풍경은 히페리온과 비슷한 느낌이었다. 기다란 탁자의 가장 상석에 카힐이, 그리고 양옆으로 귀족들이 나란히 자리하고 있었다. 카힐 다음으로 상석에 앉은 귀족이 언성을 높여 소리쳤다.

"대체 언제까지 피하기만 하실 겁니까!"

그의 뒤를 이어, 다른 귀족이 열성적으로 발언했다.

"더 이상 혼사를 미루실 수 없습니다. 약혼식이라도 올려주십시오. 그러지 않으실 거라면 황녀님과는 관계를 정리하시는 것이 옳다고 사료됩니다."

"옳습니다."

"이는 공국을 위한 간언입니다."

너도나도 결혼하라 아우성치는 덕에 회의장이 시끌시끌해졌다. 카힐은 얼음처럼 무표정한 얼굴을 하고서 그들을 내려다보았다. 아무 대답 없이 침묵하고 있자, 와글거리며 떠들던 귀족들은 슬그머니 하나둘씩 입을 다물었다. 서늘한 냉기가 회의장에 내려앉았다. 장내가 고요해지고 나서야, 카힐은 천천히 입을 열었다.

"공국을 위해서라……."

그리고 입매를 비뚜름하게 치켜올리며 되물었다.

"그대들의 여식을 공왕비로 만들 욕심이 아니고?"

"어찌 그런 말씀을!"

귀족들은 아닌 척 반발했으나, 다들 내심 뜨끔한 표정이었다. 북부에서 정령의 계약자는 눈부신 영광과 명예의 상징이었다. 카힐과 결혼한다면, 아이 또한 계약자로 태어날 가능성이 높았다. 다들 자기 가문에서 정령의 계약자가 탄생하길 바라며 이리 압박을 넣는 것이었다. 권태로운 얼굴로 귀족들의 행태를 바라보던 카힐이 일순 멈칫했다. 그의 시선이 느릿하게 움직여, 정확히 에니샤를 바라보았다. 모습을 감춘 채 회의장 문 앞에 딱 붙어 있던 에니샤는 살짝 손을 흔들어 보였다. 카힐의 눈 위로 웃음기가 감돌았다. 하지만 귀족들이 눈치채기 전에, 그는 다시 냉랭한 공왕의 얼굴을 덧씌웠다. 카힐은 회의장 탁자를 손으로 가볍게 두드렸다. 툭툭 이어지는 소리 끝에 피식 웃으며 말했다.

"그렇게 공국의 미래가 걱정된다면, 내가 아닌 히페리온을 찾아가서 빌어보는 것이 어떤가?"

카힐의 말에 공국 귀족들은 일제히 얼굴이 하얘졌다. 그들을 향해 카힐은 비아냥거렸다.

"서로가 행복한 해결책이 아닌가. 내 그대들의 충심을 기대할 테니."

약속이라도 한 것처럼 입을 딱 다문 그들에게, 카힐은 자리에서 일어나며 말했다.

"다음 회의는 히페리온 황궁에 다녀온 이들만 발언을 허용토록 하지."

그 말을 끝으로 카힐은 회의장을 벗어났다. 그러나 귀족들은 아무도 붙잡지 못했다. 회의장을 나선 카힐이 에니샤에게 살며시 눈짓하고선, 저를 따르려는 시종에게 말했다.

"잠시 혼자 걷겠다."

시종이 공손히 인사하며 뒤로 물러나고, 카힐은 홀로 왕궁을 가로질렀다. 에니샤는 기다란 겉옷 자락을 휘날리며 성큼성큼 걸어가는 그를 졸졸 뒤따랐다.

모퉁이를 돌았을 때였다. 확 끌어당기는 손길에 에니샤는 그대로 끌려갔다. 시원한 향기와 함께 달콤한 목소리가 들려왔다.

"에니샤 님."

카힐이 에니샤를 끌어안고서 얼굴을 마구 부비적거렸다. 그가 잔뜩 들뜬 목소리로 속삭였다.

"어인 일로 이리 말씀도 없이 찾아오셨습니까?"

저를 두근거려 죽게 만드실 작정이냐며, 카힐은 실없는 농담까지 덧붙였다.

"아, 그러니까……."

이번에 총사령관 된 거랑 마법사들 실종되는 거 등등, 분명 여러 가지 이야깃거리가 있었다. 하지만 정작 에니샤의 입에서 튀어나온 건 엉뚱한 말이었다.

"너랑 나랑 결혼하는 것 때문에."

"……."

카힐은 잠시 침묵했다. 그는 곧장 답하지 않고, 다른 쪽으로 말을 돌렸다.

"옷이 얇습니다."

카힐은 입고 있던 겉옷을 벗어서 에니샤에게 덮어주었다. 어깨에 걸쳐놓은 것만으로는 마음에 들지 않았는지, 옷을 입도록 도와주기까지 했다.

에니샤는 큼직한 카힐의 옷을 입게 되었다. 카힐에게도 조금 긴 느낌이었던 겉옷은 에니샤가 입으니 바닥에 끌리기 직전이었다. 슬쩍 발돋움을 했다가 다시 몸을 바로 하며 카힐을 올려다보았다. 겨울 햇살에 비치는 그의 얼굴이 참으로 희고 투명했다. 하얗게 눈이 덮인 겨울의 왕국, 그리고 그곳을 다스리는 북부의 왕. 서늘한 생김새의 카힐에게 이보다 더 잘 어울리는 수식어는 없으리라.

가만히 올려다보고 있는데 카힐의 손이 뺨을 감싸왔다. 몰랐는데 뺨이 차갑게 식어 있었다. 온기에 사르르 녹아내리는 감촉이 따스했다. 카힐은 잠시 미간을 찌푸렸다가, 에니샤의 겉옷을 한 번 더 단단하게 여미고서 말했다.

"추우니까……. 우선 어디 들어가도록 할까요."

그는 에니샤와 손을 잡고 집무실로 향했다. 아까 에니샤 혼자 이 것저것하면서 놀았던 집무실이었다. 시종과 비서관들을 전부 물리고, 단둘이 집무실에 남았다. 카힐은 자신이 앉는 의자에 에니샤를 앉혀놓고 책상 서랍을 뒤적였다. 그리고 종이봉투에 싸인 과자를 꺼냈다. 에니샤가 언제 찾아올지 모르니, 항상 집무실에 과자를 구비해놓는 카힐이었다. 종이봉투를 길게 찢어내 앞에 놓아준 덕분에, 에니샤는 편하게 과자를 먹을 수 있었다. 두툼한 초코칩과 잘게 다진 호두를 넣은 쿠키를 먹고 있자니 그가 홍차를 들일까요, 하고 물었다. 에니샤는 쿠키만 먹어도 괜찮다고 점잖게 대답했다. 손바닥만 한 쿠키를 세 개쯤 먹어치우고 나니 카힐이 질문했다.

"회의장에서 있었던 일 때문에 그러시는 겁니까?"

아주 아니라고 할 수는 없었다. 에니샤는 말없이 눈동자를 굴렸다. 카힐이 어느 정도 압박을 받고 있는 줄은 알고 있었다. 하지만 막연히 아는 것과, 오늘처럼 귀족들에게 시달리는 모습을 직접 보는 것은 하늘과 땅 차이였다. 아무 말도 않고 있자, 카힐이 에니샤의 머리카락을 쓰다듬으며 말했다.

"좀 더 숙고한 뒤에 결정하셨으면 좋겠습니다."

에니샤는 먹던 쿠키를 내려놓으며 풀이 죽은 목소리로 답했다.

"사실 아직……. 결혼이 뭔지 모르겠어."

황녀로 태어나고 나서, 에니샤의 주변에서 이뤄진 약혼과 결혼들은 사랑의 결실이 아니었다. 전부 특정한 목적을 가진 거래였다. 누군가는 결혼을 위해 나라를 내걸었고, 누군가는 꿈을 위해 파혼했다. 그리고 에니샤와 카힐 또한, 사랑으로만 덜컥 결혼하기엔 너무 높은 사람이었다. 그와 자신에게는 수많은 제약이 걸려 있었다. 당장 결혼 생활을 어디서 꾸려야 할지부터가 큰 문제였다.

"하지만 내가 언젠가 결혼한다면, 그건 너라고 생각해."

도장 찍듯 확언하는 말에 카힐의 눈매가 천천히 휘어졌다.

"그것이면 됐습니다."

에니샤는 먹던 쿠키를 다시 와작 베어 물고서 그에게 물었다.

"불안하면 약혼이라도 먼저 할까?"

"에니샤 님이 편하신 대로 하십시오."

그 뒤로는 평범한 대화들이 이어졌다. 이번 전쟁에서 총사령관이 되었다는 말을 해주자 카힐은 약간 싫어했다.

"위험한 일은 황태자 전하께 다 시키셔야 합니다."

"내가 아르커스의 위엄을 보여줘야 한다니까."

그러자 카힐은 더 이상 뭐라 하지 않았다. 에니샤가 대법사의 책무를 중요하게 여긴다는 것, 그리고 엘하르크 정돈 눈 깜빡할 사이에 해치울 수 있는 능력자라는 것을 알기 때문이었다. 대신 은근슬쩍 다른 방향으로 끼어들려고 했다.

"구경 가도 됩니까?"

"안 돼."

너 오면 외교적으로 곤란해진다고 단단히 타일렀다. 오면 아주 크게 화낼 거라고 으름장을 놓다가, 마법사들 이야기가 나왔다. 어디로 빼돌렸냐고 추궁하자 카힐은 모르는 척 딱 잡아뗐다. 둘이서 아웅다웅거리며 대화를 나누던 때였다.

"……."

문득 카힐의 입술이 눈에 들어왔다. 한 번 인식하고 나니 쉽게 잊히지 않았다. 그날 있었던 일 때문일까. 단정한 입매가 오늘따라 무척 야해 보였다. 아무래도 밀폐된 공간에 단둘이 있어서 자꾸 야한 생각을 하는 것 같았다. 이러다 카힐을 덮치겠다 싶어서, 에니샤는 의자에서 벌떡 일어났다.

"사, 산책이나 갈까아……."

다소 어색한 말과 함께 책상을 돌아나갔다. 삐걱거리면서 문으로 향하는데, 카힐이 살짝 손목을 붙잡았다. 에니샤는 불에 덴 것처럼 화드득 놀라며 그를 돌아보았다. 카힐이 눈웃음 지으며 물었다.

"키스하고 싶으십니까?"

"웅……. 으웅?"

무심결에 대답했던 에니샤는 얼굴이 새빨개졌다. 하여간 눈치가 빨라도 너무 빨랐다. 아니라고 하지도 못하고 엉거주춤 서 있는데, 그의 손끝이 턱밑을 가볍게 받쳐왔다. 자연스럽게 고개가 위로 올라가고, 눈이 마주쳤다. 카힐이 가만히 속삭였다.

"저도 그렇습니다."

에니샤는 천천히 눈을 감았다 떴다. 그리고 누가 먼저라고 할 것도 없이, 서로 입을 맞췄다. 입술과 입술이 맞닿고, 도톰한 감촉이 느껴졌다. 살짝 몸을 떨자, 커다란 손이 어깨를 감싸 쥐었다. 꽉 움켜쥐었다가 느릿하게 팔뚝을 쓸어내렸다. 이내 등허리를 세게 누르며 몸을 끌어당겼다. 숨이 모자랐다. 다리에 힘이 풀리면서, 자연스럽게 그의 옷자락을 손으로 움켜쥐었다. 카힐은 에니샤를 번쩍 들어다 책상 위에 앉혔다. 그리고 서로를 꽉 끌어안고서 다시 키스를 이어갔다. 키스는 한참 만에야 끝이 났다. 젖은 소리와 함께 입술이 떨어졌다. 발갛게 달아오른 얼굴을 하고서 카힐을 쳐다보았다. 그 또한 저와 비슷하게 말랑한 모습으로 녹아 있었다. 에니샤는 카힐을 흘겨보며 말했다.

"……너 왜 이렇게 잘해?"

카힐이 눈썹을 치켜올리며 답했다.

"에니샤 님이 처음입니다."

"거짓말."

솔직하게 말해보라고, 키스 정도는 해봤어도 아무 말 않겠다고 하자 카힐이 피식 웃었다.

"저는 당신을 생각하는 것만으로도 하루가 모자란 사람입니다."

그러더니 이마를 맞대며 이렇게 속삭이는 것이 아닌가.

"재능이 있나 봅니다."

이런 쪽으로 말입니다.

말을 덧붙이며 슬며시 짓는 미소가 능글맞았다. 에니샤는 콧잔등을 찡그렸다. 카힐은 손가락으로 쭈글쭈글해진 에니샤의 콧잔등을 살살 문지르며 물었다.

"에니샤 님은요?"

"음, 나는……. 엄청 옛날에 해봤지."

황녀 되기 전에, 대법사 때 해봤고 이번 생은 처음이라고 말하자 카힐의 표정이 미묘해졌다. 그는 뭔가 잠시 생각하는 듯하더니 질문했다.

"시간을 되돌리는 마법은 없습니까? 아니면 과거의 어느 순간으로 간다든가."

"갑자기 왜?"

카힐은 에니샤의 이마에 쪽 소리 나게 입 맞추고서 말했다.

"당신이 키스할 때 방해하고 싶어서 그렇습니다."

에니샤는 이마를 손으로 꾹 누르며 중얼거렸다.

"불손하기는……."

그러다가 문득 웃음이 터져서, 둘이서 한참을 웃었다.

히페리온이 날린 선전포고에 엘하르크는 크게 당황했다. 제도를 찾아간 왕녀가 상황을 무마해줄 것이라 생각했는데, 오히려 거세게 불을 지핀 탓이었다. 히페리온은 유디트 엘하르크를 왕으로 만들겠다고 공표했다. 거기다 제국군의 총사령관은 막내 황녀였다.

엘하르크에서는 커다란 내부 분열이 일어났다. 지금이라도 왕태자가 작위를 반납한 뒤 히페리온에게 사과하는 것이 옳지 않느냐. 어디 남의 나라 왕위에 간섭하느냐, 엘하르크의 자존심을 걸고 끝까지 싸우는 것이 옳다. 두 가지 의견으로 갈렸으나, 어느 쪽에서도 왕녀를 왕으로 추대한다는 사실은 받아들이지 못했다.

갈팡질팡하던 엘하르크가 하나로 뭉친 것은 아르커스 대법사에게 반하는 마법사들이 찾아왔을 때였다. 상당한 마법 전력을 얻은 엘하르크는 결국 히페리온을 상대로 무모한 전쟁을 결심했다. 어리석은 짓이었다. 모두가 전쟁의 승패를 알고 있었다. 모르는 이들은 오직 엘하르크뿐이었다. 그리고 제국군의 총사령관, 에니샤는 오늘 출정식에서 선보일 제복을 입고 있었다. 에니샤는 약간 어색한 기분으로 거울을 들여다보았다. 에니샤의 체구에 맞춰서 만든 제복은 날씬한 몸매를 그대로 드러냈다. 평소처럼 아르커스 로브를 입으려다가, 이번에는 총사령관이기도 하니 히페리온 제복을 입었다. 대신 망토를 아르커스 문양이 새겨진 것으로 걸쳤다. 옆에서 구경하던 녹시타가 박수를 짝짝 치면서 칭찬했다.

"엄청 잘 어울려요……!"

"고마워."

저를 데리러 온 벨루안, 녹시타와 함께 에니샤는 황궁 앞으로 나섰다. 막내 황녀가 사령관이 되어서 출정한다는 말에 구경꾼들이 구름처럼 모여들었다. 대륙의 비밀 조직, 막내 황녀님을 사랑하는 모임은 에니샤가 제복을 입은 모습에 눈물 흘리며 현수막을 흔들었다. 에니샤는 침착하게 그들에게 손을 들어 인사해줬다.

기다리고 있던 로드고와 로시엘이 눈을 크게 뜨고 에니샤를 바라보았다. 둘 다 멍하니 보는 것에 에니샤는 생긋 미소 지어줬다. 제도 의상실 전체에 명령해서 제복을 종류별로 주문해야겠다고 중얼거리는 로시엘 옆에서 로드고가 말했다.

"일찍 오너라. 하루면 충분하겠군."

"그래도 조금 머무르다가 오려구요."

일주일은 있다가 오겠다는 말에, 로드고가 미간을 좁혔다. 에니샤는 그를 꽉 안아주며 달랬다. 기사들과 함께 마지막 점검을 하고 있던 헬라드가 깜짝 놀라서 다가왔다.

"오늘 너무 멋진데……."

"많이 멋있죠?"

농담을 던지자 헬라드가 씩 웃으며 답했다.

"물론이지. 잘 부탁드리겠습니다, 사령관님."

에니샤는 생긋 웃고서 제국군의 가장 앞으로 걸어 나갔다. 기사들 사이, 가장 안전한 곳에 자리하고 있던 유디트가 에니샤를 바라보았다. 그녀에게 눈짓으로 인사한 뒤, 에니샤는 마력을 끌어올렸다. 본디 겨울에는 전쟁을 하지 않는 게 일반적이었다. 날씨 때문에 행군이 어렵고, 식량 조달이 힘든 탓이었다. 하지만 한겨울인데도 제국군이 자신 있게 전쟁을 벌인 이유가 있었다. 막내 황녀가 대법사이기 때문이었다. 출정사를 대신해, 에니샤는 허공에 거침없이 마법진을 그려나갔다. 눈부신 황금빛을 흩뿌리는 거대한 이동마법진이 생성되었다. 압도적인 대규모 마법 전개에 군중들이 넋을 뺄 때였다. 에니샤가 손가락을 까닥이는 순간, 제국군 전체가 엘하르크 왕성 앞으로 이동했다. 눈앞에 펼쳐진 엘하르크 왕성에 헬라드가 진심으로 감탄했다.

"와, 이거 진짜 편하네."

놀라워하는 헬라드의 모습에 좌우법사가 으쓱한 표정을 지었다. 에니샤는 무표정하게 엘하르크 왕성을 응시했다가, 천천히 입을 열었다.

"약속 기억하시죠, 오라버니?"

등 뒤로 아르커스의 날개가 펼쳐졌다. 날개를 크게 펄럭여 하늘로 날아오르며, 에니샤는 헬라드에게 말했다.

"뒤에서 구경만 하세요."

✧◦✦◦✧

엘하르크 왕실은 이번 히페리온의 침공에 대해서 선동과 날조로 가득한 공문을 발표했다. 자신들이 잘못한 일들은 쏙 빼고, 히페리온 황족들의 광증이 도져서 막무가내로 침공했다 공표한 것이다. 아무것도 모르는 왕국민들은 히페리온을 상대로 끝까지 싸워야 한다며 목소리를 높였다. 그러나 '막내 황녀님을 사랑하는 모임'에서는 왕실 몰래 사건의 진상을 알리기 시작했다. 그들은 황녀님께선 무고한 사람이 피해 받길 원치 않기에, 붉은 천을 매달면 그곳은 공격하지 않을 것이라는 소문도 퍼뜨렸다.

온갖 말들이 뒤섞이며 엘하르크가 혼란을 겪는 가운데, 히페리온이 선포한 침공 날짜는 시시각각 다가왔다. 왕실은 전쟁 준비에 힘썼으나 한계가 뚜렷했다. 오랫동안 분쟁 하나 없이 평화롭기만 했던 동부였다. 엘하르크 왕국군은 강하지만 노련하지 못했다. 실전 경험으로 다져진 제국군을 만나면 짚단처럼 쓸려나갈 것이 뻔했다.

고심하던 왕실에게 혜성처럼 나타난 구원이 바로 마법사들이었다. 엘하르크로 찾아온 마법사들은 사특한 마법을 쓰며 불법적으로 돈을 벌어왔다. 대륙마법협회의 추적을 피해 엘하르크로 도망온 그들은 히페리온과 맞서 싸우겠다고 의지를 표했다. 귀한 인재인 마법사들이 대거 몰려왔으니, 든든한 마법 전력을 얻은 벤야민은 기세등등해졌다.

그러나 상대는 히페리온이었다. 특히 이번 정벌에는 아르커스의 좌우법사까지 참전한다고 했다. 제아무리 벤야민이라도 아르커스 마법사가 무섭다는 사실은 알고 있었다. 하여 벤야민은 귀족과 마법사들을 모아 군사회의를 열었다.

"아르커스의 마법에는 어찌 대응할지 궁금하오."

벤야민의 말에 귀족들 또한 잔뜩 궁금한 얼굴로 마법사들을 쳐다보았다. 대체 어찌 상대하려는 것인가 했는데, 나름 믿는 구석이 있었다. 마법사들의 우두머리는 음흉한 미소를 지으며 말했다.

"어린아이를 인질로 잡고 협박하면 됩니다."

황녀는 약한 것을 외면하지 못하니, 인질을 내세우면 섣부르게 공격하지 못하리란 말이었다. 공격을 막은 뒤, 마법사들은 미리 준비한 마법을 전개하여 아르커스의 삼두법사를 제압할 예정이었다. 그들을 무력화시키기 위한 최상품의 마력제어구 또한 대량으로 준비해놓은 상태였다.

"그리고 삼두법사에게서 마력을 추출하는 겁니다."

방대한 마력을 추출해 대규모 마법을 전개한다면, 제아무리 히페리온이 쳐들어와도 끄떡없다는 계책이었다. 살아 있는 생물에서 마력을 추출하는 것은 사도적인 행위였다. 마법이라기보다 오히려 주술에 가까운 짓이건만, 마법사들은 전혀 망설임이 없었다. 너무 지나친 행동이 아니냐는 일부 의견이 있었으나 묵살당했다. 일단 살고 봐야 하지 않겠냐고 모두가 입을 모아 외쳤다. 어차피 벤야민을 포함해, 사교장에 엮여 있던 사람들은 다 죽은 목숨이라서 선택지가 없었다. 그리고 그들은 자신이 살기 위해서라면 남의 목숨 따위, 손쉽게 짓밟을 수 있었다.

마법사들의 지휘 아래, 엘하르크는 모든 준비를 마쳤다. 바야흐로 결전의 날. 예고된 날짜에 다다르기까지, 제국군의 움직임은 포착되지 않았다. 아무리 정찰대를 보내 살펴도 행군의 그림자

조차 보이지 않아서, 설마 히페리온이 포기한 것인가 내심 기대할 때였다.

"……!"

성벽의 망루에서 전황을 살피던 벤야민은 눈을 크게 떴다. 엘하르크 왕성 앞에 거대한 금빛 마법진이 나타났다. 번쩍번쩍 빛나는 마법에 일순 기가 팍 꺾였으나, 벤야민은 곧 화색이 되었다. 마법과 함께 나타난 병력이 얼마 되지 않았다.

"겨우 저 정도 병력이라니!"

히페리온이 엘하르크를 너무 얕잡아본 것이 아니냐며, 그는 의기양양해졌다. 그러나 벤야민과 달리 마법사들은 일제히 얼굴이 어두워졌다. 눈앞에서 펼쳐지는 대규모 이동마법진에 마법사들은 심각한 표정으로 의견을 주고받기 시작했다. 심상찮은 기색을 느낀 벤야민이 슬쩍 질문했다.

"뭔가 문제라도 있소?"

마법사의 우두머리가 나서서 답했다.

"황녀가 이 정도 대규모 마법까지 가능할 줄은 몰랐습니다."

"하지만 우리가 훨씬 우세한 병력을 가지고 있는데……."

"히페리온의 황녀는 전투마법에 재능이 있다고 들었습니다. 뛰어난 전투마법사에게 병력은 중요하지 않습니다."

벤야민이 제대로 귀담아 듣지 않는 눈치이자, 그가 한심하다는 눈으로 바라보며 말했다.

"전대 대법사는 홀로 한 나라를 멸망시킬 힘을 가지고 있었습니다."

"과장이 심하군."

벤야민의 말에 마법사는 정색하고서 냉랭히 받아쳤다.

"비유가 아니라 실제로 일어났던 일입니다."

"……!"

"물론 황녀는 그런 수준까진 아닐 테고, 전투 경험도 전무하니 계획은 그대로 진행할 수 있습니다."

허나 아르커스 좌우법사가 함께하고 있으니, 긴장을 놓아서는 안 된다고 말을 끝맺었다.

벤야민은 성벽 아래를 내려다보았다.

분명 엘하르크 왕국군이 단숨에 제압할 만한 수준인 것 같은데…….

몇 번이고 수를 헤아려보던 그의 눈에 히페리온 제국기가 들어왔다. 휘날리는 바람을 따라 제국기에 그려진 사자가 꿈틀거렸다. 그 광경이 어딘가 섬뜩해서, 벤야민은 조용히 침을 꿀꺽 삼켰다.

가만히 지켜보던 순간이었다. 제국군 사이에서 세 사람이 하늘로 날아올랐다. 날개를 펼친 그들은 아르커스의 좌우법사와 막내 황녀였다. 그들은 아무런 거리낌 없이, 우아하게 창공을 가로지르며 성벽으로 날아왔다.

"어, 어어……?"

다가오는 삼두법사의 모습에 오히려 엘하르크 왕국군들이 당황해서 뒤로 물러났다.

세 사람은 성벽 위에 사뿐히 내려앉았다. 금빛 날개를 접어 넣는 황녀를 보며 벤야민은 느리게 눈을 끔뻑였다. 몇 년 전, 막내 황녀가 성년이 되기 전에 연회에서 만난 적이 있었다. 그때도 무척 어여쁘다고 생각했고, 한동안 얼굴이 기억에 남았었다. 그리고 성년으로 자라난 지금. 황녀의 외모는 엄청나게 변해 있었다. 각 잡힌 제국군 총사령관 제복에 긴 부츠를 신고, 아르커스 문양이 새겨진 망토를 휘날리는 황녀의 모습은 범접할 수 없이 고고했다. 망루의 사람들은 모두 숨을 죽인 채 그녀를 바라보았다. 벤야민도 예외는 아니어서, 한참 동안 넋 놓고 황녀만 쳐다보았다. 왜 사람들이 위험을 무릅쓰고 사교장에서 그런 마법을 써댔는지 알 것 같았다. 마법 말고 미모로 나라를 멸망시킬 수 있을 수준이었다. 윤광 어린 주홍색 눈동자가 벤야민을 쳐다보았다.

"벤야민 엘하르크."

제 이름이 호명되고 나서야, 벤야민은 뒤늦게 정신을 차렸다. 황녀는 벤야민을 지그시 바라보며 말했다.

"제국군 총사령관으로서 마지막 기회를 주겠어요."

마지막 기회라는 말에 눈이 번쩍 뜨였다. 바짝 집중하는 벤야민에게 황녀가 명료한 목소리로 말했다.

"히페리온은 전쟁을 원하지 않아요. 그러니 지금이라도 사과하고 관련자들을 처벌하면, 내가 책임지고 목숨은 보전하게 해줄게요."

"와, 왕위는……?"

그러자 황녀는 눈썹을 모으고서 되물었다.

"왕위라뇨?"

도톰한 입술이 살벌한 말을 내뱉었다.

"살려주는 것만으로도 감사해야죠."

애초에 협상이랄 것도 없었다. 벤야민이 거절하기 전에, 마법사들은 준비해놓은 대로 상황을 끌고 갔다. 우두머리 마법사가 앞으로 나섰다.

"히페리온의 황녀."

그의 손 위에서 빛이 감돌더니, 어떤 모습이 비춰졌다. 마법진 위에 잠들어 있는 수십 명의 어린아이들이었다. 왕궁에서 일하는 잡부들의 아이를 닥치는 대로 끌어모아, 마법으로 겹겹이 덮어놓은 장소에 숨겨놓았다. 여기서 마법사가 손가락만 까닥하면, 바로 마법진이 작동되어 아이들은 몰살당할 것이다. 마법진의 수식을 읽어낸 황녀는 크게 당황하여 중얼거렸다.

"왜 어린아이들을……?"

끌어올리던 마력마저 흩뜨리며 주춤하는 황녀에게 마법사가 느릿하게 말했다.

"길게 말하지 않겠다. 무고한 희생을 원하진 않겠지."

"!!"

황녀의 눈이 커졌다. 아이를 인질로 삼은 행태에 그녀가 주춤하는 사이, 마법사들이 준비했던 마법을 몰아쳤다. 색색의 마력이 번쩍이며 난무했다. 망루가 터져나갈 듯 번쩍이던 빛의 폭풍이 가라앉은 후, 벤야민은 환희로 가득 차 주먹을 움켜쥐었다. 사방에서 뻗어 나온 마력 줄기가 아르커스의 삼두법사를 꽁꽁 얽어매고 있었다. 줄기 끝에는 마력제어구가 달려 있었다. 세 사람은 온몸에 수십 개의 마력제어구를 찬 채, 허공에 붙들려 꼼짝도 하지 못했다. 특히 황녀는 팔다리에서 목까지, 가장 많은 마력제어구가 채워졌다. 그녀는 인형처럼 묶여서 가만히 눈을 깜빡였다. 마법사들의 말이 옳았다. 인질극은 확실히 먹혀들었다. 벤야민은 당당하게 외쳤다.

"내가 있어야 나라도 있는 법이니!"

소수의 희생은 대의를 위해서 어쩔 수 없는 법이었다.

그때 여태껏 조용히 지켜보기만 하던 아르커스의 좌우법사가 입을 열었다. 먼저 말을 꺼낸 이는 우법사였다. 황녀의 오른쪽에 묶여 있는 우법사는 무척 소심해 보이는 인상이었다. 그는 어쩔 줄을 모르며 우물쭈물하다가, 조그맣게 속삭였다.

"그러지 말지……. 대법사 화낼 거 같은데……."

황녀의 왼쪽에 묶여 있는 좌법사가 냉랭하게 한마디 했다.

"이미 늦었어."

좌우법사의 말에 벤야민은 황녀를 쳐다보았다. 그리고 흠칫 몸을 떨었다. 조금 전까지 그저 예쁘다고만 생각했던 황녀의 눈동자였다. 하지만 싸늘하게 가라앉은 지금, 예쁘단 생각은 조금도 들지 않았다. 일말의 공포가 등줄기를 타고 천천히 기어올랐다. 황녀는 분명히 무력하게 묶여 있는데도 말이다. 벤야민의 본능이 속삭였다.

이거 잘못된 것 같은데?

그러나 엎질러진 물은 주워 담을 수가 없었다. 황녀가 침착하게 입을 열었다.

"녹시타."

"네, 사령관님……!"

"아이들을 구해줘. 여기는 나와 벨루안이 처리할 테니."

"네에……."

우법사가 조심스럽게 꾸물꾸물 말했다.

"저기, 대법사……. 너무 화내지 말구요……."

태평하게 이어지는 대화에 우두머리 마법사가 마력을 끌어올리며 윽박질렀다.

"건방지구나. 우리를 무시하는……!"

허나 그의 말이 채 끝나기도 전에, 황녀가 나직이 말했다.

"그럴 리가."

마법을 전개하는 낌새조차 느끼지 못했다. 금빛이 반짝인다 싶더니, 황녀는 어느새 마법사의 바로 앞까지 다가와 있었다. 산산조각 난 마력제어구 파편들이 사방으로 터져나갔다. 난도질당한 것처럼 얼기설기 끊어진 마력 줄기들을 뒤로하고, 그녀가 비뚤게 웃으며 속삭였다.

"네가 첫 번째야."

우두머리 마법사가 눈을 부릅떴다. 미리 걸어놓은 방어마법을 시전했지만, 금빛 마력은 푸딩을 갈라내듯 손쉽게 마법을 파훼했다. 그가 심장을 움켜쥐며 소리 없는 비명을 질렀다. 마력을 봉인당한 것이다. 왕국군들이 혼란에 빠진 사이, 황녀는 다시금 날개를 폈다. 마법으로 증폭된 목소리가 엘하르크 왕성 전체를 울렸다.

"엘하르크 왕국민들은 들으라."

그녀는 한없이 우아한 어조로 말을 이어나갔다.

"나는 에니샤 로드고 히페리온, 제국군의 총사령관. 지금부터 히페리온을 모욕한 엘하르크에게 죄를 물을 것이다. 전쟁을 원치 않는 자들은 붉은 표식을 매달아라. 그대들은 공격하지 않겠다. 그러나 어리석게 저항하려는 자들은……."

황녀가 주홍색 눈을 번뜩이며 말했다.

"대가를 치르리라."

단 세 명에 의한, 엘하르크 침공의 시작이었다.

✖⊙✖

대륙마법협회의 협회장, 제나는 크게 심호흡을 했다. 한참 동안 후하후하 하면서 숨을 가다듬은 다음, 주머니에 미리 챙겨 온 동그란 환을 꺼냈다. 번쩍번쩍한 금박을 입힌 환은 물 건너온 아주 귀하디귀한 약이었다. 이거 한 알만 먹으면 긴장한 마음을 착 가라앉혀준다는 말에 거금 주고 사들였다. 돈 쓰는 데에 은근히 짠순이인 제나가 망설임 없이 구매를 결정한 이유는 단 하나였으니. 히페리온 황족들 만날 때 먹기 위해서였다. 황족들을 알현하기 전 긴장된 마음을 가라앉힐 수만 있다면, 제나는 지금 값의 두 배도 지불할 의향이 있었다. 쓴맛에 오만상을 찌푸리면서도 알차게 꼭꼭 씹어 넘긴 후, 손바닥을 삭삭 비벼서 머리를 깔끔하게 쓸어 넘기고, 옷자락의 먼지 한 톨까지 털어냈다. 그리고 옆에서 기다리고 있던 시종에게 비장한 얼굴로 말했다.

"준비됐습니다."

온갖 주접 다 떠는 꼴을 보고도 시종은 비웃지 않았다. 오히려 진지한 표정으로 기다려주다가, 준비 끝난 제나에게 슬그머니 물어보았다.

"방금 드신 금색 환은 뭡니까?"

"심신 안정에 도움을 주는 약입니다."

나이가 나이다 보니, 약물의 힘이라도 빌리지 않으면 황족님들 앞에서 영 버티기가 힘들다고 시종에게 한탄을 늘어놓았다. 머리 희끗한 제나의 모습에 시종은 심각하게 고개를 끄덕이며 동의했다. 그러더니 조심스럽게 입을 여는 것이 아닌가.

"그······. 혹시 어디서 구매하셨는지 알려주시면······."

시종이 제발 구입처를 알려달라고 불쌍한 눈으로 쳐다보았다. 제나는 이따 알현 끝나고 나가는 길에 꼭 알려주겠다며, 손가락 걸고 약속했다. 그리고 드디어 알현실에 입장했다.

안쪽 의자에 앉아 있는 황족 둘이 보였다. 황제와 둘째 황자였다. 제나는 입구에 바짝 붙어서 소심하게 인기척을 냈다. 황제, 로드고가 스윽 시선을 던져왔다. 곧장 다리가 풀려서, 제나는 필사적으로 힘을 주고 버텼다. 환이라도 안 먹었으면 진즉 바닥에 네 발로 엎드렸을 것 같았다. 제나는 약물의 힘으로 겨우겨우 인사를 올렸다.

"히페리온의 태양을 뵙습니다······!"

그리고 거의 울먹거리듯 로시엘에게도 인사를 올렸다.

"히페리온의 두 번째 별을 뵙습니다······."

인사 끝에 흐어엉 하는 울먹임이 조금 붙긴 했지만, 그 정도 결례쯤이야 황족들도 봐주는 수준이었다. 로시엘이 싸늘한 목소리로 말했다.

"보고하라."

"예, 황자님. 현재 추적은 막바지입니다. 일전에 드렸던 목록에서 8할 이상을 생포했고, 그 외 잔당들은 대다수 엘하르크로 향한 상태입니다."

차가운 연하늘색 눈동자 위로 만족감이 스쳤다. 로시엘의 모습에 제나는 속으로 안도의 숨을 내쉬었다.

대륙마법협회의 협회장으로서, 제나는 이번 사교장 건과 엮인 마법사들을 추적하는 중이었다. 마법사를 추적하는 일은 같은 마법사들이 제일 능한 법이었다. 하여 황실에선 협회에게 이번 일을 맡겼다. 의뢰에는 마법사들 관리 똑바로 하라는 경고 또한 포함되어 있었다. 제나는 죽기 살기로 마법사들을 추적했고, 잡는 족족 황실에 갖다 바쳤다. 황녀님은 마법사들이 그냥 지하감옥에 갇혀 있는 줄 알고 있지만, 아마 히페리온 특별 고문으로 푸짐하게 대접받고 있으리라. 황녀님에겐 조금 미안한 일이나 어쩔 수 없었다. 솔직히 제나는 황족들이 아주 많이 참아서 이 정도라고 생각했다. 지극히 이기적인 성정을 타고나는 히페리온이었다. 약탈하고, 살육하고, 정복하여 지배하는, 그래서 온전히 독차지하는 것이 그들의 본성이었다. 하지만 에니샤는 히페리온이 독점할 수 없는 상대였다. 몹시 힘들지만, 막내의 행복을 위해 황족들은 어찌어찌 나누는 시늉이라도 해보았다. 황실 역사를 통틀어서, 그들이 뭔가를 나눠 가져본 일은 처음이리라. 그렇게 안간힘을 써가며 본능까지 거스르려 노력하는데……. 빌어먹을 세상이 도와주질 않았다. 눈치껏 얌전히 있어도 모자랄 판에, 아주 꼬챙이로 히페리온을 들쑤셔댄 것이다. 루네르의 여왕이 쏘아올린 큰 공을 엘하르크가 화려하게 터뜨렸으니, 광증으로 발작 안 나는 게 이상한 일이었다.

"일부 추적에 실패한 마법사들은 자드카르 공왕께서 생포하셨습니다."

그리고 히페리온한테 광증이 옮아버린 카힐 자드카르 또한 이번 일에 적극적으로 동참하고 있었다. 그는 협회의 손이 닿지 않는 곳에 직접 찾아가 마법사들을 붙잡아 왔다. 그렇게 붙잡혀 온 놈들은 절대 멀쩡하지 않았다. 어디 하나씩 자르거나 부러뜨려 오는 솜씨가 어째 점점 히페리온을 닮아가는 듯한 공왕님이었다.

"엘하르크 정벌이 끝나기 전에 이번 건은 완전히 마무리하겠습니다."

제나의 보고가 끝나자, 황제가 느릿하게 입을 열었다.

"마법사들에게 약간의 심문을 하는 중인데……."

약간의 심문이라는 단어에 얼마나 많은 것이 생략되어 있을지는, 굳이 생각해볼 필요도 없었다. 차라리 죽여달라고 애걸복걸하고 있을 마법사들의 모습이 눈에 훤했다. 물론 하나도 안 불쌍한 모습들이었다.

"황녀에게는 포획 과정에서 몸싸움이 있었다는 식으로 설명하는 것이 좋겠군."

혹시라도 황녀가 마법사들을 찾을 때를 대비해, 미리 말까지 맞춰놓는 치밀함이었다. 황녀님께서는 분명 어찌 이리 잔인하게 포획했느냐고 꾸짖으실 터였다. 하지만 마법사들이 심하게 반항했다며, 너무 힘들었다고 불쌍한 척하면 마음 약한 황녀님은 또 금세 넘어가리라. 무섭지만 돈 많은 최우수 고객님께, 제나는 비굴한 웃음을 지으며 답했다.

"여부가 있겠습니까. 그리 말씀드리겠습니다."

❧❀❧

히페리온 황궁에서 마법사들이 죽어 나가는 동안, 엘하르크도 쓸려나가고 있었다. 협상이 결렬되고, 에니샤의 선포가 왕성을 울리는 순간. 엘하르크 왕국군과 마법사들은 일제히 공격에 나섰다. 우두머리 마법사가 마력을 봉인당했으나, 나머지 마법사들은 당황하지 않고 침착하게 마법 전개를 이어나갔다. 히페리온의 침공을 대비하여 준비해놓은 갖가지 마법들이 시전되었다. 폭죽처럼 화려하게 쏟아지는 마법들은 단 한 사람을 겨냥했다. 하지만 의미 없는 저항이라는 것을, 히페리온의 총사령관은 똑똑히 알려주었다. 에니샤는 매섭게 날아오는 마법을 피하지 않고 모두 고스란히 맞아주었다. 연타로 이어지는 마법이 모두 적중하자, 엘하르크 진영은 환호를 내질렀다. 그러나 마력의 빛이 사그라진 뒤, 그들은 조용해졌다. 에니샤는 고개를 기울이며 웃었다. 머리카락 한 올조차 흐트러지지 않은 말짱한 모습이었다. 뒤늦게 부랴부랴 쇠뇌에 마법을 걸어 쏘아 보냈으나, 화살들은 전부 닿기도 전에 반 토막 났다.

귀찮다는 듯 부러진 화살을 떨쳐내며, 에니샤는 하늘로 손을 내뻗었다. 푸른 하늘 위에 거대한 금빛 구체 수십 개가 생성되었다. 구체들은 태양을 가릴 만큼 높이 치솟았다가, 빠른 속도로 낙하했다. 성벽 위의 병사들이 비명을 지르며 도망갔다. 천지가 무너지는 듯한 소리와 함께 구체가 성벽을 강타했다. 연이어 쾅쾅 울리며 무자비하게 내려찍는 모습은 그 어떤 공성무기보다 위력적이었다. 굳건하던 성벽은 종잇장처럼 흔들리더니, 이내 얼마 버티지 못하고 우르르 무너져내리기 시작했다. 마법사들의 도움을 받아 겨우 탈출한 벤야민이 발악하듯 소리쳤다.

"공격하라! 총공격이다! 제국군부터 붙잡아!!"

무너진 성벽 사이로 엘하르크 왕국군이 쏟아져나왔다. 에니샤는 개미 떼처럼 밀려오는 병사들 앞에 날렵하게 착지했다. 홀로 정면으로 맞서는 에니샤를 보고 왕국군은 일순 주춤했다. 그러나 진군을 멈추지 않았다. 빛으로 만들어진 날개가 한차례 날갯짓하며, 더욱 강하게 광휘를 발했다. 사뿐사뿐 걸음을 옮기며 가느다란 손가락으로 마법진을 그려나갔다. 기하학적인 금빛 선이 허공에 그려지고, 커다란 마법진이 탄생했다. 가볍게 두드리자, 대형 마법진은 100개의 소형 마법진으로 분화했다. 나눠진 마법진들이 서로 겹치고 얽히며 연쇄작용을 펼치기 시작했다. 폭발하듯 터지는 빛이 해일처럼 치솟았다. 성벽보다 더 높게 솟구쳤다가, 거세게 내려치며 모든 것을 쓸어내기 시작했다. 빛의 파도가 들이닥치는 순간, 엘하르크 왕국군은 장난감병정처럼 여기저기로 날아갔다. 하지만 에니샤는 멈추지 않았다. 날갯짓을 살랑거리며 걸음을 내딛었다. 손가락이 춤추듯 움직일 때마다 하늘이 쪼개지고 땅이 갈라졌다. 왕국군은 마법사와 협공하여 기를 쓰고 달려들었으나, 감히 옷깃 하나 스치지 못했다. 공격하면 공격할수록, 마치 비웃듯이 더욱 강력한 마법으로 찍어 누를 뿐이었다. 엘하르크는 바람 앞의 낙엽처럼 무력하게 쓸려나갔고, 대법사가 지나간 자리에는 아무것도 남지 않았다. 그야말로 압도적인 마법의 향연이었다.

엘하르크 왕국군을 도우며 전투를 치르던 마법사들은 현실을 깨달았다. 그들은 남은 마력을 끌어모아 가장 먼저 도망치기 시작했다. 하지만 마법을 전개하기도 전에, 하늘이 투명한 보랏빛으로 뒤덮이기 시작했다. 엘하르크 왕성은 마력의 반구로 단단히 가둬졌다. 이동마법진을 무력화하고, 반구 바깥으로 도망치지 못하도록 가두는 마법이었다. 몇몇 마법사들이 힘을 모아 마법을 파훼하려 하자, 발치의 그림자 속에서 음침한 울음소리가 들려왔다. 짐승이 그르렁거리는 듯한 소리였다. 그림자가 제멋대로 울룩불룩 일그러지더니 어둠으로 이뤄진 생명체가 나타났다. 벨루안의 사역마였다. 수십 마리의 사역마가 닥치는 대로 날뛰며 마법사들을 집어삼켰다. 그것으로 끝이 아니었다. 왕성의 중심부에서 검은 어둠이 기지개를 켜며 깨어났다. 거대한 사역마가 끔찍한 소리를 내지르며 제 존재를 알렸다. 그리고 땅을 뒤흔들며 왕성 내부의 군대를 짓밟기 시작했다. 지옥의 한 장면이라 해도 믿을 법한 광경이었다. 전투를 구경하던 헬라드는 감격해서 어쩔 줄을 몰랐다.

"이야, 우리 쭈글이, 이야아……."

의자 갖다 놓고 과일음료수 쪽쪽 빨면서 뭐 하나 터질 때마다 열렬하게 박수를 보내는 것이, 무슨 공연이라도 관람하러 온 사람 같았다.

헬라드는 정예군과 함께 나란히 막둥이의 활약상을 지켜보며 몹시 행복해했다. 입꼬리가 귀에 걸려서 내려올 줄 모르고 싱글벙글하던 때였다. 헬라드의 눈이 일순 번뜩였다. 일부 왕국군들이 제국 군 쪽으로 도망쳐 오고 있었다. 헬라드는 짧게 혀를 차며 음료수잔 을 내려놓았다.

"어째 도망쳐도 이쪽으로 올 생각을 하다니……. 요즘 제국이 아 주 만만한가 봐."

에니샤가 구경만 하라고 했지만, 부스러기 정리하는 것 정도는 용서해줄 터였다. 제국군은 순식간에 전투태세를 갖췄다. 군마 위 에 올라탄 헬라드는 검을 뽑았다. 헬라드의 직속기사단 아할든과 100명의 제국군 또한 곧장 뒤이어 검을 뽑았다. 스릉, 음산한 쇳 소리가 연이어 울렸다. 가볍게 검을 치켜올리며, 헬라드는 피식 웃었다.

"이쯤에서 재교육 한번 들어가주자고."

그리고 웃음기 가득한 목소리로 말했다.

"히페리온이 어떤 존재인지."

누가 보더라도 명백하게, 발작 직전의 상태였다.

❧✦❧

총사령관님의 명을 받들어, 아이들 구출 작전에 나선 녹시타는 문득 뒤를 돌아보았다.

"어어……."

엘하르크 왕성이 시원하게 터져나가고 있었다. 벨루안의 사역마 가 괴수처럼 돌아다니고, 금빛 마법이 연신 번쩍였다. 성벽은 이미 다 부서진 지 오래였다. 녹시타는 녹색 빛깔의 날개를 팔락이며 걱정스레 중얼거렸다.

"너무 많이 부수는 것 같은데……."

오랜만에 대법사도, 벨루안도 고삐 풀려서 날뛰고 있었다. 저러다 왕성 하나도 안 남으면 어쩌지 하는 걱정이 들었다. 아무래도 이번 전쟁이 끝나고 나면, 복구마법에 능한 아르커스 마법사를 몇 명 데려와야 할 것 같았다.

일단은 엘하르크가 완전히 부서지기 전에, 아이들부터 서둘러 구출해야 하리라. 녹시타는 길바닥에 굴러다니는 조약돌과 바짝 마른 나뭇가지를 주워다 한데 쌓았다. 천천히 힘을 불어넣자, 조약돌과 나뭇가지가 덜그럭거리며 강아지 모양으로 변했다. 조금 볼품없는 모양새이긴 했지만, 녹시타는 뿌듯하게 미소 지었다.

"애들은 이런 거 좋아하지……."

녹색 마력이 반짝이더니, 강아지인 척하는 조약돌과 나뭇가지는 달그락달그락 소리를 내며 어딘가로 달려가기 시작했다. 녹시타는 파닥파닥 날개를 움직여 뒤쫓았다.

아이들이 갇혀 있는 곳은 왕궁 지하였다. 강아지를 따라 불빛 하나 없는 깜깜한 지하통로에 들어섰을 때였다. 빛이 번쩍하더니, 앞서가던 강아지가 파스스 가루로 부서져 내렸다. 혹시나 누군가 아이들을 구하러 올 것을 대비해 설치한 함정인 모양이었다. 녹시타는 천천히 손을 내뻗었다. 손바닥 위에서 녹색 안개가 스르륵 피어났다. 안개가 어둠을 천천히 쓸어내자, 지하를 빼곡하게 채운 마법진들이 드러났다. 하나하나 심혈을 기울여서 만든 마법진과 함께,

빛나는 선들로 촘촘하게 통로가 막혀 있었다. 선에 걸리면 마법이 작동하는 식으로 만들어진 모양이었다. 녹시타는 잠시 눈을 깜빡이며 고민했다. 정석으로 해체하면 가장 좋겠지만, 시간이 오래 걸릴 터였다. 고민하던 녹시타는 다른 방법을 선택하기로 결심했다.

손가락 끝에서 녹색 빛줄기가 흘러나와 부스러진 가루를 감돌았다. 가루가 빛과 섞이며 허공으로 날아오르더니, 점점 몸집을 부풀리기 시작했다. 그리고 잠시 후. 거대한 강아지가 탄생했다. 지하통로를 꽉 채울 만큼 큰 강아지는 쏟아지는 마법을 고스란히 맞으며 앞으로 돌진했다. 녹시타는 강아지의 뒤를 쫓아갔다. 일회성 마법은 강아지로 부수고, 일부 다회성 마법은 간단하게 파훼해나갔다. 함정으로 가득한 지하통로를 순식간에 돌파하며, 강아지는 소리 없이 멍 하고 짖었다.

⚜

분명 처음 엘하르크 왕성을 찾았을 때는 최대한 평화적이고 인도적인 방법으로 해결하려 했다. 화려한 마법 몇 개 쓰면서 적당히 제압하는 수준에서 끝내리라고, 혼자 선도 그어뒀다. 하지만 벤야민과 마법사들은 기어코 에니샤의 이성을 끊어놓았다. 죽고 싶다고 앞에서 광란의 춤을 춰대는데, 소원대로 해줘야 하지 않겠는가. 그런고로 에니샤는 오랜만에 전투마법을 몰아치는 중이었다. 땅과 하늘을 자유자재로 거침없이 넘나들면서 쏟아내는 마법에 엘하르크 왕국군들은 달아나기 바빴다. 하지만 일부 왕국군은 저항을 포기하지 않았다. 그들은 마법사들과 함께 마지막 발악에 나섰다. 벨루안의 마법 때문에 도망치지도 못하게 된 마법사들은 그야말로 사활을 걸고 공격했다. 쏟아지는 빛 속에서 유연하게 날개를 움직이며 그들을 상대해나갈 때였다. 한 마법사가 독기를 품고 소리쳤다.

"히페리온 황녀질에 미친 년……!"

일순 에니샤의 손이 주춤했다.

"천공섬 부순 주제에 뻔뻔하게 낯짝 들고 다니는 꼴이라니!"

책무를 다하지 못한 대법사라는 비난이 화살처럼 날아왔다. 에니샤가 멈칫한 사이, 빈틈을 노리고 공격이 쏟아졌다. 반사적으로 방어마법을 전개하려던 때였다. 보라색 마력이 눈앞에서 번쩍였다. 벨루안이 에니샤의 앞을 가로막고 있었다. 그는 천공섬 이야기를 꺼낸 마법사의 목줄기를 틀어쥐었다. 벨루안의 손에 빛이 감돌았다. 목이 붙잡힌 마법사는 비명을 지르며 발버둥 치다가, 피를 토해내며 사지를 늘어뜨렸다. 싸늘한 눈을 하고서, 벨루안은 쓰레기 털어내듯 마법사를 떨쳐냈다. 그는 땅으로 추락하는 마법사를 내버려두고 곧장 에니샤에게 다가왔다. 벨루안이 말없이 에니샤를 끌어안았다. 에니샤는 잠시 그의 품에 몸을 숨겼다.

"……."

이런 말 따위, 사실 아무것도 아니었다. 과거에도 그랬듯, 대법사의 일은 대부분 알려지지 않는다. 이번에도 에니샤가 아바르티아로부터 대륙을 구해냈으나, 사람들은 제대로 알지 못했다. 그저 주술사들에게 당했다고만 알고서 부족한 대법사라 욕했다. 아마 천공섬을 부순 대법사라는 꼬리표는 죽을 때까지 에니샤의 뒤를 따라다니리라. 그래도 괜찮았다. 아르커스 마법사들은, 히페리온 황족들은, 그리고 카힐은 진실을 알고 있으니까. 온 세상 사람들이 몰라줘도 그들만 알아주면 에니샤는 괜찮았다. 하지만 천공섬의 이야기를 들을 때마다 가슴이 저릿해지는 것은 어쩔 수 없었다. 그날의 기억과 감정이 떠오르기 때문이었다. 심장에 박힌 가시가 아프게 속을 찔러왔다.

내가 지켜내지 못한 사람들…….

그들에 대해 에니샤는 항상 죄책감을 품고 있었다.

"대법사."

벨루안이 날 선 목소리로 말했다.

"제가 전부 죽이겠습니다."

가만두지 않겠다고 말하는 그에게, 에니샤는 고개를 내저었다.

"괜찮아. 어쨌든 사실이잖아. 남들 눈에는 그렇게 보일 수밖에 없겠지."

"하지만……!"

벨루안은 어금니를 꽉 맞물었다가, 숨을 몰아쉬며 속삭였다.

"전부, 전부 제 탓입니다……. 제가 못난 탓입니다……."

울분에 찬 그의 뺨을 손으로 감싸고서 다정히 말했다.

"나 정말 괜찮다니까."

"……."

벨루안은 에니샤의 손에 얌전히 얼굴을 맡겼다. 시무룩한 그가 귀여워서 배시시 웃음이 나왔다.

슬슬 정리하자고 말하려던 때였다. 갑자기 서늘한 한기가 확 몰려왔다. 동부의 겨울바람보다 훨씬 짙고 깊숙한, 눈과 얼음이 섞인 바람이었다. 에니샤가 엇, 하는 순간 여기저기서 비명 소리가 치솟기 시작했다. 에니샤를 공격하고 있던 마법사들이 죄다 가슴팍에 얼음검이 꽂힌 채 땅으로 추락했다. 아래를 내려다본 에니샤는 기겁했다. 엘하르크 왕성 전체가 하얗게 얼어붙고 있었다. 땅 위의 모든 것이 얼어붙으며, 동부는 북부 한복판처럼 변해버렸다. 정령의 힘으로 만들어낸 냉기이니, 평범한 추위와는 궤를 달리했다. 왕국군들은 발과 다리를 타고 오르는 얼음에 부들부들 떨었다. 병장기 소리로 소란스럽던 전장이 순식간에 고요해졌다. 에니샤는 기가 막혀서 소리쳤다.

"카힐……!"

설풍과 함께 카힐이 모습을 드러냈다. 언제부터 와 있었던 것일까. 외교 분쟁 안 나게 절대 끼어들지 말라고 했는데, 아주 대형 사고를 쳐버렸다. 카힐은 무표정한 얼굴을 하고서 느릿하게 다가왔다. 그의 눈이 더없이 차갑게 굳어 있었다. 냉랭한 분노가 청회색 눈동자 속에서 파랗게 타올랐다.

"……당신을 모욕했습니다."

카힐의 말에 에니샤는 탄식했다. 간신히 벨루안을 말려놨더니, 에니샤를 모욕하는 걸 참지 못하는 사람이 하나 더 있었다. 가장 마지막 순간까지 함께 싸웠던 카힐이었다. 그는 에니샤가 어떤 희생을 치렀는지, 어떻게 목숨을 걸었는지, 얼마나 괴롭고 고통스러워했는지 전부 지켜보았다. 당연히 다른 누구보다 예민할 수밖에 없었다.

"헛바닥 함부로 놀린 죗값을 치르게 하고 싶습니다."

낮은 목소리와 함께 주위의 한기가 더욱 강해졌다. 이러다 엘하르크가 다 얼어버릴 판이었다. 하지만 이미 정신 나간 카힐은 보통 말로는 설득이 안 될 것 같았다. 에니샤는 급한 대로 얼른 날개를 파닥여서 그의 바로 앞까지 다가갔다. 그리고 카힐을 끌어안았다. 폭 안기는 에니샤의 온기에 카힐이 멈칫했다.

"⋯⋯."

그는 천천히 한숨을 내쉬며 손에 쥐고 있던 얼음검을 흩뜨렸다. 얼음 결정으로 파스스 부서뜨리고선, 조심스럽게 에니샤를 마주 안았다. 한기가 서서히 가라앉았다. 삐죽삐죽하던 공기도 부드러워졌다. 에니샤는 카힐을 올려다보며 중얼거렸다.

"오지 말라고 했잖아."

카힐이 나직하게 답했다.

"너무 오고 싶었습니다. 에니샤 님이 멋지게 활약할 모습이 궁금해서⋯⋯."

조용히 구경만 하다 가려고 했는데 실패했다고, 카힐은 사과했다. 요즘 부업 때문에 본업이 부실하지 않았냐며, 양해해달라는 농담도 덧붙였다. 얼마간 카힐하고 투닥거리던 에니샤는 뒤늦게 이곳이 전장 한복판임을 깨달았다. 전의를 상실한 엘하르크 왕국군과 히페리온 제국군은 멍하니 허공에서 연애하는 히페리온 황녀와 자드카르 공왕을 쳐다보고 있었다. 부끄러워진 에니샤는 헛기침을 하며 카힐에게서 떨어졌다. 그리고 간단하게 마법을 걸고서 왕성 위를 훑었다. 안전한 뒷구멍으로 도망가려다 얼어붙어서 발광하는 벤야민이 눈에 들어왔다. 손가락을 까딱이자, 금빛이 쭉 뻗어나가 벤야민을 휘감았다. 벤야민은 순식간에 에니샤 앞으로 끌려왔다. 엉망이 된 몰골의 벤야민이 허옇게 질리다 못해 파래진 얼굴을 하고서 에니샤를 바라보았다. 에니샤는 고개를 치켜들고서 그에게 질문했다.

"아직도 싸울 생각인가요, 벤야민 엘하르크?"

벤야민은 기어 들어가는 목소리로 더듬더듬 대답했다.

"하, 항복, 항복하겠습니다……. 목숨만 살려주시면……."

"당연히 살려줘야죠."

에니샤는 방싯 미소 지으며 말했다.

"히페리온이 당신을 친히 심문할 예정인데."

"……!!!"

벤야민은 울부짖었다. 그러나 그의 울음소리는 곧 사라졌다. 어디선가 나타난 사역마가 벤야민을 꿀꺽 집어 삼켰기 때문이었다.

살아남은 패잔병들이 서둘러 무기를 버리고, 흰 깃발을 흔들었다. 완전한 항복이었다. 히페리온 제국군이 하늘로 검을 치켜올리고 발을 구르며 환호했다. 에니샤를 총사령관으로 삼은 히페리온 제국군의 엘하르크 정벌은, 그렇게 단 반나절 만에 끝났다.

❧◈❧

히페리온의 엘하르크 정벌 이후, 많은 것이 뒤바뀌었다. 가장 두드러진 점은 엘하르크 왕권이 뒤집혔다는 것이다. 한차례 피바람이 불었다. 유디트를 제외한 엘하르크 왕족 전원과 왕태자를 지지하던 귀족들은 전부 히페리온으로 끌려갔다. 유디트 엘하르크가 왕이 되는 것을 반대할 세력이 죄다 사라진 것이다. 보수적인 동부에서 여왕이 탄생했으니, 가히 역사적인 혁명이었다. 일부 사람들은 그녀를 비난했다. 가족을 팔아 왕위를 얻어냈다며, 마녀라고 욕했다. 그러나 비난은 뒤에서 오갈 뿐이었다. 어느 누구도 앞에서는 감히 입 하나 벙긋하지 못했다. 그녀의 배후에 히페리온이 있기 때문이었다.

황녀를 총사령관으로 삼아 정벌에 나선 히페리온은 엘하르크를 말 그대로 깨끗하게 밀어버렸다. 그리고 막내 황녀는 자신이 대법사이자 히페리온임을 확실하게 입증해 보였다. 그녀가 전장에서 날뛰며 마법 난사하는 것을 본 사람들은 입을 모아 말했다. 황녀는 단순한 마법사가 아니라, 괴물이라고. 황녀뿐만이 아니었다. 함께 참전한 아르커스의 좌법사 또한 사역마로 엘하르크를 들쑤셔놓았다. 특이한 점은 몇몇 병사가 웬 거대한 강아지에게 당했다고 헛소리를 늘어놓았다는 것이다. 돌이랑 나뭇가지로 만든 집채만 한 강아지가 왕궁에서 엘하르크 왕국군을 공격했다고 말했으나, 목격한 사람이 거의 없어 자연스레 묻혔다. 어찌 되었건 히페리온은 또다시 승리했고, 황녀를 모욕했던 엘하르크 놈들은 대가를 치르게 되었다.

벨루안이 사역마로 곱게 모셔온 엘하르크 왕족과 마법사들은 히페리온 지하감옥에 고스란히 갇혀 있었다. 심문은 황족들이 친히 담당했다. 에니샤는 조금 걱정하긴 했지만, 히페리온 성질머리에 지금 많이 참고 있다는 사실을 알고 있어서 모른 척해주기로 했다.

"그래서 우리 쭈글이가 그냥 다 쓸어버리고……!"

그리고 헬라드는 로시엘한테 열심히 자랑을 늘어놓는 중이었다. 에니샤는 유디트의 대관식을 보기 위해 엘하르크에 남았고, 헬라드는 약간의 일 처리를 위해 먼저 제국으로 돌아왔다. 오자마자 로시엘이 득달같이 달려와 정벌 이야기를 해달라고 요구했고, 헬라드는 몹시 으스대며 관람 후기를 말해줬다. 로시엘은 그런 헬라드가 부러워 짜증내면서도, 에니샤 이야기라고 또 열심히 경청했다.

"그런데 에니샤가 구경만 하라고 했다며. 네가 나서도 괜찮았어?"

로시엘의 질문에 헬라드가 어깨를 으쓱하며 말했다.

"뭐어……. 나중에 사령관 말 안 들었다고 혼나긴 했지."

나름 얌전하게 기다리다가 나선 거였다고 헬라드가 투덜거렸다. 로시엘이 피식 웃다가 아, 하고 짧게 소리 냈다.

"슬슬 시작해야 할 것 같은데. 오후 일정 맞추려면."

"그러게."

헬라드가 고개를 까닥였다. 대기하고 있던 기사들이 무언가를 질질 끌고 왔다. 형체를 알아볼 수 없는 핏덩이는 마법사들이었다.

"그거 알아, 로시엘?"

헬라드는 뚜둑 소리 나게 손을 꺾었다. 음침한 지하감옥의 심문실에서 손 꺾는 소리는 유난히 크게 울렸다.

"얘들이 미쳐가지고 에니샤한테 천공섬 부췄다고 욕을 하더라."

처음엔 내가 잘못 들은 줄 알았다며, 헬라드는 고개를 절레절레 내저었다. 로시엘이 미간을 곱게 찌푸리며 질문했다.

"혓바닥 뽑았어?"

"그건 네 몫으로 남겨뒀지!"

형제애 넘치는 대답에 로시엘은 해사하게 웃었다. 에니샤는 대륙을 지켜냈지만, 진실을 알고 있는 사람은 극히 소수였다. 스칸샤의 하크만 행세를 했던 아바르티아였다. 악령이 인간을 조종할 수 있다는 이야기를 하는 순간, 대륙은 일약 혼돈에 빠져들 것이다. 악령을 핑계로 무고한 자를 죽이는 일이 벌어질지도 몰랐다. 또한 에니샤가 악령을 처치했다고 밝혀도, 대다수는 그것이 어떤 의미인지 제대로 알지 못했다. 대륙을 구해낸 영웅이라는 칭송은 무슨, 오히려 분란에 휘말릴 가능성이 더 높았다. 사람들은 남의 숭고한 희생보다 자신의 자그마한 손해에 훨씬 관심이 많은 법이었다. 왜 진즉 악령을 처치하지 않았냐고 비난하는 사람부터 과장된 거짓말이라 욕할 사람까지, 별별 놈들이 수두룩하리라.

에니샤는 이미 과거에 대법사의 행보를 밝혀봤자 좋을 것이 없다는 교훈을 얻었다. 하여 이번에도 조용히 수면 밑에 감춰두길 원했고, 실제로 그렇게 했다. 덕분에 멋모르는 놈들은 신나게 떠들어대고 있었다. 로시엘은 우아하게 쇠집게를 집어 들며 한숨 쉬었다.

"정말이지 주제를 모르는 것들이 너무 많아서 걱정이야."

"하지만 이젠 뭐, 상관없잖아?"

헬라드가 사납게 입매를 비틀었다.

"더 이상 천공섬 운운할 새끼들은 남아 있지 않을 테니."

쌍둥이는 서로를 바라보며 싸늘하게 미소 지었다. 에니샤가 진실을 밝힐 수 없다면, 히페리온이 할 일은 간단했다. 대법사 욕하는 놈들을 죄다 없애버리면 되는 것이다.

꽃꽃

대관식 전날 밤, 유디트와 에니샤는 조용히 왕궁을 함께 산책했다. 두 사람은 조곤조곤한 목소리로 이야기를 나누었다.

"……결혼식을 한다면, 부케는 에니샤가 받아주길 바랐거든요."

"정말요?"

그건 아쉽다며 종알거리던 에니샤는 문득 말을 멈췄다. 아직 다 치워지지 않은 석재 파편들이 길바닥 곳곳에 굴러다니고 있었다. 에니샤는 자각자각 굴러다니는 돌멩이를 발로 슥 밀어내며 조그맣게 말했다.

"너무 많이 부숴서 죄송해요……."

유디트는 작게 소리 내어 웃었다. 이 귀여운 아가씨가 아르커스의 대법사이고, 엘하르크 왕궁 따위는 가뿐하게 부술 힘의 소유자라니. 아마 겉모습만 보고는 아무도 그렇게 생각하지 못하리라.

유디트는 잠시 그날의 전투를 회상했다. 에니샤가 대법사라는 것은 진즉부터 알고 있었다. 하지만 총사령관 제복을 입고, 눈부신 마법과 함께 날뛰는 모습을 보았을 때의 전율이란……. 넋을 놓고 바라보던 자신에게 히페리온의 황태자가 다가왔다. 그는 제국군 진영으로 도망쳐오던 왕국군들을 말끔하게 쓸어낸 뒤였다. 핏물을 뒤집어쓴 얼굴에 안광을 품고 번들거리던 주홍색 눈동자. 지옥의 악귀 같은 몰골이었으나, 유디트는 시선을 피하지 않고 마주 보았다. 눈이 마주치자, 헬라드는 씩 웃어 보였다. 자랑스러움이 가득한 표정이었다. 그가 왜 그리 뿌듯해하는지 유디트는 알 수 있었다. 아름답고 강한 사람. 누구보다 에니샤에게 가장 잘 어울리는 말이었다. 회상에 잠겨 있던 유디트는 느릿하게 눈을 깜빡였다.

"……에니샤."

고요한 어둠에 잠긴 왕궁, 적당히 서늘한 밤바람, 그리고 자신을 조용히 바라봐주는 소중한 사람. 아무리 단단하게 걸어 잠근 마음도 사르르 녹아내릴 분위기였다. 유디트는 충동적으로 입을 열었다.

"이제 와서 약한 소리 하는 것도 웃기지만 말이에요."

가장 밑바닥에 숨겨놓았던 감정이 불쑥 튀어나왔다.

"나 조금 무서워요."

그리고 내뱉은 말에 스스로 놀라버렸다. 왜 무섭다는 말이 튀어나왔는지는 설명할 수 없었다. 지금 느끼고 있는 감정을 뭐라고 말해야 할지 몰라서 한참을 머뭇거렸다. 결국 설명할 길을 찾지 못한 유디트는 이야기 대신 질문을 던졌다.

"에니샤는…… 대법사가 될 때 어떤 기분이었어요?"

한 나라의 왕이 되는 자리였다. 에니샤도 똑같이 긴장했을지 궁금했다. 왠지 에니샤라면 아무렇지 않게 담대히 굴었을 것만 같았다. 하지만 돌아온 대답은 의외였다.

"저도 무서웠어요."

아무리 온갖 일을 다 겪었다고 해도, 결국 어린 나이였다. 대법사라는 막중한 책무를 짊어지는 것이 두렵지 않을 수 없었다.

"하지만 이 길을 선택하지 않으면 후회할 것을 알고 있으니까……"

그래서 두려움을 이겨내고 대법사의 길을 택했다고 말하며, 에니샤는 방싯 웃었다.

"다시 기회가 주어져도 똑같은 길을 선택할 거예요. 저는 대법사인 제가 좋으니까요."

꾸밈없는 진솔한 말이었다. 유디트는 차가운 밤공기를 크게 들이마셨다. 뿌옇던 머릿속이 맑아졌다. 에니샤의 말이 옳았다. 유디트도 왕인 자신이 좋았다. 누구보다 훌륭하게 해낼 능력도 있으니, 그것이면 충분하지 않은가. 더 이상 망설일 이유가 없었다. 대륙의 역사가 바뀔 대관식을 앞두고, 유디트는 모든 두려움을 털어냈다.

그리고 대관식 당일. 엘하르크의 새로운 왕을 맞이하는 대관식은 그 어느 때보다 소박했다. 전쟁이 끝난 지 얼마 되지 않은 탓이었다. 유디트는 예산을 죄다 왕성 복구에 밀어 넣고, 대관식은 최대한 간소하게 준비하라 명했다. 새로운 예복을 짓거나, 왕관과 장신구를 새로 주문하는 일은 없었다. 전부 엘하르크 왕궁에 있던 것들로 준비한 대관식이었으나, 아무도 비웃지 못했다.

화려한 예장을 갖춘 유디트가 왕의 길을 걸었다. 양옆으로 엘하르크 귀족들이 늘어섰다. 가장 앞에 자리한 에니샤가 보였다. 에니샤는 좌우법사와 함께 서서 눈을 빛내며 유디트를 바라보고 있었다.

유디트는 왕관 앞에 다다랐다. 붉은 천 위에 놓인 금빛 왕관은 본디 전대 왕이 씌워줘야 하는 것이었다. 왕위를 물려준다는 의미로, 축원의 말과 함께 새로운 왕에게 왕관을 내려줘야 했다. 하지만 전대 왕은 히페리온으로 끌려가 버렸기에, 유디트는 제 손으로 직접 왕관을 들어 머리에 얹었다. 짓누르는 왕관의 무게가 묵직해서, 유디트는 가볍게 몸을 떨었다. 옆에서 기다리고 있던 시종이 작은 수반을 내왔다. 엘하르크의 문양이 그려진 수반에는 얕게 물이 담겨 있고, 그 위에 탐스럽게 피어난 꽃송이가 띄워져 있었다. 엘하르크를 상징하는 수레국화였다. 유디트는 꽃을 담근 물에 손을 씻은 뒤, 하얀 천으로 물기를 닦아냈다. 그리고 조심스럽게 수반에서 꽃송이를 건져냈다.

"……."

유디트는 오목하게 모은 양손에 담긴 수레국화를 잠시 내려다보았다. 여기서 원래 대관식의 절차는 꽃송이를 전대 왕에게 건네는 것이었다. 수레국화를 건네며 왕관을 내려준 이에게 존경을 표하고, 훌륭한 성왕이 되리라 다짐하는 의미를 가진 절차였으나…….
유디트는 건넬 이가 없었다. 과연 유디트가 어떻게 행동할지, 사람들은 흥미를 가지고 지켜보았다. 하지만 유디트는 이미 꽃송이의 주인을 알고 있었다. 소중하게 꽃송이를 받쳐 들고서, 기다란 망토를 끌며 걸음을 옮겼다. 돌발 행동에 웅성거림이 일어났다. 유디트가 다다른 곳은 에니샤의 앞이었다. 열심히 대관식을 구경하고 있던 에니샤는 깜짝 놀라서 눈을 동글하게 떴다. 유디트는 그녀에게 꽃송이를 내밀었다.

"결혼식 부케는 아니지만……."

그리고 가만히 미소 지으며 말했다.

"이것도 나쁘진 않지요, 황녀님?"

에니샤는 입술을 꼭 깨물었다가, 떨리는 목소리로 답했다.

"⋯⋯나쁠 리가요."

수레국화를 받으며, 에니샤는 자신이 할 수 있는 가장 최고의 칭찬을 건넸다.

"세상에서 제일 아름다운 꽃이에요, 여왕님."

에니샤와 유디트는 서로를 마주 보며 환하게 웃었다.

❦❧

이른 아침부터 부슬부슬 겨울비가 내렸다. 흐린 먹구름이 제도의 하늘을 감싼 탓에, 낮이어도 사방이 어둑했다. 그리고 에니샤는 로드고와 손을 잡고 비 오는 황궁을 걷는 중이었다. 오늘 본궁에서 함께 점심을 먹기로 해서, 로드고가 직접 데리러 온 것이었다. 황녀궁에 넘쳐나는 게 우산이건만, 굳이 우산 하나를 찡겨 쓰고서 부녀는 알콩달콩 대화를 나눴다.

"헬라드 오라버니와 유디트 언니는 약혼 때보다 지금이 더 친해진 것 같아요."

엘하르크 정벌 이후, 두 사람은 서로에게 일말의 호감을 품게 되었다. 사랑보다는 우정에 가까운 감정이었다. 둘이서 뭔가 엄청난 공감대를 형성한 것 같은데, 그게 뭔지 궁금하다고 조잘거렸다. 로드고는 에니샤가 하는 이야기를 들어주며 피식피식 웃었다. 사실 알맹이 없는 시시한 이야기들인데, 그냥 에니샤가 말하는 게 좋아서 그러는 것이었다. 에니샤도 그가 웃을 때마다 따라서 생글생글 웃었다.

느긋하게 본궁에 도착해서 건물로 들어섰을 때였다. 에니샤는 무언가를 발견하곤 깜짝 놀랐다.

"……엇, 아빠!"

로드고의 한쪽 어깨가 죄다 젖어 있었다. 에니샤 쪽으로 온통 우산을 기울여주느라 그런 것이었다. 시종들이 마른 명주천을 들고 허겁지겁 달려왔다. 축축한 물기를 대충 털어내는 로드고를 보며 에니샤는 중얼거렸다.

"우산 따로 쓸 걸 그랬어요……."

풀죽은 에니샤의 머리 위에 큼직한 손이 턱 얹혔다. 에니샤가 올려다보자, 로드고는 씩 웃으며 말했다.

"싫다."

그가 장난스럽게 덧붙였다.

"따로 걷는 것보단, 비에 젖는 것이 훨씬 낫지."

슥슥 쓰다듬어주곤, 로드고는 에니샤의 손을 잡아 이끌었다. 두 사람은 식당에 나란히 마주 보고 앉았다. 에니샤는 요리를 먹으며 로드고에게 다음부턴 큰 우산을 쓰자고 말했다. 하지만 로드고는 큰 우산을 쓰면 붙어 다닐 수가 없지 않느냐며 반대했다. 결국 큰 우산을 쓰되, 로드고한테 꼭 붙어 있는 것으로 합의를 보았다.

콩소메로 끓여 허브와 오렌지 껍질로 향을 낸 해산물 스튜가 식탁에 올랐다. 로드고는 능숙하게 조갯살을 발라내고, 새우 껍질을 벗겼다. 살만 잘 발라서 에니샤의 접시에 얹어주며 물었다.

"어딜 다녀온다고 했던 것 같은데."

"루네르요!"

루네르라는 말에 로드고는 잠시 미간을 찌푸렸다. 말은 안 해도, 못마땅해하는 기색이 완연했다. 루네르의 여왕과 에니샤 사이에 있었던 사건을 생각하면, 그가 못 가게 붙잡지 않는 것이 용한 일이었다. 에니샤 또한 웬만하면 황족들을 위해서라도 가고 싶지 않았다. 하지만 어쩔 수 없었다. 천공섬의 토대를 이루는 것으로 추측되는 재료가 그곳에 있기 때문이었다.

루네르를 찾게 된 계기는 아르커스 장서관이었다. 천공섬이 파괴될 때, 방대한 양의 도서를 보관하고 있던 아르커스 장서관도 함께 전소되었다. 다행인 점은 에니샤가 장서관의 도서를 거의 대부분 읽었다는 것이다. 아르커스는 에니샤의 기억을 바탕으로 장서관 복구에 들어갔고, 덕분에 9할 이상의 자료를 되살려낼 수 있었다. 에니샤가 채우지 못한 나머지는 벨루안과 녹시타, 그리고 다른 마법사들이 메웠다. 그렇게 장서관을 복구하는 김에, 에니샤는 천공섬과 관련된 자료들도 긁어모았다. 천공섬이라는 단어가 직접적으로 들어가지 않더라도, 의심스러운 것들은 죄다 가져와서 대법사 집무실에 산처럼 쌓아놓고 빠짐없이 읽었다. 그중 무척 의심스러운 자료가 하나 있었다. 사실 자료라고 하기에도 민망한 것이, 원본은 어떤 서적에 장난처럼 끼워져 있던 짧막한 쪽지였다. 우연히 그걸 읽었던 마법사 하나가 인상 깊게 기억하고 있다가, 이번에 생각나서 알려준 것이었다.

월장석을 구하기 위해 찾은 곳이었다.

하늘에서 긴 꼬리를 그리며 혜성이 떨어졌다.

나는 홀린 듯 혜성의 궤적을 따라갔다.

그리고 단단한 쇳덩이 안에서 영롱한 빛을 발하는 보석을 발견했다.

특별한 힘을 품은 보석이었다.

이는 분명 아르커스의 밑바탕이 되리라.


반쪽도 채우지 못하는 짧은 내용이었지만, 에니샤는 천공섬과 연관되어 있다고 직감했다. 원래 마법사들 중에는 괴짜가 많아서, 후대에 전해야 할 중요한 내용도 제멋대로 기록하는 경우가 잦았다. 아마도 특별한 힘을 품은 보석은 석철운석에 박혀 있는 감람석을 말하는 것 같았다. 쪽지가 끼워져 있던 책은 루네르 왕국의 역사서라고 했다. 정황들로 미뤄보건대, 루네르에 떨어진 운석이 천공섬의 재료가 되었던 듯했다. 아주 오랜 세월이 지났으니 운석 부스러기라도 남아 있을지는 모르겠다만, 일단 찾아가서 조사를 해볼 생각이었다.

"······그래서, 이런 상황이에요."

열심히 손짓 발짓해가며 설명을 마치고 나니, 로드고의 표정은 조금 풀려 있었다. 에니샤가 이야기하는 것을 보며 기분이 나아진 모양이었다. 로드고는 에니샤에게 당부의 말을 건넸다.

"조심히 다녀오도록 하고, 혹시 누가 뺨을 때리거든······."

그가 포크로 접시에 놓여 있던 가재를 톡톡 두드리다 힘을 주었다. 단단한 가재 껍질이 처참히 부서지는 소리와 함께, 로드고는 부드럽게 웃으며 말했다.

"머리를 날려버리고 오너라."

"……."

조금 살벌하긴 하지만, 어쨌든 염려해주는 말이었다. 에니샤는 로드고에게 걱정하지 않으셔도 된다고 다정히 답했다.

✿❀✿

에니샤는 카힐과 함께 단둘이서 루네르를 찾았다. 공왕 노릇하느라 바쁜 카힐이 시간을 낼 수 있었던 것은 전적으로 에니샤 덕분이었다. 덜컥 휴가를 낸다는 말에 자드카르 귀족들은 눈 뒤집으며 반대했다. 카힐은 그들을 단 한마디로 물리쳐버렸다.

— 황녀님과 연애를 해야 하루빨리 약혼 날이라도 잡을 것이 아니오?

그대들이 그토록 원하는 결혼을 위해서 노력하는 것이라고 선언하니, 귀족들은 그만 할 말을 잃어버렸다. 그리고 카힐은 눈 깜짝할 사이에 며칠분 업무를 해치운 후, 사흘의 휴가를 턱 내버렸다. 마침 황녀님 욕하는 것에 열 받은 공왕님이 엘하르크를 다 얼려버렸다는 소문도 자자하게 퍼져 있던 때였다. 귀족들은 반대하던 목소리를 슬그머니 집어넣었다. 덕분에 에니샤는 카힐과 여행을 떠날 수 있게 되었고 말이다.

중부의 끝자락에 위치한 루네르는 서부, 남부와도 동시에 국경

선을 맞대고 있었다. 겨울인데 초봄처럼 느껴지는 것이, 확실히 제국보다 날씨가 훨씬 따스했다.

"겉옷 좀 더 얇은 것으로 입고 올 걸 그랬나?"

에니샤가 고개를 갸웃거리며 하는 말에 카힐은 가만히 웃으며 답했다.

"그래도 해가 지면 추워질 겁니다. 알맞게 입고 오셨습니다."

"그런가……."

루네르 길거리를 걷는 두 사람의 양손은 푸짐했다. 에니샤도 루네르에는 처음 와보는 것이었다. 일단 도착하자마자, 여기저기 구경하면서 먹을거리부터 열심히 사 먹는 중이었다. 국가 상징이 달이라서 그런지, 달 모양으로 만든 물품들이 특히 많았다. 겉면을 살짝 굽고, 안에는 달짝지근한 크림을 넣은 보름달 모양 빵을 먹으며 에니샤는 행복해했다. 옆에서 지켜보던 카힐이 에니샤가 먹기 편하도록 빵의 포장지를 고쳐서 쥐여 줬다. 다시금 와앙 하고 한 입 베어 먹으려던 때였다.

"……그래도 요새는 조금 살 만하지!"

"맞아. 여왕이 제정신을 차렸다니까."

에니샤는 크림빵을 우물거리며 귀를 기울였다. 지나가던 남자 둘은 여왕에 대한 이야기를 하며 웃고 떠들었다. 히페리온에 나라를 바치겠다고 선언하고, 제국을 찾아가 온갖 사고를 다 저지르고 돌아온 여왕이었다. 당연하게도 그녀는 한동안 귀족과 국민들의 맹비난에 시달렸다. 하지만 히페리온에 다녀온 뒤, 여왕은 사람이 완전히 달라졌다. 그녀는 자신을 향한 비난을 그대로 수용했고, 행동으로 깊이 반성하는 모습을 보여줬다. 예전과 달리 열심히 국무에 매진하며 진정한 지도자로 거듭나려 노력한 것이다. 하루가 다르게 변해가는 여왕의 모습에 비난도 점차 잦아들었다. 옛날에 이상한 짓을 하긴 했지만, 그래도 이젠 꽤 괜찮다는 식으로 여론이 형성된 모양이었다. 카힐이 다 먹은 크림빵 포장지를 가져가며 물었다.

"여왕을 만나실 생각이십니까?"

"으음……."

에니샤는 다음 간식을 고르며 말했다.

"공왕에 황녀인데, 아무래도 조금 부담스러워하지 않을까?"

에니샤도, 카힐도 귀빈 중의 귀빈이었다. 정식으로 방문하는 순간, 루네르는 많은 것을 준비해야 했다. 접대받는 것도 부담스럽고 하여, 웬만하면 조용히 다녀갈 생각이었다.

"기회가 있다면 만나고, 아니면 말고."

"저도 그게 가장 좋다고 생각합니다."

한참 동안 루네르 거리를 떠돌며 음식이란 음식은 다 먹어본 뒤, 에니샤는 빵빵한 배를 두드리며 중얼거렸다.

"슬슬 숙소 잡아야 할 것 같은데……."

카힐은 망설임 없이 에니샤를 안내했다.

"아까 거리를 돌아다닐 때 미리 봐둔 곳이 있습니다."

에니샤는 음식 파는 곳만 열심히 찾았는데, 카힐은 어느새 숙소까지 다 확인해둔 것이다. 아주 똑똑하다고 카힐을 칭찬한 뒤, 숙소로 향했다. 이곳에서 가장 좋은 여관으로, 1층은 고급 식당이고 그

위는 숙소였다. 여관 앞에서 점원이 직접 문을 열어주며 손님을 맞이했다.

"어서 오십시오."

"하룻밤 자고 가려 합니다. 식사와 목욕물까지."

카힐이 금화를 몇 닢이나 내어주자, 점원의 눈이 휘둥그레졌다. 원래도 깍듯했던 점원은 더더욱 공손해져서 에니샤와 카힐을 극진한 태도로 모셨다. 점원이 이끄는 대로 따라가니 자연스럽게 방으로 안내되었다.

"저희 여관에서 가장 좋은 방입니다. 목욕물은 바로 준비해 올리겠습니다."

식사는 어찌하실지 목욕물을 가져오는 직원에게 말해주시면 된다고 하고선, 점원은 휙 사라졌다. 어, 하는 사이 에니샤와 카힐은 어느새 단둘이 방에 남게 되었다. 방 안을 둘러보던 에니샤는 갑자기 뺨이 홧홧해졌다.

"……."

침대가 하나뿐이었다.

⚜

에니샤가 루네르로 출장 가 있는 동안, 제국에선 쌍둥이와 좌우 법사의 회담이 한창이었다. 본디 히페리온과 아르커스는 앙숙 중의 앙숙이었다. 서로 막둥이랑 대법사 안 뺏기려고 아웅다웅거리며 다퉜던 전력을 생각하면, 사실 절대 하나로 뭉칠 수 없는 관계였다.

하지만 에니샤라는 절대명제는 그들을 결국 하나로 만들었다.

쌍둥이와 좌우법사는 근래 하루도 빼놓지 않고 모이는 중이었다. 물론 친목 도모 같은 말랑한 이유는 아니었다. 지하감옥에 가둬놓은 놈들을 어찌 처리할지 의논하기 위해서였다. 히페리온은 역사와 전통을 자랑하는 제국식 고문을, 좌우법사는 아르커스의 마법을 적극 이용하고 있었다. 지하감옥에서 피비린내와 비명 소리가 날마다 끊이지 않고 있지만, 그들은 만족하지 못했다. 헬라드가 탁자 위에 늘어지며 중얼거렸다.

"아, 좀 더 창의적인 방법 없냐."

다채롭고 놀라우면서도 혁신적인 발상으로 고문하길 원하는 헬라드는 흘긋 벨루안과 녹시타를 쳐다보았다. 그리고 와락 눈매를 찡그리며 말했다.

"하아…… 만날 이놈들하고나 얼굴 보고……"

이러다 아주 정분나겠다고, 지긋지긋하다고 투덜거리는 말에 녹시타가 삐죽하게 대꾸했다.

"나도 황태자 전하 만나는 거 싫어요……"

"뭐?"

헬라드와 녹시타가 막 싸우기 시작하려던 때였다.

"그만해, 헬라드."

로시엘이 나긋하게 웃으며 말했다.

"네가 힘 조절 실패해서 죽인 애 다시 살려야 하잖아."

"……"

헬라드는 금세 조용해졌다. 어제 심문하다가 실수로 너무 빨리 죽인 놈이 있었다. 녹시타한테 그놈 좀 다시 살려달라고 부탁해야 할 처지인 것이다. 녹시타는 홍홍거리면서도 대답은 잘해줬다.

"그건 걱정 마세요……."

어차피 네 사람은 하나의 목표로 뭉친 공동체였다. 서로 싫어해도 할 일만큼은 기똥차게 해내는 사람들인 것이다. 로시엘은 말없이 지켜보던 벨루안을 돌아보았다. 사역마를 다루는 좌법사는 이런 부분에선 아주 전문가였다. 가끔 히페리온도 혀를 내두르는 고문을 선보이곤 했다. 덕분에 로시엘은 항상 모일 때마다 벨루안에게 큰 기대를 걸었다. 원래 능력 좋은 사람에겐 너그러운 로시엘이었다. 로시엘은 나름 상냥한 목소리로 그에게 말을 걸었다.

"그런데 이번에는 에니샤가 다른 아르커스 마법사와 간 모양입니다."

"……무슨 말씀이십니까?"

의아한 시선으로 바라보는 벨루안에게 로시엘이 눈을 깜빡이며 재차 말했다.

"루네르 왕국 말입니다."

옆에 있던 녹시타가 끼어들었다.

"대법사 카힐이랑 같이 갔는데요……."

조금 전까지 껄렁거리던 헬라드가 바짝 긴장한 얼굴로 질문했다.

"그…… 단둘이서?"

아무것도 모르는 녹시타는 고개를 끄덕였다. 그리고 쌍둥이는 동시에 자리를 박차고 일어났다.

뽀송하게 목욕을 마치고 잠옷으로 갈아입은 에니샤는 침대에 뛰어들었다. 비싸게 돈 주고 들어온 보람이 있었다. 침대가 넓고 아주 푹신푹신했다. 두 명이서 자기에 충분할 정도로 말이다.

"……."

혼자 생각해놓고 깜짝 놀란 에니샤는 괜스레 손으로 베개를 퍽 퍽 내려쳤다. 방 안에 혼자 있어서 다행이었다. 저녁을 먹고, 에니샤가 목욕하는 동안 카힐은 잠시 주변을 둘러보겠다고 나갔다. 아마 곧 들어올 것이었다. 침대가 하나인 것을 보고, 카힐은 바닥에서 자겠다고 했다. 하지만 그래도 어떻게 바닥에 자도록 하겠는가. 에니샤는 그냥 같이 자자고 말했다. 어차피 에니샤가 원하지 않으면 아무 일도 일어나지 않을 터였다. 그렇지만 뭔가 둘이서 침대에 같이 누워 잔다는 것 자체가 무척 묘한 기분이었다.

생각보다 카힐이 늦어서, 에니샤는 먼저 이불을 덮고 있었다. 왜 이렇게 안 오나 하던 때였다. 서늘한 바깥바람과 함께 카힐이 나타났다. 그리고 그의 양손은 군것질거리로 가득했다.

"자기 전에 입이 심심하실 것 같아서……."

역시 내가 남자친구 잘 사귀었다고 생각하며, 에니샤는 카힐이 씻는 동안 행복한 간식 시간을 가졌다. 간식을 다 먹고, 다시 간단히 씻고, 그리고 나니 정말 잘 시간이 되었다. 기름을 굳혀 만든 양초의 불을 끄고, 어둠이 찾아들었다. 에니샤는 나란히 곁에 누운 카힐을 곁눈질했다. 조금 긴장한 에니샤와 달리 그는 태연해 보였다.

가만히 누워서 천장만 바라본 채 이것저것 생각하는데 뭔가 찜찜했다. 꼭 무언가를 잊은 것 같아서 뭘까 하고 고심하다가 문득 옆을 돌아보았다. 그리고 카힐과 딱 눈이 마주쳤다.

"뭘 그리 고민하십니까?"

"아, 별거 아닌데……."

그가 옆으로 돌아눕더니, 자연스럽게 팔을 뻗어 에니샤를 끌어안았다. 히페리온 황족들처럼 카힐도 다른 사람보다 체구가 큰 편이었다. 에니샤는 그에게 쏙 안긴 채로 조그맣게 중얼거렸다.

"그냥 뭐 잊어버린 것 같아서……."

"원래 고민하는 것보다, 다른 일을 하고 있으면 생각이 더 잘 나는 법입니다."

"다른 일, 뭐?"

"……."

질문이 이상했는지, 카힐은 잠시 멈칫했다. 그러더니 이유를 알 수 없는 한숨과 함께 조용히 말했다.

"그냥 저와 이야기를 하신다든가……."

낮은 목소리와 함께 전해져오는 따끈한 온기가 좋았다. 에니샤는 그의 품에 조금 더 파고들었다. 카힐이 허리를 꽉 안아주었다. 몸이 찰싹 달라붙은 채로 그를 올려다보았다. 카힐의 손이 슬쩍 눈 위를 덮어왔다. 그가 에니샤의 눈을 덮고선, 제 손등 위에 입술을 누르며 속삭였다.

"키스는 안 됩니다."

희미한 웃음기를 머금은 목소리가 들려왔다.

"저를 너무 괴롭히지 마세요."

그 말에 담긴 뜻을 알아챈 에니샤는 얌전히 카힐의 가슴팍에 얼굴을 묻었다. 하지만 그러다가 다시 살며시 고개를 들어올렸다. 눈이 마주쳤다. 카힐은 가느스름하게 눈매를 좁혔다. 그가 손으로 가만가만 얼굴을 어루만졌다. 눈썹을 따라 쓸고, 콧대 끝을 살짝 눌러 보고, 입술 위를 만지작거렸다. 스치는 손끝이 간지러웠다. 턱을 쓸어내던 손이 부드럽게 목덜미를 어루만지고, 돋아난 날개뼈를 덧그렸다. 그리고 아주 느릿하게 입을 맞췄다. 아랫입술을 살며시 깨물었다가 놓는 키스에는 카힐의 심술이 담겨 있었다. 그가 에니샤의 뺨을 핥으며 중얼거렸다.

"당신은 정말……. 제 인내심이 어디까지인지 궁금하신 겁니까?"

짙어진 눈빛에 열기가 일렁였다. 에니샤는 소심하게 반박했다.

"그냥 키스하고 싶은 걸 어떡해……."

카힐은 에니샤의 목덜미에 쪽쪽 소리 나게 몇 번 입 맞춘 뒤, 손을 깍지 껴서 잡고는 대답했다.

"이제 정말 안 됩니다. 주무십시오."

그러곤 잡은 손을 끌어당겨서, 제 허리에 손을 두르게 했다. 에니샤는 아까보다 훨씬 착 달라붙게 되었다. 너른 품이 주는 안정감에 온몸이 노곤해졌다. 잠이 솔솔 밀려오는 나른함이 기분 좋았다. 조용한 방 안에는 옅은 달빛만이 침실 안에 새어들 뿐이었다. 평화로운 한때였다. 카힐의 품에 몇 번 부비적거리던 에니샤는 그만 의식하기도 전에 스르륵 잠들어버렸다. 새근새근 숨소리가 방 안에 느리게 번져나갔다.

"……."

카힐은 잠든 에니샤를 물끄러미 바라보았다. 품 안에 들어찬 작은 몸이 참으로 따뜻해서, 저도 모르게 조금 더 꽉 끌어안았다. 그러다 에니샤가 불편할세라 얼른 손에서 다시 힘을 풀었다. 한참 동안 세상모르고 잠든 에니샤를 지켜보다, 그만 참지 못하고 동그란 이마 위에 입 맞췄다. 가끔씩 이 모든 순간들이 기적처럼 느껴졌다. 영혼을 걸고서라도 지켜내고 싶었던 존재……. 곁에 있을 수 있다는 그 사실 하나만으로도 얼마나 행복한지, 아마 그녀는 알지 못하리라. 카힐은 살며시 눈을 감고서 품 안의 온기를 만끽했다. 어느 때보다도 평온한 기분이었다. 하지만 잠은 잘 수 없을 것 같았다. 사랑하는 연인을 끌어안고 잘 수 있다니 분명 천국이지만, 다른 의미로는 지옥이었다. 카힐은 결국 그날 밤, 한숨도 잠들지 못했다.

❧❦❧

다음 날 아침. 에니샤는 부은 얼굴을 하고서 하품했다. 방으로 올리지 못하는 요리도 있다고 해서, 카힐이랑 식사는 식당에서 하기로 약속했다. 대충 로브만 뒤집어쓰고 그와 식당으로 내려갔다. 식당 안에는 여관에서 묵는 다른 손님들 몇몇이 이미 식사를 하고 있었다. 맛있는 음식 냄새에 갑자기 배가 확 고파졌다. 아직 잠이 덜 깬 눈으로 카힐과 함께 뭐 먹을지 머리 맞대고 고민하던 때였다.

"……!"

에니샤는 어제 자신이 뭘 잊어버렸는지 깨달았다. 로드고와 쌍둥이에게 카힐이랑 다녀온다는 이야기를 하지 않았다. 카힐이랑 종종 놀러 다니긴 했지만, 단둘이서 장기여행은 처음이었다. 별생각 없이 나중에 말해야지 하고 미뤄놓다가 그만 까먹은 것이다. 에니샤는 속으로 발을 동동 굴렀다. 제국 돌아가서 직접 말해주면 가장 좋을 것 같은데, 그사이 괜히 이상한 생각을 하진 않을까 걱정이었다. 하지만 가만 생각해보니, 카힐이랑 간다는 사실을 아는 건 좌우법사뿐이었다.

황족들이랑 좌우법사들이랑 별로 안 친하니까 괜찮겠지……?

"왜 그러십니까?"

"아니, 별거 아냐. 얼른 음식이나 시키자."

배고파서 일단 먹고 다시 생각해봐야 할 것 같았다. 아침이니까 간단하게 전채요리 둘에 주요리 다섯, 후식 네 가지 정도만 시켰다. 단둘이서 주문한다고는 믿기지 않는 양에 점원의 입이 벌어졌다.

"혹시 일행분이 더 오시는 겁니까……?"

조심스레 묻자 카힐은 짤막히 답했다.

"아닙니다."

잘라내는 말에 점원은 놀라서 입을 벌린 채 주방으로 향했다. 에니샤는 그래도 간단하게 시킨 건데, 하고 중얼거렸다. 잠시 후 음식이 착착 나오기 시작했다. 즐겁게 아침 식사를 하려던 에니샤는 어디선가 느껴지는 강렬한 시선에 살짝 고개를 돌렸다. 한 남자가 식사도 않고서 에니샤만 쳐다보고 있었다. 음식을 먹으려고 로브를 살짝 젖혀놓았던 에니샤였다. 얼굴 하관의 윤곽이 고스란히 드러나 있었다. 에니샤는 뒤늦게 고개를 숙였지만, 이미 늦어버린 것 같았다. 남자는 다급한 손길로 제 품을 더듬었다. 그리고 소중하게 품속에 가지고 있던 초상화를 꺼내더니, 에니샤와 번갈아가며 쳐다보았다. 그의 입이 점점 벌어지고 눈이 휘둥그레졌다. 에니샤는 탄식했다.

큰일 났다…….

눈이 튀어나오려고 하는 남자에게, 에니샤는 필사적으로 신호를 보냈다.

나 아냐. 아니라고. 아니라니까……!

아는 척하지 말라고 열심히 손짓발짓 했으나, 그는 다른 쪽으로 알아들은 것 같았다. 남자가 우렁차게 소리쳤다.

"막내 황녀님이다!!!"

에니샤와 카힐은 도망쳤다. 급하게 도망 나오느라 아침 식사는 반절도 먹지 못했다. 머리카락과 눈동자 색을 바꾸면 대부분 못 알아보던데, 초상화까지 가지고 있을 줄은 몰랐다. 짐작컨대 막내 황녀님을 사랑하는 모임의 회원인 것 같았다. 하지만 에니샤의 초상화를 유통하는 일은 아기 시절을 제외하곤 불법이었다. 아무래도 한마디 해야겠다고 생각하며, 에니샤는 한숨 쉬었다. 도망치긴 했지만, 이미 온 동네방네에 막내 황녀님이 출현했다고 소문이 났을 것이다. 카힐은 시무룩한 에니샤의 손에 무언가를 쥐여 줬다. 정신

없는 와중에 착실하게 챙겨 나온 닭다리 한 쪽이었다. 에니샤는 카힐이 준 닭다리를 들고서 침울하게 중얼거렸다.

"이제 어쩌지……."

눈물 젖은 닭다리가 맛있어서 기분이 더욱 우울해졌다. 기운 빠진 에니샤를 다독이며 카힐이 말했다.

"아무래도 여왕을 만나는 편이 좋지 않겠습니까."

파다하게 소문 날 텐데 모르는 척하는 것도 좀 그랬다. 차라리 여왕의 귀에 들어가기 전에 먼저 연락하는 게 좋을 것 같았다. 에니샤는 여왕에게 삼족오를 보내기로 결정했다. 그런데 한 가지 문제가 있었다. 그녀를 포함해, 루네르 왕궁 사람들은 삼족오를 처음 본다는 것이었다.

"루네르 왕궁에 결계마법진이 쳐져 있을까?"

에니샤의 삼족오는 결계마법진도 손쉽게 뚫을 수 있다. 그래서 문제였다. 루네르 정도면 어느 정도 실력 있는 왕실마법사가 있을 터였다. 그들이 삼족오를 보고 아르커스의 침공이라 오해할까 걱정이었다. 특히 얼마 전에 에니샤가 직접 총사령관으로 나서서 엘하르크를 정벌한지라 더욱 그랬다.

"어떻게 생각해, 카힐?"

닭다리를 입에 문 채 그를 올려다보았다. 카힐의 눈매가 잔뜩 휘어졌다. 그는 작게 웃으며 에니샤의 입가에 묻은 양념을 닦아주더니, 영 엉뚱한 말만 해댔다.

"귀엽다고 생각합니다."

"아니, 나 말구……!"

얼마간 투덕거린 후에야 카힐은 대답을 해줬다. 그것도 제대로 된 대답은 아니었다.

"설령 진실로 침공한다고 해도, 그들이 무엇을 할 수 있겠습니까?"

에니샤는 눈을 깜빡이다가 말했다.

"방금 되게 악당 같았어."

"그렇습니까?"

카힐은 태연하게 되물었다. 맞는 말이긴 했다. 둘이서 마음먹는 순간, 루네르 정도는 간단하게 꿀꺽할 터였다. 어쨌든 딱히 다른 방법도 없고 해서, 그냥 삼족오를 날리기로 결정했다. 다 먹은 닭다리를 마력으로 불태워 없애고선, 깔끔해진 손으로 삼족오를 만들었다. 화려한 금빛의 날개를 펼치며 날아오른 삼족오가 하늘을 시원하게 가로질렀다. 얼마 뒤, 루네르 왕궁에 도착한 삼족오가 여왕의 모습을 비췄다. 에니샤는 조금 놀랐다. 여왕뿐만 아니라, 웬 귀부인들이 주렁주렁 화면에 달라붙어 있는 탓이었다. 뒤쪽에 펼쳐진 풍경으로 보아, 다과회를 하던 중인 모양이었다. 드레스를 차려입고 한껏 멋을 낸 부인들은 눈이 튀어나올 것 같은 표정을 하고서 삼족오를 쳐다보았다. 에니샤는 눈과 머리카락 색깔을 원래대로 되돌리곤, 로브 모자를 벗었다. 멍하니 입 벌리고 쳐다보던 여왕이 화들짝 놀랐다.

"오랜만이에요."

인사를 건네자, 그녀는 화면을 뚫을 듯이 얼굴을 들이대고선 말까지 더듬었다.

─ 화, 황녀님……!

뒤쪽에서 귀부인들이 와글와글 떠드는 소리가 들려왔다.

─ 마법이야!

─ 마법이네!

─ 마법이잖아!

에니샤는 웃음을 참으며 여왕에게 말했다.

"일 때문에 잠시 루네르에 들렀어요. 급작스럽지만 연락해봤는데, 바쁘신 듯하니……."

─ 바쁘지 않습니다!

뻔히 다과회 중인데도 그리 말하는 여왕이었다. 그녀는 얼굴까지 발갛게 붉히고선, 새된 목소리로 소리쳤다.

─ 제발 와주세요!!

그리고 자신이 에니샤의 말을 끊고 외쳤다는 것을 깨닫곤, 뒤늦게 어쩔 줄을 몰라 하며 당황했다. 부끄러워하는 그녀를 달래다 보니, 에니샤는 지금 당장 다과회장에 날아가기로 약속해버렸다.

카힐과 함께 루네르의 왕궁으로 이동했다. 중간에 결계마법진이 한 번 걸렸지만, 마법진을 손상시키지 않는 선에서 최대한 부드럽게 뚫고 들어갔다. 다과회장에 막내 황녀님이 나타나자, 모여 있던 귀부인들은 일제히 자리에서 일어났다. 그리고 여왕은 체면도 잊고서 헐레벌떡 뛰어왔다.

"황녀님……!"

무거운 드레스 때문에 빨리 걷기 힘들 텐데도 종종거리며 다가와 놓고서, 정작 에니샤 앞에선 어쩔 줄 모르고 우물쭈물했다.

"히페리온의 세 번째 별을 뵙습니다."

뒤늦게 예를 갖춰 인사하는 그녀에게 에니샤는 방긋 웃으며 답했다.

"오늘도 예쁘네요."

여왕은 크게 감격한 표정을 짓더니, 애꿎은 손수건을 손에 쥐고서 마구 잡아 뜯었다. 그녀의 얼굴은 예전보다 훨씬 나아져 있었다. 제국의 의사와 아르커스 마법사들에게 도움을 받아, 일상생활이 가능하도록 얼굴을 바꿔줬기 때문이다. 주술사처럼 절세미녀로 만들어주진 못했지만, 평범하다는 소리를 들을 수 있는 수준은 되었다.

에니샤와 여왕이 훈훈한 시간을 가지는 동안, 카힐은 루네르 귀부인들의 표적이 되었다. 세기의 사랑꾼으로 불리는 자드카르 공왕 전하였다. 무뚝뚝한 표정으로 황녀님을 따라다니는 훤칠한 청년에게 귀부인들은 온 관심을 집중했다. 다들 입이 간질거리는 표정이었으나, 함부로 말을 걸 만큼 생각 없진 않았다. 다만 몰래몰래 젊은 연인들의 모습을 구경할 뿐이었다. 그러다가 카힐이 에니샤의 접힌 옷자락을 다듬어주거나 살짝 삐친 머리카락을 만져주는 등, 티 나지 않게 챙겨줄 때마다 저들끼리 숨죽여 웃었다. 뭐가 그리 재밌고 좋은지 꺄꺄 하는 귀부인들을 내버려두고, 여왕은 카힐과 에니샤를 안쪽 응접실로 안내했다.

조용한 공간에 자리한 세 사람은 시녀들이 새롭게 내온 다과를 들었다. 아침을 제대로 먹지 못한 에니샤는 차와 곁들인 무화과 스콘과 클로티드 크림, 산딸기 파이, 작은 샌드위치 등을 열심히 먹어치웠다. 여왕은 그런 에니샤를 지켜보다가, 조그만 목소리로 말했다.

"저, 황녀님……. 살려주셔서 감사합니다……."

에니샤는 먹던 파이를 꼴딱 삼키고선 손사래 쳤다.

"그런 말씀 마셔요."

"하지만……."

주눅 든 모습을 보니, 여왕도 엘하르크의 소식을 들은 모양이었다. 히페리온은 엘하르크의 왕족 및 귀족들을 줄줄이 잡아가고, 새로운 왕을 만들어버렸다. 에니샤가 전적으로 여왕을 감싸주지 않았다면, 루네르도 비슷한 꼴이 되었을 것이었다.

한동안 깊은 반성의 시간을 가진 후, 여왕은 에니샤에게 이것저것 질문을 던졌다. 루네르에 얼마간 있는지, 왕궁에서 머무르실 생각이 없는지 등등 열심히 캐묻던 그녀는 뒤늦게 결례임을 깨닫곤 얼굴을 붉히며 물러났다.

"지금이라도 연회를 준비하겠습니다. 제대로 모시지도 못해서……."

"아니에요. 일이 바빠서 얼굴만 보고 갈 생각이었어요."

대법사의 일이라고 말해주자, 그녀는 호기심 가득한 눈이 되었다.

"이번에는 어떤 일을 하시는 건가요?"

정보도 얻을 겸, 에니샤는 눈을 반짝거리는 그녀에게 운석에 대해 이야기했다. 운석을 언급하자마자 여왕은 곧장 알아챘다.

"운석 추락지를 말씀하시는 거로군요."

운석이 떨어진 흔적이 초승달을 닮아서, 루네르에서는 유적지로 관리하는 곳이었다. 여왕이 잔뜩 걱정스러운 목소리로 말했다.

"하지만 그곳엔 아무것도 남아 있지 않아서⋯⋯."

그녀의 말처럼, 운석이 추락한 자리에는 물이 차서 초승달 모양 호수가 되었다. 그러나 평범한 사람들에게 보이지 않는 것이 존재할 수도 있는 법이었다. 에니샤는 설명하는 대신 살짝 웃으며 말했다.

"그냥 가보는 거예요."

여왕은 에니샤를 말리고 싶어 하는 눈치였다. 그녀가 조심스럽게 재차 만류했다.

"허나 주변 산세가 험하고, 최근에 도적들이 들끓는다는 보고도 올라왔습니다."

아직 토벌대를 보내지 못했다며, 위험하니 걱정된다는 말에 에니샤는 고개를 갸웃했다. 몹시 의아해하는 에니샤의 표정에 여왕은 뒤늦게 자신이 실언했음을 깨달았다. 반나절 만에 엘하르크를 정벌한 히페리온 총사령관이었다. 도적 떼 따위, 에니샤에게는 전혀 고려할 대상이 아니었다. 여왕은 간절하게 질문했다.

"제가 도와드릴 일은 없을까요?"

뭐라도 도움이 되고 싶다며, 매달리듯 묻는 여왕에게 에니샤는 씩 웃으며 말했다.

"도시락을 싸주시면 좋겠어요."

그녀는 뛸 듯이 기뻐하며 당장 10인분 도시락을 준비시켰다. 왕궁 요리사들이 도시락을 만드는 동안, 두 사람은 잡담을 나눴다.

"왕국민들이 여왕의 치세를 칭송하는 말을 들었어요."

에니샤의 칭찬에 여왕은 수줍게 답했다.

"전부 황녀님 덕분입니다."

"나는 해준 게 없어요. 말로 충고해주는 건 정말 쉬운 일이에요."

에니샤는 여왕의 눈을 가만히 들여다보며 말했다.

"하지만 누군가에게 조언을 받고, 진심으로 변화하려 노력하는 것. 그거야말로 엄청나게 어려운 일이죠. 여왕님이 대단하다고 생각해요."

"……."

그녀는 잠시 말없이 에니샤를 마주 바라보았다. 살짝 입술을 벌린 채 그러고 있다가, 갑자기 커다랗게 한숨을 내쉬었다. 그리고 몹시 안타깝고 절절한 목소리로 말했다.

"에니샤 님 같은 분이랑 결혼해야 하는데……."

황제 폐하 필요 없다고, 황녀님이 최고라고 말하며 어째서인지 카힐을 쳐다보았다. 가만히 앉아 있던 카힐은 갑자기 에니샤의 손을 꽉 움켜쥐더니, 잔뜩 경계심 어린 눈으로 여왕을 바라보았다. 여왕은 카힐의 시선을 모른 척하며 찻잔만 홀짝였다.

"??"

에니샤만 가운데서 어리둥절할 뿐이었다. 하지만 얼마 지나지 않아 도시락이 준비된 탓에, 이야기는 어영부영 끝나버렸다. 여왕과의 즐거운 담소를 끝내고, 에니샤는 카힐과 함께 양손 무겁게 왕궁을 나섰다. 남의 왕궁에서 마법으로 휙휙 결계 뚫는 짓을 두 번 하기는 미안해서, 마차를 타고 왕궁을 나갈 생각이었다. 그러나 에니샤는 금세 잘못된 선택이었다는 것을 깨닫게 되었다.

"……?"

여왕의 궁 앞에서 웬 로브 무리들이 빠른 속도로 서성거리고 있었다. 극도로 초조해 보이는 그들은 손톱까지 잘근잘근 깨물고 있다가, 인기척을 느끼곤 홱 소리 나게 고개를 돌렸다. 에니샤를 발견한 그들은 일제히 펄쩍 뛰더니 허둥지둥 달려오기 시작했다. 눈을 번들거리며 달려드는 모습에 에니샤는 카힐의 뒤로 숨었고, 카힐은 간단하게 얼음검을 꺼내 후려쳤다. 얻어맞은 이들은 나란히 뒤로 발라당 나자빠졌다. 하지만 곧장 비틀거리며 몸을 일으키고선, 에니샤를 향해 엉금엉금 기어왔다.

"대, 대법사님……!"

불타는 집념으로 뭉쳐진 그들은 루네르 왕궁의 왕실마법사였다. 루네르 왕실마법사들이 애타게 대법사를 기다리고 있을 이유가 무엇이겠는가. 에니샤는 귀찮은 일이 생길 것을 직감했다. 하지만 이렇게 만나버린 이상, 외면할 수도 없는 노릇이었다. 카힐은 버려두고 가고 싶은 표정이 역력했지만 말이다.

도시락을 5인분씩 나눠 들고 있던 에니샤는 카힐에게 나머지 반도 건넸다. 그리고 아직도 아파서 바닥에 웅크리고 있는 루네르 왕실마법사들을 내려다보았다. 다섯 명의 왕실마법사들은 끙끙거리면서도 에니샤의 로브 자락을 쥐고서 놓지 않았다. 제국의 황실마법사 숫자가 100에 달하는 것에 비해선 초라한 수였다. 하지만 루네르처럼 작은 나라에서 이 정도면 제법 괜찮은 숫자였다. 에니샤 주변에는 마법사가 길가의 돌멩이처럼 많지만, 본디 마법사는 귀한 인재였다. 수준급 마법사 다섯을 갖추는 것은 결코 쉬운 일이 아니었다. 가만히 내려다보고 있자, 마법사들은 슬쩍 고개를 들어 올려 눈치를 살피더니 뒤늦게 예를 갖췄다.

"히페리온의 세 번째 별을 뵙습니다."

에니샤는 다 늘어져가는 로브 자락을 추스르며 입을 열었다.

"무슨 일이지?"

"예! 대법사님! 그것이……."

마법사들은 기다렸다는 듯이 이야기를 시작했다. 별거 아니면 무시하고 지나가려 했는데, 그들은 제법 흥미로운 주제를 꺼냈다. 바로 에니샤와 카힐의 목적지인 운석 추락지, '초승달 호수'에 대한 이야기였다.

운석이 떨어진 호수는 루네르 왕국에서 유적지로 관리되었다. 하지만 단지 역사적인 의미를 가지고 있을 뿐, 마법사들이 관심 두는 곳은 아니었다.

"그런데 몇 년 전부터 호수에서 마력이 느껴지기 시작했습니다."

언제부터인가 초승달 호수에서 희미한 마력이 느껴졌고, 왕실마법사들은 조사에 나섰다. 그러나 그들의 힘으로 해결할 수 있는 수준이 아니었다. 대륙마법협회에 연락할까 고민했지만, 소국의 마법사들에게 주어진 예산은 그리 많지 않았다. 어떤 대가를 지불해야 할지 알 수 없는 데다가, 단순히 마력이 느껴진다는 이유로 예산 증액을 신청하기도 어려웠다. 하여 여태껏 이러지도 저러지도 못하고 끙끙 앓아온 것이다. 이야기를 쭉 들은 에니샤는 그들에게 질문했다.

"언제부터 마력이 느껴졌는데?"

"그것이⋯⋯."

루네르 마법사는 망설이다가 조심스럽게 답했다.

"히페리온 제국의 스칸샤 정벌이 끝난 이후입니다."

"⋯⋯."

천공섬이 부서진 후였다. 우연이라 하기에는 너무 잘 맞아떨어졌다. 확실히 호수에 뭔가 있기는 한 모양이었다. 조용히 이야기를 듣고 있던 카힐이 에니샤에게 물었다.

"데려가실 겁니까?"

잠시 고민하던 에니샤는 고개를 끄덕였다.

"써먹을 데가 있을 것 같아."

"⋯⋯."

카힐은 마법사들의 배에 얼음송곳을 꽂고 싶은 얼굴이 되었다. 단둘이서 오붓하게 다니는 시간을 방해받다니, 마음 같아선 이미 마법사들을 얼음 조각으로 만들어버리고도 남았으리라. 그래도 놀러 온 것이 아니라 일하러 왔으니 어쩔 수 없었다.

"다 같이 가보도록 하자."

어차피 왕실마법사들도 여기 있으니, 이동마법진을 그려도 괜찮을 것 같았다. 에니샤는 마법진을 그리기 시작했다. 까다로운 고난도 마법인 다인용 이동마법진을 혼자서 슥슥 그려내는 모습에 왕실마법사들은 입을 떡 벌렸다. 그리고 마법사들이 입을 채 다물기도 전에, 에니샤는 모두를 초승달 호수 앞으로 데려다 놓았다.

"⋯⋯!!"

루네르 마법사들은 소리 없이 감탄했다. 그들이 호들갑을 떠는 동안, 호수를 둘러보았다. 날카로운 곡선을 그리는 초승달 모양의 호수는 아름다웠다. 새파란 물이 찰랑이고, 주변에는 녹음이 드리워 있었다. 사방이 깊은 숲속에 나무가 울창했지만, 호수 주변의 일정 반경은 황무지처럼 버석했다. 바짝 마른 풀 몇 포기만 듬성듬성할 뿐이었다.

에니샤는 호수 가까이로 다가가 보았다. 호수 중앙에서 뭉근한 마력이 느껴졌다. 겉으로 불어나오는 마력은 강하지 않지만, 안쪽 깊은 곳에서는 상당한 힘이 느껴졌다. 아무래도 호수 안으로 들어가 봐야 할 것 같았다. 에니샤는 루네르 마법사들을 돌아보며 물었다.

"수중에서도 호흡할 수 있는 마법, 가능한 사람?"

그러자 다섯 중 둘이 손을 번쩍 들었다. 에니샤는 만족스럽게 웃으며 마법진을 그려놓으라 말했다. 카힐이랑 하나씩 걸어달라고 하면 딱 될 것 같았다. 호수 물을 다 말라버리게 만들기, 호수 포함한 숲 전체를 초토화시키기 등등은 잘해도 물속에서 숨 쉬는 마법은 자신 없는 에니샤였다. 자주 사용하는 몇몇 마법을 제외하곤, 보조계통 마법은 거의 남들에게 맡기는 편이었다. 레시나한테 배운 신체 나이를 늘리는 마법도 직접 쓸 일이 있을 때는 굉장히 신경 써서 전개하곤 했다. 전에 실수로 꼬맹이가 되어버린 뒤로는 안 쓰긴 하지만 말이다. 얼마간 호수를 살피며 머릿속으로 대강 계획을 그려놓은 에니샤는 뒤돌아서서 말했다.

"일단 도시락 먹고 할까?"

소풍 나온 기분으로 호숫가 적당한 곳에 자리를 잡았다. 그런데 모두 나눠 먹으려면 도시락이 부족할 것 같았다.

호수에서 물고기라도 잡을까…….

에니샤가 진지하게 고민하는 동안, 눈치 빠른 마법사가 말했다.

"저희는 괜찮습니다! 편하게 식사하십시오."

그리고 다른 애들을 데리고 구석으로 찌그러졌다. 에니샤는 그들을 불러다가 그냥 도시락 하나씩 나눠줬다. 이제 황녀님 도시락까지 뺏어 먹는 모습에 카힐은 더더욱 살기등등해졌다. 마법사들은 울상을 지으며 에니샤를 바라보았고, 에니샤는 카힐의 손을 꼭 잡아주는 것으로 그를 달랬다.

한참 도시락을 먹고 있을 때였다. 숲속에서 부스럭부스럭 풀잎 스치는 소리와 함께, 여러 명의 인기척이 느껴졌다. 험상궂은 사내 수십이 어슬렁거리며 등장했다. 가장 덩치 크고 흉악한 남자가 낄낄 웃으며 말했다.

"이거 이거, 손님들이 오셨구만?"

그가 거들먹거리며 바닥에 침을 탁 뱉었다.

저런…….

에니샤는 몹시 안타깝다는 눈으로 그들을 바라보았다. 도적이 있다는 이야기를 듣긴 했지만, 딱히 신경 쓸 생각은 없었다. 굳이 찾아가서 소탕할 의지는 없었는데 알아서 눈앞에 떡하니 나타난 것이다.

루네르 마법사들이 분개하며 자리에서 벌떡 일어났다. 마법사들은 의기양양하게 도적들 앞으로 나서서 소리쳤다.

"이놈들! 무례하게 굴지 마라!"

도적들은 어이없는 눈으로 쳐다보았다. 그러자 마법사들은 바락바락 화를 냈다.

"감히……! 이분이 누군 줄 아느냐!"

루네르 마법사들은 양손으로 에니샤를 짜잔 하고 가리키며 외쳤다.

"막내 황녀님이시다!!"

"……."

모두의 시선이 에니샤를 향해 쏟아졌다. 왠지 그래야만 할 것 같아서, 에니샤는 슬쩍 로브 모자를 벗었다. 눈부신 금발과 주홍색 눈동자를 보자마자, 도적들은 돌이 되었다. 그들 중 하나가 말을 더듬으며 버럭버럭 소리쳤다.

"거, 거짓말, 거짓말이지! 환상마법 같은 거 썼네!!"

어설프게 아는 지식을 끌어다가 하는 소리에, 옆에 있던 다른 도적이 다급하게 옆구리를 찌르며 속삭였다.

"근데 막내 황녀가 루네르에 왔다는 소문이……!"

에니샤는 눈을 깜빡였다. 오늘 아침에 일어난 일인데, 워낙 나라가 작다 보니 말이 금세 퍼진 듯했다. 도적 떼들은 슬금슬금 발을 빼기 시작했다. 자연스러운 퇴장 분위기와 함께 그들이 주절거렸다.

"거, 우리가 손님을 기다렸는데……. 여긴 아닌 것 같네……."

"착각을……. 한 것 같은데에……."

그리고 서로 눈치를 살피다가, 일제히 도망치기 시작했다. 죽기 살기로 꽁지 빠져라 도망가는 뒷모습을 바라보는데, 옆에서 쩌적

소리가 들렸다. 얼음이 얼어붙는 소리였다. 에니샤는 카힐을 돌아
보며 말했다.

"카힐, 우린 호수나 조사하자."

그리고 사자를 등에 업은 여우처럼 좋아하는 루네르 마법사들에
게도 말했다.

"호수는 내가 조사할 테니 도적들을 부탁해. 그 정도는 가능하
지?"

나름 괜찮은 분업이었다. 마법사들은 에니샤와 카힐에게 호흡마
법을 걸어주고, 도적들을 뒤쫓았다.

둘만 남은 호숫가는 조용해졌다. 에니샤는 카힐에게 손을 내밀
었다. 그와 손을 잡고 호수 한가운데로 날아갔다. 그리고 망설임 없
이 고요한 수면 위로 뛰어들었다. 차가운 물이 몸을 감쌌다. 물속에
서 기포가 부글거리며 퍼지고, 머리카락이 정신없이 휘날렸다. 작
게 몸서리치자 카힐이 끌어안아주었다. 그는 에니샤를 안은 채, 능
숙하게 밑으로 헤엄쳤다.

호수의 중심, 가장 밑바닥에서 마력이 느껴졌다. 마력을 따라 검
푸른 물속에 깊숙이 잠겨드는 동안, 에니샤는 주변에 물고기가 없
다는 것을 깨달았다. 호수 밑바닥은 흔한 수초도 없이 깨끗하기만
했다. 섬뜩할 정도로 조용한 호수였다.

에니샤는 마력을 끌어올렸다. 금빛이 감도는 손을 눈에 가져다
대자, 희미한 빛을 발하는 운석 조각이 보였다. 운석은 마치 노래하
듯 은은하게 마력 파장을 일으키고 있었다. 카힐이 에니샤를 쳐다
보았다. 에니샤는 고개를 끄덕이며 그와 운석 가까이로 다가갔다.

운석을 만지려다가 황급히 손을 움츠렸다. 아릿한 통증과 함께 팔 전체가 저려왔다. 강력한 마법이 운석 주변을 감싸고 있었다. 부서 뜨려야만 파훼 가능한 마법이었다. 이 정도 마법을 부쳤다간 반동 이 상당할 터였다. 에니샤는 마력 파편을 흡수할 결계를 운석 주변 에 새롭게 덧씌웠다. 그리고 결계 안에서 힘을 끌어올렸다. 눈부신 금빛이 호수 전체를 가득 메웠다. 마력을 운석에 때려 박는 순간이 었다.

"……!!"

에니샤는 눈을 크게 떴다. 운석에 박힌 감람석이 마력을 마구 빨 아들였다. 운석의 힘과 에니샤의 마력이 충돌하며, 사방이 뒤틀리 기 시작했다. 그리고 운석은 깊숙이 숨겨놓았던 마법을 발동시켰 다. 눈앞이 하얗게 물들었다. 백지처럼 희게 변했다가, 눈이 녹아내 리듯 서서히 색깔을 되찾아갔다. 에니샤는 커다랗게 숨을 들이마 셨다. 루네르 마법사가 걸어준 호흡마법은 이미 사라진 뒤였다. 차 가운 물의 감촉은 느껴지지 않았다. 주변은 너른 들판이었다.

불길한 기운이 가득 감도는 들판의 모습은 매우 익숙했다. 아니, 익숙한 정도가 아니었다.

결코 잊을 수 없는 곳…….

하늘을 올려다본 에니샤는 저도 모르게 뒷걸음질 쳤다. 오싹한 감각이 등골을 내지르고, 눈앞이 아찔하게 흔들렸다. 운석의 마법은 에니샤를 과거로 되돌려 보냈다. 천공섬이 부서지던 그날이었다.

아주 오래전부터 마법사들 사이에서 금기시하던 것이 있었다. 바로 시간을 움직이는 마법이었다. 과거와 미래, 그 어느 쪽도 손대선 안 되는 금기로 취급받았다. 운명을 건드리는 대가는 인간이 감당할 수 없기 때문이었다. 어느 위대한 마법사는 사랑하는 연인을 살리기 위해 과거를 바꿨다. 그는 연인을 위해서 무슨 대가든 치를 준비가 되어 있었다. 그렇기에 아무것도 두려워하지 않았고, 결국 마법을 완성시켰다. 실제로 마법사는 과거를 바꾸고 연인을 되살리는 데 성공했다. 하지만 대가는 참혹했다. 마법사는 영원히 반복되는 시간의 틈새에 갇혀버렸다. 겨우 벗어났을 때는 이미 오랜 세월이 지난 뒤였다. 연인의 소식을 찾아본 마법사는 절망했다. 운명이 바뀐 연인은 사라진 마법사를 애타게 찾아 헤맸고, 이전보다 더 비참하게 생을 마감해버렸다. 모든 것이 뒤바뀐 세상에서, 모든 것을 잃은 마법사는 외로이 눈을 감았다.

처음 이야기를 들었을 때, 에니샤는 마법사가 어리석다고 생각했다. 자신이라면 절대 그런 짓을 하지 않을 것이라고 쉽게 말했다. 그러나 눈앞에서 '그날'을 지켜보게 되었을 때. 에니샤는 미쳐버릴 것만 같았다.

— ……!!

소리 없는 비명을 질렀다. 검은 줄기가 천공섬을 치덕치덕 휘감았다. 산산이 바스러져가는 천공섬의 모습이 심장을 갈기갈기 찢어놓았다. 되풀이되는 고통스러운 순간 앞에서 마음은 속절없이 무너졌다. 금기를 알면서도 이성적으로 판단하기가 힘들었다. 지금 에니샤는 힘을 가지고 있었다. 무너지는 천공섬을 되살릴 수 있는, 추락하는 마법사들을 받아줄 수 있는, 아바르티아를 물리칠 수 있는……. 욕심내선 안 된다는 건 알고 있었다. 하지만 한 명이라도. 단 한 명이라도 살리면 안 되는 걸까? 손이 바들바들 떨렸다. 어쩌면 이건 모든 것을 바로잡을 수 있는 마지막 기회일지도 몰랐다. 금단을 향한 유혹이 참으로 달콤했다. 이미 머릿속에는 어떤 수식을 쓰면 가장 최상일지, 어떻게 마법진을 전개하고 마법을 시전할지 전부 짜여 있었다. 끌어올린 마력 또한 금방이라도 쏟아져 나갈 준비가 되어 있었다. 아슬아슬한 끈이었다. 안간힘을 써서 버티고 있지만, 누군가 등이라도 살짝 떠미는 순간 뚝 끊어질 터였다. 발작하듯 날뛰며 마법을 난사하는 스스로의 모습이 선명하게 그려졌다.

그러나 에니샤는 결국 나서지 못했다. 마지막 순간, 과거의 자신을 보았기 때문이다. 넋이 나간 채로 하염없이 눈물 흘리는 자신은 고통스러워하고 있었다. 하지만 괴로움이 있었기에 다음 걸음을 내딛은 것이었다. 만약 이 자리에서 모든 것을 해결해버린다면, 미래는 어떻게 바뀔지 알 수 없었다. 시간의 틈새에 갇히는 것은 두렵지 않지만, 그로 인해 소중한 사람들이 또 다른 괴로움을 겪어선 안 된다. 그러니까 가만히 있는 것이 옳은 일이었다.

— …….

하지만 언제나 그렇듯, 옳은 일을 행하기가 세상에서 제일 어려운 법이었다. 뜨거운 눈물이 뺨을 타고 흘러내렸다. 속에서 밀려오는 울음을 참을 수가 없었다. 에니샤는 꼼짝없이 굳은 채, 그저 바라보기만 했다. 마법사들의 시체로 가득한 평원에서 절규하는 자신을 지켜보았다. 흙바닥을 구르며 피를 토하고, 날개를 펼쳤으나 다시 추락하는 자신을 지켜보았다. 이미 결과를 알고 있음에도, 과정을 되밟는 일은 끔찍했다. 에니샤는 입술을 꾹 깨물며, 말없이 눈물을 닦아냈다. 그리고 마침내 악령을 멸했을 때, 에니샤는 천천히 어디론가 흘러들어갔다.

그곳은 검은 어둠이었다. 깊이와 넓이를 알 수 없는 어둠은 끝이 없었다. 얼마나 흘러갔을까. 어둠의 끝에서, 에니샤는 잠들어 있는 과거의 자신을 만났다. 깊이 잠든 모습은 평화로웠다. 한참을 지켜보았지만, 꼼짝도 않고 자기만 했다. 덜컥 겁이 났다.

이러다 영원히 깨어나지 않는 건 아닐까?

잔뜩 웅크린 몸은 어둠의 안락함을 만끽하고 있었다. 굳이 힘들게 빛 속으로 나아갈 이유가 없었다. 초조함이 머리끝까지 차올랐다.

일어나야 하는데, 이제 정말로 일어나야 하는데…….

타들어가는 마음도 모르고 쿨쿨 잠든 제 모습이 얄미웠다. 더 이상 누군가 깨워줄 때까지 기다릴 수 없었다. 에니샤는 저도 모르게 입을 열었다.

— 에니샤.

그리고 이름을 부르는 순간 깨달았다. 잠들어 있던 자신을 부르던 목소리의 주인을. 깨달은 뒤로는 망설일 이유가 없었다. 에니샤는 더욱 크고 또렷하게 목소리를 냈다.

― 일어나, 에니샤.

뒤척거리는 저를 몇 번이고 불렀다. 일어나지 않으려는 것을 살금살금 구슬렸다.

― 널 기다리는 사람들이 있는걸. 네가 지켜낸 소중한 사람들.

집에 가야 한다고 소리치며 일어나는 과거의 자신을 보며, 에니샤는 가만히 웃었다. 너덜너덜했던 마음이 조금은 이어 붙은 듯했다. 결국에는 행복해질 것을 알고 있으니까. 모든 어둠이 걷히고 나면, 기다리고 있을 소중한 사람들이 있으니까.

― 앞으론 행복하자, 에니샤. 항상 웃을 수 있기를.

빛이 환하게 사방을 뒤덮고, 에니샤는 홀로 남았다. 과거의 에니샤는 어둠을 벗어났다. 하지만 현재의 에니샤는 아직 그대로 이곳에 남아 있었다. 가득한 빛 속에서 에니샤는 천천히 손을 내뻗었다. 아무것도 없던 허공에 운석 조각이 떠올랐다. 운석에 박힌 감람석이 더없이 영롱히 반짝였다. 아슬아슬하게 손에 닿지 않는 거리였다. 저놈이 이 사태의 원흉이었다. 잊지 않고 기억하고 있는데도, 굳이 다시금 되새기도록 만든……. 덕분에 인생에서 가장 끔찍한 순간을 되풀이했으니, 아주 고마워서 죽여버리고 싶은 심정이었다. 천공섬에 필요하지만 않았어도 바삭한 돌가루로 만들었으리라. 부글부글 끓어오르는 속을 추스르며, 에니샤는 입을 열었다.

― 뭘 원하는지 모르겠다만…….

그리고 요요히 빛나는 운석을 향해 싸늘하게 말했다.

― 같잖은 마법은 집어치우고, 얌전히 천공섬의 재료나 되도록 해.

운석이 밝게 빛났다.

⚜

"……."

천천히 눈을 떴다. 손바닥에 딱딱한 감촉이 느껴졌다. 에니샤는 꽉 주먹 쥐고 있던 손을 펴보았다. 은은한 빛을 발하는 운석 조각이 쥐어 있었다. 손바닥만 한 운석 조각을 한참 내려다보다가 주위를 살폈다. 호수의 물은 전부 말라붙어 있었다. 초승달 모양으로 움푹 파인 구덩이만 남아 있을 뿐이었다. 마치 처음 운석이 떨어졌을 때처럼 말이다.

에니샤는 손 안의 운석을 만지작거렸다. 운석에는 더 이상 마법도, 마력도 남아 있지 않았다. 하지만 석철운석에 담긴 감람석은 천공섬의 마법을 지탱할 좋은 재료가 될 것이었다. 그것이면 되었다. 에니샤는 더 이상 자세히 생각하지 않기로 결심했다. 운석을 품속에 집어넣으며 가볍게 한숨 쉬는데, 누군가 와락 끌어안았다.

"!!"

놀라서 바라보니 카힐이었다. 그는 희게 질린 얼굴을 하고서, 떨리는 손으로 에니샤를 끌어안고 있었다. 묻지 않아도 알 수 있었다. 그 또한 에니샤와 똑같은 일을 겪었을 테니까. 에니샤는 안쓰러울 정도로 떠는 카힐을 마주 안아주며 속삭였다.

"이제 괜찮아."

작은 속삭임은 스스로에게 하는 말이기도 했다.

루네르에서 운석 조각을 발굴해낸 에니샤는 제국으로 귀환할 준비를 시작했다. 황족들을 위한 출장선물을 사는 것이 귀환 준비였다. 루네르 특산물로 뚱뚱하고 거대한 배낭을 다섯 개나 채웠다. 그리고 루네르에서 마지막 날 밤.

"……."

식사를 마치고 돌아온 에니샤는 카힐을 쳐다보았다. 초승달 호수에 다녀온 이후, 카힐은 뭔가 조금 변했다. 어딘가 살짝 차분하면서도 고요했다. 어떤 결심을 내린 것 같은데, 무엇인지는 말해주지 않았다. 언젠간 말해주리라 생각해서 기다리고 있지만, 궁금한 것은 어쩔 수 없었다. 오늘 저녁 식사 때도 조용했던지라 슬슬 걱정마저 생겼다. 그에게 말을 걸려던 순간이었다.

"카힐."

"에니샤 님."

에니샤와 카힐은 동시에 서로를 불렀다. 에니샤는 눈을 동그랗게 떴다가, 웃으며 말했다.

"나는 별말 아니었어. 너 먼저 말해."

평소 같았으면 먼저 말하시라 양보해줬을 카힐이지만, 오늘은 달랐다. 그가 천천히 입을 열었다.

"제국에 돌아가시기 전에……. 제게 잠시 시간을 내주실 수 있으십니까?"

카힐의 말이 이해되지 않았다. 고개를 갸웃하자, 그가 희미한 미소를 그리며 말했다.

"당신을 북부에 데려가고 싶습니다."

보여주고 싶은 것이 있어서요.

다정하게 속삭이며 내미는 손을 거절할 수 있을 리가 없었다. 에니샤는 그의 손을 붙잡았다. 설풍이 두 사람을 휘감았다. 북부의 차가운 바람이 몸속 가득히 불어들었다. 춥다고 파르르 몸을 떨자, 언제 준비해왔는지 카힐이 두터운 외투를 둘러주었다. 털이 보송보송한 겉옷으로 꽁꽁 싸매고 주변을 둘러본 순간이었다.

"……!"

에니샤는 탄성을 터뜨렸다. 세상에 존재할 수 없을 것만 같은 아름다운 장소였다. 만년설이 덮인 거대한 산맥 사이에 숨은 협곡의 밑바닥에는 얼음이 가득했다. 마치 수정처럼 투명한 얼음들이 기이한 모양을 이루며 늘어진 가운데, 유일하게 한 줄기 햇빛이 드는 곳이었다. 둥그렇게 빛이 드는 아래에는 새하얀 나뭇잎을 가진 은빛 나무가 하늘로 가지를 뻗고 있었다. 나무뿌리 주변에는 이름 모를 하얀 들꽃이 연녹색 어린 새싹들과 어우러져 자라났다.

카힐이 에니샤의 손을 잡고 나무 쪽으로 이끌었다. 에니샤는 나무줄기를 쓸어보며 감탄했다.

"어떻게 여기만 식물이 자라지?"

"사계절 내내 풀이 자라는 유일한 곳입니다."

"신기해……."

오래된 나무가 으레 그러하듯, 은빛나무에서는 깊고 풍부한 마력이 느껴졌다. 잔뜩 들뜬 에니샤의 볼이 발갛게 달아올랐다. 사람의 발자취가 느껴지지 않는 신비한 절경에 가슴이 마구 벅차올랐다. 바닥에 떨어진 흰색 나뭇잎을 주우며 기뻐할 때였다.

"에니샤 님."

카힐이 나직하게 이름을 불렀다. 양손 가득히 나뭇잎을 쥐고 있던 에니샤는 별생각 없이 카힐을 돌아보았다. 그리고 그가 제게 내민 것을 보곤, 그만 나뭇잎을 다 떨어트려버렸다. 팔락팔락 흩날리는 나뭇잎과 함께, 카힐은 작은 상자를 열었다. 상자 속에는 주홍빛 금강석이 박힌 반지가 담겨 있었다. 본래도 귀한 금강석이지만, 주홍색 금강석은 그중에서도 특별히 귀한 것이었다.

에니샤는 상자에 담긴 반지와 카힐을 번갈아 쳐다보았다. 이 귀한 걸 어디서 가져왔는지, 그리고 자신에게 주는 이유는 무엇인지. 평소에는 총명하다 못해 희대의 천재 소리를 듣는 에니샤였다. 하지만 지금은 바보가 된 것처럼 아무 생각도 나지 않았다. 백지가 된 머리를 하고서 멍하니 카힐을 보았다. 아무 말도 하지 못하는 에니샤에게 카힐은 천천히 입을 열었다.

"어떤 선택을 하시든 상관없습니다. 그냥……."

청회색 눈동자가 올곧게 에니샤를 바라보았다.

"제 마음을 말하고 싶었습니다."

그가 상자에서 반지를 꺼내더니, 은색 목걸이를 걸었다. 그리고 에니샤의 목에 둘러주며 말했다.

"당신이 원하실 때, 원하시는 손가락에 껴주시면 됩니다."

어디선가 바람이 불어왔다. 협곡 사이를 스며드는 북풍에 나뭇잎이 사각사각 몸을 부비며 소리 냈다. 에니샤는 천천히 눈을 감았다 떴다. 하지만 아무것도 사라지지 않았다. 환상이 아닌 현실이었다. 그러나 한없이 비현실적이기만 했다. 아름다운 비경도, 목에 느껴지는 반지의 무게도, 자신을 바라보는 카힐도. 한참 동안 말을 못하고 있자, 카힐이 걱정스럽게 물었다.

"반지가 마음에 들지 않으십니까? 아니면, 부담스러우셨……."

"아니, 아니야!"

에니샤는 황급히 손을 내저었다.

"그, 나는, 그러니까……."

뒤늦게 열이 올랐다. 조금 전까지 호기심으로 상기되었던 뺨은 이제 다른 이유로 붉어지고 있었다. 에니샤는 조심스럽게 대답했다.

"좋아서……."

대답하고 나니 얼굴이 터질 것 같았다. 자신이 부담스러울까 봐 직접적인 단어만 말하지 않았을 뿐, 사실상 청혼이었다. 에니샤는 목에 건 반지를 만지작거렸다. 반짝이는 주홍색 금강석은 에니샤의 눈동자와 꼭 닮아 있었다. 그가 무슨 생각을 하면서 주홍색 금강석을 청혼반지로 만들었을지는, 굳이 말할 필요도 없었다. 당장은 대답해줄 수 없지만, 에니샤 또한 카힐과 같은 마음이었다. 말없이 활짝 웃자, 카힐은 따라서 천천히 미소 지었다. 서늘한 눈바람이 다시금 가득 불어왔다. 하지만 에니샤는 조금도 춥지 않았다.

❦❦❦

반지를 목에 걸고서, 에니샤는 카힐과 나란히 나무 아래에 앉아

한참 동안 시간을 보냈다. 풀잎이 보드라워서 흙바닥에 앉았는데
도 전혀 딱딱한 느낌이 없었다. 그와 오순도순 이야기를 나누며 자
그마한 들꽃을 만지고, 하얀 나뭇잎도 잔뜩 주웠다. 나뭇잎은 황궁
에 돌아가서 아르커스 마법사들에게 나눠주고, 같이 연구를 해볼
생각이었다.

그리고 드디어 히페리온에 돌아왔다. 이것저것 잔뜩 싸 든 덕분
에 뚱뚱한 배낭을 앞뒤로 메고 손에도 하나 들었다. 카힐은 에니샤
보다 더 뚱뚱하고 큼직한 배낭을 메고 있었다. 황녀궁에 도착해서
짐을 내려놓자마자, 에니샤는 카힐의 등을 떠밀었다.

"얼른 돌아가!"

에니샤 때문에 시간을 많이 허비했다. 자드카르 왕궁에서 울면
서 카힐을 기다리고 있을 귀족과 비서관들의 모습이 눈에 선했다.
그리고 카힐이랑 둘이서 루네르 다녀온다는 말을 깜빡한지라, 로
드고와 쌍둥이한테 같이 있는 모습을 들켜봤자 좋을 게 없었다. 물
론 카힐은 돌아가고 싶지 않아 미적거렸다. 황녀궁 침실에서 뚱뚱
한 배낭들과 함께 둘이서 투덕투덕하는데, 문이 벌컥 열렸다.

"에니샤!"

우렁찬 외침과 함께 등장한 이는 헬라드였다. 카힐이랑 배낭 하
나를 붙잡고 옥신각신하던 에니샤는 그대로 굳어버렸다.

"에니샤, 왔니?"

헬라드의 뒤를 이어 로시엘이 사뿐하게 안으로 들어섰다.

"오라버니들……!"

에니샤는 황급히 배낭을 내던지고 쌍둥이에게 달려갔다. 헬라드

와 로시엘은 기다렸다는 듯 에니샤와 포옹했다. 쌍둥이가 무어라 반응할까 가슴이 두근거리는데, 의외로 조용했다. 에니샤는 설마 그냥 넘어가는 건가하고 잠깐 기대했다. 하지만 역시 그럴 리가 없었다. 로시엘이 에니샤를 폭 끌어안은 채 화사하게 웃으며 카힐에게 인사를 건넸다.

"오랜만입니다, 공왕 전하."

"히페리온의 별들을 뵙습니다."

간단하게 예를 갖추는 모습에 로시엘의 미소가 더더욱 짙어졌다. 로시엘은 에니샤의 머리 위에 턱을 얹고서 샐쭉하게 웃었다.

"폐하께서 따로 뵙고 싶어 하시는데, 언제 시간이 괜찮으신지?"

옆에서 헬라드가 삐딱하게 한마디 보탰다.

"우리 집 막내와 놀러 다니는 것을 보니 아주 여유로우신가 본데."

카힐은 군말 없이 조용히 답했다.

"조만간 폐하를 알현토록 하겠습니다."

고분고분한 태도에 쌍둥이는 조금, 아주 조금 누그러졌다.

그러나 금방 다시 불이 지펴졌으니…….

"루네르는 어땠어?"

로시엘이 묻는 말에 에니샤는 배낭을 하나 끌어왔다. 출장선물을 주면서 쌍둥이의 기분을 풀어줄 생각이었다. 하지만 그게 결정적인 실수였다. 배낭을 가져온답시고 몸을 기울이면서, 옷 속 깊이 넣어놓았던 목걸이가 또르르 흘러나왔다. 주홍색 금강석 반지가 목걸이 끝에서 달랑거리며 영롱하게 빛났다. 눈 좋은 쌍둥이가 반짝거리는 반지를 놓칠 리가 없었다. 헬라드가 미간을 잔뜩 찌푸리며 질문했다.

"그거 뭐야?"

"앗……."

에니샤는 크게 당황하여 카힐을 쳐다보았다. 어쩔 줄을 모르는 에니샤와 달리 카힐은 태연했다. 그리고 늦어지는 대답에 쌍둥이들의 눈은 서서히 불타오르고 있었다. 늦어지면 늦어질수록, 활활 타오르는 불꽃에 장작을 마구 때려 넣는 느낌이었다. 여기서 괜히 변명하면 더 곤란해질 것 같았다. 에니샤는 반지를 손으로 꼭 움켜쥐며 솔직하게 말했다.

"카힐에게 받았어요."

헬라드가 득달같이 재차 질문했다.

"왜? 왜 받았는데?"

이번에는 에니샤가 답하지 못했다. 카힐이 대신해서 대답해버렸기 때문이었다.

"제가 황녀님께 청혼했습니다."

아주 깊은 적막이 내려앉았다. 고요한 가운데, 헬라드는 믿기지 않는다는 듯 되물었다.

"청혼……?"

그리고 카힐은 쐐기를 박았다.

"예, 청혼."

마른하늘에 날벼락이 치듯, 쌍둥이의 눈이 동시에 빈쩍였다. 잠깐의 침묵 후에, 두 사람은 카힐에게 달려들었다. 카힐의 한쪽 손목

씩 단단히 붙들고서, 로시엘과 헬라드는 무표정한 얼굴로 말했다.

"아무래도 알현이 시급할 듯하군요. 폐하랑 이야기하러 갑시다, 공왕 전하."

"지금 당장."

그리고 카힐은 그대로 쌍둥이에게 끌려갔다.

"……."

에니샤는 순식간에 혼자 남게 되었다. 침실에 덩그러니 서 있다가, 뒤늦게 파다닥 놀라서 쫓아나갔다. 하지만 어찌나 빠른지, 이미 흔적도 보이지 않았다. 납치된 남자친구를 구하기 위해 얼른 본궁으로 뒤쫓아 가려던 때였다.

"대법사!"

"대법사……!"

벨루안과 녹시타가 턱 하고 앞을 가로막았다. 에니샤는 급한 마음에 발을 동동 구르며 그들에게 말했다.

"잠시만, 나중에 얘기를……!"

"왜 그래요?"

놀란 녹시타에게 에니샤는 다급히 설명했다.

"카힐이 아빠랑 오라버니들한테 잡혀갔어."

"예? 그게 무슨……."

팔 붙잡고 안 놔주는 벨루안을 올려다보며 얼떨결 솔직히 말해 버렸다.

"나한테 청혼했거든."

그리고 벨루안과 녹시타 또한 큰 충격을 받았다. 둘 다 입이 떡 벌어졌다. 녹시타는 금세 눈물이 글썽글썽해졌다.

"결혼, 대법사, 결혼해요……? 아니, 언젠가는 할 줄 알았지만……."

통곡하기 일보 직전인 녹시타를 잡아끌며, 벨루안이 침착하게 말했다.

"대법사는 잠시 황녀궁에서 기다리는 것이 좋겠습니다."

그러더니 에니샤를 놔두곤 둘이서 휘리릭 사라져버렸다. 또 혼자 남게 된 에니샤는 잠시 멍하니 눈을 깜빡이다가, 다시 달리기 시작했다. 하지만 본궁에 도착해도 들어갈 수가 없었다. 시종장이 몹시 곤란한 얼굴을 하고서 뛰어나와 절절히 매달렸다. 로드고가 에니샤를 본궁에 못 들어오게 하라고 명령했다는 것이다. 벨루안과 녹시타는 안으로 들어간 것 같았다. 에니샤는 근심스러운 얼굴로 본궁을 쳐다보았다. 황족들이 아주 나쁜 짓을 하지는 않겠지만, 걱정되는 것은 어쩔 수 없었다.

카힐, 괜찮겠지……?

⚜

쌍둥이에게 잡혀 본궁으로 끌려온 카힐은 느릿하게 주변을 살폈다. 히페리온 황제의 개인 응접실이었다. 공식적으로 방문객을 맞아들이는 알현실과 달리, 개인적인 친분이 있는 손님이나 고위 귀족들만이 출입하는 곳이었다. 하지만 카힐은 개인 응접실이 아니라 술 저장고인 줄 알았다. 그럴 수밖에 없는 것이, 온 사방에 술병이 늘어져 있었기 때문이었다.

그리고 황족들은 그렇다 쳐도, 저 사람들은 왜…….

카힐은 쌍둥이 옆에 앉아 있는 아르커스의 좌우법사를 바라보았다. 잔뜩 화난 표정을 하고서 저를 노려보는 우법사와 무표정하지만 싸늘한 시선을 보내는 좌법사. 평소 같았으면 내쫓았을 텐데, 웬일로 쌍둥이는 좌우법사도 끼워주었다. 근래 지하감옥에서 넷이 고문으로 연회를 벌인다더니, 그사이 우정이라도 싹튼 모양이었다. 왠지 친해 보이는 네 사람을 관찰하는 동안, 문이 열렸다. 카힐은 자리에서 일어나 깍듯하게 예를 갖췄다.

"히페리온의 태양을 뵙습니다."

제국의 황제이자 미래의 장인어른, 로드고의 등장이었다.

"……."

로드고는 문을 열고 들어선 채로 한참 동안 카힐을 쳐다보았다. 무시무시한 시선에 등골이 섬뜩했다. 평범한 사람이었다면 진작 기절했을 만큼 강한 기운이 카힐을 짓눌렀다. 담담히 받아내는 카힐을 바라보며, 로드고는 짧게 혀 차는 소리를 냈다. 어슬렁거리며 응접실을 가로질러 가장 상석에 앉은 로드고가 거만하게 의자에 등을 기댔다.

"내 딸에게 청혼을 했다고?"

"그렇습니다."

빼지 않고 솔직히 답하는 말에 응접실에 모인 이들은 더욱 열 받아 했다. 물론 로드고 또한 마찬가지였다. 그는 눈썹을 한껏 치켜올렸다가, 느릿하게 입을 열었다.

"청혼에 대해 허심탄회하게 이야기를 나눠봤으면 하는데……."

로드고는 거대한 술통을 탁자 위에 올려놓았다. 쿵 소리와 함께 탁자가 울렸다. 로드고가 비뚜름한 미소와 함께 말했다.

"술 한잔 마실 시간은 있겠지, 카힐 자드카르?"

카힐은 희미하게 웃으며 답했다.

"언제든 영광입니다, 폐하."

그렇게 히페리온 황족과 아르커스 좌우법사, 자드카르 공왕이라는 기묘한 조합 아래, 이상한 술자리가 시작되었다.

<br>

황족들 마음이야, 천년만년 에니샤를 옆구리에 끼고 있고 싶었다. 그런데 결혼이라니. 에니샤가 좋다면 어쩔 수 없으므로, 어느 정도 마음의 준비를 하고 있던 사안이었다. 하지만 막상 눈앞에 닥치자, 생각만 하던 것과는 와닿는 느낌 자체가 달랐다.

"진짜 짜증 나네."

헬라드가 중얼거리는 말에 로시엘이 조용히 웃었다. 그도 짜증이 나지만, 그와는 별개로 재밌는 상황이기도 했다. 눈앞에서 돈 주고도 못 볼 광경들이 펼쳐지고 있었다. 가장 먼저 취한 것은 아르커스 좌법사였다. 의외롭게도 비실비실한 우법사보다 좌법사가 더 빨리 취한 것이다. 평소 냉한 인상에 필요한 말만 하던 좌법사였지만, 지금은 완전히 취해서 아까부터 대법사 자랑만 늘어놓고 있었다.

"대법사는! 천재입니다, 천재······."

똑같은 말만 반복하고 있는지라, 처음에는 관심 가지고 듣던 황족들도 금방 흥미를 잃었다. 한참 동안 대법사 자랑을 늘어놓다가, 나중에는 울기 시작했다.

"제가 못난 탓에 우리 대법사가 수모를······."

전형적인 술주정이었다. 헬라드는 흑흑거리는 좌법사를 집어다가 방구석 술통 옆에 내려놓았다.

그다음으로 맛이 간 것은 카힐이었다. 생긴 것과 다르게, 카힐은 의외로 술이 조금 약한 편이었다. 물론 일반인을 기준으로 하면 대단한 주량이었지만, 상대는 히페리온이었다. 커다란 참나무통을 아예 탁자 위에 올려놓고 물처럼 마셔대니, 술의 신이 강림해도 버티지 못할 상황이었다. 잔뜩 풀어진 공왕에게 히페리온과 아르커스 우법사는 취조 심문에 들어갔다. 에니샤를 진심으로 사랑하는가, 뭐 이런 건 물어볼 필요도 없었다. 좀 덜 사랑했으면 좋겠다 싶을 정도로 에니샤만 바라본다는 건 익히 알고 있었다. 카힐은 말 그대로 에니샤에게 모든 것을 내걸었으니 말이다. 항상 아닌 척하지만, 히페리온은 내심 카힐을 에니샤의 결혼 상대로 인정하고 있었다. 에니샤가 누군가와 결혼하게 된다면, 모르는 놈보단 그나마 잘 아는 놈으로 하는 게 낫겠다는 이유도 있었다. 하여 황족들의 최대 관심사는 딱 하나였다. 결혼 생활을 어떻게 할 것인가. 앞으로 에니샤를 얼마나 잘 떠받들고 살 것인지 소상한 계획이 궁금할 뿐이었다. 술을 잔뜩 먹여놓고 원하는 쪽으로 열심히 굴린 다음, 나중에 발뺌 못 하게 각서에 지장까지 꽉 찍어버릴 생각이었다.

"……그래서, 결혼 생활은?"

"예, 무조건 에니샤 님이 원하시는 대로……. 에니샤 님은 천재 니까 히페리온과 자드카르를 자유롭게 넘나들 수 있지 않습니까?"

평소처럼 명료하지 않고 살짝 혀가 풀린 대답에 로드고가 흡족한 미소를 지었다. 로시엘은 카힐에게 술 한 잔 더 먹이며 물었다.

"에니샤에게 공왕비의 의무, 뭐 이딴 걸 지울 생각은 아니겠지?"

"물론, 일은 제가 다 하고……."

그러더니 카힐은 발갛게 달아오른 눈가로 사륵 눈웃음 지으며 말했다.

"에니샤 님은 원하시는 것, 하고 싶으신 것……. 그런 것만 하게 할 겁니다."

벨루안을 버리고 혼자 살아남은 녹시타가 질문했다.

"황녀지만 대법사인 것도 알고 있죠?"

대법사 일을 하다 보면 며칠씩 훌쩍 떠날 수도 있는데, 방해하지 않을 거냐는 소리였다. 카힐은 이번엔 조금 심각해지더니, 술잔을 만지작거리며 답했다.

"같이 다니면 안 됩니까?"

결혼시켜놓으면 아주 찰싹 달라붙어서 떨어지지 않을 기세였다.

"그건 안 돼요!"

내가 옆에 붙어 있을 거라며, 녹시타는 화난 얼굴을 해 보였다.

가만히 지켜보고 있던 로드고가 헬라드한테 눈짓했다. 저 귀찮은 놈부터 빨리 숙여보라는 것이었다. 헬라드는 로시엘의 옆구리를 찔렀고, 로시엘은 조금 성질내면서도 황실의 미래를 위해 나섰다. 로시엘이 사뭇 다정한 태도로 녹시타에게 술을 건넸다.

"마시면서 합시다."

잔에 담긴 술은 오늘 준비한 것들 중에서 제일 센 독주였다. 독한 냄새가 확 올라오는 술은 삼키면 불이 붙은 것처럼 속이 뜨끈해졌다. 하지만 그런 독주를 받아놓고도, 녹시타는 아무 망설임 없이 획 마셔버렸다. 그리고 말짱한 얼굴로 소리쳤다.

"아르커스는 결혼 반대예요!"

"……."

로드고와 쌍둥이는 말없이 서로를 바라보았다. 승부욕에 불이 붙는 순간, 술자리는 이상한 쪽으로 변질되었다. 그때부터 황족들은 우법사를 쓰러트려보겠다는 일념 아래, 빠른 속도로 술을 비워가기 시작했다. 맹하게 생긴 우법사는 황족들을 상대로도 날름날름 술을 받아먹으며 틈틈이 카힐을 괴롭혔다. 카힐은 이미 맛이 간 지 오래여서, 뭘 물어도 방긋방긋 웃으며 그러겠다는 소리만 해대고 있었다.

경쟁적으로 이어지는 술자리는 끝이 나지 않을 것처럼 보였다. 우법사가 얼마나 잘 버티는지, 황족들은 잠시 저놈이 마법으로 해장하면서 술 마시는 건 아닌가 의심했을 정도였다. 하지만 대륙 최고의 주당, 히페리온 앞에서 살아남을 자는 아무도 없었다. 끊임없는 부어라 마셔라 해댄 끝에, 히페리온은 최후까지 버티던 우법사마저 보내버리는 데 성공했다.

"흐에……. 대법사, 결혼하지 마요오……."

녹시타는 눈물을 또르르 흘리는 것을 마지막으로, 탁자 위에 픽

소리 내며 엎어졌다. 그때까지 경쟁적으로 대작하고 있던 로시엘은 승리의 미소를 지으며 술잔을 내려놓았다. 헬라드가 살짝 열 오른 얼굴을 하고서 입가를 훔쳐내며 중얼거렸다.

"하……. 더럽게 끈질기네……."

이겼다는 만족감에 다들 얼굴이 활짝 피어 있었다. 안락의자에 기대앉은 로드고가 나른하게 말했다.

"이렇게 마신 적은 처음인 것 같은데……."

감히 히페리온을 상대로 대작할 사람이 어디 있겠는가. 일전에 에니샤까지 해서 넷이서 술을 마셨을 때보다, 더 심하게 마신 오늘이었다. 응접실을 둘러본 로드고는 피식 웃었다. 술병과 술통으로 작은 성이 만들어져 있었다. 헬라드가 낄낄 웃으며 말했다.

"그래도 우리가 이겼습니다, 폐하!"

다들 이렇게 술이 약해빠져서 어디 쓰겠냐며, 기분 좋게 낄낄대던 때였다. 뒤늦게 정신 차린 로시엘이 본론을 짚었다.

"그런데 공왕 전하도 맛이 갔습니다."

"……."

"……."

안락의자에 엎어진 카힐을 바라보며, 황족들은 그제야 오늘 술자리의 목적을 떠올렸다. 헬라드가 으아아 하고 소리 내며 이미 죽은 녹시타를 삿대질했다.

"앞으로 저놈이랑 술 안 마셔!"

"뭐, 그래도 대충 다 물어본 것 같기도……."

로시엘이 혼자 중얼거리며 물끄러미 카힐을 바라보았다. 로드고 또한 함께 카힐을 쳐다보았다. 그러다 얼굴을 찌푸리며 툭 내뱉었다.

"……얄미운 놈."

살아남은 세 사람은 남은 술들을 마시며 이런저런 이야기를 나눴다. 하지만 카힐에 대한 이야기는 없었다. 더 이상 논할 필요가 없기 때문이었다. 어차피 에니샤에게 가장 잘 어울리는 짝은 카힐이라는 사실을, 다들 진작부터 알고 있었으니까.

해가 기울고 달이 선명히 떠올랐는데도, 본궁에선 술자리가 파했다는 소식이 들려오지 않았다. 아무래도 날밤을 새울 모양이었다. 침대 등받이에 기대 누워 있던 에니샤는 결국 읽고 있던 책을 덮었다. 걱정되어서 도저히 손에 잡히질 않았다. 술 마시는 현장을 급습해야 하나 고민하고 있던 때였다.

침실 한가운데 돌풍이 몰아쳤다. 눈과 얼음을 엉망으로 침실 곳곳에 흩뿌리며 등장한 남자는 카힐이었다.

"카, 카힐……!"

에니샤는 당황해서 얼른 몸을 일으켰다. 카힐이 힘 조절을 제대로 못 해서, 침실이 다 얼어붙을 판이었다. 술에 잔뜩 취한 카힐은 배시시 웃더니 침대 위에 내려앉았다. 그리고 대뜸 에니샤를 끌어안았다. 몸이 기울어지며 에니샤는 다시 침대 등받이에 몸을 기대게 되었다.

"에니샤 님……."

그가 얼굴 위에 작은 키스를 쏟아냈다. 쪽쪽 소리가 연신 울렸다. 에니샤는 그를 밀어내며 얼굴을 살폈다. 완전 발갛게 달아오르고 눈이 풀린 것이, 제대로 취했다. 이렇게 취한 것은 예전에 딱 한 번 보고 처음이었다. 그때보다 더 취한 듯하지만, 어쨌든 히페리온을 상대로 이 정도 버텼으니 장한 일이었다.

"아빠랑 오라버니들은 대체……."

술로 사람 죽이겠다며 작게 한숨 쉬자, 카힐은 입술 위에 또 쪽 소리 나게 키스했다. 그가 이마를 맞대고 한참 에니샤를 들여다보았다. 열 오른 청회색 눈동자가 열렬하게 에니샤를 담아냈다. 마치 홀린 듯 바라보는 시선이 간지러웠다. 에니샤는 저도 모르게 가만히 숨죽이고 그와 눈을 마주했다. 커다란 손이 조심조심 에니샤를 더듬어왔다. 뺨을 한가득 감싸 쥐고선, 나직한 목소리로 속삭였다.

"너무 예쁘고, 아름답고, 귀엽고……."

그가 늘어놓는 칭찬에는 끝이 없었다. 온 세상 수식어를 다 갖다 붙이더니, 할 말이 떨어지자 했던 소리를 또 해댔다.

에니샤는 웃으면서 그의 머리를 쓰다듬었다. 그러자 카힐이 사르르 눈웃음을 그렸다. 에니샤의 목덜미를 끌어안고 매달려선, 연신 쪽쪽 키스하며 조르듯 속삭였다.

"저랑 결혼해주면 안 됩니까?"

네에?

늘어뜨리는 말꼬리에 술기운이 가득했다. 에니샤는 결국 웃음을 터뜨렸다. 소리 내어 웃는 모습에 카힐은 기쁘게 따라 웃었다. 그러더니 갑자기 달려들 듯 키스해왔다. 조금 전 가볍게 쏟아내던 것과 달리, 혀가 얽히고 끈적하게 달라붙는 키스였다. 움찔거리는 에니샤를 달래듯 허리를 살살 쓸어주며 키스하던 카힐이 입술을 떼어냈다.

"세상에서 제일 많이 사랑합니다. 다른 누구보다, 제가 가장 당신을 사랑하니까……."

키스의 열기가 남은 눈으로 지긋하게 바라보며 속삭였다.

"당신이 너무 좋아서 미치겠습니다……."

에니샤는 느릿하게 눈을 깜빡였다. 카힐은 더운 숨을 가득 몰아쉬더니, 천천히 고개를 떨어트렸다. 그의 얼굴이 목덜미에 닿고, 깊숙이 파묻혔다. 단단한 팔뚝이 에니샤를 꼭 끌어안았다. 에니샤를 품에 안은 채, 카힐은 그대로 잠들어버렸다.

"……."

잠든 카힐을 내려다보며 에니샤는 혼자 웃었다. 겹쳐 보이는 과거의 기억에 키득거리다 보니 졸음이 밀려왔다. 에니샤는 기다랗게 하품하고선, 이내 카힐에게 안겨서 나란히 잠들었다.

◈

운석의 마법은 카힐도 과거로 되돌려 보냈다. 카힐은 자신이 마법 속에서 버텨낸 것을 기적이라고 생각했다. 에니샤 님에게는 말하지 않았지만, 운석은 카힐에게 좀 더 잔인했다. 카힐을 어린 시절로 되돌려 보냈기 때문이었다.

좁고 싸늘한 골방의 어둠 속에서 카힐은 눈을 떴다. 카르티나 부인의 학대 아래 한없이 무력하고 비참한 시간들이었다. 작고 어린 자신이 검은 어둠 속에서 바들바들 떠는 모습을 바라보며, 카힐은 웃었다. 그리고 속으로 천천히 되뇌었다. 이건 환상이라고. 덧없이 지나갈 과거이며, 언젠가는 에니샤 님을 만나게 될 것이라고.

아주 오랜 기다림 끝에, 카힐은 과거에서 벗어날 수 있었다. 하지만 운석의 마법은 갈수록 잔인해졌다. 마법이 그다음으로 카힐에게 보여준 것은 천공섬이 무너지는 그날이었다. 카힐은 이번엔 웃을 수 없었다. 에니샤 님이 피맺힌 절규를 내지르며 눈물 흘렸다. 추락하는 마법사들을 향해 손을 내뻗으며 절망하는 모습을 고스란히 지켜봐야 했다. 그리고 에니샤 님이 악령을 멸하고, 얼음 속에 갇히는 순간. 그때는 정말로 버텨내기가 힘들었다. 하지만 이겨낼 수 있었던 것은, 에니샤 님을 믿었기 때문이었다.

함께 마법 속에 갇혔으니 비슷한 일을 겪고 있을 터였다. 그럼에도 에니샤 님이 마법을 깨트리지 않은 건 분명 이유가 있을 것이었다. 참고, 또 참으며 인내했다. 기나긴 인고의 시간을 보낸 후에야, 카힐은 현실로 되돌아올 수 있었다. 물이 말라붙은 호수에 홀로 서 있는 에니샤 님이 가장 먼저 눈에 들어왔다. 카힐은 절박하게 달려가 끌어안았다. 하얀 햇빛 아래의 그녀가 금세 흩어질 것만 같아서, 다시 얼음 속에 잠들어버릴 것만 같아서.

제 몸이 엉망으로 떨리고 있다는 것은 뒤늦게 알았다. 괜찮다고 도닥여주는 손길을 느끼고 나서야 조금씩 제정신이 돌아왔다. 카힐은 다시금 뼈저리게 깨달았다. 과거의 볼품없는 모습에서 벗어나, 자신은 고대 정령의 계약자이자 북부를 다스리는 자드카르 공왕이 되었다. 그러나 화려한 겉껍질을 둘러썼어도 결국 본질은 같았다. 검은 어둠으로 이뤄진 자신에게 그녀만이 유일한 구원이고 빛이었다.

그날 이후 카힐은 마음을 고쳐먹었다. 빠른 시일 내에 청혼을 해야겠다고. 본래는 에니샤 님의 마음이 정해질 때까지 기다릴 생각이었다. 하지만 당장 내일도 모르는 것이 인간이었다. 앞으로 무슨 일이 생길지 모르는데, 청혼만큼은 반드시 하고 싶었다. 그러나 강요하지 않고 에니샤 님이 선택할 수 있도록, 카힐은 생각에 생각을 거듭하여 청혼을 결정했다. 반지는 이미 아주 예전에 마련해놓았다. 질 좋은 주홍색 금강석이 발견됐다는 소식을 듣자마자, 가장 먼저 입찰을 받아놓은 것이다. 뒤늦게 히페리온 황실 쪽에서 구매를 원한다고, 웃돈을 얹어 사겠다는 소식이 들려왔지만 이미 카힐의 손에 들어온 뒤였다. 오랫동안 시간을 들여 세공을 맡겼고, 카힐은 마음에 쏙 드는 청혼 반지를 갖게 되었다. 항상 품에 간직하고 다니며 에니샤 님의 손가락에 반지가 끼워질 순간을 그렸다. 그리고 드디어 청혼을 했다.

청혼한 뒤 밀려올 후폭풍은 당연히 예상했다. 황족과 좌우법사에게 한동안 시달리겠거니 생각했지만……. 이렇게 술로 죽여버릴 줄은 전혀 몰랐다.

"……."

카힐은 천천히 눈을 떴다. 아릿한 두통과 함께 멍한 정신으로 천장을 올려다보던 카힐은 느리게 눈을 깜빡였다. 뒤늦게 어제 있었던 일들이 우르르 생각났다. 히페리온 황족들과 미친 듯이 술을 퍼마시고, 정신 나갈 지경이 되었다가, 집을 찾아가듯 귀소본능처럼 에니샤 님의 침실로 찾아오고…….

"……하."

카힐은 잠시 손으로 이마를 짚었다. 되지도 않는 술주정을 부린 기억이 선명하게 떠올랐다. 진상도 그런 진상이 없었다. 에니샤 님이 착해서 다 받아주셨지만, 앞으론 이런 일이 없어야 할 터였다. 두 번 다신 황족들과 술을 마시지 않겠다고 다짐할 때였다.

"으응……."

팔 한쪽을 베고서 새근새근 잠들어 있던 에니샤가 꾸물거리며 품속으로 파고들었다. 카힐은 그대로 굳어버렸다. 에니샤는 카힐의 가슴팍에 가볍게 얼굴을 부비다가 가만히 늘어졌다.

카힐은 그제야 참았던 숨을 토해냈다. 조심조심 이불을 끌어다가 목 끝까지 덮어드렸다. 다시 깊이 잠든 것을 확인한 뒤, 카힐은 가볍게 미소 지었다.

"……."

침실은 고요했다. 살짝 텁텁하고 따스한 공기가 몸을 감싸 안았다. 평화로운 정적, 훈훈한 온기, 그리고 사랑하는 사람. 묘한 기분이 들었다. 심장을 꾹 누르듯 떨려오는 마음에, 카힐은 잠시 아랫입술을 깨물었다. 그러곤 품 안의 작은 온기를 소중히 끌어안았다. 흩어진 머리카락을 쓸어내고, 하얀 이마 위에 가만가만 입 맞추며 속삭였다.

"결혼하고 싶습니다……."

히페리온의 세 번째 별과 결혼하여 생겨날 수많은 정치적 이득 따위, 카힐은 원하지 않았다. 다만 아침에 눈을 떴을 때, 당신이 내 옆에 있기를. 바라는 것은 그뿐이었다.

에니샤가 일어났을 때, 카힐은 이미 평소대로 돌아와 있었다. 어젯밤의 주정꾼은 싹 사라지고, 말짱한 얼굴을 한 카힐은 의복까지 깔끔하게 갖춘 채였다. 카힐이 조금 수줍어하며 말했다.

"어제는……. 실수가 많았습니다."

에니샤는 속으로 키득거리며 이불을 젖혔다. 그리고 그에게 얼굴을 들이대며 물었다.

"무슨 실수?"

"이것저것……."

말을 흐리기에, 에니샤는 눈썹을 모으고서 물었다.

"나한테 결혼하고 싶다고, 사랑한다고 말한 것도 실수야?"

그러자 카힐은 정색하고서 답했다.

"그럴 리가요."

딱딱한 대답에 에니샤는 투덜거렸다.

"어제는 완전 애교쟁이였는데."

"……."

카힐은 얼굴을 조금 붉혔다. 흰 얼굴 위로 붉은 기운이 번지자, 냉랭하던 인상이 훨씬 부드러워졌다. 에니샤가 뺨을 만지작거리자,

카힐은 손을 떼 내어 손등에 입 맞췄다.

"그만 가보겠습니다. 예정보다 더 지체된지라."

술 마신다고 하루를 더 보냈으니, 아주 많이 늦었다. 에니샤는 얼른 가보라며 휘이휘이 손짓했다. 그러자 카힐이 낮게 웃으며 말했다.

"오늘도 키스할까요."

에니샤는 웃음을 터뜨리며 그에게 양팔을 내밀었다. 그러곤 가볍게 키스를 나눴고, 카힐은 장난스럽게 에니샤의 아랫입술을 잘근잘근 씹어놓고 가버렸다.

에니샤는 살짝 부은 입술이 가라앉을 때까지 침대에서 미적거렸다. 목에 걸린 반지가 달랑달랑 흔들렸다. 한참 반지를 만지작거리며 놀다가 자리에서 일어났다. 오늘부터 할 일이 많았다. 석철운석과 북부에서 주워온 나뭇잎을 보여주기 위해, 가장 먼저 아르커스 특별 구역을 찾았다. 하지만 벨루안과 녹시타 둘 다 술병이 나서 끙끙대는 중이었다.

"머리 너무 아파요……."

찡찡거리는 녹시타 옆에서 벨루안이 해장에 좋은 약초 물을 마시며 중얼거렸다.

"히페리온 황족의 인체 구조가 궁금합니다."

기회만 있다면 해부해보고 싶다는 말에 에니샤는 그를 흘겨보았다. 골골거리는 두 사람과 함께 탁자 위에 석철운석을 올려놓고 관찰했다. 과거로 돌아가는 마법에 대한 이야기를 해주자, 쇼우법사는 표정이 심각해졌다.

"뭐⋯⋯. 다행히 아무것도 건드리진 않았지만."

에니샤가 담담히 말을 마무리했으나, 둘의 얼굴은 어두워져 있었다. 벨루안이 느릿하게 입을 열었다.

"아마도⋯⋯. 운석의 시험이었던 것 같습니다."

에니샤가 조금이라도 욕심 부려서 과거를 바꾸려 했다면, 그 순간 모든 게 뒤틀렸으리라.

"성질 더러운 운석이네."

에니샤의 중얼거림에 녹시타가 킥킥 웃었다. 벨루안은 탁자 위에 올려놓은 석철운석을 툭 건드리며 말했다.

"하지만 확실히 제대로 찾아온 것 같습니다."

마도의 정수라 불렸던 천공섬이었다. 그런 천공섬을 지탱할 재료가 평범한 돌멩이일 리가 없었다. 과정이 몹시 짜증 났지만, 결과만 좋으면 아무래도 좋았다. 은은하게 빛을 발하는 감람석을 바라보던 에니샤는 천천히 말문을 열었다.

"연구는⋯⋯."

눈 밑이 퀭한 벨루안과 녹시타가 에니샤를 쳐다보았다. 그들의 모습에 에니샤는 웃음을 삼키며 말했다.

"일단 너희 술병 낫고 나서 해야겠다."

둘 다 침대에 잘 눕혀놓고, 에니샤는 특별 구역을 벗어났다. 갑자기 시간이 비어서 여유로워져버렸다. 혼자서 남은 수식이나 마저 계산할까 고민하며 황녀궁으로 돌아가던 때였다.

"에니샤!"

누군가 성큼 앞을 가로막았다. 기다랗게 드리우는 그림자에 위를 올려다보니, 헬라드가 장난스럽게 웃어 보였다. 그의 뒤에서 로시엘이 살며시 나타났다. 분명 어제 같이 술을 퍼부었을 텐데, 쌍둥이는 완전 말짱했다. 로시엘은 평소처럼 화사한 얼굴을 하고서 생긋 웃었다.

"뭐 해, 에니샤?"

에니샤는 그에게 갑자기 한가해졌다고 말했다. 그러자 로시엘이 환하게 웃었다.

"오라버니 일하러 외출하는데, 같이 갈래?"

"일하는데 같이 가도 괜찮아요?"

"그럼."

로시엘은 눈웃음치며 고개를 까닥였다.

"누가 네게 뭐라 하겠니. 쟤도 같이 가는데."

여기서 '쟤'는 헬라드였다. 순식간에 '쟤'가 되어버린 헬라드가 옆에서 구시렁거렸다. 명목상 일하러 간다는 거고, 그냥 같이 놀러 가고 싶은 눈치인 것 같기도 했다.

"마침 네게 이동마법진을 부탁하려던 참이었단다."

어디 답사를 하러 가는 모양이었다. 에니샤는 고개를 갸웃했다. 미리 답사하고 살펴보는 건 보통 아랫사람들에게 시킬 텐데, 직접 나선다니 퍽 중요한 일인 듯했다.

"이동마법진 정도야 얼마든지 해드릴 수 있는데……."

하지만 서로를 쳐다보며 악당 같은 눈빛을 주고받는 쌍둥이의 기색이 심상찮았다. 에니샤는 물어보지 않을 수 없었다.

"근데 어디 가는 거예요?"

로시엘이 예쁘게 웃으며 답했다.

"자드카르 공국."

술 마신 다음 날, 황족들은 긴급대책회의를 열었다. 만날 에니샤만 빼놓고 열리는 황족회의의 또 다른 이름은 '팔불출회의'로, 의제는 카힐 자드카르의 청혼이었다. 심각한 표정으로 원탁에 둘러앉은 삼부자의 분위기가 어찌나 싸늘한지, 한겨울 북부도 그리 차갑진 않을 듯했다. 헬라드가 절절한 목소리로 중얼거렸다.

"돈이라도 던져주면서 우리 쭈글이랑 헤어지라고 하고 싶다……."

로드고는 헬라드의 말에 피식 웃음 지었다. 하지만 입만 웃고 있을 뿐, 눈빛은 그리 좋지 못했다. 카힐을 에니샤의 반쪽으로 인정하는 것까진 겨우 성공했지만, 막상 결혼시킨다고 생각하니 아주 배알 꼴려 죽을 지경이었다. 팔짱을 끼고서 생각에 잠겨 있던 로시엘이 명쾌하게 상황 판단을 내렸다.

"어차피 결혼은 피할 수 없습니다."

피할 수 없으면 즐기라는 말도 있지만, 황족들은 그 정도로 마음이 넓지 않았다. 못 피하면 깨부수는 사람들이 히페리온이었다.

"그러니 처가의 무서움을 제대로 보여줘야 하지 않겠습니까?"

이미 많이 보여준 것 같은데, 아직도 보여줄 무서움이 남은 로시엘이었다. 로시엘이 칼을 가는 이유 중에는 사실 결혼 말고 다른 것도 있었다. 카힐이 청혼반지로 사용한 주홍색 금강석은 일전에 로시엘이 사려다가 놓친 물건이었다. 에니샤의 내년 생일에 줄까 싶어서 입찰을 걸었는데, 아슬아슬하게 놓쳤다. 이미 팔렸다는 소식에 약이 올라 웃돈을 준다고까지 했지만 금강석은 증발한 것처럼 사라졌고, 로시엘은 크게 아쉬워했다. 그런데 카힐이 떡하니 청혼반지로 세공해서 가져온 것이다.

"어쨌든 에니샤한테 갔으면 된 거 아냐?"

헬라드가 심드렁하게 말하자, 로시엘은 그를 노려보았다.

"내가 주고 싶었다고."

둘이서 티격태격하는 동안, 로드고는 천천히 미간을 찌푸린 채 생각에 잠겼다. 아무리 결혼을 시켜도, 자드카르에 가서 살도록 할 마음은 없었다. 하지만 어쨌든 에니샤가 자주 방문할 곳임은 틀림없었다. 확인해놓을 필요는 있었다.

"한번 살펴봤으면 좋겠군."

로드고의 말에 서로 으르렁대던 쌍둥이는 조용해졌다. 로시엘이 제게 엉겨 붙은 헬라드를 밀어내며 물었다.

"자드카르 공국 말씀이십니까?"

"공왕이야 익히 알고 있지만……. 그 아래 귀족들은 제대로 살핀 적이 없지 않은가?"

가라앉은 주홍색 눈동자가 날카롭게 빛났다. 자드카르 귀족들이 결혼 문제를 가지고 카힐에게 상당한 압박을 넣고 있다고 들었다. 히페리온에서 단련된 카힐이야 끄떡 않고 버텨내는 중이지만, 귀족들이 감히 에니샤를 두고 입방아 찧어대는 것 자체가 마음에 들지 않았다. 가서 경고도 날릴 겸, 샅샅이 살피고 마음에 안 드는 건 죄다 들쑤셔버려야 직성이 풀릴 것이었다. 로드고는 간단하게 한 마디로 명령했다.

"갔다 와."

하여 헬라드와 로시엘은 황제 폐하의 명을 받들고 자드카르 공국 답사에 나서게 된 것이다. 이러한 물밑 사정을 알지 못하는 에니샤는 지극히 순진하게 생각하는 중이었다.

오라버니들이 날 위해 공국을 돌아보려 하는 거구나!

맞는 말이긴 했다. 공국 폭파 작전을 세우는 중인 쌍둥이와 달리, 에니샤는 공국 관광 작전을 세우고 있다는 엄청난 차이가 있지만 말이다. 아무것도 모르는 에니샤는 혼자서 열심히 좋은 쪽으로 생각 중이었다.

로시엘은 자드카르 방문이 처음이었다. 어디 나다니길 귀찮아하지만, 막상 또 놀러 가면 좋아하는 그에게 북부 구경을 시켜주고 싶었다. 예쁜 설경을 보여주면 좋을 것 같았다. 북부에서 특히 아름다웠던 몇몇 장소들을 떠올리던 에니샤는 뒤늦게 아차 했다.

"그런데 지금 방문하기엔 너무 갑작스럽지 않을까요?"

무려 히페리온 황족 셋이니, 자드카르 입장에선 당혹스러울 터였다. 걱정하는 에니샤에게 로시엘이 방긋방긋 웃으며 말했다.

"어제 공왕 전하에게 미리 양해도 구해놓았단다."

"어제요……?"

일단 허락을 받았다니 다행이지만…….

아무리 생각해도 술 마실 때 정신없는 틈을 타서 뭔가 후루룩 해버린 느낌이었다. 기대에 찬 오라버니들의 시선을 외면할 수가 없어서, 에니샤는 삼족오부터 날려보았다. 집무실에 갇혀서 일하고 있던 카힐은 뜻밖의 연락에 놀라고 반가워했다. 에니샤는 그에게 진실 확인부터 들어갔다.

"저기, 지금 자드카르 왕궁을 찾아가도 될까? 오라버니들이 양해를 구해놓았다는데……."

자신 없는 말끝이 저절로 흐려졌다. 카힐은 잠시 멈칫했다가, 에니샤 뒤쪽의 쌍둥이를 바라보았다. 에니샤는 쌍둥이가 허튼짓을 하지 못하도록 미리 노려보았다.

— ……아, 양해.

카힐은 이내 피식 웃었다. 그가 고개를 살짝 기울이며 부드러운 눈웃음을 그리더니, 에니샤에게 다정히 말했다.

— 네, 양해를 구하셨습니다. 사실 언제든지 오셔도 상관없는걸요.

야밤에 습격하셔도 괜찮다는 공왕님의 말에 쌍둥이는 의기양양해졌다. 그리고 이제야 쌍둥이의 속내를 알게 된 에니샤는 한숨을 내쉬었다. 답사는 무슨, 그냥 카힐 괴롭히러 가는 것이 분명했다. 하지만 괜히 쌍둥이만 보내서 난리 나는 것보다는, 차라리 같이 가서 지켜보는 게 나을 듯했다. 하는 수 없이 자드카르로 향하는 이동마법진을 그리며, 에니샤는 조금 꿍알거렸다.

"오라버니들 안 바빠요?"

"그럴 리가. 하지만 지엄하신 황제 폐하의 명인데?"

바빠 죽겠는데 황명을 받잡고 일하러 가는 거라면서, 헬라드는 능청스럽게 대꾸했다.

에니샤는 깨달았다. 로드고도 이 사태에 끼어 있구나. 역시 그가 빠질 리 없었다. 특히 황태자와 황자, 둘 다 자리를 비울 경우 로드고에게 황궁 업무가 전부 몰리게 된다. 로드고 성격상 그걸 내버려 둘 리도 없으니, 사실상 이번 사태의 원흉이라고 봐야 했다. 그래도 기왕 이렇게 된 것 즐겁게 북부 관광을 할 수 있길 바라며, 에니샤는 이동마법진을 시전했다.

금빛이 휘몰아치고, 세 사람은 북부에 도착했다. 이미 만반의 준비를 갖추고 온 쌍둥이는 북부에 도착하자마자 등에 메고 있던 가방에서 겨울옷을 주섬주섬 꺼냈다. 어찌나 솜씨 좋게 개어 넣었는지, 작은 가방에 들어 있었다곤 믿기지 않는 부피의 겨울옷들이었다. 에니샤에게 부드러운 양모로 짠 목도리와 털이 보송보송한 외투 등을 단단히 입힌 뒤, 로시엘은 주변을 둘러보았다. 난생처음 방문한 자드카르 왕궁을 로시엘은 한 단어로 평가했다.

"촌스러워."

헬라드가 곳곳에 쌓인 눈을 쳐다보며 말했다.

"너무 춥네. 눈 다 녹여야 하는 거 아냐?"

"그러게 말이야. 건물도 어쩜 이리 투박한지……. 싹 뜯어고쳐야겠어."

우리 막둥이가 이런 누추한 곳에서 어찌 지내겠냐며, 둘이서 헐뜯느라 아주 정신이 없었다. 에니샤는 평화로운 북부 관광의 꿈이 망가지는 것을 실시간으로 지켜보았다. 그리고 얼마 지나지 않아, 자드카르 귀족들이 에니샤와 쌍둥이를 맞이하러 나왔다.

"공왕 전하께서는 응접실에서 기다리고 계십니다."

평소 같았으면 직접 나왔을 텐데, 갑작스러운 방문에 급하게 준비하느라 바쁜 모양이었다. 헬라드가 대답 없이 스윽 귀족들을 훑었다. 불쌍한 자드카르 귀족들은 사자 앞의 새끼 양처럼 바들바들 떨었다. 자드카르 귀족들은 이미 히페리온의 무서움을 잘 알고 있었다. 과거 히페리온이 카힐을 납치해가는 바람에, 몇 날 며칠 제국군 주둔지 앞에서 싹싹 빌었던 일은 자드카르 귀족들에게 '치욕의 날'이라 불리며 아직까지 회자되고 있었다. 하지만 무서워서 벌벌 떨면서도, 자드카르 귀족들은 호기심을 이기지 못하고 로시엘을 흘금흘금 살폈다. 로시엘은 처음 보는 자드카르 귀족들이었다. 혹시 눈이라도 마주칠까 조심스럽게 살피는 시선들은 의외로 호감에 차 있었다. 태양을 이어받은 황족들과 달리, 홀로 달을 이어받은 로시엘이었다. 차가운 채도의 로시엘은 북부의 설경과 그럴듯하게 어우러졌다. 괜히 겉모습이 자드카르 편 같고 해서, 자드카르 귀족들은 로시엘에게 친근감을 품었다. 하지만 로시엘은 자드카르 편도, 히페리온 편도 아니었다. 오로지 에니샤 편인 사람이었다. 멋모르는 자드카르 귀족들은 로시엘을 유일한 희망으로 생각하곤 대놓고 치댔다.

"황자님, 저희가 자드카르 왕궁을 안내해드리겠습니다."

손바닥이 닳아 없어질 기세로 삭삭 비벼가며 아부 떠는 귀족들 사이에서, 로시엘은 무심한 얼굴로 걸음을 옮겼다. 그러다가 지나가듯 말을 던졌다.

"공왕 전하께서는 왕궁 조경에 관심이 없으신 모양이로군."

그게 떡밥인지도 모르고, 귀족들은 덥석 물었다.

"예, 그렇습니다!"

예술에는 영 감각이 부족하시다면서 슬쩍 카힐 욕을 해대기 시작했다. 정치는 어느 정도 하시지만, 섬세함이 없다며 히페리온에 비해 여러모로 모자라다고 열심히 깎아내렸다. 황녀를 끔찍하게 여기는 히페리온이었다. 귀족들은 로시엘이 그런 덜 떨어진 놈이 황녀와 교제한다니! 하고 분노하면서 둘 사이를 갈라주길 은근히 바라고 있었다. 하지만 히페리온 황족이 막둥이에 대해 얼마나 비뚤어진 애정을 갖고 있는지, 제대로 알지 못하고 저지른 짓이었다. 나긋하게 걸음을 옮기던 로시엘이 살며시 발을 멈췄다. 그리고 방금 발언한 귀족을 돌아보며 우아하게 입을 열었다.

"당신."

싸늘한 시선에 노귀족은 힉 하고 숨을 들이켰다. 로시엘이 그에게 질문했다.

"방금 무어라 하였지?"

"예? 그것이……."

당황하는 노귀족 앞에서 헬라드가 건들거리며 한마디 거들었다.

"지금 내 동생 욕 했냐?"

노귀족은 기겁해서 마구 손을 내젓고, 말까지 더듬어가며 변명했다.

"그, 그게 아니라……!"

"내 동생 남자친구잖아. 그게 그거지."

"……."

기적 같은 논리에 귀족들은 말문이 막혔다. 헬라드가 쯧쯧 혀를 차며 말했다.

"이런 덜 떨어진 놈들을 보내다니."

지켜보던 로시엘이 가만히 입을 열었다.

"그러게 말이야. 아무래도 자드카르는 히페리온을 맞이할 준비가 덜 된 듯한데……."

나직한 목소리가 고요하게 퍼져나갔다. 자드카르 귀족들은 저도 모르게 침을 꿀꺽 삼켰다. 로시엘은 한없이 안타깝다는 목소리로, 그러나 번들거리는 눈으로 귀족들을 훑으며 말했다.

"이 책임을 누구에게 물어야 할지 모르겠네."

북풍이 스산하게 불어왔다. 싸늘한 냉기와 함께, 자드카르 귀족들은 등골이 오싹해졌다.

"……?"

그리고 알현실에서 황족들을 맞이할 준비를 하고 있던 카힐 또한, 갑자기 이유 모를 오한에 시달렸다.

❧⚜❧

헬라드와 로시엘이 매우 삐딱한 성정의 소유자라는 사실은 익히 알고 있었다. 그리고 카힐을 괴롭히지 못해서 안달이라는 것도 말이다. 동생의 사랑을 빼앗아갔다는 질투심에 미쳐버린 쌍둥이가 날뛰는 것을, 에니샤는 어느 정도 이해했다. 너무 과하지 않은 수준에서 적당히 눈감아줬고, 카힐도 히페리온의 성격을 잘 알고 있으니 배려해주곤 했다. 그런데 이건 괴롭히는 것도 아니고……. 안 괴롭히는 것도 아니고……. 에니샤는 이걸 뭐라고 설명해야 할지 알 수 없었다. 눈앞에서 펼쳐지는 쌍둥이의 만행을 차마 말리지도 못하고, 에니샤는 입만 벌린 채 지켜보았다. 로시엘이 방싯방싯 웃으며 독설을 쏟아냈다.

"타국 황족에게 자국의 왕을 험담하다니, 그대들은 뇌가 없는 모양이야."

벌벌 떠는 자드카르 귀족들 앞에서 로시엘은 눈썹을 모으고서 고개를 갸웃하며 물었다.

"아니면 히페리온이 공왕을 갈아치워주기라도 바라는 건가?"

"아닙니다! 절대 아닙니다!"

자드카르 귀족들이 필사적으로 부인하기 시작했다. 좀 있으면 무릎이라도 꿇을 기세인 그들을 쭈욱 훑어보며 헬라드가 중얼거렸다.

"엘하르크 때는 귀족들도 같이 끌려갔는데 말이지……."

혼잣말인 척하지만, 이 자리에 있는 사람들 중에서 듣지 못한 자는 아무도 없었다. 몇 놈 정도는 황궁 지하감옥에 가둬주고 싶다는 헬라드의 눈빛에 모두 벌벌 떨기 시작했다. 히페리온이 말로만 끝내지 않고 얼마든지 실천할 수 있는 사람들이란 것을 알기 때문이었다. 쌍둥이의 눈이 안광을 품고 번뜩였다.

자드카르 귀족 주제에 감히 내 동생의 남자친구를 욕하다니!

자신들이 괴롭히는 것은 괜찮지만, 남이 카힐 욕하면 못 참는 쌍둥이였다. 에니샤가 이게 대체 뭔 일인가 하는 동안, 쌍둥이는 곧장 다음 행동을 개시했다. 헬라드와 로시엘은 자드카르 귀족들을 버려두고 바로 알현실을 침략했다. 에니샤는 돌진하는 쌍둥이를 허둥지둥 뒤따랐다. 알현실에서 에니샤가 좋아하는 다과를 잔뜩 마련해놓고 기다리고 있던 카힐은 우렁차게 열리는 문짝에 놀라서 일어났다. 그리고 카힐이 인사를 건네기도 전에, 로시엘은 대뜸 말했다.

"이런 누추한 곳에 황녀가 왕래하도록 한 겁니까, 지금?"

밑도 끝도 없는 말에 카힐이 당황했다. 에니샤는 부끄러움에 얼굴이 터질 것 같았다. 황급히 로시엘의 옷자락을 잡아당기며 그를 만류했다.

"그만해요……!"

이게 무슨 무례한 짓이냐며, 혼자 얼굴이 빨개져서 동동거렸다. 그러자 로시엘이 서글픈 표정을 지으며 물었다.

"그럼 너를 이런 곳에 드나들게 해야 하니? 이렇게 다 쓰러져가는 왕궁에……?"

"……."

번듯한 자드카르 왕궁을 순식간에 다 낡은 오두막집처럼 만들어버리는 로시엘이었다. 에니샤가 로시엘한테 그만하라고 매달려 있는 동안, 헬라드는 고개를 치켜들고서 거만히 말했다.

"왕궁에 쓸모없는 버러지들이 많던데."

누구누구가 공왕 욕을 하더라며 고스란히 일러주었다. 그리고 카힐은 귀족들이 제 욕을 했다는 것보다, 쌍둥이가 자신의 편을 들어줬다는 사실에 더 놀란 듯했다. 에니샤는 모진 처가살이를 낭하는 카힐한테 미안해서 어쩔 줄을 몰랐지만, 정작 카힐은 감격한 눈치였다. 카힐은 얌전히 꼬리 내리고 사죄했다.

"죄송합니다. 제가 부족해서 황녀님을 완벽히 모시지 못했습니다."

앞으로 더욱 정진, 또 정진해서 에니샤를 받들겠다는 카힐의 다짐에 쌍둥이는 조금 누그러졌다. 헬라드가 눈매를 가늘게 좁히더니, 카힐에게 말했다.

"일단……. 주변 정리부터 하는 게 좋겠군."

그리고 로시엘을 쳐다보았다. 로시엘이 매끄럽게 웃으며 받아 말했다.

"특별히 도움을 드리겠습니다, 공왕 전하."

당당히 내정간섭을 선언하는 로시엘의 모습에 에니샤는 할 말을 잃었다. 그러나 헬라드는 더 뻔뻔했다.

"우리가 인생 선배로서 약간의 도움을 주겠다는 거지."

말하는 꼴을 보니, 단순히 조경뿐만 아니라 왕궁 업무도 전반적으로 간섭하고 싶은 모양이었다. 아주 감사해야 할 일이라며 으스대는 쌍둥이 때문에 기절하고픈 심정이었다. 더 미치겠는 부분은, 그들의 말이 아주 틀린 것도 아니라는 점이었다. 카힐은 망해가던 공국을 다시 북부의 지배자로 올려놓았다. 열심히 노력해 과거의 영광을 되찾았지만, 아직 부족한 점이 많았다. 황실에서 오랫동안 갈고 닦은 히페리온 황궁과 달리, 자드카르 왕궁은 한참 방치되어 있었다. 그런 자드카르를 단기간에 바꿔놓았으니, 자연스럽게 미흡한 구석이 있을 수밖에 없었다. 그리고 일평생 황실 업무에 찌들었던 쌍둥이들은 이런 부분에선 대륙 최고의 전문가였다.

"하지만, 이건 내정간섭이잖아요……!"

에니샤는 어떻게든 카힐과 쌍둥이 사이에서 중재해보려 노력했다. 하지만 소용이 없었다. 왕궁의 주인인 카힐이 쌍둥이의 개입을 크게 반겼기 때문이었다.

"가르쳐주신다면 겸허히 따르겠습니다."

헬라드와 로시엘은 입이 찢어져라 웃었다. 그때부터 울상인 에니샤와 진지한 카힐을 데리고 다니며, 쌍둥이는 자드카르 왕궁 개조에 들어갔다.

가장 먼저 뒤집은 곳은 공왕의 집무실이었다. 히페리온 황족들의 습격에 집무실 비서관들은 난리가 났다. 햇빛 쨍쨍한 맑은 날에 뜬금없이 떨어지는 우박을 보듯, 그들은 멍청한 표정으로 히페리온을 바라보았다. 당당하게 집무실을 차지한 로시엘은 쌓여 있는 서류를 전부 가져와 보라고 손짓했다. 제 앞에 서류탑을 쌓아놓고서, 로시엘이 카힐에게 나긋한 목소리로 말했다.

"일단 쓸 만한 인재부터 솎아내는 것이 우선입니다."

그리고 가차 없이 서류를 두 분류로 나누기 시작했다. 빠른 속도로 착착 나누며, 해당 서류를 작성한 이들의 직급을 어찌 조정해야 할지 말해주었다.

"승진."

"좌천."

"승진. 수석비서관으로."

"좌천하되 재교육."

그러다 서류 하나를 집어 들고서 멈칫했다. 잠시 굳어 있던 로시엘은 이내 코웃음을 쳤다. 그는 싸늘하게 웃으며 서류를 바닥에 내던졌다. 팔랑팔랑 떨어지는 서류와 함께 냉랭한 선고가 떨어졌다.

"처형."

비서관 하나가 울면서 뛰쳐나갔다. 그때부터 남은 비서관들은 살얼음판 위에 올라선 듯 떨기 시작했다.

긴장감 넘치는 분류 작업 끝에, 대대적인 인사 재배치가 이뤄졌다. 카힐은 로시엘의 말대로 진행하되, 일부 승진과 좌천의 강도만 살짝 조정했다.

그다음으로 끌려간 곳은 기사단이 모인 연무장이었다. 왕궁 내의 기사들을 전원 집합하게 시킨 후, 헬라드는 단상 위에 올라갔다. 그리고 대뜸 명령했다.

"대련해."

뜬금없이 모인 기사들은 얼떨떨하게 눈을 끔뻑이다가, 삐걱거리며 움직이기 시작했다. 둘씩 짝을 지어서 동시에 다섯 조씩 대련을 하는데, 시간도 그리 길지 않았다. 대여섯 합을 부딪치는 것만 보면, 헬라드는 곧장 망설임 없이 찍기 시작했다.

"저기 왼쪽에서 세 번째 노란머리. 그리고 오른쪽 맨 끝 갈색머리랑 그 옆에 검정머리 괜찮네. 쟤네 다 올리고, 저쪽 놈은 월급도 둑이니 쫓아내."

순식간에 진급과 강등을 결정한 후, 헬라드는 손을 까닥였다.

"다음."

기사들은 엄청난 일이 벌어지고 있음을 깨닫고 필사적으로 대련에 임했다. 그러나 헬라드는 귀신같이 기사들 본인도 모르는 잠재

력까지 파악해냈고, 여러 사람의 눈에서 피눈물을 뽑았다. 그 후로도 쌍둥이는 왕궁 곳곳을 들쑤시고 다니며 참견해댔다. 곳곳에서 승진과 좌천을 남발하며 폭탄을 터뜨렸지만, 왕궁의 어느 누구도 반박하지 못했다.

내정간섭인데, 항의해야 하는데…….

그런데 쌍둥이가 딱딱 짚어주는 부분들이 너무너무 옳은 소리였다. 옆에서 구경하는 에니샤가 봐도 확실히 헬라드와 로시엘의 일 처리가 훌륭했다. 카힐이 전적으로 수용하는 태도를 보며, 쌍둥이는 개미 눈물만큼 만족해했다.

마지막으로는 왕궁 조경이었다. 로시엘은 왕궁 전체 지도를 탁 펼쳐놓고선 깃펜으로 죽죽 구역을 나눠가며 말했다.

"어차피 북부의 겨울에는 할 수 있는 일들이 많지 않으니, 경제 활성화를 위해 국가 차원에서 토목공사를 벌이는 것도 괜찮은 선택입니다."

일단 아르커스에 지원을 요청해서 왕궁 내부에 눈이 쌓이지 않도록 하는 마법진을 설치하고, 왕궁 건물들도 싹 갈아치우자는 계획을 빠르게 설명해나갔다. 자드카르를 위하는 척하지만, 어디까지나 에니샤가 드나들기 좋도록 왕궁을 개조하는 것이었다. 왕궁에서 제일 좋은 자리에 에니샤를 위한 히페리온식 궁을 하나 짓는 것까지 결정한 후에야 왕궁 개조는 끝이 났다.

일련의 작업을 끝내고 나니 해가 져 있었다. 그리고 에니샤도 진이 쏙 빠졌다.

"정말이지, 오라버니들……."

팔불출이 이렇게까지 진화할 줄은 몰랐다. 하지만 온 왕궁을 다 엎어놓고서도 쌍둥이는 여전히 만족하지 못한 듯했다. 로시엘이 한쪽 손으로 얼굴을 감싸고서 한숨을 폭 내쉬었다.

"너를 모시기엔 아직도 한참 부족하지."

정말이지 야만족들을 보는 듯했다며, 로시엘은 신랄하게 독설을 쏟아냈다. 에니샤는 황급히 발돋움을 해서 로시엘의 입을 틀어막았다. 그러나 카힐을 돌아보니, 그도 공감한다는 얼굴을 하고서 고개를 끄덕이고 있었다. 가만 보니 그가 제일 심각했다. 쌍둥이를 잡을 게 아니라 카힐을 잡아야 할 것 같았다. 에니샤는 로시엘을 버려두고 카힐에게 귓속말을 속닥였다.

"자꾸 그렇게 받아주면 어떡해!"

카힐도 에니샤에게 마주 속닥였다.

"하지만 전부 피가 되고 살이 되는 조언이지 않았습니까?"

"그래도 그렇지……."

둘이서 속닥속닥하는데, 헬라드가 못마땅한 얼굴로 끼어들었다.

"우리 앞에서 연애하지 말아줄래?"

여전히 삐딱한 쌍둥이였다. 더 내버려 뒀다간 정말 자드카르 왕궁을 폭파할 분위기였다. 에니샤는 속으로 에휴, 하며 앞으로 나섰다. 헬라드와 로시엘의 손을 하나씩 잡고서 올려다보며 말했다.

"이만하면 되었으니, 이제 같이 북부 구경하지 않을래요?"

그리고 어째서인지 쌍둥이는 의미심장하게 웃었다. 헬라드가 먼저 실실 웃으며 입을 열었다.

"북부 구경 좋지. 왕궁 구경은 다 했으니, 이제 수도 구경이나 좀 해볼까?"

로시엘도 생긋생긋 웃으면서 말했다.

"자드카르 공국의 수도가 어떠할지 궁금했어."

둘이서 한마디씩 하는 말에, 에니샤는 멍하니 입을 벌렸다.

"……."

아무래도 왠지 자신이 크게 말실수한 것 같았다.

⚜

쌍둥이와 북부 구경에 나섰지만, 카힐은 함께하지 못했다. 헬라드와 로시엘이 터뜨려놓은 폭탄의 뒤처리를 해야 하기 때문이었다. 에니샤는 그에게 미안해 죽을 지경이었다.

"카힐……."

정말 미안하다고 풀죽은 표정으로 사과하는 에니샤에게 카힐은 고개를 내저었다.

"오늘 저는 얻은 것이 많습니다."

그간 카힐은 귀족들과 팽팽하게 신경전을 벌여왔다. 귀족들은 왕궁 곳곳에 자기 사람을 심어놓았다. 능력 없이 봉급만 따박따박 받아가며 그저 왕실 예산만 축내는 자들이었다. 공국을 안정시키자마자, 카힐은 왕궁 내에서 오래된 귀족 세력을 몰아내고 신흥 세력을 들이기 위해 노력했다. 그러나 오랫동안 공국의 한 축을 이뤄온 귀족들이었다. 그들이 쌓아올린 세력은 공고했고, 함부로 다룰수는 없었다. 하여 적당한 선에서 밀고 당기기를 하고 있었는데, 오늘 쌍둥이가 와서 다 깨부숴버린 것이다.

"완전히 쫓아내진 못하더라도, 세력을 크게 줄일 수 있을 것 같습니다."

"그렇다면 다행이지만……."

무려 히페리온이 와서 저지른 짓이니, 카힐한테 항의도 제대로 못 할 것이었다. 고개를 끄덕이는 에니샤의 모습에 카힐은 눈웃음을 그렸다.

"그리고 귀족들이 줄초상 난 덕분에 제가 살아남지 않았습니까?"

그의 말에 에니샤는 웃음이 터졌다. 확실히 자드카르 왕궁을 들쑤시느라, 쌍둥이는 카힐을 괴롭히지 못했다.

"에니샤 님께 무례하게 행동한 귀족들은 확실히 처분을 내리겠습니다."

"나한테 무례하게 굴었던 사람은 아무도 없었어."

그랬으면 헬라드와 로시엘한테 이미 죽었을 터였다. 그런 건 신경 쓸 필요 없다며 이야기를 나누다가, 그만 가보겠다고 말했다. 쌍둥이가 기다리고 있었다. 카힐은 못내 아쉬워하며 에니샤의 손만 만지작거렸다.

"제가 동행을 못 해드려서 어쩌지요."

"괜찮아. 너 오면 괜히 오라버니들이 심술부릴 것 같아."

카힐이 옆에서 숨 쉬면 숨을 삐뚤게 쉰다며 괴롭힐 사람들이었다. 그리고 자드카르 수도는 에니샤도 제법 잘 알고 있었다. 카힐과 가끔 놀러 다닌 경험이 있기 때문에, 쌍둥이에게 훌륭한 안내자가 될 수 있을 것 같았다. 에니샤는 비장한 표정으로 주먹을 움켜쥐며 다짐했다.

"수도는 내가 꼭 지켜낼게."

절대 폭파되는 일이 없도록 하겠다는 맹세에 카힐은 뭐가 그리 재밌는지 한참 웃었다.

"너무 무리하진 마십시오. 그냥 수도 터뜨려도 됩니다."

"그런 말 하지 마."

"하지만 제겐 에니샤 님이 더 중요한걸요."

그는 이마 위에 쪽 하고 키스하고선, 에니샤를 꼭 안았다가 놓아 주었다.

카힐과 작별인사를 한 뒤, 에니샤는 쌍둥이와 함께 거리로 나섰 다. 겨울용 로브를 덮어쓰고, 본격적으로 관광에 나서기 전에 에니 샤는 단단히 당부했다.

"내가 안내하는 대로 따라오기예요!"

쌍둥이는 시원스럽게 그러마고 약속했다. 하지만 쌍둥이가 약속 을 했어도 에니샤는 불안하기 짝이 없었다. 카힐이 없으니 조금 괜 찮지 않나 싶다가도, 다른 쪽으로 미친 짓이 뻗어나가는 게 아닐까 불안했다.

불안한 마음을 안은 채, 셋이서 나란히 자드카르의 밤거리를 걸 었다. 추운 날씨와 잦은 폭설 때문에, 자드카르의 건물들은 대부분 작고 좁은 창문과 가파른 지붕을 가지고 있었다. 거친 석회암으로 만든 두꺼운 벽과 단조롭고 장식 없는 건물들은 섬세하고 화려한 히페리온 제도에 비해서는 투박했다. 하지만 에니샤는 자드카르 나름의 멋이 있다고 생각했다. 헬라드와 로시엘의 눈에는 전혀 아닌 듯하지만 말이다. 조금이라도 그들의 마음을 회유해보고자, 에니샤는 열심히 자드카르 설명에 나섰다.

"눅티카라고 폭설이 내리는 시기가 있어요. 그리고…….."

의외롭게도 쌍둥이는 불평불만 없이, 얌전히 에니샤의 설명을 들었다. 에니샤의 뒤를 쪼르르 따라다니던 로시엘은 왕궁과 가까운 대저택에 큰 흥미를 보였다.

"저기쯤에 집을 하나 살까?"

헬라드가 흘긋 보고는 고개를 끄덕였다.

"나쁘지 않네."

로시엘의 시선이 향한 곳은 너른 정원을 가진 우아한 분위기의 고택이었다. 아름다운 집이기는 하지만, 로시엘은 마음만 먹으면 저것보다 훨씬 엄청난 저택을 수십 채나 사들일 수 있는 재력의 소유자였다. 심지어 북부는 멀어서 자주 올 수도 없는 곳이었다. 에니샤는 혼자서 추측을 해보았다.

부동산에 관심이 있는 걸까?

앞으로 자드카르 수도는 발전을 거듭할 테니, 미리 사놓으면 값이 많이 오를 터였다. 하지만 이미 황실은 어마어마한 재산을 보유하고 있었다. 굳이 머나먼 북부에서 저택 몇 채 굴릴 이유가 없었다. 이리저리 온갖 생각을 다 해보는데, 로시엘이 살짝 웃으며 말했다.

"별장으로 쓸 생각이란다."

"별장이요……?"

에니샤는 당황해서 로시엘을 바라보았다.

"네가 종종 자드카르를 찾으면, 우리도 머물 곳이 필요하지 않겠니?"

"……"

아주 왕궁 앞에 집을 떡하니 사놓고, 시시때때로 간섭할 생각이라고 당당히 말하는 로시엘이었다. 에니샤는 갑자기 엄청나게 불안해졌다.

이 사람들을 데리고 자드카르 수도를 돌아다녀도 되는 걸까……?

헬라드와 로시엘을 아무것도 없는 곳으로 데려가야 할 것 같았다. 결국 길거리 관광은 빠르게 포기하고, 에니샤는 작전을 변경했다.

"오, 오라버니들……! 우리 설원 구경 가지 않을래요?"

자드카르 수도는 뭐 볼 것도 없다면서, 눈 덮인 설원이 그렇게 멋지다며 열심히 쌍둥이를 꼬여냈다. 헬라드와 로시엘은 좀 더 돌아다녀보고 싶은 눈치였지만, 에니샤가 설원 구경을 가자니 순순히 따라나섰다. 에니샤는 그 어느 때보다 빠르고 신속하게 이동마법진을 그려서 이동했다.

도착한 곳은 예전에 카힐과 밤 산책을 했던 설원이었다. 높다란 산맥 사이 펼쳐진 탁 트인 설원에는 뽀얗고 깨끗한 눈이 한가득 쌓여 있었다. 달빛이 흰 눈 위에 반사되어서 사방이 대낮처럼 환했다. 답답한 로브 모자를 젖히고, 에니샤는 눈밭 위를 뛰어갔다. 아무도 건드리지 않은 하얀 눈 위에 뽀득뽀득 발자국이 새겨졌다. 잔뜩 상기된 얼굴로 뿌옇게 입김을 뱉어내며, 에니샤는 쌍둥이에게 뿌듯하게 물었다.

"어때요, 오라버니들?"

뒤에서 천천히 따라 걸어오던 헬라드와 로시엘이 미소 지었다. 헬라드가 씩 웃으며 말했다.

"예뻐."

"그렇죠? 여기 설원에 쌓인 눈은 사계절 내내 녹지를 않아서……."

"우린 설원 말고 네가 예쁘다는 소리란다, 에니샤."

로시엘의 말에 에니샤는 발이 꼬여서 넘어질 뻔했다. 카힐도 그렇고, 다들 낯간지러운 소리를 아무렇지 않게 해서 정말 큰일이었다. 하지만 민망한 에니샤와 달리 쌍둥이는 태연하기만 했다. 로시엘의 검푸른 머리카락이 바람에 흐트러졌다. 로시엘은 머리카락을 쓸어 넘기며 중얼거렸다.

"눈은 오랜만에 보네……."

다소 감상적인 로시엘 옆에서 헬라드가 주변을 휘휘 둘러보더니, 갑자기 짓궂게 눈을 빛냈다.

"눈싸움할까?"

생각해보니 제도에는 눈 내리는 일이 드물었다. 내리더라도 쌓이지가 않아서 금세 녹곤 했다. 동심으로 돌아가서 눈싸움하자는 것인가 싶었는데, 헬라드가 로시엘을 눈짓하며 에니샤에게 몰래 속닥였다.

"쟤 눈사람으로 만들어버리자. 어때?"

둘째를 합법적으로 구타하고 싶은 첫째의 제안이었다. 로시엘이 눈썹을 치켜올리며 한심하단 듯 말했다.

"다 들려, 헬라드."

나이가 몇인데 아직도 눈싸움 운운하냐면서 혀를 차댔지만, 또 막상 거절은 안 했다. 그리하여 즉석에서 눈싸움이 벌어졌다. 에니샤는 신체적으로 불리하니, 대신 마법을 허용하기로 했다. 물론 에니샤는 쓸데없는 짓이라고 생각했다. 여기서 에니샤를 공격할 사람은 아무도 없었다. 에니샤가 카힐을 데려와서 자동 눈싸움 기계를 만들어도 잘했다고 박수 치며 맞아줄 쌍둥이였다. 그냥 적당히 지켜보다가 너무 심해지면 말리기나 해야겠다고 생각하며, 에니샤는 자그맣게 눈을 뭉쳤다.

조막만 한 크기로 여러 개를 뭉치고 있던 에니샤는 눈을 깜빡였다. 저쪽에서 헬라드가 어린애 몸통만 한 눈덩이를 만들고 있었다. 에니샤처럼 적당히 눈을 뭉치고 있던 로시엘이 질색했다.

"저 무식한 놈이⋯⋯!"

하지만 로시엘이 눈치채는 순간, 헬라드는 곧장 달려들었다. 거대한 눈덩이가 믿기지 않는 속도로 허공을 쏘아져 나갔다. 로시엘은 아슬아슬하게 피해냈다. 그리고 빗나간 눈덩이는 퍽 하는 소리와 함께 터지며 근처를 초토화시켰다.

"⋯⋯."

로시엘은 잠시 눈덩이를 내려다보았다가, 헬라드를 쳐다보았다. 그때부터 전쟁 시작이었다. 둘이서 민첩하게 눈밭을 구르며 공격과 방어를 주고받는 것이, 눈싸움이 아니라 거의 눈전투였다. 설원 곳곳에 운석이 떨어진 것처럼 구덩이가 푹푹 패었다. 이러다가 설원마저 부서질 지경이었다. 에니샤는 마법으로 조그만 눈뭉치 하나씩을 쌍둥이 등에다가 날렸다.

"이제 그만해요!"

하늘 같은 막내의 말에 쌍둥이는 일제히 동작을 멈췄다. 둘의 손에 들린 눈덩이를 여기 내려놓으라고 손짓하며 에니샤는 말했다.

"눈사람이나 만들어요."

셋이서 협동 작업이라도 하면 안 싸울 것 같았다. 하지만 눈사람을 만드는 동안에도 헬라드와 로시엘은 으르렁거렸다. 네가 만든 부분이 제일 못났네, 내가 만든 부분이 제일 잘났네 하면서 싸우는 둘을 어르고 달래가며 겨우 눈사람 하나를 만들었다. 모양새보다는 크기에 치중한 거인 눈사람이긴 했지만 만들어놓고 보니 뿌듯했다. 헬라드가 에니샤를 번쩍 들어올려주고, 에니샤는 눈사람의 목에 목도리를 둘렀다. 마른 나뭇가지를 주워서 어설프게 팔도 달아주자 제법 그럴듯했다.

다 만든 눈사람 앞에 앉아서 잠시 휴식을 취했다. 로시엘은 헬라드한테 휘말려서 괜히 눈밭을 뛰어다녔다며 크게 한탄했다. 쌍둥이 사이에 찡겨 앉은 에니샤가 키득거리고 있을 때였다. 헬라드가 에니샤의 머리카락에 묻은 눈송이를 떼어주며 말했다.

"쭈글이 결혼하면 이제 셋이서 못 노는 건가."

"그럴 리가요!"

황급히 반박한 에니샤는 눈을 깜빡이다가, 작게 덧붙였다.

"물론 지금만큼은 아니겠지만……."

로시엘이 손으로 발갛게 언 에니샤의 뺨을 덮혀주며 중얼거렸다.

"신기하네. 에니샤가 결혼을 다 하고."

"그러게."

쪼그리고 앉아 있던 헬라드가 무릎 위에 팔을 턱 받쳐놓고서 말했다.

"사실 우리는 태생적으로 비뚤어서 말이야. 결혼이라는 개념을 이해할 수가 없거든."

누군가를 사랑하고, 그래서 단단히 결속하고, 하나의 가정을 이루는. 히페리온은 그 일련의 과정 자체를 이해하지 못했다. 그들에게 결혼은 거래 수단, 그 이상도 이하도 아니었다. 헬라드는 에니샤를 지그시 바라보다가 나직하게 말했다.

"하지만 너는 특별한 히페리온이니까. 우린 네가 행복하면 됐어."

이기적인 히페리온의 입에서 나왔다고는 믿을 수 없는 발언이었다. 아무 말도 못 하고 헬라드와 로시엘을 번갈아 바라보자, 로시엘이 살짝 미소 지었다.

"가끔씩 그런 생각을 하곤 해. 네가 히페리온에 가져다준다는 무한한 광영은……."

그의 눈빛이 한없이 부드러워졌다.

"어쩌면 여태까지 알지 못했던 새로운 감정을 배우고, 그래서 히페리온이 한 단계 진보하는 것이 아닐까……."

단순히 영토를 넓히는 것뿐만 아니라, 정신적인 부분에서 발전을 이루는 것일지도 모르겠다고, 로시엘은 그렇게 말했다. 히페리온이 이기심을 내려놓기까지, 얼마나 많은 인내를 거듭해왔을지 새삼 느껴졌다. 마음이 무거워진 에니샤는 손가락을 꼼지락거리다가, 작게 중얼거렸다.

"미안해요……."

"결혼하는 게 뭐가 미안할 일이냐."

헬라드가 킥킥 웃으며 에니샤의 머리를 마구 쓰다듬었다. 로시엘도 따라서 웃음을 터뜨리며 에니샤의 볼을 살짝 꼬집었다. 그러나 몰랑한 행동과 달리, 몹시 단호한 목소리로 쐐기를 박았다.

"하지만 신혼집은 히페리온 황궁이야."

"……."

정신적인 발전을 이루긴 했지만, 아직은 수련이 많이 부족한 황족들이었다.

⚜

힘겨운 자드카르 방문을 끝내고, 에니샤는 히페리온으로 귀환했다. 한동안 평화로운 나날이 이어졌다. 밀린 일 처리와 연구에 매진하는 동안, 루네르에서 감사 서신이 날아왔다. 루네르 왕실마법사들이 보낸 서신이었다. 초승달 호수 근처의 도적들을 말끔하게 소탕했다고 감사하다는 내용이었는데, 그 과정이 재밌었다.

다섯 명의 왕실마법사 중에는 전투마법사가 아무도 없었다. 심지어 공격계 마법이 가능한 이도 없었건만, 도적 떼를 잡아낸 것이다. 막내 황녀님 때문에 지레 겁먹은 도적들이 저항을 포기한 탓이었다. 덕분에 초승달 호수 근처의 도적 떼를 깨끗하게 소탕했다며, 마법사들은 기쁨에 찬 편지를 보냈다. 초승달 호수는 물이 전부 말라붙었지만, '막내 황녀님 다녀간 곳'이라고 관광지로 개발되어 이전보다 훨씬 북적거리게 되었다는 소식도 함께 적어 보냈다.

"황녀님의 하해와 같은 은혜 덕분에……. 와, 여기 또 추종자 생겼네."

에니샤 옆에서 편지를 읽다 말고, 레시나가 감탄했다. 레시나는 가끔 시간이 남을 때마다 황녀궁에 놀러 와서 비서관 노릇도 하고 있었다. 그녀에게 편지를 읽어달라고 부탁한 뒤 서류를 보고 있었는데, 아까부터 읽으라는 편지는 안 읽고 계속 쓸데없는 첨언을 해댔다. 에니샤는 서류에 서명하며 그녀에게 말했다.

"마저 읽어줘, 레시나."

"옙, 지금 막 읽으려던 참이었습니다."

조잘조잘 편지를 끝까지 읽은 뒤, 레시나가 어찌하시겠냐고 물었다. 에니샤는 들고 있던 깃펜을 살랑살랑 흔들다가 말했다.

"답신을 써줘야겠다."

레시나가 놀라서 물었다.

"친필로요?"

"그러면?"

"아뇨, 그냥……. 루네르 마법사들이 엄청 좋아하겠네요."

다시 편지를 내려다보던 레시나가 심각한 얼굴로 말했다.

"이러다 종교 생기는 거 아닙니까? 교단 생기면 저도 한 자리 주십쇼."

자신은 부교주가 하고 싶다며, 레시나는 일찌감치 하나 '찜콩' 해놓았다.

"이상한 농담 하지 마."

에니샤는 그럴 일 없다고 답한 뒤, 서랍을 열었다. 그리고 서랍 속에서 하얀 나뭇잎이 담긴 작은 유리병을 꺼내 건넸다.

"이거 선물!"

은빛나무에서 가져온 하얀 나뭇잎이었다. 레시나는 유리병을 받아들고서 빤히 보았다. 금빛나무처럼 마력을 품은 나무에서 가져왔다며 설명하는데, 얌전히 듣고 있던 레시나가 문득 헛소리를 했다.

"황녀님."

"응?"

"역시 제가 교단을 세워야겠습니다."

"으응……?"

"막내 황녀님교 말입니다."

오늘부터 준비 들어가겠다고 굳게 다짐하는 모습은 진지했다. 에니샤는 겨우 그녀를 말린 후, 다시 밀려 있던 서류 정리에 집중했다.

업무를 깔끔하게 마무리 짓고 나니 벌써 저녁이었다. 레시나를 돌려보내고, 본궁으로 찾아가 로드고와 함께 저녁을 먹었다. 바빠서 한참 못 보다가 며칠 만에 보는 것이었다. 단란하게 둘이서 저녁을 먹은 뒤에는 로드고의 서재에서 함께 뒹굴거리기로 했다. 로드고는 정치와 관련된 인문서적을, 에니샤는 새로이 발견된 마법 수식에 관한 학술논문집을 골랐다.

긴 안락의자에 나란히 앉아서 책을 읽었다. 하지만 에니샤는 금방 지겨워졌다. 논문집을 구독 신청해놓고 발간될 때마다 꼬박꼬박 읽어보지만, 흥미로운 논문은 거의 없었다. 대부분 에니샤가 아는 것이었고, 가끔씩 눈길을 끄는 것도 약간 꼬아낸 정도에 불과했다. 순식간에 휙휙 책장을 넘겨서 끝까지 읽은 뒤, 에니샤는 슬쩍 로드고를 쳐다보았다. 그는 읽고 있는 책이 흥미로운 듯했다. 꽤나 집중하고 있는지, 살짝 주름 잡힌 미간이 보였다. 사나운 외모의 그가 책을 들고 있는 모습은 항상 낯설면서도 잘 어울렸다. 논문집은 아예 덮어놓고 빤히 구경하고 있자, 시선을 느낀 로드고가 돌아보았다.

"심심한 모양이지?"

에니샤는 그에게 하소연했다.

"논문집 다 읽었어요. 아는 것뿐이라서 재미없어요."

로드고는 책을 내려놓고선 손을 뻗었다. 에니샤는 냉큼 그의 옆에 달라붙었다. 그가 손으로 코끝을 살살 문질러서, 에니샤는 손가락을 왁 하고 깨무는 시늉을 했다. 막내딸의 애교에 로드고의 입가로 자연스럽게 미소가 그려졌다. 둘이서 얼마간 토닥토닥 장난치다가, 로드고가 질문했다.

"자드카르는 재밌었고?"

에니샤는 저도 모르게 한숨부터 쉬고 말았다. 사실상 그 한숨에 모든 대답이 담겨 있었다. 로드고가 씩 웃으며 장난스럽게 말했다.

"아빠랑 가는 게 더 나았겠군."

"……"

그 말엔 동의할 수 없지만, 에니샤는 일단 그런 척 고개를 끄덕여줬다. 쌍둥이가 갔으니 그나마 설원에서 눈싸움이나 하고 놀았지, 로드고가 갔다면……. 상상만 해도 끔찍했다. 에니샤는 너무 질색하는 티를 내지 않기 위해 노력했다. 그리고 로드고는 아닌 척하려 애쓰는 에니샤를 보며 짓궂게 웃었다. 그를 잠시 흘겨보았다가, 쌍둥이랑 무엇을 했는지 자세히 이야기를 해줬다. 자드카르 왕궁 개조에 대한 이야기는 조금만 했다. 괜히 로드고도 한 숟갈 보탠다고 할까 겁이 나서였다. 대신 셋이서 눈싸움하고 눈사람 만든 이야기를 자세히 해줬다. 로드고는 헬라드와 로시엘이 서로에게 눈을 집어던진다고 눈 범벅이 되었다는 대목을 특히 재밌어했다. 눈사람에 목도리 둘러준 얘기도 하고, 쌍둥이와 함께 나눈 대화도 말해줬다.

"로시엘 오라버니가 신혼집은 무조건 히페리온 황궁이래요."

에니샤가 일러바치자, 로드고는 무슨 당연한 소리를 하느냐는 듯 눈썹을 치켜올렸다. 그 모습에 한참 웃었다. 한 차례 웃음이 잦아들고, 가벼운 침묵이 감돌았다. 에니샤는 조심스럽게 물었다.

"아빠는……. 내가 결혼해도 괜찮아요?"

"아니."

딱 잘라 답하는 말에는 일말의 망설임도 없었다. 말문이 막힌 에니샤가 입술만 벙긋벙긋하자, 로드고는 무척 너그러운 어조로 말했다.

"괜찮지 않으나, 네가 원하니 결혼은 시킬 생각이지."

쌍둥이랑 똑같은 소리였다. 로드고는 에니샤의 머리를 슬슬 쓰다듬으며 중얼거렸다.

"사실 무언가 조언을 해주고 싶지만……. 해줄 말이 없군. 내가 결혼했을 때는 그 또한 거래의 일환이었으니."

"……!"

로드고의 결혼 이야기는 처음이었다. 흥미로운 서두에 에니샤는 로드고 쪽으로 잔뜩 몸을 기울였다. 여태껏 궁금했지만 물어보지 못했던 주제였다. 하지만 묻기 어려워했던 것이 허무할 만큼, 로드고는 에니샤가 궁금해하자 선선히 이야기를 늘어놓았다.

"황후는 야심가였고, 나보다도 더 히페리온의 세 번째 별을 갖고 싶어 했다. 사랑 없는 결혼이었지만 꽤 나쁘진 않다고 생각했는데……."

로드고는 말끝을 흐렸다. 그녀가 산고로 죽었다는 사실은 에니샤도 알고 있었다. 에니샤는 로드고의 얼굴을 살폈지만 그의 눈은 건조했다. 일말의 슬픔조차 없이, 다만 안타깝다는 어조로 말할 뿐이었다.

"아쉬웠지. 그녀만큼 히페리온 황궁에 어울릴 사람도 없었어."

무릇 타국에서 왕 노릇하며 호령할 정도는 되어야 히페리온들을 감당할 수 있었다. 그래서 과거 로시엘도 헬라드의 혼처로 유디트를 점찍었던 것이다. 아마 황후는 유디트 같은 성격이지 않았을까, 하고 에니샤는 혼자 생각해보았다. 에니샤가 생각에 잠겨 있자, 로드고가 눈매를 가느스름하게 좁히며 말했다.

"이제 와서 엄마가 보고 싶다거나 그런 건 아니겠지."

나름 엄마 없는 자리까지 훌륭하게 채웠는데, 아빠 질투 난다며 그가 머리카락을 잡아당겼다. 별게 다 실투 난다 싶으면서도, 에니샤는 로드고를 달래주었다.

"그런 거 아니에요."

뜨끈한 열기가 올라오는 품에 기대서 중얼거렸다.

"그냥, 아빠는 어땠을지 궁금했던 거니까…….'

둘이서 한참 동안 말없이 그러고 있다가, 로드고가 살며시 에니샤를 밀어냈다. 똑 닮은 주홍색 눈동자가 서로를 바라보았다. 마주 보는 시선 속에서, 에니샤는 느릿하게 눈을 감았다 떴다. 헬라드를 파혼시키고 유디트를 왕으로 만들었을 때, 이미 히페리온은 에니샤의 결혼을 전제하고 있었다. 로드고가 천천히 입을 열었다.

"우리가 바라는 것은 네 행복뿐이다. 그 수단이 결혼이라면 그렇게 해야지."

"아빠…….'

"너는 의무나 거래가 아닌, 사랑으로 맺어질 결혼이지 않느냐?"

그는 낮고 묵직하지만, 무척 다정한 목소리로 속삭였다.

"행복해야 된다, 에니샤."

정말 히페리온답지 않은 말이었다. 에니샤는 시큰거리는 눈시울을 감추려 로드고의 품에 얼굴을 묻었다. 많은 고비가 있었지만, 에니샤가 몇 번이고 다시 일어날 수 있었던 것은 항상 든든하게 받쳐주는 히페리온이 존재하기 때문이었다. 그들은 언제든지 돌아갈 수 있는 에니샤의 집이었다. 아무리 추운 겨울밤에도 환히 불을 밝히고, 문을 똑똑 두드리면 활짝 웃으며 맞이해줄 그런 집. 에니샤는 조그만 목소리로 그에게 답했다.

"고마워요, 아빠…….'

로드고는 말없이 그런 에니샤를 꽉 안아주었다.

황녀궁으로 돌아온 에니샤는 침의로 갈아입고 혼자 침대에 누웠다. 푹신한 이불 위에 팔다리 다 뻗고 누워 있다가, 머리맡을 올려다보았다. 길쭉한 귀의 끄트머리가 베개 뒤쪽에 삐죽하니 튀어나와 있었다. 에니샤는 웃으며 귀를 잡아당겼다. 그러자 작은 토끼인형이 스르륵 끌려 나왔다. 인형을 보니 추억들이 새록새록 떠올랐다. 생각해보면 카힐이랑 별일이 다 있었구나 싶었다. 보송보송한 인형을 끌어안고 추억에 잠겨 있던 에니샤는 천천히 자리에서 일어났다.

"……"

목에 걸려 있던 반지가 가볍게 흔들렸다. 에니샤는 반지를 만지작거리다가 목걸이를 벗었다. 카힐에게 받은 뒤, 목욕할 때도 빼놓지 않고 항상 목에 걸고 있다가 오늘 처음으로 벗은 것이었다. 목걸이와 반지를 분리한 뒤, 반지를 촛불에 비춰보았다. 섬세하게 세공된 단면을 따라 주홍색 금강석이 영롱하게 반짝였다. 어른어른 빛나는 모습은 마치 불꽃이 타오르는 듯했다. 모든 것을 태워버릴 만큼 격렬하면서도, 영원히 꺼지지 않을 아름다운 불꽃이었다. 한참 동안 금강석을 바라보던 에니샤의 입가에 가만히 미소가 번졌다. 그리고 에니샤는 왼쪽 네 번째 손가락에 반지를 꼈다.

외전 3

◆

공왕비의 나날

동부 헤르노어 아카데미 앞 상점거리에는 작은 케이크 가게가 있었다. 이곳은 '막내 황녀님을 사랑하는 모임'의 회원이라면 죽기 전에 반드시 들러야 할 성지로 꼽혔다. 가게 점원이 과거 뒷골목을 전전하다가 막내 황녀님과 인연이 닿아 케이크 가게에 취업했는데, 그 덕분에 황녀님이 가끔 가게에 들러 케이크를 사 드시기 때문이었다. 실제로 운이 좋으면 황녀님을 볼 수도 있었다. 그 사실 때문에 막사모 회원들은 꼭 이곳에 들러 케이크를 사 먹곤 했지만, 정작 황녀님이 오면 가게 안은 썰렁해졌다. 대개 다른 이들과 함께 오시곤 했는데, 항상 동행인이 엄청나게 무서운 사람이기 때문이었다. 보통 자드카르 공왕, 카힐 자드카르나 아르커스 좌우법사와 함께 오는 날이 가장 많았다. 이 경우에는 그래도 창밖에서나마 슬쩍 구경을 할 수 있었다. 하지만 히페리온 황족들과 함께 오면 지옥이었다. 이때는 최대한 빠르게 도망쳐야 했는데, 잘못했다가 눈이라도 마주치면 바로 기절이었다. 일전에 히페리온의 쌍둥이와 함께 왔을 때는, 케이크 가게뿐만 아니라 근방 가게의 손님들까지 울면서 도망갔다.

오늘의 동행인도 장난 아니었다. 황녀님과 함께 헤르노어 아카데미의 교장이 들어섰을 때까지만 해도 괜찮았다. 그러나 곧장 뒤이어 엘하르크의 왕이 입장하는 바람에, 가게 안의 손님들은 썰물처럼 스르륵 빠져나갔다.

동부 엘하르크의 새로운 왕, 유디트 엘하르크는 마녀라는 별칭으로 더 유명한 여자였다. 혈육의 시체를 밟고 왕관을 거머쥔 마녀의 악독함은 대륙에도 소문이 자자했다. 그리고 그녀에게 왕관을 쥐여 준 사람이 바로 막내 황녀님이었다. 총사령관으로 반나절 만에 엘하르크를 점령한 위업은 모르는 사람이 없었다. 하지만 겉보기에는 여전히 무해한 황녀님이었다. 흉악한 동행인을 데리고 홀로 해맑게 웃는 황녀님은 여러 의미로 대단했다. 물론 정작 에니샤는 자신도, 동행인도 흉악하다는 생각을 전혀 하지 못하고 있었지만 말이다. 에니샤는 조그만 손지갑을 손에 꼭 쥐고서 케이크 진열장 앞에 섰다.

"오늘은 무슨 케이크를 먹을까요?"

"에니샤가 먹고 싶은 걸로요."

"으음……."

"그냥 하나씩 다 주문할까요?"

남을 걱정은 없지 않느냐며, 유디트가 우아하게 말했다. 그녀의 말은 사실이었다. 에니샤는 여기 있는 케이크를 다 털어먹을 수도 있는 사람이었다. 자신 있게 전부 다 달라고 주문하자, 탁자 위에는 케이크가 푸짐하게 차려졌다. 에니샤는 오렌지 마멀레이드를 넣은 수플레를 제일 먼저 공략했다. 오븐에서 갓 나온 수플레는 몽실몽실하게 부풀어올라 있었다. 폭신한 수플레를 크게 떠서 우물우물 씹으며, 여러 이야기들을 들었다. 그리고 이스미온의 충격 선언에 에니샤는 눈을 동그랗게 떴다.

"아카데미 교장을 그만두신다고요?"

"어쩌다 보니 그리되었습니다. 다시 엘하르크로 돌아갈 생각입니다."

유디트는 왕이 되었지만, 귀족들의 지지기반이 약했다. 귀족 하나하나의 지지가 절실한 상황이었다. 이스미온이 다시 대귀족으로 복귀할 경우, 단순히 그 신분만으로도 유디트에게 큰 힘을 실어줄 수 있는 것이다. 에니샤는 그의 결정을 이해하면서도, 다른 한편으론 묻지 않을 수가 없었다.

"그럼 아카데미는요……?"

이스미온은 빙긋이 웃더니, 곱게 땋은 머리카락을 만지작거리며 말했다.

"하렌에게 교장직을 물려줄 겁니다."

하렌은 이스미온의 보호 아래, 아카데미에서 지내고 있었다. 정치적 중립지인 아카데미는 대현자의 후손이자 예언자인 하렌이 가장 안전하게 숨어 지낼 수 있는 곳이었다. 확실히 하렌이 아카데미 교장직을 맡게 된다면, 그를 향한 위협도 크게 줄어들 터였다. 하지만 소심한 하렌이 잘 해낼 수 있을지가 걱정이었다. 이스미온은 고개를 끄덕이면서 말했다.

"원래 이런 자리는 있어 보이는 자로 머리를 앉히는 법이죠. 실무는 아랫사람에게 맡기면 됩니다."

"⋯⋯."

문득 이스미온의 보좌관이 생각났다. 뒷수습하느라 한숨 쉬던 모습을 떠올리니, 왠지 하렌이 교장직을 무척 잘해낼 것 같았다. 최소한 하렌은 없는 일을 만들어서 사고 치진 않을 테니 말이다. 당근케이크의 한 귀퉁이를 포크로 허물며, 에니샤는 조심스럽게 질문했다.

"그런데 다시 복귀가 가능한 건가요?"

이스미온은 제 손으로 대귀족 작위를 내려놓았다. 이미 반납한 작위를 다시 되찾는 일이 쉬울 리가 없었다. 혹여나 계획대로 되지 않을까 걱정하는 에니샤에게, 이스미온을 대신해 유디트가 시원하게 답했다.

"그럼요."

그녀는 화사하게 웃으며 말했다.

"제가 왕이잖아요."

"아⋯⋯!"

에니샤는 크게 깨달은 표정이 되었다. 그 모습에 유디트가 작게 웃음소리를 냈다. 그녀는 한쪽 손으로 턱을 괴고서 눈웃음 짓더니, 살그머니 물었다.

"연애는 어떻게 되어가고 있어요?"

기습 질문에 에니샤는 크게 당황했다.

"어……. 그러니까……."

이스미온과 유디트의 시선 속에서 어찌할 바를 모르고 혼자 얼굴이 화르륵 달아올랐다. 우물쭈물하던 에니샤는 조심스럽게 왼손을 내밀었다. 끼고 있던 장갑을 벗자, 하얗고 가느다란 손가락 위에서 주홍색 금강석 반지가 반짝였다. 영롱한 반지의 모습에 유디트와 이스미온의 입이 일제히 벌어졌다. 눈을 부릅뜬 두 사람에게 에니샤는 수줍게 고백했다.

"저 결혼해요."

꒰꒱

히페리온 제국의 막내 황녀님이 결혼한다는 소식이 알려졌다. 세 번째 별의 탄생부터 성년까지, 성장 과정을 지켜봤던 대륙 사람들은 마치 자기 딸을 시집보내듯 허한 마음에 시달렸다. 극성맞은 몇몇은 황녀님의 결혼 소식을 듣고 혼절하거나, 몇 날 며칠을 끙끙 앓아눕기도 했다. 심지어 과격분자들은 제도에서 막내 황녀님 결혼 반대 시위를 벌이기도 했다. '자드카르 공왕은 도둑놈', '우리 황녀님 시집 못 보내', '황녀님 나랑 결혼해' 따위가 적힌 손팻말을 들고 연일 시위를 벌였으나, 하루아침에 해산되었다. 에니샤가 직접 시위 현장을 찾았기 때문이다. 황녀님이 눈썹을 축 늘어뜨리고서 '내가 결혼하는 게 많이 싫어요……?' 하고 말하는 순간, 시위대는 손팻말을 반 토막 내고 등 뒤로 숨겼다. 그리고 그날로 뿔뿔이 흩어졌다.

한편 도박꾼들은 좋은 건수를 놓치지 않고 도박판을 벌였다. 여러 항목이 있었는데, 가장 치열한 부분은 '황녀의 신혼집은 어디에 차려질 것인가'였다. 제국, 공국, 제국과 공국 둘 다라는 세 가지 경우를 놓고 눈치싸움을 벌이는 중이었다. 내부 정보를 알고 있는 레시나는 전 재산 걸어놓고 왔다며 자랑스럽게 말했다가, 에니샤에게 조금 꾸중을 들었다.

황녀의 결혼으로 대륙이 한바탕 난리가 난 동안, 히페리온은 자드카르와 지속적으로 협상을 주고받으며 세부 사항을 문서화하는 중이었다. 각국에서 몰려들 하객들을 고려하여, 결혼식은 히페리온에서 치르기로 결정했다. 결혼식 후 간단하게 신혼여행을 다녀온 뒤, 일주일 정도는 자드카르에 머물 예정이었다. 공왕비로서 기본적인 소임을 익히고, 자드카르 귀족들과 인사를 나누는 등의 시간을 가지기 위해서였다. 쌍둥이들이 엎어놓은 덕분에 에니샤한테 까불 귀족들은 아무도 없었지만, 그래도 절차라는 것이 있는 법이었다. 기본적인 법도는 따라줄 생각이었다.

결혼식 준비 때문에 몸이 열 개라도 모자란 나날 속에서, 에니샤는 천공섬 연구에도 박차를 가했다. 석철운석을 가지고 본격적인 연구 실험에 들어갔으나, 마음처럼 잘되진 않았다. 아르커스 특별 구역에서 이리저리 운석을 괴롭히던 에니샤는 한숨을 폭 내쉬었다.

"왜 안 되지……."

운석 주변에는 수십 개의 마법진이 빼곡하게 그려져 있었다. 마법진들이 연쇄 반응을 일으키며 운석이 공중으로 떠오른 후, 자체적으로 마력을 돌려주며 유지가 되어야 했다. 그런데 뭐가 잘못됐는지, 지속적으로 마력을 주입하지 않으면 자꾸 운석이 추락했다. 수식을 다시 하나하나 암산해보던 에니샤는 입술을 삐죽 내밀었다. 아무래도 마법진 자체를 재설계해야 할 것 같았다.

깃펜을 집어던지며 의자에 늘어진 에니샤를 보고 녹시타가 키득키득 웃었다. 에니샤는 고개만 돌려서 그를 바라보며 말했다.

"바깥 공기 좀 쐬고 올까?"

"좋아요……!"

잠시 새 깃펜을 가지러 나간 벨루안을 기다렸다가, 그가 돌아오자마자 셋이서 산책을 나섰다. 특별 구역을 벗어나 느긋하게 황궁을 걸어 다니던 때였다.

"……?"

에니샤는 무척 수상한 행렬을 목격했다. 웬 짐마차들이 줄줄이 본궁으로 향하고 있었다. 커다란 천으로 덮어놔 안에 담긴 것이 무엇인지 보이진 않는데, 마차마다 굉장히 비장한 얼굴을 한 사람들이 하나씩 붙어 있었다. 언뜻 행색을 보았을 때는 상인들인 것 같기도 했다. 개미처럼 줄지어가는 마차 행렬에 에니샤는 벨루안과 녹시타를 돌아보았다.

"저게 뭐인 것 같아?"

"글쎄요?"

"……모르겠습니다."

녹시타는 정말 모르는 눈치였고, 벨루안은 왠지 아는데 말을 안 해주는 느낌이었다. 에니샤는 몰래 짐마차들 뒤를 따라가 보았다. 그리고 마법으로 몸을 숨기고, 적당히 나무 위에 올라가 무슨 일이 벌어지는지 지켜보았다.

짐마차들은 본궁 앞에서 시종들의 지휘 아래, 각 맞춰서 구획별로 딱딱 주차했다. 정렬이 모두 끝나자, 마차들은 일제히 덮고 있던 천을 걷어냈다. 에니샤는 헉 하고 숨을 들이켰다. 짐마차에는 그야말로 온갖 물건들이 담겨 있었다. 첫 번째 줄의 짐마차에는 번쩍이는 보석, 두 번째 줄에는 각종 천, 세 번째 줄에는 온갖 가구……. 줄마다 각기 다른 물건들이 종류별로 휘황찬란하게 번쩍였다. 짐마차를 전부 합치면 소국의 반 년 예산은 너끈히 나오겠다 싶을 정도였다.

이게 대체 뭔 일인가 싶어서 눈만 둥그러니 뜨고 있는데, 본궁에서 로시엘이 걸어 나왔다. 제게 일제히 고개를 조아리는 상인들에게 가볍게 손을 내저은 로시엘은 짐마차 사이를 걸으며 쭉 훑어보았다. 잔뜩 긴장한 얼굴의 시종장에게 로시엘이 냉랭한 목소리로 말했다.

"나쁘지 않군. 전부 다 구매해."

그 순간 에니샤는 깨달았다. 저 끝없는 짐마차들은 전부 에니샤의 결혼식을 위한 물건들이었다. 자신의 결혼식을 위한 물건이라고 에니샤가 확신하는 이유는 평소 로시엘의 성격 때문이었다. 본디 로시엘은 필요 이상으로 소비하는 일을 즐기지 않았다. 정확하게 맞춰 칼로 자르듯이 사들여서, 하나도 남기지 않고 딱 맞춰서 소진하는 것을 제일 좋아했다. 그런 로시엘이 뭔가를 과도하게 사들일 때는 딱 하나뿐이었다.

막둥이를 위해서.

에니샤랑 관련된 일이라면 이성을 놓아버리는 로시엘이었다. 에니샤가 쓸 물건이면 하나가 필요해도 셋을 샀고, 필요 없더라도 일단 무조건 사고 봤다. 물론 그의 행동은 절대 단독으로 이뤄진 것이 아니었다. 로드고와 헬라드는 로시엘의 황실 재정 탕진을 적극적으로 응원했으며, 종종 함께 탕진하곤 했다. 에니샤도 새 물건을 사거나 선물 받는 일을 좋아한다. 하지만 삼부자는 항상 과해서 탈이었다. 에니샤의 예상을 초월해서 아주 끝까지 가버리니, 미치고 팔짝 뛸 노릇이었다. 나무 위에 숨은 에니샤는 짐마차를 살피며 연신 탄식했다.

"저거 황녀궁에 있는데……. 저것도 이미 있는 거잖아! 저쪽에 저건 예쁘긴 한데, 비슷한 거 있고……."

옆의 나무줄기에 팔짱끼고 기대어 앉아 있던 벨루안이 눈썹을 치켜올렸다. 그가 아래에서 벌어지는 난장판을 물끄러미 내려다보더니 말했다.

"하지만 대법사의 결혼식인데, 저치들이 어디 가만히 있겠습니까?"

카힐 자드카르를 못 죽여서 광증이 결혼식으로 튄 게 분명하다고, 벨루안은 나름 논리적으로 분석했다. 녹시타도 옆에서 한마디 거들었다.

"이 정도면 얌전한 거 같은데요……?"

에니샤 옆에서 히페리온한테 시달리다 보니, 이제는 황족들을 훤히 꿰고 있는 둘이었다. 에니샤는 한숨만 푹푹 쉬며 다시 본궁 안으로 사라지는 로시엘을 지켜보았다. 짐마차들은 다시 졸졸졸 줄지어 어딘가로 향했다. 기가 막혀서 그 광경을 보고 있는데, 저쪽에서 반짝거리는 흰색의 무언가가 시야에 걸려들었다. 투명한 색채를 가진 남자는 본궁 쪽으로 단정하게 걸음을 옮기고 있었다. 에니샤는 잠시 자신이 잘못 보았나 싶어서 눈을 비비적비비적했다. 하지만 잘못 본 것이 아니었다. 카힐이었다. 에니샤는 손으로 이마를 짚었다.

"미치겠다……."

대체 왜 자드카르 공왕이 히페리온 황궁을 걸어 다니고 있단 말인가. 좌절하는 에니샤 옆에서 벨루안과 녹시타가 쑥덕거렸다.

"쟤 왜 왔지……?"

"황족들을 만나러 온 듯한데."

"그런가……?"

태연하게 이야기를 주고받는 모양이, 둘은 이 사태가 별로 놀랍지도 않은 듯했다. 항상 그랬지만 정상인은 에니샤밖에 없었다. 부서져가는 마음을 수습하며, 에니샤는 마법진을 그렸다.

"나 카힐 만나고 올게. 너희는 먼저 특별 구역에 돌아가 있어."

그리고 납치하듯 카힐을 살짝 집어다가 한적한 장소로 이동했다. 날벼락처럼 이동마법진에 휘말렸지만, 카힐은 태연했다. 그는 오히려 기뻐서 어쩔 줄 모르며 자꾸 에니샤를 안으려 들었다. 카힐을 밀어내고, 에니샤는 허리에 양손을 얹었다. 그리고 그를 올려다보며 질문했다.

"여기서 뭐 해?"

나 몰래 히페리온 황궁을 찾아와서 무얼 하느냐고, 매섭게 추궁

했다. 그러자 카힐은 움찔하더니, 이내 슬그머니 답했다.

"협상을……."

"협상 다 끝났잖아."

"그것이, 아직 남은 세부 사항을……."

"카힐."

거짓말하지 말라는 눈으로 그를 지긋이 쳐다보았다. 카힐은 결국 솔직히 말했다.

"사실 신랑수업을 받으러 왔습니다."

"신랑수업?"

신부수업은 들어봤어도, 신랑수업은 난생처음 듣는 소리였다. 그게 뭐냐고 눈을 깜빡이자 카힐이 설명해줬다.

"에니샤 님의 신랑으로서 갖춰야 할 기본적인 소양에 대해 교육받을 예정입니다."

"……."

이미 차고 넘치는 신랑감인데, 또 뭘 가르친다고 바쁜 애를 불러대는지 모를 일이었다. 눈앞이 깜깜한 에니샤와 달리, 카힐은 살짝 미소 지었다. 그가 에니샤를 꼭 끌어안고서 다정히 말했다.

"이 핑계로 히페리온 오고 그러는 것이지요. 처가에 점수를 따야 하지 않겠습니까?"

사랑받는 사위가 되고 싶다는 카힐의 엄청난 포부가 안쓰러워서, 에니샤는 속으로 눈물 흘렸다. 점수는 무슨, 지하로 뚫고 들어간 점수를 영으로 돌려놓기만 해도 만세였다. 그나마 카힐이 무던한 성격이어서 다행이었다. 보통 사람 같았으면 황족들이 하도 괴롭혀서 진즉 울면서 도망갔을 터였다.

"그만 가봐야겠습니다."

약속한 시간이 다 되었다는 말에 에니샤는 다시금 한숨을 쉬었다. 그리고 새로운 마법진을 전개하며 말했다.

"나도 따라갈게."

그놈의 신랑수업이 무엇인지, 에니샤는 어디 한번 따라가서 직접 보기로 결심했다. 저 몰래 삼부자가 뭔 짓거리를 벌이고 있는지도 좀 알아볼 겸 말이다. 카힐은 난감해했지만, 에니샤는 이미 마법으로 모습을 감춘 뒤였다. 그는 하는 수 없이 다시 본궁으로 향했다.

카힐의 뒤에 붙어서 본궁에 들어선 에니샤는 기겁했다. 오늘 에니샤는 황족들에게 아르커스 특별 구역에서 하루 종일 천공섬 연구만 할 거라고 말해놓았다. 하여 본궁으로 오지 않을 거라 생각했는지, 아주 대놓고 난리를 부리고 있었다. 온갖 상인들이 북적거리는 가운데, 재단사와 보석 세공사, 공예가 같은 사람들까지 섞여서 본궁이 터져나갈 지경이었다. 하지만 놀라운 점은, 그렇게 많은 사람이 모였는데도 분위기가 차분하다는 점이었다. 각자 번호표를 든 사람들은 얌전히 기다리다가 제 차례가 오면 어느 방으로 사라졌다. 그곳에서 황궁 시종들과 함께 대금이나 주문 관련해서 이야기를 나누는 모양이었다.

그러나 모두가 조용한 것은 아니었다. 몇몇 심약한 이들은 본궁에 들어섰다는 것만으로도 호흡곤란을 일으키며 눈물을 줄줄 흘렸다. 집에 가고 싶다며 우는 사람들을 위해서, 시종들은 웬 이상한 금색 환까지 마련해놓고 먹여댔다.

"……."

에니샤는 저도 모르게 계속 벌리고 있던 입을 천천히 닫았다.

정말이지 과거 생일 연회 때도 이 정도는 아니었던 것 같은데…… 아닌가? 매번 이랬는데 그냥 내가 몰랐던 건가?

에니샤는 심각하게 고민하며 카힐을 뒤따랐다. 궁 안쪽에 접어들자, 인기척이 확 줄어들었다. 카힐은 시종장과 인사를 나누고, 그의 안내를 따라 로드고의 개인 응접실로 향했다. 황족들에게 들키지 않기 위해, 에니샤는 마법을 하나 더 덧씌웠다. 그러고도 조금 불안해서 더 씌우고, 또 씌우고 하면서 겹겹이 둘러쌌다. 그런 다음 카힐과 함께 개인 응접실 앞에 다다랐다. 시종장이 조심스럽게 카힐의 방문을 알렸다.

"들라 하라."

안쪽에서 출입을 허락하는 로드고의 목소리가 흘러나왔다. 시종장이 문을 열어주고, 에니샤와 카힐은 응접실 안으로 들어섰다. 응접실 안에는 로드고와 쌍둥이가 기다리고 있었다. 세 남자의 시선이 일제히 카힐을 향해 쏟아졌다. 카힐은 덤덤하게 예의를 갖췄다.

"히페리온의 태양을 뵙습니다. 히페리온의 별들을 뵙습니다."

인사가 끝난 후, 로드고는 가볍게 의자를 향해 손짓했다.

"앉도록 하지."

자리 배치는 이러했다. 길쭉한 사각 탁자를 두고 로드고와 카힐이 좁은 양끝에 마주 앉았고, 헬라드와 로시엘이 다른 쪽에 마주 앉았다. 탁자의 한 면씩을 차지하고 앉은 네 남자의 분위기는 세상 진지했다. 모르는 사람이 보면 대륙의 운명을 결정짓는 엄청난 대회의라도 하는 줄 알 정도였다. 몹시 비장한 얼굴로, 카힐이 말했다.

"교육 부탁드리겠습니다."

로시엘이 탁자 위에 쌓인 두툼한 서류탑을 카힐 쪽으로 밀어주며 입을 열었다.

"다음 방문까지 전부 암기해 오셨으면 하는 것들입니다."

흘긋 보니 무슨 논문 같은 것들이었다. 에니샤는 카힐 뒤편에서 고개를 빼고 논문 위에 적힌 제목들을 읽어보았다. 그리고 그만 민망함을 참지 못하고 양손에 얼굴을 묻었다. 논문 제목들이 아주 가관이었다.

에니샤의 취향 변천사 ― 탄생부터 성년까지 총망라

에니샤의 의복 ― 가장 잘 어울리는 색상, 의상 도안, 구체적인 세부 사항 등을 포함

에니샤의 음식 ― 어떤 재료를 고르고 어떻게 조리해야 하는가

에니샤의……

죄다 에니샤 어쩌구로 시작하는 제목들은 엄청난 양의 에니샤 분석 논문이었다. 팔불출 짓 심한 것이야 진즉 알고 있었지만, 이 정도일 줄은 정말 꿈에도 몰랐다. 이걸 어디서부터 어떻게 잘못됐다고 말해줘야 할지 감도 오질 않았다. 심지어 저 말도 안 되는 논문들을 보며 카힐은 화를 내기는커녕, 크게 감동한 듯했다.

"이리 귀한 자료를 제게……."

카힐은 소중히 논문탑을 끌어안고서 말했다.

"감사합니다. 앞으로 더욱 정진하겠습니다."

로드고와 쌍둥이는 응당 그래야지 하는 표정을 지어 보였다. 미쳐 돌아가는 상황에 에니샤만 홀로 소리 없는 비명을 지르는 중이었다. 민망함에 몸까지 배배 꼬는 에니샤와 달리, 신랑수업은 심각한 분위기 속에서 계속 이어져갔다. 헬라드가 뻐딱하게 앉아서 질문했다.

"일전에 그놈들은 어찌 되었소?"

그러자 카힐은 서늘한 눈빛을 하고서 답했다.

"하나씩 정리하는 중입니다. 아시다시피 뿌리 깊게 박혀 있던 자들이라……. 시일은 걸리겠지만, 황녀님께서 공국에 오시기 전에는 반드시 정리하겠습니다."

결혼을 반대했던 자드카르 귀족들을 처단하고 있는 모양이었다. 헬라드는 약간 만족스러운 표정을 지으며 말했다.

"그래, 어딜 우리 에니샤가 결혼하겠다는데 반대를……."

쫓아내지 못하면 최소한 극진히 모실 자세를 갖추도록 해놓으라며, 헬라드가 요구했다. 카힐은 납작 엎드릴 수 있도록 만들어놓겠다고 굳게 약속했다. 그 모습에 로드고의 얼굴 위로 흡족함이 스쳤다. 항상 황제 놀릴 건수를 찾는 쌍둥이가 그걸 놓칠 리 없었다.

"와, 폐하, 옛날에는 공왕 전하한테 활도 쏘시더니 이제는……!"

헬라드와 로시엘이 낄낄대면서 로드고를 놀렸다. 에니샤는 놀라서 눈을 크게 떴다.

활……?

당황한 에니샤는 카힐을 쳐다보았다. 에니샤가 숨어 있는 것을 알고 있는 카힐은 더 당황한 표정을 짓고 있었다.

쐈구나.

확신을 얻은 에니샤는 숨을 깊게 들이마셨다. 그리고 천천히 모습을 드러냈다.

"……."

응접실에 정적이 내려앉았다. 하늘에서 뚝 떨어진 것처럼 갑자기 나타난 에니샤의 모습에, 로드고와 쌍둥이는 얼음이 되었다.

"에, 에니샤……?"

로시엘이 조심스럽게 불렀으나, 에니샤는 이미 싸늘했다.

"아빠, 오라버니들……."

에니샤가 느릿하게 질문했다.

"카힐한테 활 쐈어요?"

에니샤의 질문에 로드고와 쌍둥이는 아무 말도 하지 못했다. 사실 입이 있어도 할 말이 없었다. 진실로 카힐에게 활을 쐈으니 말이다. 세상에 어느 아빠가 딸의 교제 상대라는 이유로 활을 쏜단 말인가. 물론 로드고는 평범한 아빠도 아니고, 정상인 또한 아니었다. 하지만 아무리 그래도 그렇지, 이번만큼은 도저히 그냥 넘어갈 수 없었다. 에니샤는 매섭게 눈을 치떴다. 언제나 몽글거리던 막내의 매운 눈빛에 삼부자는 흠칫 놀랐다. 에니샤는 그들에게 단호히 잘라 말했다.

"당분간 아빠랑 오라버니들이랑 말 안 해요."

그리고 팩 돌아서서 나가버렸다. 충격에 굳어버린 로드고를 내버려두고, 쌍둥이는 쏜살같이 쫓아 나왔다.

"에니샤! 에니샤!!"

둘은 세상 무너진 것처럼 절박하게 뛰어와서 매달렸다.

"에니샤, 잘못했어……!"

"오라버니들은 활 안 쐈는데, 왜 말을 안 한다는 거니!"

은근슬쩍 발을 빼려고 하는 헬라드와 로시엘을 노려보며, 에니샤는 말했다.

"오라버니들도 똑같아요. 아빠가 활 쏠 때 옆에서 구경만 했죠? 웃으면서?"

"……."

에니샤의 말에 쌍둥이는 그만 입이 딱 붙어버렸다. 안 봐도 뻔했다. 평소에는 서로 못 잡아먹어서 안달이면서, 이럴 때만 아주 셋이서 의기투합이었다. 분명 옆에서 신나게 낄낄댔으리라. 차마 더 붙잡지 못하는 둘을 버려두고, 에니샤는 빠르게 본궁을 걸어 나갔다.

갑자기 뿅 하고 튀어나온 황녀님에 본궁 시종들이 전부 깜짝 놀랐다. 그들은 황급히 어디론가 뛰어갔다. 본궁을 가득 채운 외부인들을 감추기 위해서였다. 이미 다 봤다는 것을 모르고, 눈 가리고 아웅 하는 식이었다. 에니샤가 막 본궁을 벗어났을 때, 나직한 목소리가 이름을 불렀다.

"에니샤 님."

걸음을 멈추고 뒤돌아보았다.

"저는 괜찮습니다."

에니샤는 입술을 깨물었다가, 그에게 날카롭게 소리쳤다.

"너는 화도 안 나?"

바보 천치냐면서 바락 성질내자, 카힐은 옅게 웃었다. 답답해 죽겠다고 가슴을 콩콩 두드리는 손을 그가 부드럽게 그러쥐었다.

"조금 조용한 곳으로 갈까요."

"……."

에니샤는 주변을 둘러보았다. 본궁에서 고개를 빼꼼 내밀고 구경하던 사람들이 우수수 얼굴을 집어넣었다. 일단 조용한 곳으로 가긴 해야 할 것 같아서, 카힐과 함께 황녀궁으로 향했다.

황녀궁 후원에 들어선 에니샤는 처음 눈에 들어온 장의자에 털썩 앉았다. 카힐은 에니샤의 옆에 따라 앉으며 입을 열었다.

"황족들께선 굉장히 특별한 분이시지 않습니까?"

"……."

"세상 무엇보다 당신을 귀애하시는데, 제가 그분들 곁에서 빼앗아갔으니 당연한 일입니다."

카힐은 여전히 입을 꽁 다물고 있는 에니샤의 얼굴을 살폈다가, 천천히 이어 말했다.

"세상 모든 일에는 대가가 있는 법이라 생각합니다. 폐하께 활 한 번 맞고 에니샤 님과의 교제를 허락받았으니, 저로선 오히려 영광이었습니다."

아마 그때 폐하께서 저를 죽이고 싶으셨는데, 아주 예전에 목숨 한 번 살려준다는 약속을 하셔서 어깨로 끝내주신 것 같다고 카힐은 진지하게 덧붙였다. 활 맞은 사람이 쏜 사람을 열렬하게 변호해 주는 기묘한 광경이었다.

"카힐……."

탄식하듯 이름을 부르자, 카힐은 되레 웃었다.

"히페리온 황실에 항상 감사한 마음을 지니고 있습니다."

에니샤는 물끄러미 그를 바라보았다. 카힐의 눈에는 거짓이 없었다.

"어찌 되었든 제가 가장 보잘것없을 때 도움을 주시지 않았습니까? 그리고 다른 무엇보다……."

둥글게 휘어지는 눈매와 함께, 카힐은 다정히 속삭였다.

"당신의 가족이니까요."

그분들이 없었다면 당신도 없지 않으냐며, 그리 말했다. 에니샤는 조용히 중얼거렸다.

"넌 바보야……."

에니샤라는 딱지만 붙어 있으면, 카힐은 진창에 빠진 쓰레기도 좋다고 끌어안을 것 같았다. 애가 착하긴 한데, 아무튼 여기도 정상은 아니었다. 하지만 그래서 히페리온 등쌀을 여태껏 버텨냈는지도 몰랐다. 에니샤는 조금 얼굴을 찡그렸다가, 입술을 삐죽 내밀며 말했다.

"……그래도 다음부턴 어깨에 활 맞았다고 좋아하지 마."

카힐은 작게 웃으며 그러겠다고 답했다.

◈◈◈

그 이후, 에니샤는 정말로 로드고와 쌍둥이를 만나지 않았다. 화는 풀렸지만, 그래도 쉽게 용서해줄 건은 아니었다. 충분한 시간을 가진 후에 만날 생각이었다. 하지만 그런 에니샤를 가만히 둘 사람들이 아니었다. 사흘도 채 못 버티고, 쌍둥이는 부지런히 황녀궁을 드나들었다. 헬라드와 로시엘은 무시로 일관하는 에니샤 앞에서 온갖 재주를 부려댔다. 그럼에도 에니샤는 입을 열지 않았다. 뭘 해도 절대 통하지 않자, 쌍둥이는 결국 얌전해졌다. 하지만 그렇다고 포기한다면 히페리온이 아니었다. 에니샤가 황녀궁 집무실에서 아르커스와 관련된 서류를 읽고 있을 때였다. 조용히 집무실에 들어선 헬라드와 로시엘은 말없이 책상에 달라붙더니, 슬쩍 깃펜을 가져갔다. 그리고 에니샤가 보고 있던 서류 귀퉁이에다가 *끄적끄적* 적어 넣었다.

사랑하는 에니샤. 이제 오라버니랑 말하면 안 될까?

필담을 청하는 로시엘의 글씨가 우아했다. 헬라드가 깃펜을 뺏어가서 옆에다 서걱서걱 적어 넣었다.

네 목소리 못 들으니까 기운 안 나.

그리고 로시엘이 다시 사각사각 적었다.

폐하께선 식음을 전폐하고 계신단다.
농담 아니고 진짜임.

헬라드가 적은 것을 끝으로, 쌍둥이는 에니샤를 빤히 쳐다보았다.

"……."

에니샤는 그들이 적어놓은 글씨를 쳐다보았다. 로드고가 먹지도 마시지도 않는다니 걱정되었다. 근심을 감추지 못하는 에니샤와 달리, 쌍둥이는 로드고 핑계가 먹혀들었다는 사실에 좋아하고 있었다. 늘 그렇지만, 에니샤는 히페리온을 너무 과소평가하는 경향이 있었다. 전쟁을 치르다 고립되어, 일주일 동안 물 한 모금 못먹어도 혼자 멀쩡했던 로드고였다. 그런 로드고인데 겨우 하루 이틀 식음 전폐했다고 비실거릴 리가 없었다. 본궁 시종들도 폐하께서 식사를 물리신다 하니 그런가 보다, 하고 넘겼을 뿐이었다. 히페리온 황궁 안에서 로드고의 건강을 걱정하는 사람은 아무도 없었다. 누구도 신경 쓰지 않는 가운데, 에니샤 혼자 한 달 굶었다는 이야기를 들은 것처럼 크게 걱정했다.

쌍둥이는 너무 좋아하는 티를 내지 않도록 주의하며 표정 관리에 들어갔다. 로시엘은 짐짓 슬픈 표정을 짓고서, 말도 안 되는 소리를 하나 더 적어 넣었다.


폐하께서 조금 몸이 좋지 않으신 것 같기도…….

맞아. 오늘 폐하 집무도 안 봤어.


몸이 좋지 않은 게 아니라, 막내딸 때문에 속상해서 드러누운 것이었지만 쌍둥이는 선농과 날소를 서슴지 않았다. 헬라드와 로시엘이 적어놓은 글을 몇 번이나 읽어보던 에니샤는 결국 자리에서 일어났다.

"아빠 만나고 올 테니까, 오라버니들도 일하고 계셔요."

"에니샤!"

막둥이의 천금 같은 목소리를 들어서 기뻐하는 쌍둥이를 뒤로하고, 에니샤는 본궁으로 향했다. 과연 로드고는 오늘 모든 일정을 취소한 상태였다. 본궁의 시종장이 에니샤를 침실로 안내했다.

"아무도 들이지 말라 하셨으나, 황녀님께선 항상 예외이시니……."

조심조심 설명하는 시종장을 따라 침실에 도착한 에니샤는 직접 문을 열고 들어가겠다고 말하곤 그를 돌려보냈다. 심기 불편한 로드고에게 가까이 가고 싶지 않은 시종장은 기쁨을 숨기려 애쓰며 도망갔다.

천천히 문을 열자, 살짝 어둑한 침실 풍경이 눈에 들어왔다. 대낮이지만 커튼으로 창문을 가린 탓이었다. 적당한 빛을 품은 방 안의 온기는 포근했다. 에니샤는 넓은 침실을 가로질렀다. 저만치 침대에 누워 있는 로드고가 보였다. 기척에 예민하니 에니샤가 들어오자마자 알아챘을 텐데도, 미동조차 않고 가만히 누워있었다.

진짜 많이 아픈가……?

갑자기 덜컥 겁이 나서, 에니샤는 뛰듯이 침대 곁으로 다가갔다. 그의 옆에 다다랐을 때였다. 팔이 쑥 뻗어 나왔다.

"!!"

순식간에 허리를 휘감은 팔은 에니샤를 침대 위로 끌어 올렸다. 깜짝 놀란 에니샤는 눈을 크게 떴다. 제 몸 위에 에니샤를 얹은 로드고가 낮은 웃음을 흘렸다.

"에니샤."

근사한 목소리와 함께 주홍색 눈이 에니샤를 바라보았다.

"이제 아빠를 용서해줄 모양이지?"

속은 것을 깨달은 에니샤는 분통을 터뜨렸다.

"아프다더니……!"

"많이 아프지."

로드고는 미간을 좁히며 말했다.

"내 딸이 아빠와 말도 안 섞는다 하여서, 심장이 부스러지는 줄 알았건만."

에니샤는 에휴 하고 소리 내어 한숨을 내쉬었다. 그래도 로드고의 심장이 멀쩡하게 잘 뛰는지, 왼쪽 가슴 위에 귀를 대서 확인해 보았다. 보통 사람보다 조금 빠르게 뛰는 심장 소리가 들려왔다. 아주 건강하단 것을 확인한 뒤, 에니샤는 그의 가슴에 턱을 얹고서 꿍얼거렸다.

"왜 그렇게 카힐 괴롭히고 그래요……."

정말 내가 아빠랑 오라버니들 때문에 못 살겠다며 그를 흘겨보았다. 로드고는 잠시 반성하는 듯한 표정을 지어보려 했으나 처참히 실패했다. 생전 그런 걸 지어본 적이 없는 사람이니 가능할 리가 없었다. 대신 로드고는 카힐의 험담을 조금 더 보탰다.

"히페리온한테서 뭘 뺏어간 건 그놈이 처음이니까."

아마 대륙 역사를 통틀어 최초일 거라고 말하는데, 아주 틀린 소리는 아니었다. 에니샤는 가만히 눈을 깜빡였다.

"허나 과거의 일이고, 지금은 네 짝으론 그놈밖에 없다고 생각하고 있는데……."

로드고는 잠시 말을 멈췄다. 장난기 어린 눈과 함께, 입매 끝을 슬쩍 끌어올리며 능글맞게 물었다.

"그러니 심술 한 번 부린 것으로 넘어가주는 건?"

"……."

이게 그렇게 넘어갈 일이냐고, 그를 마구마구 타박하고 싶었다. 하지만 이미 마무리된 일이었다. 괜히 파고들었다가 카힐과 로드고의 관계가 더 나빠질 수도 있겠다는 걱정이 들었다. 카힐이 만류하기도 했고 말이다. 다들 한 성격 하는 히페리온들이었다. 카힐의 존재를 영역 침입이라고 인식했을 텐데, 자연스럽게 받아들였다면 오히려 그게 더 이상했을 터였다. 어쩌면 카힐의 말처럼 이 정도로 끝나서 다행인지도 몰랐다.

"앞으로는 잘해주도록 하마."

생각에 잠겨 있던 에니샤는 로드고를 쳐다보았다. 카힐이 그러했던 것처럼, 로드고는 사나운 눈매를 둥그스름하게 휘면서 속삭였다.

"네 예비 남편이니까."

아직 결혼 안 했다고 굳이 예비란 단어를 붙이는 작은 고집이 우스웠다. 에니샤는 결국 웃어버렸다.

"대신 신랑수업도 그만한다고 약속해요."

"그쯤이야 얼마든지."

로드고는 에니샤의 이마에 소리 나게 입 맞췄다. 그러더니 눈썹을 쓱 치켜올리며, 능구렁이처럼 꼬리말을 달았다.

"하지만 공왕께선 계속 받기를 원하실 텐데?"

"아빠……!"

에니샤는 그와 둘이서 한참 투덕거렸다.

에니샤가 로드고와 쌍둥이하고 말 안 한다며 싸우는 동안, 카힐은 공국에서 손님을 맞이했다. 바로 아르커스의 좌우법사였다. 에니샤가 공국에 머무르기 전, 왕궁 내에 눈이 쌓이지 않도록 하는 마법을 설치하기 위해서였다. 그 외에도 왕궁의 결계마법진을 비롯하여, 여러 마법적인 부분들을 확인하고 점검할 예정이었다. 엄밀히 이야기하자면, 굳이 좌우법사씩이나 나설 필요가 없는 사안이었다. 그럼에도 벨루안과 녹시타가 직접 찾아온 이유는 역시 하나였다. 에니샤와 결혼하기 전, 카힐이 넘어야 할 산은 히페리온뿐만이 아니었다.

"……."

공국으로 찾아온 귀한 손님들을 접대하기 위해 직접 와인의 코르크 마개를 따고 있던 카힐은 잠시 손을 멈칫했다. 아까부터 좌법사고 우법사고 말없이 노려보고 있어서 얼굴이 따가울 지경이었다. 왜 저렇게 노려보는지는 알고 있지만, 그들의 시선이 따가운 것은 어쩔 수 없었다. 그래도 덕분에 왕궁의 마법 결계가 굉장히 견고해졌다. 대법사가 머물 곳이라고 둘이서 이곳저곳 들쑤시며 깐

깐하게 굴어준 덕분이었다. 히페리온에 이어 아르커스까지 난동을 부리니, 자드카르 왕궁 사람들은 그만 눈 밑이 퀭해졌다. 물론 카힐은 혼자 내심 즐거워했다.

"오늘 감사했습니다."

카힐의 정중한 인사에 벨루안이 싸늘히 답했다.

"고마워할 필요는 없습니다. 전부 대법사를 위한 것이니."

이미 그렇게 답할 줄 알고 있었기에, 카힐은 별로 놀라지도 않고 선선히 고개를 끄덕였다. 그리고 태연히 포도주를 따라 각자에게 건넸다. 포도주잔을 받아 든 녹시타가 잠시 냄새를 맡아보더니, 입술을 움찔거렸다. 향이 무척 마음에 든 모양이었으나, 티를 내기에는 자존심이 상하는지 모른 척 홀짝였다. 카힐은 두 마법사가 충분히 술을 즐길 때까지 기다린 후, 본론을 꺼냈다.

"결혼을 허락해주셔서 감사합니다."

"허락이라뇨."

벨루안이 술잔을 내려놓으며 딱 잘라 답했다.

"대법사의 뜻을 존중하는 것뿐입니다."

"하지만……."

카힐은 천천히 잔을 흔들었다. 잔을 따라 느리게 흔들리는 포도주에서 묵직한 향이 올라왔다.

"예전에는 대법사의 결혼이 용인되지 않았다고 들었습니다."

"그랬습니다. 대법사라는 존재 자체가 아르커스를 위해 모든 것을 희생하는 자리였으니."

벨루안의 목소리가 조금 낮아졌다.

"허나 천공섬이 무너지며, 과거의 아르커스는 완전히 사라졌습니다."

아픈 상처를 헤집는 일은 언제나 고통스러웠다. 이미 수십 번을 들쑤셨음에도 전혀 무뎌지지 않는 고통에, 벨루안은 잠시 말을 멈췄다. 그러나 이내 담담히 말을 이어갔다.

"전부 부서져서 흔적조차 남지 않았는데, 굳이 과거의 법규를 끌어안을 이유는 없지 않습니까? 이는 새로운 아르커스의 뜻이기도 합니다."

녹시타가 불쑥 끼어들더니 이어서 답했다.

"이제 우리는 더 이상 대법사를 구속하고 싶지 않아요. 다만 행복해지기만을 바랄 뿐이에요."

아마 그것은 에니샤 주변의 모든 사람이 바라는 일이리라. 고개를 끄덕인 카힐은 조심스럽게 다른 화제를 꺼냈다.

"항간에 잘못된 이야기들이 퍼져 있다 알고 있습니다."

천공섬과 대법사에 대한 소문들은 완전히 제멋대로였다. 대법사가 제국에 승리를 안겨주고 싶은 나머지, 무리하다가 천공섬을 부쉈다는 말까지 나돌 정도였다. 지금에 이르러선 헛소문들이 많이 사라졌다. 히페리온 황실과 카힐이 소문의 원천지인 마법사들을 닥치는 대로 잡아들인 덕분이었다. 하지만 완전히 종식된 것은 아니었다. 만일 허락된다면, 카힐은 자신이 마무리 짓는 일을 돕고 싶었다.

"혹시 진실을 밝히실 생각은 없으십니까."

벨루안과 녹시타는 동시에 쓰게 웃었다.

"대법사께서 원치 않으실 겁니다."

녹시타가 잔에 남아 있던 술을 단번에 들이켜고선 입을 열었다.

"사실대로 말해도 소용없거든요. 오해받는 일은 익숙해요."

카힐은 저도 모르게 물끄러미 그를 쳐다보았다. 축 처진 눈매에 담기는 염세적인 감정이 낯설었다.

"다들 자신이 믿고 싶은 대로 믿을 뿐……. 어차피 사람들에게 중요한 건 진실이 아니니까요."

녹시타는 제 손으로 직접 포도주병을 잡아다가 술잔에 따르기 시작했다. 그러더니 붉어진 얼굴로 소리쳤다.

"하지만 대법사는 바보예요! 만날 자기가 나쁜 사람 역할 하고……!"

무슨 기억을 떠올렸는지, 녹시타는 갑자기 흥분해서 울먹거리기까지 했다. 그 와중에도 손에서 병을 놓지 않는 모습에 벨루안은 질린 표정을 지었다. 그러곤 그냥 저 혼자 말을 이어나갔다.

"그분 주변에서 워낙 여러 사건사고가 많이 일어났지만……. 가장 결정적인 사건이 하나 있었습니다."

벨루안이 희미하게 눈매를 찌푸렸다. 그는 잠시 입술을 비틀어 냉소 지었다가, 오래된 이야기를 시작했다.

<br>

⁑✦⁑

<br>

아르커스의 대법사가 된 후, 그녀는 항상 바빴다. 모두가 그녀를 원했기 때문이다. 아르커스의 마법사들도, 대륙의 사람들도. 전부

그녀의 도움을 바랐다. 처음에는 멋모르고 바라는 대로 있는 힘껏 도와주었다. 그러나 얼마 지나지 않아, 벨루안은 이렇게 해선 안 된다는 사실을 깨달았다. 놀라운 마력과 마법을 가진 대법사이지만, 그녀 또한 결국 사람이었다. 육체적 한계에 부딪혀 허덕이면서도 어떻게든 무리해서 도와주려는 대법사를 바라보며, 벨루안은 아르커스로 쏟아지는 요청을 하나씩 거절하기 시작했다. 하지만 오늘 일은 어쩔 수 없었다. 아주 예전에 해둔 약속이기도 하고, 앞서 파견했던 조사관이 이상 현상을 감지하여 보고했기 때문이었다.

아르커스의 삼두법사는 남부 끝자락에 위치한 섬나라로 향했다. 섬 중심부에 위치한 화산의 움직임이 이상하니, 조사해달라는 요청이었다. 왕실마법사들과 함께 화산을 찾아 분화구까지 샅샅이 살폈다. 수백 년 묵은 화산의 분화구에서는 후끈한 열기가 흘러나오고 있었다. 지면 아래에서 들끓는 마력의 열기였다. 곳곳을 살피고 확인하던 대법사의 표정이 어두워졌다.

― 이건 손쓸 방법이 없어요.

― 그게 무슨 소리입니까?

잔뜩 긴장한 왕실마법사에게 대법사는 간단히 답했다.

― 화산이 폭발한다는 소리예요. 시간이 얼마 없는데…….

그리고 잠시 머릿속으로 무언가를 암산하더니, 한 단어를 내뱉었다.

― 반나절.

대법사의 말에 벨루안과 녹시타는 귀를 의심했다. 왕실마법사들은 하얗게 질린 얼굴로 말했다.

— 이럴 수가……!

— 대법사님. 폭발을 막을 방법은 없습니까?

대법사는 고개를 가로저었다. 자연의 흐름에 따라 분출되어야 할 마력이었다. 수백 년 동안 쌓여온 마력의 폭발을 막는다는 것은 운명의 흐름을 건드리는 일과 같기에, 결코 함부로 개입해선 안 됐다.

— 화산을 막을 순 없지만, 대신 도망칠 시간은 있죠.

대법사는 곧장 이동마법진을 그렸다. 왕실마법사들과 함께 왕을 찾아가, 화산이 폭발할 것이라는 경고를 전했다.

— 화산이 곧 폭발할 겁니다. 섬을 버리고 대피해야 해요.

그러나 왕은 어리석은 자였고, 대법사의 말을 비웃었다.

— 저 화산은 우리 나라가 건국되기 전부터 말라붙어 있던 것이오. 헛소리도 적당히 해야지…….

대법사는 왕실마법사들과 함께 마법을 모르는 왕이 제대로 알아들을 수 있도록 차근차근 다시 설명했다. 하지만 왕은 비아냥거릴 뿐이었다.

— 그리 잘난 대법사라면, 당신이 막아주면 되는 것 아니오?

—…….

대법사는 왕을 설득하는 데 실패했고, 왕궁에서 쫓겨났다. 왕실마법사들은 정말 죄송하다고 고개를 조아리면서도, 살아남겠다고 저들끼리 도망가 버렸다. 그러나 대법사는 포기하지 않았다. 그녀는 마법으로 목소리를 증폭해선, 왕국 곳곳을 돌아다니며 사람들에게 외쳤다. 화산이 폭발할 것이라고, 지금 당장 도망쳐야 한다고. 아르커스의 대법사라 신분까지 밝혔으나 소용이 없었다. 아무도 도망가지 않았다. 다들 대법사를 비웃기만 할 뿐이었다. 비아냥거리고 욕하며, 돌을 던지고 침을 뱉는 사람들 속에서 대법사는 힘겹게 외쳤다.

─ 내 말 좀 믿어주세요!

몇 번이고 소리치고, 또 소리쳤다.

─ 제발……! 내 말을 믿어야……!

영민한 몇몇은 이상함을 감지하고 달아났으나, 대다수는 오히려 대법사를 정신병자 취급할 뿐이었다. 정신없이 뛰어다니던 대법사의 발이 느려지고, 이내 걸음이 멎었다.

─ 어떻게 해야 할지 모르겠어…….

그녀는 고개를 아래로 떨어트렸다. 좀 더 사람들을 제대로 설득하지 못하는 스스로를 자책하는 것이었다. 홀로 우두커니 서 있는 뒷모습은 쓸쓸하고 외로웠다.

갑자기 속에서 화가 끓어올랐다.

─지금 뭐 하는 겁니까!

벨루안은 소리 지르며 그녀의 손목을 잡아끌었다.

─ 살려줘봤자 고마움을 모를 자들입니다. 내버려두고 우리만이라도 어서 대피를…….

하지만 대법사는 단호히 손을 떨쳐냈다.

─ 그럴 순 없어.

그녀가 말간 눈으로 벨루안을 바라보았다. 선명하게 자신을 담아내는 눈동자에 벨루안은 말문이 막혔다. 대법사는 단단한 목소리로 말했다.

— 말로 해서 못 알아들으면, 강제로라도 내쫓아야지.

— 대법사……!

벨루안이 말릴 새도 없이, 그녀는 날개를 펼쳤다. 빛으로 만들어진 날개는 언제나와 같이 아름답고 찬란했다. 눈부신 금빛 광휘와 함께 높이 날아오른 대법사는 마력을 끌어올렸다. 그리고 펼쳐지는 광경에 벨루안과 녹시타는 눈을 부릅떴다.

— ……!!

푸른 하늘에 그려지는 것은 초월적인 규모의 이동마법진이었다. 아르커스의 원로회가 전부 모여야 가능할까 싶은 마법이건만, 대법사는 홀로 전개한 것이다.

이런 일이 가능하다니.

상상조차 할 수 없는 광경에 넋을 빼놓을 때였다. 그녀가 깊게 숨을 들이마시며 마법을 시전했다. 섬 전체를 뒤덮는 벼락같은 금빛과 함께, 모든 살아 있는 것이 섬 바깥으로 이동되었다. 죄다 대륙으로 옮겨버렸지만, 정작 본인은 이동하지 못했다. 무리하게 마법을 쓰느라 힘이 떨어진 탓이었다. 땅에 천천히 내려앉은 그녀가 왈칵 피를 토해냈다. 벨루안과 녹시타는 황급히 달려가 대법사를 부축했다. 그녀는 하얗게 질린 얼굴을 하고서 웃었다.

— 뒷일은 너희들한테 부탁해도 되겠지……?

벨루안은 입술을 피가 나도록 짓씹으며, 그녀를 위한 이동마법진을 그렸다. 기절한 대법사는 일주일을 꼬박 앓아누운 후에야 겨우 기력을 되찾았다. 그러나 정신을 차리자마자, 그녀는 쏟아지는 비난에 시달려야 했다. 화산 폭발로 하루아침에 나라를 잃은 왕국민들의 비난이었다.

　대법사가 모두를 대피시킨 뒤, 살아남은 자들은 다시 섬으로 돌아갔다. 그들의 눈앞에 펼쳐진 것은 화산재로 뒤덮인 죽음의 땅이었다. 자연재해로 집과 나라를 잃은 그들은 분노했다. 끔찍한 절망 앞에서, 누군가가 자신들의 절망을 받아주고 책임져주길 원했다. 눈먼 감정의 화살이 향한 곳은 대법사였다. 왕의 주도 하에, 왕국민들은 대법사가 자국을 멸망시켰다고 주장했다. 그러니 아르커스가 이를 보상해야 한다며 터무니없는 보상금을 요구했다. 은혜를 모르는 짓거리였다.

　벨루안은 길길이 날뛰며 분노했다. 대륙 전체에 해명을 담은 공문을 뿌리고, 적극적으로 대법사의 결백을 알렸다. 그녀는 왕국을 멸망시킨 것이 아니라, 오히려 구해낸 것이라고. 그와 동시에 같이 화산 분화구를 조사했던 왕실마법사들을 추적했다. 아르커스의 주장에 힘을 실어달라고 청하기 위해서였다. 고생 끝에 찾아냈으나, 왕실마법사들은 벨루안의 요청을 거절했다. 그들은 난감한 표정을 지으며 시선을 회피했다.

　— 이런 정치적인 문제에 끼어들기는 조금…….

　미쳐버릴 노릇이었다. 필요할 때는 그리 도와달라 애원하더니, 원하는 것을 얻은 뒤에는 약삭빠르게 모른 척하는 모습에 환멸마저 느껴졌다. 사방팔방으로 애써보았으나, 소문을 막을 길은 없었다. 대법사는 자신의 기분을 거슬리게 한 죄로 나라 하나를 멸망시킨 사람이 되어 있었다. 가슴이 답답하다 못해 터질 것 같았다. 속상한 마음을 감추지 못하고, 벨루안과 녹시타는 결국 대법사 앞에서 눈물을 보였다.

— 아무도 믿어주지 않습니다. 저희가 당신을 지키지 못했습니다.

— 미안해요……. 미안해요, 대법사…….

하지만 대법사는 흐느끼는 자신들을 도리어 달래주었다.

— 내가 부족했던 탓이야. 너희들은 아무것도 잘못하지 않았어.

작은 몸으로 힘껏 안아주며 다독였다. 그래도 울음을 멈추지 않자, 직접 눈물까지 닦아주었다.

— 울지 말고! 오히려 잘됐지. 이제부터는 조금 덜 도와줘도 될 테니까.

그녀는 활짝 웃으며 말했다.

— 앞으론 아르커스에만 집중하자.

하지만 웃는 얼굴 뒤편으로 언뜻 비치는 쓸쓸함까지 감추진 못했다. 그녀의 슬픔을 뻔히 알면서도 할 수 있는 일이 없었다. 자괴감과 비참함이 온몸에 얼룩졌으나, 벨루안은 간신히 그녀를 따라 웃었다.

— ……예, 대법사.

겨우 대답한 뒤, 녹시타와 함께 물러났다. 둘은 말없이 한참을 걸었다. 하여 대법사가 보지 못하고, 듣지 못하는 곳에 다다랐을 때. 아르커스의 좌우법사는 서로를 쳐다보았다. 그리고 누가 먼저랄 것도 없이, 동시에 이동마법진을 그려나갔다.

— 왕은 내가 죽이도록 하지.

— 마법사들은 내가 할게…….

들불처럼 번진 소문은 막을 수 없었다. 하지만 몇몇에게 대가를 치르게 하는 것 정도는, 벨루안과 녹시타가 할 수 있는 일이었다.

⚜

"······."

뜻하지 않게 옛이야기를 들은 카힐은 잠시 침묵했다. 그리고 가장 먼저 이것부터 질문했다.

"황족들께선 알고 계십니까?"

"알고 있습니다."

과거 아르커스와 히페리온은 전면전을 벌인 적이 있었다. 아르커스는 패배했고, 좌우법사는 지하감옥에 갇혔다. 아르커스에겐 치욕적인 순간이었으나, 히페리온과 극적으로 화합하게 된 계기이기도 했다.

"그 당시 황제는 저희를 찾아와, 대법사의 과거 이야기를 전부 듣고 갔습니다."

한참 옆에서 입 다물고 있던 녹시타가 꿍얼꿍얼 끼어들었다.

"그것 때문에 우릴 싫어하는 거예요······."

울음이 또 북받치는 탓에, 그는 말을 더듬거렸다.

"우리는 미숙했고, 대법사를 제대로 지키지 못했고, 그래서, 그래서······. 항상 대법사가 상처 입었으니까······."

녹시타는 결국 눈물 흘리기 시작했다. 벨루안은 혀를 차면서도 손수건을 건넸고, 녹시타는 얼굴이 벌게지도록 눈물을 벅벅 닦았다. 그들이 무슨 말을 하고 싶은지 알 것 같았다. 황족들은 대법사

가 아닌 황녀로 살기를 원했다. 단지 빼앗기고 싶지 않다는 이유만
은 아니었다. 과거에도, 그리고 지금도……. 대법사의 길은 항상 가
시밭이었다. 하지만 그녀는 제 몸이 가시투성이가 되어도 아무렇
지 않은 척 웃었다. 항상 남들을 우선으로 두고 스스로를 희생했다.
히페리온 입장에서는 귀하디귀한 막내가 어디 가서 다치고 올까
걱정할 수밖에 없다. 심지어 저런 이야기까지 싹 다 들었다니, 로
드고의 성정에 눈 뒤집히지 않은 것이 용했다. 아마 조금이라도 덜
사랑했다면, 어떻게 해서든 대법사 일을 하지 못하도록 막아버렸
으리라.

"저희들은 히페리온과 당신에게 감사한 마음을 가지고 있습니
다. 혼자서 다 끌어안으려던 분을 변화시켰으니까요."

그건 신하인 자신들이 할 수 없는 일이라며, 벨루안은 솔직하게
인정했다. 하지만 많이 감사하진 않다며, 착각하지 말라는 소리를
덧붙이는 것도 잊지 않았다. 그새 눈이 띵띵 부은 녹시타가 축축해
진 손수건을 움켜쥔 채로 입을 열었다.

"대법사의 결혼은 싫지만……. 그래도 꼭 결혼해야 한다면……."

그는 물기 젖은 눈을 하고서 진심 어린 목소리로 말했다.

"그게 당신이라서 다행이라고 생각해요."

그 이후로는 무거운 대화를 나누지 않았다. 음울한 화제는 떨쳐
내고, 자드카르 왕궁에 대한 가벼운 잡담을 나누거나 대법사 찬양
으로 시간을 보냈다.

밤이 깊어지고, 벨루안과 녹시타는 제국으로 돌아갔다. 손님들
이 떠난 자리에 홀로 한참 앉아 있던 카힐은 조용히 눈바람을 불러

냈다. 찾아간 곳은 히페리온 황녀궁의 침실이었다.

"카힐?"

침대 등받이에 기대 앉아 있던 에니샤는 놀라서 눈을 둥글게 떴다가, 금방 활짝 웃었다. 카힐은 빠르게 그녀를 향해 걸어가 대뜸 끌어안았다. 밀려드는 한기에 잠옷 차림이던 에니샤는 조금 바르르 떨었다. 카힐은 금세 몸을 떨어트리면서도, 곧장 뒤이어 얼굴 위에 쪽쪽 키스했다.

"보고 싶어서 찾아왔습니다."

"뭐야, 그게."

타박하면서도 기분 좋게 웃는 모습이 어여뻤다. 미소 짓는 에니샤를 따라서, 카힐도 느리게 웃었다. 저 미소를 보기 위해 인생을 걸었다. 그러나 처음 맹세를 바쳤을 때부터 지금까지, 카힐은 단 한 순간도 후회한 적 없었다. 되레 더 내어주지 못해서 안달인 마음이었다. 그녀를 품에 안고서 생각했다. 이제 남편이 되고, 공식적인 관계를 인정받는다면……. 에니샤 님에게 씌워진 더럽고 추한 것, 불명예스럽고 모욕적인 것들은 전부 자신이 가져가리라고. 하여 당신에겐 언제나 가장 좋고 아름다운 것만을 가져다 줄 수 있기를. 카힐은 에니샤를 끌어안은 채, 간절히 기도했다.

⚜

봄이 되고, 에니샤는 열아홉 살 생일을 맞이했다.

생일 며칠 뒤에 결혼식이 잡혀 있는지라, 각국에서 생일과 결혼을 겸하여 축하하는 선물이 날아왔다. 평소에도 선물을 많이 받는 에니샤였다. 하지만 이번에는 그 어느 때보다 더 많은 선물을 받는 느낌이었다. 나날이 쌓여가는 선물의 탑을 뒤로하고, 에니샤는 결혼식 준비의 막바지에 이르렀다.

얼마 전에는 결혼식 때 입을 드레스의 가봉도 끝마쳤다. 황실은 제국이 아니라, 대륙 전체를 탈탈 털어서 최고의 재단사와 재봉사들을 소집했다. 그런 다음 옷값이라고는 상상할 수 없는 거금을 지불하며 혼례복을 만들도록 명했다. 각국에서 모여든 장인들이 영혼을 갈아 만들어낸 드레스는 비현실적으로 아름다웠다. 비밀 유지를 위해 가봉 날에는 레시나만 살짝 와서 봤는데, 그녀는 드레스를 입은 에니샤의 모습에 입을 다물지 못했다.

"뭐라고 말해야 할지 모르겠는데, 진짜 미쳤습니다."

이건 위험을 넘어섰다며, 결혼식장에서 기절하는 사람 나올 수도 있다고 방방 뛰었다. 에니샤는 쑥스럽게 웃으며 그녀에게 과언이라 말했다.

결혼식을 앞두고 한 가지 사건이 더 있었다. 바로 히페리온 황족들이 모여 가족 초상화를 그린 것이었다.

"성년이 되고 나서 그린 적은 없으니까."

가족 초상화가 있으면 좋겠다는 로시엘의 말에 다들 흔쾌히 동의했다. 에니샤가 어릴 때부터 황녀의 초상화를 그려왔던 화가를 불러다 가족 초상화를 그렸다. 각기 제복을 입고 모인 가운데, 에니샤 홀로 드레스였다. 나풀나풀한 하늘색 봄 드레스를 차려입고 하얀 꽃으로 장식한 에니샤는 시꺼먼 제복들 사이에서 톡 튀었다. 혼자만 너무 도드라지는 것이 아닐까 걱정했지만, 막상 모여 보니 로드고와 쌍둥이하고 조화롭게 어우러졌다.

에니샤는 마음 편히 의자에 앉았다. 그러고 나서 에니샤의 옆자리를 차지하려 잠시 쟁탈전이 벌어졌으나, 로드고는 지위로 쌍둥이를 깔아뭉갰다. 결국 헬라드와 로시엘은 의자 뒤편에 서게 되었다. 시작은 시끌벅적했지만, 그 뒤론 초상화를 그리는 내내 조용했다. 고요한 정적 속에서 화가가 밑그림을 그리고 채색하는 소리만 이어졌다. 화가의 눈이 다른 곳에 향해 있는 동안, 에니샤는 잠시 로드고와 헬라드, 로시엘을 바라보았다. 제복을 입은 세 남자의 모습은 오랜만이었다. 성격은 뭐 같아도 외모만큼은 참 훌륭한 그들을 바라보다가 살풋 미소 지었다. 로드고와 쌍둥이는 찡긋거리며 눈인사를 보냈다. 에니샤도 그들을 따라 한쪽 눈을 찡긋해 보였다. 서로 찡긋찡긋하며 장난치던 황족들은 다 같이 소리 없이 웃었다.

며칠 뒤, 초상화가 완성되었다. 히페리온 황족이 생생하게 그려진 초상화는 모두의 마음에 쏙 들었다. 다만 에니샤는 한 가지 재밌는 점을 발견했는데, 자신의 손에 반지가 없다는 것이었다. 그날 에니샤는 반지를 끼고 있었지만, 완성된 그림에는 반지가 없었다. 아마 로드고든 쌍둥이든, 화가에게 몰래 반지를 빼고 그리라고 명령한 것이 틀림없었다. 끝까지 심술부리는 황족들이 귀여워서, 에니샤는 초상화를 보며 혼자서 한참 동안 웃었다. 가족 초상화는 본궁 로드고의 집무실에 걸리게 되었다. 그리고 또다시 시간은 부지런히 흘러갔고, 드디어 결혼식 당일이 되었다.

기분이 이상했다. 들뜨고 설레거나, 긴장되고 초조하지는 않았다. 오히려 이상할 만큼 차분하게 가라앉는 느낌이었다. 정신없이 바빠서 무언가 생각할 겨를이 없는 탓일지도 몰랐다.

해가 뜨지 않은 꼭두새벽부터 일어나 결혼식 준비를 시작했다. 장미를 가득 띄운 물에 목욕하고, 향유로 머리부터 발끝까지 다듬었다. 화장을 끝낸 후에는 드레스를 입었다. 흰 장갑을 낀 시녀들은 수십 갈래의 리본을 엇갈려 묶고 단추를 잠갔으며, 주름 하나 없도록 옷자락을 다듬었다.

작은 진주와 수정을 레이스와 함께 촘촘하게 꿰어낸 드레스가 길게 펼쳐졌다. 움직일 때마다 눈부시게 반짝이는 드레스는 흠 없이 새하얀 광택을 위해 수십의 사람이 10분마다 손을 씻어가며 만든 것이었다. 너무 화려한 나머지 입는 사람이 드레스에 묻힐까 걱정되는 수준이었다. 하지만 에니샤에게는 그 무엇보다 완벽하게 어우러졌다.

치장을 끝낸 에니샤는 한참 동안 거울 속의 자신을 바라보았다. 오늘이 지나고 나면 이제 자드카르의 공왕비가 된다.

"에니샤……."

들러리를 맡은 유디트와 레시나는 에니샤의 모습을 보자마자 눈이 빨개졌다. 그녀들은 울음을 간신히 참는 표정이었다. 두 사람 다 거의 통곡 직전이라서, 에니샤는 작게 웃었다. 마지막으로 매미의 날개처럼 투명한 베일을 덮어쓰고, 새하얀 꽃다발을 손에 들었다.

그리고 시녀들의 도움을 받아 조심조심 대연회장으로 향했다.

결혼식장으로 꾸민 히페리온 대연회장은 새로운 건물이라 해도 믿을 만큼 싹 달라져 있었다. 높은 천장 곳곳에 늘어진 샹들리에와 금촛대, 대리석 조각과 그림, 히페리온 제국기와 자드카르 공국기, 아르커스 왕국기를 섞어서 걸어놓은 휘장 등등. 가장 진귀한 것만을 사용하여 꾸민 대연회장은 바닥의 타일 하나조차 헉 소리가 날 만큼 값비쌌다.

대륙 곳곳에서 모인 하객들은 신부의 등장에 일제히 뒤돌아보았고, 다들 눈이 휘둥그레졌다. 베일에 가려 그들이 제대로 보이진 않았지만, 모두 놀라고 있다는 사실만은 알 수 있었다. 옅은 웅성거림 사이에서 간간이 카힐 이야기도 들려왔다. 에니샤보다 먼저 입장했을 카힐이었다. 그의 입장도 크게 화제가 되었던 모양이다. 카힐이 어떤 모습을 하고 있을지 궁금하다고 생각하며, 에니샤는 살짝 하객들을 곁눈질했다. 세기의 결혼식을 축하하기 위해 모두가 모여 있었다. 구름 같은 군중에 조금 어지러워져서, 에니샤는 눈을 깜빡였다. 가장 마지막으로 자신이 걸어야 할 새하얀 길을 바라보았다. 색색의 수국과 장미, 리시안셔스를 섞어 양옆을 장식한 길의 초입에는 로드고가 서 있었다. 에니샤는 그의 앞에 다가섰고, 로드고가 손을 내밀었다. 가볍게 손을 얹는 순간, 로드고는 꽉 움켜쥐었다. 힘주어 잡는 손길이 단단했다. 에니샤는 처음으로 베일을 벗고 싶다고 생각했다. 그가 무슨 표정을 짓고 있는지 궁금했다.

손을 맞잡으며 자세를 바르게 가다듬자, 황실악사들이 오직 에니샤의 결혼식을 위해 새롭게 작곡한 교향곡을 연주했다. 은은하게 깔리는 음악과 함께, 에니샤는 로드고와 나란히 발을 내딛었다.

세상에서 가장 아름다운 신부였다. 제 딸이라서 하는 과장이 아니라, 진실로 그러했다. 로드고는 사뿐사뿐 걸어오는 아이를 물끄러미 바라보았다. 작고 꼬물거렸던 때가 엊그제만 같은데, 어느새 훌쩍 자라나 결혼식까지 치르게 되었다. 아이의 성장은 로드고가 따라잡을 수 없을 만큼 빨랐다. 가슴 한구석이 지끈거렸다. 아직 아이를 보내줄 준비가 되지 않은 탓이었다. 하지만 평생 준비될 일이 없다는 것을 알기에, 로드고는 가슴의 둔통을 말없이 덮었다. 그리고 아이에게 손을 내밀었다. 손바닥 위에 얹히는 작은 손은 한 손에 쏙 들어왔다. 저도 모르게 단단히 움켜쥐었다. 혹시라도 놓칠세라 꼭꼭 손을 맞잡은 채, 함께 새하얀 길 위를 걸었다. 화동들이 뿌리는 생화 꽃잎이 발밑에 깔렸다. 옅은 분홍빛을 띤 꽃잎이 하얀 길 위를 수놓았다.

에니샤는 드레스 자락을 끌며 한 걸음, 한 걸음 차분하게 걸어 나갔다. 걸음마다 복잡한 상념들이 꽃처럼 피어올랐다가 스러졌다. 온갖 생각과 충동, 유혹이 머릿속을 스쳐 지나갔다. 그러나 로드고는 모든 것을 담담히 흘려보냈다. 이기적인 욕심은 이곳에서 필요하지 않았다. 분명 에니샤에게 맞춰 느리게 걸었음에도, 길은 한없이 짧게만 느껴졌다. 마침내 발을 멈췄을 때, 로드고는 카힐을 바라보았다. 머리를 말끔하게 넘기고 짙은 남청색 혼례복을 입은 그는 평소보다 훨씬 훤칠한 모습이었다. 하객들이 웅성거렸을 정도로 훌륭한 모습이었으나, 로드고의 마음에는 차지 않았다. 그러나 맑고 투명하면서도 어딘가 음습한 청회색 눈동자만큼은 흡족했다. 아이를 위해 전부를 바칠 수 있는 눈이었다. 공왕이든, 정령의 계약자든 하등 중요치 않았다. 다만 저 맹목적인 눈이 히페리온과 닮아 있어서. 그래서 로드고는 그에게 아이의 손을 건넬 수 있었다.

"……."

느릿하게 손을 놓았다. 스치듯 빠져나가는 온기가 쓸쓸했다. 카힐은 아이의 손을 받아 쥐고서, 짧은 목례를 건넸다. 로드고는 잠시 눈을 아래로 내리깔았다. 알 수 없는 감정이 북받치는 탓이었다.

천천히 물러나 결혼식을 지켜보았다. 이어지는 주례사가 귀를 스치듯 흘러 지나갔다. 함께 영원한 사랑을 맹세하고, 반지를 나눠 끼는 모습을 쌍둥이와 함께 지켜보았다. 헬라드와 로시엘은 말로 표현할 수 없는 표정을 짓고 있었다. 화가 나면서도 기쁘고, 슬프면서도 행복한 얼굴이었다. 아마 저 또한 비슷한 얼굴이지 않을까, 하고 로드고는 생각했다.

길고도 짧은 결혼식은 서서히 끝을 향해 다다랐다. 약속의 키스만이 남았을 때였다. 로드고는 느릿하게 자리에서 일어났다.

"……!"

예정되지 않은 식순에 하객들은 놀란 눈으로 쳐다보았다. 황제가 난입해서 신랑을 때려눕히는 것이 아닌가 걱정하는 기색이었다. 마음 같아선 그러고 싶지만, 로드고는 그 대신 단상으로 걸어갔다. 다른 이들에겐 비밀로 했으나, 헬라드와 로시엘 그리고 주례에게는 미리 귀띔해둔 일이었다. 주례는 조용히 옆으로 빠지고, 로드고가 단상을 차지했다. 베일을 걷은 아이는 동그래진 눈을 하고 있었다. 귀여운 모습에 자연스럽게 미소가 지어졌다. 로드고는 입을 열었다.

"히페리온의 황제이자 한 아이의 아버지로서, 마지막으로 딸을 위한 축사를 할까 하오."

하객들은 크게 안심한 표정을 짓는 한편, 호기심 가득한 눈으로 바라보았다. 잠시 호흡을 고르고 입을 열었다. 준비한 말은 그리 길지 않았다. 화려하게 연설하는 것을 즐기는 성격도 아니었다. 다만 아이에게 꼭 해주고 싶은 말이 있어서, 그것만큼은 가장 의미 있는 자리에서 말해주고 싶었다. 로드고는 아이와 눈을 마주했다. 수많은 이들이 모였으나, 지금부터 할 이야기는 오직 아이를 위한 것이었다.

"히페리온의 무한한 광영을 상징하는 세 번째 별. 그것이 너를 가리키던 가장 첫 번째 말이었다."

아이의 눈동자에 벌써부터 물기가 젖어들었다. 촉촉해진 눈으로 저를 올려다보는 아이에게, 로드고는 가만히 웃으며 말했다.

"하지만 네가 세 번째 별이라는 사실은 결코 중요하지 않았다. 굳이 줄 세우자면 가장 마지막에 놓일 것이었지."

아이는 점점 자라나며, 자신을 꾸미는 새로운 말들을 만들어냈다. 모두 스스로의 힘으로 얻어낸 것이었다. 처음에는 아이가 황녀로만 남기를 원했다. 예쁜 것만 보고, 고운 것만 듣고, 보드라운 것만 만지길 바랐다. 하지만 히페리온이라는 그릇으로는 아이를 담

을 수 없었다. 아이는 쑥쑥 뻗어나가는 나무와 같아서, 넓게 가지를
펼치고 오히려 히페리온을 감싸 안았다. 그리고 어느 순간 로드고
는 깨달았다. 자신이 아이의 그늘 밑에서 보호받고 있었음을.

"너는 사랑스러운 딸이고, 훌륭한 황녀이자…….."

가장 솔직한 마음을 담아, 로드고는 아이에게 말했다.

"내가 존경하는 대법사이니."

그 말을 듣는 순간, 아이가 입술을 깨물었다. 눈물을 참기 위해
서였다. 그러나 차마 누르지 못한 눈물이 뺨을 타고 흘러내렸다. 다
른 이들에겐 어른이지만, 언제나 제 앞에선 어리광 부리던 아이였
다. 아마 보는 사람들만 없었다면 제게 달려와 폭 안겨선 엉엉 울
었을 터였다.

"그리고 이제는 공왕비라는 새로운 호칭을 달게 되었구나."

울음을 참느라 어깨를 잘게 떠는 아이를 바라보며, 로드고는 다
정하게 이름을 불렀다.

"에니샤 로드고 히페리온."

자신이 지어준 이름을 부르는 것은 아이에게도, 저에게도 무척
간질거리는 기분을 안겨다 주었다. 아이가 눈물을 닦아내고 조금
웃었다. 언제나 생각하지만, 아이의 웃는 얼굴은 로드고가 부드럽
게 녹아내리도록 만들었다. 로드고는 달짝하게 녹아내린 눈빛을
하고서 아이를 위해 축원했다.

"새롭게 나아갈 너의 앞길에 축복을."

그리고 마지막 말과 함께 축사를 끝맺었다.

"세상에서 가장 행복한 부부가 되기를."

하객들이 환호와 박수를 보냈다. 하얀 햇살이 쏟아졌다. 아이는 눈부시게 반짝였고, 빛처럼 웃었다. 그 모습이 참으로 아름다웠다. 평생 보아왔던 그 무엇보다도……. 로드고는 에니샤를 따라 천천히 미소 지었다.

막내 황녀님의 결혼식으로 대륙은 난리가 났다. 결혼식 전부터 결혼 반대 시위도 하고 갖은 난동을 부리더니, 결혼식 당일에는 곳곳에서 울고불고 하다가 혼절하는 사람들이 나타났다. 우리 막내 황녀님 이렇게 보낼 수 없다며 통곡하는 이들로 눈물이 강을 이룰 지경이었다. 참으로 말 많은 결혼식이지만, 어쨌든 역사에 길이 남을 순간이었다. 끝을 모르는 사치스러움과 압도적인 화려함, 번쩍거리는 하객 명단 때문만은 아니었다. 현 대륙의 최강자로 군림하는 히페리온과 자드카르가 단단한 결속을 맺는 순간이기 때문이었다. 하지만 역사의 한 순간을 목도하는 것치고는, 하객들은 그다지 기뻐하진 않았다. 히페리온 황족들의 성정을 익히 알고 있으니 당연한 일이었다. 막내 황녀를 끔찍하게 아끼는 황족들이 혹시나 피의 결혼식을 만들지는 않을까, 하고 걱정하는 것이었다. 전례가 있으니 당연히 걱정될 수밖에 없었다. 과거 히페리온의 황제가 선물싸들고 찾아온 카힐 자드카르를 활로 쏴버린 일은 모르는 사람이 없었다. 하객들은 잔뜩 긴장한 채로 결혼식에 참석했다. 그러나 의외롭게도 결혼식은 평화로웠고, 더없이 아름다웠다. 새하얀 웨딩 드레스를 차려입은 막내 황녀는 별처럼 빛났다. 말 그대로 히페리온의 세 번째 별이었다. 빛나는 별에 감화 받은 것일까. 히페리온의 짐승 같은 황족들은 별다른 소란을 일으키지 않았다. 아무 일 없이 조용히 끝난 결혼식에 모두가 기적이라고 입을 모았다. 그리고 황족들 또한, 자신들이 얌전하게 굴었던 것이 기적이라고 생각했다.

결혼식이 끝난 후, 피로연이 시작되었다. 로시엘은 길쭉한 샴페인 잔을 흔들며 말했다.

"별일이지? 우리가 가만히 있고 말이야."

투명한 유리잔 속에서 기포가 보글보글 올라왔다. 헬라드가 불퉁하게 대답했다.

"쭈글이가 저렇게 행복하게 웃는데……. 어떻게 끼어들어……."

로시엘은 말없이 픽 웃으며 잔을 기울였다. 권력의 중심인 두 사람이었다. 보통 이런 연회가 있으면 어떻게든 말이라도 붙여보려는 사람들로 북적거리기 마련이었다. 하지만 헬라드와 로시엘의 주변은 한산했다. 곱슬거리는 머리를 단정하게 넘기고, 예복을 갖춰 입은 헬라드의 모습은 근사했다. 그러나 눈빛이 광인이었다. 괜히 불똥 튈까 봐 무서워서 다들 근처에 얼씬도 안 하는 것이다.

아까부터 술통을 옆구리에 끼고 벌컥벌컥 들이켜던 헬라드는 물끄러미 에니샤를 바라보았다. 에니샤는 카힐과 함께 하객들에게 일일이 인사를 건네고 있었다. 헬라드는 한숨을 내쉬며 중얼거렸다.

"……예쁘다, 우리 막둥이."

"당연하지, 누구 동생인데."

미소 지으며 에니샤를 바라보던 로시엘은 살짝 눈썹을 치켜올렸다. 시야에 무언가가 걸려든 탓이었다. 아르커스의 좌우법사였다. 피로연 드레스로 갈아입은 에니샤는 카힐과 팔짱을 낀 채 좌우법사와 이야기하고 있었다. 좌우법사는 둘 다 조금 무뚝뚝하다 싶을 정도로 굳은 얼굴이었다. 에니샤는 그들에게 방싯방싯 웃으며 말하다가, 꼭 안아주는 것으로 대화를 끝냈다. 그리고 에니샤가 다른 손님들에게 향하자마자, 좌우법사는 얼굴이 마구 일그러졌다. 눈물을 참으려 그러는 것이리라. 하지만 분노와 슬픔만이 있는 건 아니었다. 말로 표현할 수 없는 감회에 사로잡힌 모양새가 이쪽이랑 별다를 바 없는 꼴이었다. 문득 웃음이 나와서, 로시엘은 혼자 키득거렸다.

"뭐냐, 나도 같이 웃자."

헬라드의 말에 로시엘은 턱 끝을 까닥였다.

"쟤네 데려와서 같이 술 마실까."

재밌을 것 같지 않느냐고 하자, 헬라드는 미간을 찌푸렸다.

"뭐……. 나쁘진 않을 것 같네."

로시엘은 술잔을 내려놓고 좌우법사에게로 다가갔다. 히페리온으로 살아온 인생은 단순했다. 위로는 황제, 옆으로는 막내 황녀, 그리고 나머지는 다 아래로 내려다보며 살아왔다. 그러나 저 정도면 옆까진 아니더라도, 가깝게 두어도 괜찮겠다 싶은 존재가 몇몇 있었다. 카힐 자드카르와 아르커스의 좌우법사였다. 전부 에니샤 덕분에 이어진 인연들이었다.

로시엘은 잠시 하늘을 올려다보았다. 맑고 푸른 하늘에 떠오른 태양은 찬란했다. 얼굴을 간질이는 햇빛을 맞으며, 로시엘은 잠시 기분 좋게 눈을 감았다. 나지막한 중얼거림이 입술에서 새어나왔다.

"손바닥만 하던 아이가 어느새 저렇게 자라나 결혼까지 하게 되었는지……."

정말 이상한 느낌이었다. 그러나 마냥 싫지만은 않았다. 이 또한 네가 우리에게 가져다준, 새롭고 소중한 것이니. 다시 느릿하게 눈을 뜨고서, 로시엘은 웃으며 걸음을 옮겼다.

ﾟ✿ﾟ

무사히 결혼식을 치르고, 피로연까지 끝낸 에니샤는 시녀들의 도움을 받아 무거운 머리 장식이며 드레스를 홀홀 벗어던졌다. 거의 하루 종일 짐덩이를 메고 다닌 기분이었다. 삭신이 쑤셔서 잠시 침대에 늘어져 있다가, 꾸물꾸물 일어나 편한 옷으로 갈아입었다. 이제 자드카르로 갈 예정이었다. 하지만 자드카르 왕궁으로 향하지는 않았다. 본래 고귀한 신분일수록, 부부의 합방에 여러 사람이 끼어들기 마련이었다. 특히 카힐의 후대 생산에 관심이 지대한 자드카르 사람들은 무조건 합방에 간섭하고 싶어 했다. 하지만 짐승을 교미시키는 것도 아니고, 절대로 그렇게 밤을 보낼 수 없었다. 카힐은 사전에 모든 간섭을 차단해놓았다. 그래놓고도 혹시나 싶은 마음에 불안해서, 신혼 첫날밤을 보낼 장소를 따로 마련해놓은 것이다. 카힐은 황녀궁 침실로 직접 에니샤를 데리러 왔다.

"카힐!"

말끔하게 넘겼던 머리를 다시 자연스럽게 흩뜨린 카힐이 밝게 웃었다. 인형처럼 별 표정을 짓지 못하던 예전과 달리, 이제는 잘 웃고 장난도 칠 줄 아는 카힐이었다. 그는 에니샤를 덥석 안아 올렸다.

"으앗……!"

갑자기 몸이 붕 떠오른 탓에 당황해서 그에게 달라붙자, 카힐은 작게 웃음소리를 냈다. 에니샤는 그를 따라서 웃었다. 카힐이 무슨 생각을 하고 있는지, 그리고 어떤 기분을 느끼고 있는지 알 것 같았다. 에니샤도 그와 똑같은 마음이니까 말이다.

에니샤는 카힐에게 안긴 채 내려다보았다. 조금 흐트러진 그의 앞머리를 쓸어 넘기고, 반듯한 이마에 쪽 소리 나게 키스하며 말했다.

"이제 갈까?"

카힐은 말없이 미소 지으며 눈바람을 불러냈다. 서늘한 설풍이 두 사람을 휘감고, 카힐과 에니샤는 히페리온에서 훌쩍 떨어진 곳으로 이동했다. 아무도 방해할 수 없는 북부 대협곡의 깊은 밑바닥, 카힐과 에니샤의 추억이 깃든 장소. 카힐이 미리 준비해둔 첫날밤 침실은 바로 은빛나무가 있는 곳이었다. 정말 생각지도 못한 장소여서, 에니샤는 깜짝 놀랐다. 그리고 눈앞에 펼쳐진 광경에 감탄을 터뜨렸다.

"와아……!"

원래도 신묘하던 은빛나무 밑은 신혼 첫날밤에 더없이 잘 어울리는 침실로 바뀌어 있었다. 마법을 걸었는지, 주변의 공기는 따뜻했다. 더운물이 담긴 목욕통이 구석에 놓여 있고, 다른 쪽에 놓인 탁자에는 에니샤가 간식으로 먹을 만한 음식들이 탑처럼 층층이 쌓여 있었다. 청량한 은빛 잎사귀가 가득 드리워진 나무 아래에는 커다란 침대가 놓였다. 하얀 시트를 깔아놓은 침대 위에 반짝거리는 잎사귀가 뿌려져 있었다. 금빛나무와 은빛나무의 잎사귀를 섞어서 흩뿌려놓은 것이었다. 눈을 동그랗게 뜨고서 이리저리 살피던 에니샤는 순수하게 감탄했다.

"완전 마음에 들어……."

카힐이 약간 수줍어하며 말했다.

"조금 도움을 받았습니다."

일정 온도를 유지하는 마법진이 바닥에 그려져 있었다. 슥 훑어본 에니샤는 벨루안이 그렸다는 것을 바로 알아챘다. 괜히 입가에 미소가 번졌다. 아닌 척하면서도 다들 친하게 지내는 것 같았다. 기분 좋게 한 바퀴 구경한 뒤, 에니샤는 침대에 폴짝 앉았다. 그리고 제 옆자리를 손으로 탁탁 두들겼다.

"자, 카힐. 이리 와봐."

카힐이 옆에 앉자, 에니샤는 주먹을 발끈 움켜쥐며 의욕적으로 말했다.

"나 사실 해보고 싶은 게 많아!"

호기심 많은 마법사인 에니샤였다. 당연히 난생처음 해보는 일에 궁금증이 폭발할 수밖에 없었다. 나름 실전 준비를 위해 이것저것 책도 읽어보고, 혼자서 이론 공부를 빠삭하게 마치고 온 것이다. 당황해하는 카힐 앞에서 에니샤는 자신이 공부해온 것들을 재잘재잘 말해주었다.

"있지, 카힐. 내가 책에서 읽었는데……."

카힐은 이것도 해보자, 저것도 해보자 하며 종알거리는 에니샤를 멍하니 바라보았다. 그러다 갑자기 웃음을 터뜨렸다. 에니샤는 눈만 깜빡이다가 물었다.

"왜 웃는 거야?"

카힐은 그런 에니샤를 와락 끌어안고서 마구 비비적거렸다. 그가 웃음기 가득한 목소리로 말했다.

"대체 무슨 책을 읽으신 겁니까?"

"아니, 그냥 뭐어……."

빨간딱지 붙은 것들 위주로 열심히 읽었다고 답하자, 카힐은 다시 한참 웃었다. 그러다 에니샤를 물끄러미 바라보며 말했다.

"당신이 너무 좋아서 어찌하지요."

너무 좋아서 죽겠다고, 이러다 언젠가 정말 심장마비로 죽을지도 모르겠다며 중얼거렸다. 에니샤는 그를 단단히 흘겨보았다.

"날 과부로 만들 생각이야?"

신혼 첫날밤부터 재수 없는 소리 하지 말라고 눈매를 매섭게 해 보였지만, 별 소용이 없었다. 카힐은 그저 귀여워 죽겠다는 듯 싱긋 싱긋 웃을 뿐이었다. 콧잔등을 잠시 찡그린 에니샤가 우물쭈물하는데, 카힐이 조용히 이름을 불렀다.

"에니샤 님."

어디선가 흘러들어온 눈바람이 주변을 밝히고 있던 촛불을 꺼트렸다. 금세 사방이 어두워지고, 은빛과 금빛 잎사귀의 희미한 빛만이 주변을 어슴푸레 밝혔다. 어둠 속에서도 선명한 눈이 에니샤를 응시했다. 갑자기 조금 긴장되어서, 에니샤는 침을 꼴딱 삼켰다. 그가 천천히 몸을 기울였다. 에니샤의 몸은 자연스럽게 뒤로 기울었고, 이내 등이 침대에 닿았다. 코끝이 스치는 거리에서 낮은 목소리가 내려앉았다.

"하고 싶은 것, 전부 하게 해드리겠습니다."

그러니까 전부 솔직하게 말해달라고. 어디가 좋은지, 어떻게 했을 때 아픈지, 그리고 무엇을 하면 마음에 드는지 가감 없이 드러내어 달라고. 카힐은 그렇게 말했다.

"제가 당신에 대해 알 수 있도록 말입니다."

길쭉한 손가락이 입술에 닿고, 턱을 어루만지고, 목을 천천히 쓸어내렸다. 작게 숨을 들이마시니, 카힐의 눈매가 휘어졌다.

"그리 알려주시기만 하면, 금방 가장 좋은 것만 드리도록 하겠습니다."

카힐은 짧게 입 맞추며 나직이 속삭였다.

"저는 뭐든 빨리 배우는 편이니까요."

❦

고요하고 따뜻했다. 포근한 정적 속에서, 에니샤는 천천히 눈을 떴다. 약간 멍한 정신으로 주변을 살폈다. 은빛 잎사귀를 한가득 드리운 나무, 부드러운 침대, 옆에서 느껴지는 온기. 에니샤는 너른 품에 안겨 있었다. 바로 코앞에 잠든 카힐의 얼굴이 보였다. 에니샤는 잠시 동안 그를 마음껏 관찰했다. 평온하게 감긴 눈을 뚫어져라

보고, 허공에서 눈썹을 따라 덧그리고, 코끝에 손가락을 가져다대고 간질거리는 숨결을 느껴보기도 했다. 혼자 재밌어서 숨죽여 웃는데, 스르륵 눈꺼풀이 열렸다. 또렷한 청회색 눈동자가 드러나고, 낮게 잠긴 목소리가 들려왔다.

"……다 구경하셨습니까?"

푹 자는 줄 알았는데 깨어 있었던 것이다. 카힐은 깜짝 놀란 에니샤를 끌어안으며 속삭였다.

"아니면 좀 더 눈을 감고 있고요."

"구경 다 했어."

에니샤는 그의 가슴팍 위에 얼굴을 묻고 있다가, 살짝 고개를 들었다. 그러자 카힐이 자연스럽게 이마에 입 맞췄다. 콧등에도, 두 뺨에도, 그리고 입술과 턱 끝도 빼놓지 않고 짧게 키스했다. 허리에 두른 손이 에니샤를 바짝 끌어당겼다. 이미 안고 있는데도 어떻게든 더 꼭 안고 싶어서 자꾸 끌어대는 것이었다. 에니샤는 미간을 구기며 그에게 투덜거렸다.

"허리 아파……."

카힐은 얼른 당기던 것을 멈추고, 허리를 살살 주물러주었다. 그의 안마를 받으며 늘어져 있던 에니샤는 끙끙거리다가 중얼거렸다.

"너 정말……. 몇 번이나……."

왜 자꾸 하고 그랬냐며 그를 콩 쥐어박았다. 그러자 카힐이 무척 의아한 얼굴로 되물었다.

"보통 그런 거 아닙니까?"

"아니야!"

질겁하며 아니라고 말하자, 카힐은 눈썹을 늘어뜨리며 말했다.

"저는 잘 모릅니다. 에니샤 님이 알려주세요."

기가 막힐 노릇이었다. 다 알면서 저러는 것이 분명했다. 에니샤는 미간에 힘을 주고서 그를 비난했다.

"뻔뻔한 늑대모피 같으니."

그가 짧게 웃었다. 오래된 별명에 자연스럽게 옛날이야기가 흘러나왔다. 함께 지내온 시간이 오래되었기에, 카힐과 에니샤는 서로 공유할 추억도 많았다. 둘이서 도란도란 이야기를 나누다 보니 시간이 쏜살같이 흘러갔다. 한참 대화에 심취해 있다가, 에니샤는 문득 눈을 크게 떴다.

"나 배고파⋯⋯!"

둘 다 이야기하느라 바빠서 아침 식사 때를 놓쳐버린 것이다.

배고프다고 말하자마자 카힐은 대번에 심각해졌다. 무릇 히페리온 황궁에서 지낸 자라면, 황녀님의 식사를 챙기는 것이 얼마나 중요한 일인지 세뇌학습되어 있기 마련이었다. 다행히 카힐이 미리 마련해놓은 음식들이 저쪽에 수북하게 쌓여있긴 했다. 문제는 지금 에니샤가 스스로 움직일 수 없는 상태라는 것이었다. 에니샤는 부드러운 이불을 몸에 돌돌 만 채 시무룩하게 말했다.

"너무 힘들어서 못 움직이겠어."

네가 어젯밤에 놔주질 않아서 그렇다며, 에니샤는 카힐을 조금 원망했다.

"죄송합니다."

"배고픈데⋯⋯."

눈앞에 음식을 두고도 못 먹는 서러움이라니. 에니샤의 표정이 우울해졌다. 카힐이 에니샤를 도닥이며 말했다.

"제가 먹여드리겠습니다."

그가 먹여준다니 약간 민망하긴 했지만, 그래도 이 정도 대접은 받을 만한 것 같았다. 간밤에 카힐이 저질렀던 수많은 만행을 떠올려보던 에니샤는 응당 받을 만하다며, 혼자 고개를 끄덕끄덕했다. 그래도 에니샤가 아주 놀기만 한 것은 아니었다. 카힐이 가져온 음식 중에서 데워야 할 것들은 마법으로 뾰로롱 하고 따끈따끈하게 만들어주기도 했다. 갓 나온 것처럼 뜨끈해진 수프에 에니샤의 마법으로 바삭하게 구운 빵을 얹었다. 과일음료수에는 카힐이 얼음을 넣어서 시원하게 만들어줬다. 할 일을 마친 에니샤는 카힐의 무릎에 앉은 뒤, 그의 가슴팍에 몸을 늘어뜨렸다. 그리고 얌전히 입만 벌렸다. 카힐은 에니샤를 무릎에 앉혀놓곤 하나씩 먹여줬다. 떠먹여주는 대로 냠냠 받아먹고, 후식으로 과일까지 야무지게 챙겨 먹던 때였다. 카힐이 에니샤의 입가에 묻은 빵부스러기를 털어주며 말했다.

"그나저나 큰일이로군요."

에니샤는 먹고 있던 청포도를 꿀꺽 삼키고 물었다.

"왜?"

"에니샤 님이 하고 싶은 것, 반도 못 하지 않았습니까."

어제 의욕적으로 나섰던 에니샤였다. 공부해왔던 거 다 해보겠다고 당당히 포부를 펼쳤으나, 막상 시작하니 체력이 부족해서 허덕거렸다. 비실거리며 카힐에게 끌려가던 에니샤는 결국 더 못 하

겠다고 뻗어버렸다. 그래서 열심히 공부해온 것들이 전부 허사가
되었다. 카힐은 근심스럽게 혼잣말했다.

"건강식품 같은 거라도 좀 구해야 할지……."

"안 돼, 그러지 마."

에니샤는 정색하고 카힐을 말렸다. 카힐이 건강식품 샀다는 소
문이 퍼지는 순간, 대륙의 생태계가 파괴될 것이 분명했다. 몸에 좋
다는 동식물들이 죄다 잡혀가서 아주 씨가 마를 테니 말이다. 에니
샤의 설명에 카힐은 금방 납득했다.

"밤마다 하나씩 차근차근 해보자."

에니샤는 그를 바라보며 생긋 웃었다.

"앞으로 계속 함께 있을 거고, 시간은 많으니까……."

한마디 덧붙이자, 과일 껍질을 까고 있던 카힐의 손이 멈칫했다.
그가 조금 뒤늦게 답했다.

"……네, 에니샤 님."

답하는 목소리는 살짝 흔들리고 있었다. 별생각 없이 던진 말이
었다. 하지만 카힐에게는 귀한 선물 같은 말이었던 모양이다. 청회
색 눈동자에 기쁨이 고스란히 드러나 있었다. 카힐은 부드럽게 웃
으며 에니샤의 콧등에 키스했다. 그가 이마를 맞대고서 말했다.

"앞으로 당신과 내가 보낼 밤은 무수히 많을 터이니……."

그러니 조급해하지 않겠다며, 에니샤에게 약속했다.

그의 왼손에 끼워진 반지가 보였다. 푸른빛 금강석이 박힌 반지
는 에니샤가 직접 골라 결혼식에서 끼워준 것이었다. 영롱하게 반
짝이는 푸른 금강석을 바라보던 에니샤는 그의 손 위에 제 손을 얹

어보았다. 주홍색과 푸른색 금강석이 나란히 놓였다. 마음에 쏙 드는 광경이었다. 에니샤는 가만히 미소 지었다.

✦✦✦✦

신혼여행은 사람의 손길이 닿지 않은 조용한 장소로 골랐다. 항상 사람들에게 둘러싸여 북적북적하니, 신혼여행 때는 일부러 조용한 곳에 가서 휴식하기로 한 것이었다. 과연 좋은 선택이었다. 에니샤는 카힐과 함께 단둘이서 오붓한 시간을 보내며, 평소에는 하지 못했던 많은 일을 했다. 해가 지면서 번져나가는 석양을 구경하기도 하고, 아무도 없는 풀밭에서 온몸에 풀물이 들도록 데굴데굴 구르면서 장난치기도 했다. 처음 보는 꽃을 발견해서 이름을 붙여준 것도, 여러 가지 열매를 따다가 직접 요리해 먹은 것도 재밌었다.

밤에는 에니샤가 그날의 목표로 정한 것을 하나씩 해치웠다. 카힐은 훌륭한 학생이었다. 날이 갈수록 실력이 일취월장해서, 에니샤가 따라잡지 못할 정도였다. 둘이서 열심히 목표 달성을 하고 난 뒤에는 꼭 끌어안은 채 잠들었다. 그리고 다음 날 아침이면 서로의 얼굴을 보며 눈을 떴다. 무척 즐겁고 소중한 시간이었다. 꿈만 같은 신혼여행을 보내며, 에니샤는 이렇게 조용히 사는 것도 나쁘진 않겠다고 잠깐 생각했다.

하지만 이내 금방 포기했다. 그러기엔 에니샤는 해야 할 일도, 하고 싶은 일도 너무 많은 사람이었다. 그리고 벌써부터 로드고와 쌍둥이가, 벨루안과 녹시타가 그리웠다. 조용한 것도 좋지만, 역시 에니샤는 북적북적한 것이 가장 좋았다.

아쉬움을 뒤로하고, 에니샤와 카힐은 소중한 추억을 품에 안고서 다시 일상으로 돌아왔다. 우선 자드카르 왕궁에 가서 일주일 정도 머물러야 했다. 그런 다음 곧장 히페리온을 찾아갈 예정이었다. 자드카르 귀족들에게는 공왕비로서 첫인사를 하는 것이었다. 에니샤는 조금 긴장해버렸다.

"귀족들은 아무래도 날 싫어하겠지?"

"그래봤자 어찌하겠습니까."

카힐은 한가로운 목소리로 말했다.

"당신을 해할 수 있는 사람은 아무도 없습니다."

"그건 그렇지만……."

불만이 있어도 입 밖으로 꺼내는 순간 쥐도 새도 모르게 사라질 터였다. 살고 싶으면 다들 알아서 조용히 하고 있으리라. 다들 싫은 내색이야 하진 않겠지만, 그래도 공국민들에게 진심으로 사랑받는 공왕비가 되고 싶었다. 카힐이랑 그런 이야기를 하면서 자드카르 왕궁의 하늘로 이동했을 때였다. 에니샤는 눈을 깜빡였다.

경축 막내 황녀님 자드카르 오셨네

자드카르 공왕비 탄생

막내 황녀님은 이제 자드카르에서 살 거야

너희 나라엔 막내 황녀님 없지?

왕궁 앞에는 수많은 손팻말과 현수막이 모여 있었다. 사람들은 와글거리며 저들끼리 구호를 외치고, 노래를 부르며 아주 난리였다. 자드카르 전역에서 '막내 황녀님을 사랑하는 모임' 회원들이 운집한 것 같았다. 다들 막내 황녀님이 자드카르의 공왕비가 됐다는 사실에 자부심 넘치는 표정이었다. 이 정도쯤이야 이제 익숙한 에니샤는 사람들 눈에 띄지 않게 조심하며, 카힐과 함께 왕궁으로 들어섰다. 그러나 아직 끝이 아니었다.

"……?"

왕궁에 못 보던 건물이 생겨나 있었다. 투박하고 칙칙한 자드카르 건물들 사이에서 혼자 불쑥 솟아난 새하얀 대리석 건물은 마치 히페리온 황성에서 하나 떼어 온 것 같은 느낌이었다. 주변과 어울리지 않는 이질적인 건물 위에는 커다랗게 현수막이 내걸려 있었다.


공왕비 전하 사랑해요


여기까지는 늘 보던 것들이었다. 하지만 에니샤를 정말 놀라게 한 참신한 미친 짓이 있었으니.

건물 앞에 거대한 눈사람이 세워져 있었다. 자드카르식 예복을 입은 에니샤였다. 양손을 허리에 딱 짚은 자세의 눈사람은 위엄이 흘러넘쳤다. 에니샤는 할 말을 잃고서 멍하니 쳐다보다가, 카힐을 돌아보았다.

"……저거 네가 만들었어?"

"그럴 리가요."

카힐이 진지하게 대답했다.

"제가 만들었으면 더 크고 훌륭한 얼음 조각상을 만들었을 겁니다."

그러더니 미간을 살짝 좁히고서 말했다.

"목이 조금 추워 보이는데……. 눈사람에 목도리를 두를까요?"

"……."

에니샤는 생각했다. 아무래도 자드카르 공왕비는 히페리온의 막내 황녀만큼 다사다난할 모양이라고.

거대 눈사람의 환영인사와 함께, 에니샤는 본격적으로 자드카르 공왕비로서 활동을 시작했다. 이미 히페리온에서 결혼식을 성대하게 치렀지만, 자드카르 왕궁에서도 간단하게 서약식을 진행할 예정이었다. 귀족들이 보는 앞에서 자드카르 예복을 입고 맹세의 말을 주고받는 짧은 서약식이었다.

서약식을 준비하던 에니샤는 예복을 보자마자 웃음을 터뜨렸다. 거대 눈사람이 입고 있던 예복과 똑같은 모양인 탓이었다. 눈사람과 같은 예복을 입고, 카힐과 함께 서약식을 치렀다. 분명히 결혼식에 첫날밤까지 다 치렀는데도, 막상 서약식을 할 때는 기분이 이상했다. 둘 다 자드카르식 예복을 입고 있기 때문일지도 몰랐다. 단정하게 머리를 넘기고 이마를 드러낸 카힐이 에니샤를 바라보며 입을 열었다.

"그대를 향한 마음은 새하얀 설원과 같아서 속되지 아니하고."

그의 손끝이 에니샤의 이마를 짚었다.

"또한 녹지 않는 만년설과 같아서 변하지 않으니."

그리고 스르륵 내려와 입술 위를 짚었다.

"끝을 모르는 대협곡과 같이 영원하리라."

가장 마지막으로, 심장 위를 가볍게 짚었다.

서약을 마친 카힐이 천천히 힘을 끌어올렸다. 눈과 얼음이 섞인 바람이 홀을 휘감고, 이내 허공에 아름다운 얼음 결정이 그려졌다. 그 어떤 화려한 장식보다도 아름답고 우아한 얼음의 모습에 모두가 탄성을 터뜨렸다. 작은 꽃 모양을 이룬 눈송이가 하늘하늘 떨어졌다. 사방에 가득한 꽃눈송이 속에서 에니샤와 카힐은 서로를 마주 보며 웃었다. 겨울 나라의 왕비가 탄생하는 순간이었다.

❧❀❧

서약식 후에는 축하연이 이어졌다. 공국의 귀족들뿐만 아니라, 북부의 다른 왕국들에서도 주요 인사들이 축하연에 참석하러 자드카르를 방문했다. 북부에서 이만한 규모의 연회가 열린 것은 실로 오랜만이었다. 성대한 연회의 주인공인 에니샤는 공국 귀족들과의 만남을 무척 기대하고 있었다.

에니샤가 상상하는 자드카르 공국의 연회는 이러했다. 공국 귀족들은 에니샤를 싫어하지만, 히페리온 황녀인지라 함부로 대하지 못한다. 그러나 분명 겁 없고 꼬장꼬장한 노귀족들도 있을 터였다.

그들이 '공국에 왔으면 공국의 법을 따라야 하는 법!' 하고 외치면서 시비를 거는 것이다. 예법이라든가 말투라든가, 아무튼 꼬투리를 딱 잡아서 망신주려고 하지 않을까, 상상했지만……. 에니샤가 기대한 일은 하나도 일어나지 않았다. 다들 에니샤와 눈도 제대로 못 마주쳤다. 어쩌다 시선이라도 닿으면 비실거리며 도망가기 바빴다. 카힐이 타국의 귀족들을 접대하는 동안, 에니샤는 한가하게 연회장을 돌아다녔다. 그래도 가끔 인사하러 오는 사람들이 있어서 심심하지는 않게 시간을 보내던 때였다.

"……?"

한 무리의 영애들이 몰려오고 있었다. 우르르 무리지어 다가오는 그녀들의 눈빛은 살벌했다. 단단히 각오를 하고 성큼성큼 다가오는 모습들을 바라보던 에니샤는 가슴이 조금 두근거렸다.

드디어 나도 사교계의 쓴맛을 보는 건가……!

수많은 책에서 읽어본 바, 무릇 사교계라 함은 고요한 수면 아래에서 벌어지는 전투와 같다고 했다. 전투마법사인 에니샤는 사교계 전투도 무척 궁금했다. 그래서 혼자 책을 읽으며 이것저것 상상해보기도 하고, 누가 시비를 걸면 어떻게 대응할지 작전도 열심히 짜보았다. 하지만 에니샤의 작전이 쓰인 적은 한 번도 없었다. 감히 히페리온 황녀에게 전투를 걸어올 사람은 아무도 없기 때문이었다. 그나마 르네르 여왕한테 뺨 맞아본 것이 에니샤가 겪어본 사교계 전투의 전부였다. 상대해줄 사람이 있어야 작전도 써먹어보는데, 그럴 상대가 없는 것이다. 항상 연회에 갈 때마다 기대를 잔뜩 하지만, 언제나 맛있는 것만 먹고 돌아왔던 에니샤였다. 오늘도 공국 귀족들이 조용하기에 별일 없이 지나가는 건가, 하고 조금 실망했다. 그런데 드디어 실전을 치를 기회가 온 것이다!

에니샤는 기다란 소매에 감춰진 손을 몰래 주먹 쥐었다. 아주 오기만 하면 막막 호되게 어찌어찌 해주겠다고 혼자서 결연히 다짐하던 순간이었다. 무리들 중 가장 앞에 서 있는 영애가 우아하게 인사 올렸다.

"공왕비 전하."

그녀를 선두로 다른 영애들도 줄지어 인사했다. 에니샤는 가볍게 고개를 끄덕이며 그녀들의 인사를 받아주었다. 그리고 등을 꼿꼿하게 세우고서, 바짝 긴장한 채로 귀를 쫑긋 세웠다. 영애가 에니샤에게 한 걸음 가까이 다가왔다. 상당히 가까워진 거리에 설마 뺨을 때리는 건가, 하고 흠칫 놀란 순간이었다. 심각한 표정을 지은 영애가 은밀하게 속삭여왔다.

"혹시 손 한 번만 잡아볼 수 있을까요……?"

에니샤는 그만 푸시식 식어버리고 말았다. 영애들은 막내 황녀님을 사랑하는 모임의 회원들이었다. 에니샤는 그녀들에게 둘러싸여 한참 동안 괴롭힘 아닌 괴롭힘을 당하게 되었다.

겨우 영애들을 따돌린 에니샤는 빈 발코니로 도망 나왔다. 다른 사람이 들어오지 못하도록 커튼을 치고, 따뜻한 화로 옆에서 잠시 한숨 돌렸다.

"휴우……."

기대했던 사교계 전투는 없었지만, 그래도 축하연은 재미났다. 새로운 경험은 언제나 에니샤를 즐겁게 했다. 하지만 분명 즐거운데도, 자꾸 마음 한구석이 무겁게 축축 처졌다. 에니샤는 밤하늘을 바라보았다. 오늘따라 달과 별이 유난히 선명했다. 어쩌면 같은 밤 하늘을 바라보고 있을 사람들이 머릿속에 그려졌다. 하나씩 얼굴을 떠올리다 보니 기분이 착 가라앉아버렸다.

이러면 안 되는데…….

에니샤는 억지로라도 우울한 마음을 떨쳐내려 애써보았다. 그때 똑똑 문 두드리는 소리가 들려왔다. 누구인지는 이미 알고 있었다. 잠시 망설이다가, 그에게 문을 열어주었다.

"……."

발코니에 들어선 카힐은 아무 말도 하지 않았다. 그저 물끄러미 쳐다보기만 했다. 묻지 않았지만, 묻는 것과 다름없는 시선이었다. 맑은 눈으로 바라보는 그에게 에니샤는 솔직히 말할 수밖에 없었다.

"아빠랑 오라버니들 보고 싶어서. 벨루안이랑 녹시타도 뭐 하고 있나 궁금하고…….."

속으로 묻어두었던 감정들은 입 밖에 나오는 순간 더욱 선명해졌다. 에니샤는 시무룩하게 눈을 내리깔았다. 카힐은 밤바람에 차가워진 에니샤의 뺨을 손으로 녹여주며 말했다.

"오늘 밤에 잠깐 다녀오는 건 어떨까요."

"……!"

저절로 눈이 반짝 뜨였다. 그의 말에 벌써부터 가슴이 두근거렸다. 하지만 선뜻 그러자고 답하진 못했다. 에니샤는 이제 자드카르 공왕비였다. 응당 그에 맞는 의무도 다해야 하는 법이었다. 그리고 약속을 지키는 것은 말할 것도 없이 가장 기본 중의 기본이었다.

"그래도 일주일은 공국에 있기로 약속했으니까……."

애써 마음을 다잡으며 거절하려던 때였다.

"그게 무슨 상관입니까. 몰래 다녀오면 되지 않겠습니까?"

"카힐……."

"에니샤 님."

카힐이 이름을 불렀다. 진지한 목소리에 에니샤는 놀라서 그를 바라보았다.

"저는 당신에게 새로운 책임이나 의무를 주고 싶어서 청혼한 것이 아닙니다. 그러니까, 제 말은……."

카힐은 말하다 말고 갑자기 한숨 쉬었다. 그리곤 에니샤를 꽉 끌어안으며 물었다.

"더 말하지 않아도 알고 계시죠?"

에니샤는 그의 가슴팍에 고개를 기댔다. 두근거리는 심장 소리가 기분 좋게 들려왔다. 알고 있다. 말하지 않아도, 카힐이 어떤 마음을 가지고 있는지……. 그와 에니샤는 이어져있으니까. 말로 표현하지 못하는 감정들이 서로에게 흘러 들어갔다. 에니샤는 그에게 속삭였다.

"고마워, 카힐."

하지만 카힐은 불퉁한 표정으로 대꾸했다.

"이게 왜 고마워할 일입니까. 당신이 가고 싶으면 가는 겁니다. 아시겠습니까?"

눈썹이 대각선으로 잔뜩 치켜올라간 카힐을 보며, 에니샤는 배시시 웃었다.

"그냥 네가 나 신경 써주고 챙겨주는 게 좋아서 그래."

"……."

하늘 높은 줄 모르고 올라가던 카힐의 눈썹이 스르륵 내려앉았다. 그가 한숨을 쉬더니, 입술 위에 가볍게 키스하며 말했다.

"지금 다녀오십시오. 사람들에게는 제가 알아서 잘 말하겠습니다."

"그렇게 무책임한 짓은 안 돼. 그냥 기다렸다가……."

"당신은 좀 무책임해도 됩니다."

카힐이 눈바람을 불러냈다. 부드러운 눈송이가 섞인 바람이 에니샤를 발치에서부터 머리까지 휘감았다. 드레스와 머리카락이 어지럽게 휘날렸다. 카힐이 웃으며 말했다.

"대신 오늘 안에는 돌아오시는 겁니다."

그리고 잠깐 눈을 깜빡이는 사이, 에니샤는 히페리온 제국으로 휘리릭 날아갔다. 눈앞의 풍경이 삽시간에 뒤바뀌었다. 서늘하던 밤공기가 부드럽게 변하고, 투박하던 건물들은 화려하게 변했다. 에니샤는 히페리온 황궁의 황녀궁에 도착했다. 하지만 카힐은 에니샤를 침실이 아니라, 어둑한 밤의 정원으로 보내버렸다. 눈바람에 감겨서 허공에 떠 있던 에니샤는 눈을 크게 떴다. 달빛만이 어스름히 비치는 정원에 한 남자가 우두커니 서 있었다. 로드고였다. 그는 꼭 에니샤가 그러했듯이, 물끄러미 달을 올려다보고 있었다. 아무런 표정 없는 얼굴은 참으로 서늘했다. 멋모르는 황녀궁 시녀들이 지나가다 마주쳤으면 기절했을 만큼 섬뜩한 모습이었다.

로드고가 천천히 숨을 내뱉었다. 벌어진 입술에서 기다랗게 연기가 흘러나왔다. 저게 무엇인가 했더니, 로드고의 손에 연초가 들려 있었다. 타들어 가는 연초의 붉은 불빛이 어둠 속에서 반짝였다. 길게 연기를 내뱉은 그가 다시 연초를 입에 물었다. 하염없이 달만 쳐다보는 그에게, 에니샤는 소리쳤다.

"아빠!"

고요하게 가라앉아 있던 주홍색 눈동자 위로 이채가 감돌았다. 흐릿하던 초점이 선명해지며, 정확히 에니샤에게 향했다. 허공에 떠 있는 에니샤를 본 로드고가 흠칫 놀라며 연초를 아무렇게나 집어던졌다. 그리고 곧장 팔을 벌렸다. 때맞춰 눈바람이 사그라졌다. 에니샤는 그의 품 안으로 쏙 떨어졌다.

"에니샤……?"

놀라고 당황한 로드고에게, 에니샤는 방긋 웃으며 말했다.

"저 왔어요, 아빠."

로드고는 에니샤를 끌어안은 채 그대로 석상이 되었다. 돌이 된 로드고를 대신해서, 에니샤는 가볍게 손가락을 까닥였다. 금빛 마력이 날렵하게 날아가 바닥에서 치직거리고 있던 연초를 짓눌렀다. 발갛게 타오르던 불씨가 금세 까맣게 없어졌다.

"불붙은 연초를 정원에 던지면 어떡해요!"

에니샤의 타박에 로드고가 참고 있던 숨을 내뱉었다. 그가 에니샤를 바닥으로 내려주며 중얼거렸다.

"불나면 그냥 나는 것이지……."

놀라서 눈을 크게 뜨자, 로드고는 눈썹 사이를 좁히며 말했다.

"정원이 무어 중요하겠느냐. 네 팔에 불씨라도 튀었으면 어찌하려고."

황궁을 홀랑 다 태워먹는 한이 있더라도, 에니샤 옷에는 검댕 하나 묻히면 안 된다. 로드고에게는 지극히 당연한 일인데, 그새 잠깐 안 봤다고 잊어버린 모양이었다.

에니샤는 그를 흘겨보았다. 그러나 로드고는 개의치 않았다. 그는 말도 않고서 에니샤를 가만히 들여다보기만 했다. 에니샤는 로드고와 한참 동안 서로 마주 보았다. 조용히 눈을 깜빡이며 로드고에게 질문했다.

"연초……. 원래 피우셨어요?"

"끊었는데 그냥 잠시."

"왜요……?"

로드고가 피식 웃었다. 그는 에니샤의 이마에 제 이마를 맞대며 나직이 말했다.

"내가 생각보다 나약한 사람이었다."

"……."

"네가 없으니 쓸쓸하고 외롭지 않느냐."

끊었던 담배라도 피우면 조금 덜 허전할까 싶어서, 그래서 손을 댔다는 말이었다.

마음 한구석이 저려왔다. 마찬가지로 그리워했지만, 에니샤의 곁에는 카힐이 있었다. 하여 조금이나마 마음을 의지할 수 있었다. 그러나 히페리온의 곁에는 아무도 없었다. 로드고와 쌍둥이는 가족이긴 하지만 서로 의지할 사이는 절대 아니었다. 에니샤는 입술을 달싹이다가, 로드고의 옷자락을 살짝 끌어당기며 중얼거렸다.

"건강하게 오래오래 사셔야죠."

대륙에서 히페리온의 건강을 걱정하는 유일한 존재인 에니샤의 말에 로드고는 슬며시 미소 지었다.

"아빠가 걱정되면 황궁에 자주 들르거라."

"그럴게요. 많이 쓸쓸하세요? 밤마다 올까요……?"

"그러면 네가 피곤하겠지."

큼직한 손이 에니샤의 이마를 가만히 쓸었다. 에니샤는 울상이 되어서 그를 올려다보았다. 로드고가 씩 웃으며 말했다.

"오늘처럼 가끔 갑작스럽게 찾아와주면, 그것으로 충분하다."

에니샤와 로드고는 손을 잡고 밤의 정원을 함께 산책했다. 로드고는 궁금한 것이 많았다. 먹고 싶은 것은 없느냐, 필요한 것은 없느냐, 누가 괴롭히지는 않느냐. 에니샤는 로드고가 묻는 질문에 성실하게 답하는 한편, 거대 눈사람 이야기도 해줬다.

"아니, 조각상도 아니고, 눈사람을 세워놨다니까요?"

눈사람의 크기를 설명하느라 있는 힘껏 양팔을 이렇게 째고, 저렇게 째고 하는 에니샤를 보며 로드고는 소리 내어 웃었다. 둘이서 얼마간 두런두런 이야기를 하다가, 에니샤가 말했다.

"저 이제 가봐야 할 것 같아요."

"벌써?"

"오라버니들이랑, 좌우법사들도 보고 가려구요."

로드고의 눈매가 가늘어졌다. 에니샤는 미안함을 담아 그를 향해 배시시 웃었다. 그러자 로드고가 갑자기 씩 웃더니, 무척 놀라운 소식을 전해주었다.

"헬라드와 로시엘은 황궁에 없다."

"네에?"

입을 살짝 벌리고 쳐다보자, 로드고는 짐짓 안타깝다는 듯이 답했다.

"같이 외근을 보내놓아서."

쌍둥이 둘이서 외근이라니?

처음 있는 일인 것 같았다. 둘이서 마음 맞을 때는 잘 붙어 다니긴 했다. 하지만 맡고 있는 업무가 완전히 달라서, 서류 작업 할 때를 빼고는 함께 일하는 경우가 거의 없었다. 그런데 둘이서 외근 나갈 만한 일이라니, 대체 무엇일까. 에니샤는 이리저리 머리를 굴려보았다. 아무리 생각해도 뭔가 이상한 것 같다고 느끼는 찰나, 로드고가 옆에서 슬쩍 말을 붙이며 방해했다.

"이제 아빠에게 시간을 더 내줄 것이지?"

로드고는 달콤한 유혹으로 에니샤의 정신을 쏙 빼놓았다.

"본궁 주방에 일러 야식이나 내오라 할까."

결국 에니샤는 로드고와 함께 본궁으로 들어가, 함께 야식을 먹으며 노닥노닥 시간을 보냈다. 로드고는 에니샤가 먹고 싶다고 생각했던 것들만 쏙쏙 골라 와서 내주었다. 덕분에 에니샤는 잔뜩 부른 배를 안고 뒤뚱뒤뚱 오리처럼 걸어 다니게 되었다. 본궁 주방장이 싸준 간식 바구니를 손에 들고, 에니샤는 소화시킬 겸 사부작사부작 걸어갔다.

도착한 곳은 아르커스 특별 구역이었다. 다들 자고 있을 시간이라 깨우기는 미안해서, 그냥 얼굴만 살짝 보고 갈까 싶었다. 하지만 그건 에니샤의 오산이었다.

"대법사?"

"대법사아……!"

결계를 가르고 들어온 지 얼마 되지도 않아, 벨루안과 녹시타가 쪼르르 달려 나왔다. 둘 다 화들짝 놀란 얼굴이었다. 에니샤는 말없이 웃으며 팔을 벌렸다. 그러자 좌우법사는 동시에 에니샤에게 안겨 들었다.

"나 넘어지겠어……!"

에니샤의 몸이 기우뚱하자, 벨루안이 얼른 푸딩사역마를 꺼냈다. 뭘 먹었는지 뚱뚱이가 된 푸딩사역마는 안락의자만큼 커져 있었다. 불현듯 근래 벨루안이 쌍둥이와 함께 고문대연회를 벌였다는 사실이 떠올랐다. 뭘 먹고 커진 건지 조금 찜찜했지만, 에니샤는 모른 척 푸딩사역마 위에 앉았다.

"꾯!"

아는 척하는 푸딩사역마를 쓰다듬어주며, 두 사람에게 인사를 건넸다.

"보고 싶어서 와봤어."

에니샤의 말에 벨루안과 녹시타는 그만 참지 못하고 또 와락 안겨버렸다. 많이 커진 푸딩사역마 덕분에 에니샤는 몰캉한 등 위에 쓰러지는 것으로 끝났다. 셋이서 부둥켜안고서 웃음을 터뜨렸다.

"뭐야, 왜 이렇게 안기고 그래."

"보고 싶었습니다."

"진짜 보고 싶었어요……."

겨우 며칠 못 봤는데 죽을 맛이었다고, 둘이서 힝힝 찡찡 난리도 아니었다.

"북부 생활은 괜찮습니까?"

카힐 자드카르가 실수 없이 잘 모시고 있냐며, 벨루안이 슬쩍 물었다. 녹시타도 눈을 힘껏 치켜뜨며 말했다.

"혹시라도 결혼했다고 본색 드러내고 그러면, 바로 말해줘요, 대법사!"

아주 북부를 시체 왕국으로 만들어버리겠다고 다짐했다. 그런 녹시타를 진정시키는 것은 약간의 시간이 필요했다. 둘 모두 차분하게 만들어놓은 뒤, 에니샤는 조곤조곤 북부 이야기를 해주었다.

"그러면 이제 공왕비가 된 거네요……?"

녹시타가 하는 말에 에니샤는 고개를 끄덕였다. 그리고 꿍얼꿍얼 덧붙였다.

"사실 조금 걱정되긴 해. 대법사랑 공왕비는 다르니까……."

잘해보고 싶은데, 마음먹은 대로 안 되면 어쩌나 걱정이었다. 시무룩한 표정을 한 에니샤에게 벨루안이 부드럽게 말했다.

"너무 훌륭한 공왕비가 될 필요는 없습니다."

그가 에니샤의 머리카락을 만지작거리며 덧붙였다.

"사실 대법사가 공왕비 역할을 잘해내기보단, 때려치우길 바라는 사람이 훨씬 더 많을 겁니다. 저도 그중 하나이고."

에니샤는 벨루안을 흘겨보았지만, 그는 태연하기만 했다. 결국 흘겨보던 에니샤도 웃음이 터져서, 한밤중에 셋이서 웃어버렸다.

아르커스의 삼두법사는 말랑한 푸딩사역마 위에서 키득키득 장난
치며 시간을 보냈다.

<br>

❧⦿❧

아르커스와 히페리온은 업무 협약을 맺고 여러 가지 일을 함께
처리하고 있었다. 아르커스의 마법이 제국을 더욱 풍요로이 만들
어주니, 작금의 히페리온은 건국 이래 최전성기를 누리고 있다 할
수 있었다. 그러나 나날이 광영을 빛내는 제국과 달리, 황족들은 죽
어가고 있었다. 막내 황녀를 결혼시킨 뒤로 다들 얼굴이 우중충해
진 것이, 광영은 조금도 찾아볼 수 없었다. 아르커스의 좌우법사와
대규모 마법진 설치에 관한 회의를 나누던 헬라드가 불쑥 로시엘
에게 질문했다.

"근데 폐하 오늘 이상하지 않았냐?"

오늘 어째서인지 로드고 혼자 얼굴에서 빛이 났다. 딱히 기분 좋
을 일이 없었는데 그의 행동이 몹시 너그러운 게, 꼭 에니샤라도
만난 것 같았다.

"에니샤 납치해온 거 아냐?"

헬라드가 깃펜을 검처럼 휙휙 휘두르며 물었다. 로시엘은 냉랭
한 얼굴로 헬라드가 장난치는 깃펜을 반 토막 냈다.

"회의와 관련 없는 사담은 나중에 해."

로시엘이 톡 쏘아붙이던 때였다. 맞은편에 앉아 있던 벨루안이
지나가듯 이야기했다.

"어제 대법사가 왔으니 그런 것 아니겠습니까."

"뭐? 에니샤가?"

헬라드는 자리를 박차고 일어났다. 벨루안 옆에 앉아 있던 녹시타가 움찔 놀라며 회의록을 움켜쥐었다. 헬라드는 벨루안 쪽으로 몸을 잔뜩 기울이고서 다급하게 물었다.

"어제 에니샤가 왔었어? 언제?"

"새벽에 잠깐 왔다 갔는데요……."

녹시타의 대답에 헬라드가 힘없이 주저앉았다. 로시엘이 길게 탄식했다.

"이럴 수가……."

난생처음 듣는 소리였다. 믿을 수 없는 소식에 세상 무너진 표정을 한 헬라드에게 벨루안이 의아히 되물었다.

"모르셨습니까? 어제 폐하를 뵙고 왔다 하시기에 당연히 만나신 줄 알았습니다."

헬라드가 하얘진 얼굴로 정신없이 되뇌었다.

"몰랐어……. 전혀 몰랐다고……."

로시엘도 마찬가지로 영혼 탈곡된 얼굴이 되었다. 쌍둥이는 절망에 빠졌다. 혹시나 에니샤의 사랑이 식은 것인가, 우리 뒷방 늙은이 된 것인가 하며 허우적거리던 때였다. 헬라드가 번뜩 로시엘을 돌아보며 말했다.

"폐하가 에니샤한테 거짓말한 거 아냐?"

"……!"

로시엘의 입매가 느릿하게 비틀렸다.

"아무래도 그런 듯한데."

로드고가 에니샤에게 헬라드와 로시엘이 없다고 거짓말을 한 것이 틀림없었다. 거짓말한 이유야 말할 것도 없었다. 에니샤랑 둘이서 시간을 더 보내고 싶어서 그랬으리라. 순진한 막내를 뻔뻔스럽게 속여 넘겼을 로드고를 생각하니 피가 거꾸로 솟았다. 하지만 따지고 들 수는 없었다. 네놈들도 그랬을 것 아니냐며, 태연스레 되물으면 할 말이 없었다. 반대 입장이어도 똑같이 행동했을 것이기 때문이었다.

"으아아……."

헬라드가 책상에 머리를 박고서 울먹였다.

"이건 살아도 사는 게 아니야……."

에니샤 없는 세상에서 살아서 무엇 하느냐고 한탄했다. 옆에서 로시엘도 고운 손으로 이마를 짚으며 깊게 한숨 내쉬었다. 헬라드가 분통을 터뜨리며 소리 질렀다.

"우리가 뭘 위해 이렇게 열심히 일하냐! 솔직히 다 막둥이 위해서 아니냐!!"

"그렇지……."

힘이 쪽 빠진 로시엘에게 헬라드가 옆구리를 푹푹 쑤시며 채근했다.

"야, 빨리 공국 갈 핑계 만들어보자."

로시엘은 헬라드의 손을 짜증스럽게 쳐내며 쏘아붙였다.

"핑계야 얼마든지 만들어낼 수 있지. 하지만 문제는 어떻게 공국까지 가느냐는 거잖아."

일주일 뒤에는 에니샤가 히페리온으로 돌아온다. 헬라드와 로시엘은 그 전에 자드카르로 날아가서 에니샤를 보고 오길 바랐다. 하지만 장거리 이동마법진은 제작에 오랜 시간이 걸린다.

로시엘의 말에 헬라드가 몹시 사악한 웃음을 흘리며 앞을 바라보았다. 비실거리고 있던 녹시타는 헬라드와 눈이 딱 마주치는 순간, 불안한 얼굴로 벨루안의 옷자락을 붙잡았다. 헬라드가 녹시타와 벨루안을 바라보며 흐뭇하게 말했다.

"여기 있네, 장거리 이동마법진."

로시엘의 얼굴이 꽃처럼 활짝 피었다.

❧❦❧

야심한 새벽, 자드카르 왕궁 가장 내밀한 곳에 위치한 공왕의 침실. 두터운 덧창을 덮어놓은 창문에서 누군가 스르륵 모습을 드러냈다. 고양이처럼 발돋움을 하고 살금살금 걸어 들어오는 침입자는 에니샤였다. 잠들어 있는 카힐이 깰까 봐 한껏 조심스럽게 들어오는데, 또렷한 목소리가 날아들었다.

"에니샤 님?"

침대 등받이에 기대어 앉아 있던 카힐이었다. 그의 모습에는 졸음기가 전혀 없었다.

"안 자고 있었어?"

미안한 마음에 후다닥 그에게 달려갔다. 카힐은 기다렸다는 듯 자리에서 일어나 에니샤를 끌어안았다. 그가 목덜미에 얼굴을 묻으며 냄새를 맡았다.

"히페리온 냄새가 납니다."

무슨 커다란 개처럼 파고들며 하는 말에 에니샤는 웃었다.

"그게 뭐야."

"그냥 그런 냄새가 있습니다. 따뜻하고 부드러운……."

카힐은 에니샤의 외출복을 손수 벗기고, 침의로 갈아입혀줬다. 에니샤는 그에게 모든 것을 맡겨놓고 흐물흐물 늘어졌다. 껍질을 벗듯 휘리릭 옷을 벗은 뒤 카힐에게 안겨서 침대에 쏙 들어갔다. 카힐은 그런 에니샤를 꼭 끌어안으며 옆에 누웠다. 에니샤는 졸린 눈을 하면서도 그에게 속삭였다.

"카힐……. 내가 히페리온에서 맛있는 거 가져왔어……."

본궁 주방장이 싸준 간식 바구니를 챙겨왔다고, 새로 개발한 크림빵이 정말 맛있다는 이야기도 빼놓지 않았다.

"그러니까 내일 아침에 일어나서 함께 먹자……."

카힐이 미소 지으며 답했다.

"네, 내일 꼭 같이 먹는 겁니다."

"으응……."

그러다 스르륵 잠들어버렸다. 옆에서 웃는 소리가 들렸던 것도 같지만, 에니샤는 세상모르고 깊은 잠에 빠졌다. 카힐은 잠든 에니샤를 한참 동안 쳐다보다가, 이마 위에 가만히 입술을 눌렀다.

"어서 오세요."

돌아오시길 기다리고 있었습니다.

나직하게 속삭인 카힐은 에니샤를 끌어안은 채 조용히 함께 잠

들었다. 침실은 고요한 어둠 속에 잠겨들었다. 더없이 평화롭고 온
유한 시간이었다.

❧⦿❦⦿❧

오직 에니샤만을 위해 지어진 별궁은 칙칙한 자드카르 왕궁에서
홀로 반짝거렸다. 왕궁에 들어선 사람들이 전부 공왕비 전하를 위
한 공간임을 알 수 있을 정도로 말이다. 잠은 카힐의 침실이나 별
궁 침실에서 번갈아 자지만, 공식적으로 머무르는 거처는 별궁이
었다.

에니샤는 별궁이 무척 마음에 들었다. 주춧돌부터 지붕 판때기
하나까지 전부 에니샤의 취향에 맞게 지은 덕분이었다. 특히 마법
연구를 편히 할 수 있도록, 아주 넓은 책상을 들인 집무실이 가장
마음에 들었다. 이것저것 늘어놓고 마법진을 그리거나 수식 연구
를 하는 데 딱 알맞은 책상이었다.

모든 것이 날개를 펼친 듯 순조로웠지만, 한 가지 문제가 있었
다. 새로운 공왕비의 시중을 들기 위해 소집된 시녀들이 에니샤를
한참 어려워하고 있다는 점이었다. 지금도 그러했다. 간단하게 치
장을 도와주는 것뿐인데도 초긴장 상태였다. 어찌나 긴장했는지,
손을 덜덜 떨어대는 탓에 장신구의 금속 장식끼리 서로 부딪히며
짤랑짤랑 소리가 날 정도였다.

에니샤는 조금 불안한 눈으로 장신구를 든 시녀를 살폈다.

저러다 사고 치는 거 아냐……?

뭔가 실수하겠다 싶어서 흘긋흘긋 살피던 때였다. 기어코 일이 터졌다. 달달달 떨고 있던 시녀가 장신구를 손에서 놓쳐버린 것이다. 자그마한 보석 장신구는 공교롭게도 에니샤의 콧등을 톡 맞추고 떨어져버렸다. 예상치 못한 공격에 에니샤는 앗 소리를 내었고, 시녀는 새하얗게 질린 얼굴로 곧장 무릎을 꿇었다.

"죄, 죄송합니다! 정말 죄송합니다!"

시녀는 이미 사후세계를 다녀온 것 같은 표정이었다. 심지어 바닥에 이마까지 찧으려고 했다. 에니샤는 그녀를 황급히 만류했다. 훌쩍거리는 시녀를 달래고 나니 정신이 쏙 빠졌다. 대체 뭐가 어떻게 돌아가는 건지, 에니샤에 대한 자드카르 공국민들의 반응은 몹시 극단적으로 갈렸다. '공왕비 전하 사랑해요'를 울부짖거나, 잔뜩 쫄아서 뭔 말도 제대로 못 하거나. 아마 후자의 경우는 히페리온의 악명이 두려워서 그러는 것이리라. 에니샤는 앞으로 차근차근 선입견을 걷어내고, 온화하고 인자한 공왕비로 알려질 수 있도록 노력하겠다고 다짐했다.

험난하게 치장을 마치고 나니, 어느새 시간이 아슬아슬해져 있었다. 에니샤는 종종걸음으로 별궁을 나섰다. 카힐과 함께 국무회의에 참석할 예정이었다. 에니샤는 자드카르 공왕비이지만, 아르커스의 대법사이기도 했다. 아르커스의 대표로서 자드카르와 공식적인 교류를 의논할 생각이었다. 문득 예전에 몰래 국무회의를 구경했던 기억이 떠올랐다. 그때 카힐은 귀족들과 그리 사이가 좋아 보이진 않았다. 오늘도 회의에서 많은 고난과 역경이 있을 것으로 예상되었다. 귀족들이 얄밉고 허튼 소리를 하면 마법으로 꿀밤을 때려주고 싶다고 생각하던 때였다. 에니샤는 불쑥 이질감을 느끼고 발을 멈췄다. 자연스럽게 에니샤를 뒤따르던 시녀들이 줄줄이 걸음을 멈추었다. 에니샤는 눈을 크게 뜨고서 주위를 둘러보았다. 시녀장이 슬그머니 다가와 무척 자랑스러운 얼굴로 말했다.

"싹 갈아엎었었습니다."

정신없어서 몰랐는데, 자드카르 왕궁이 완전히 뒤바뀌어 있었다. 전체적인 건물들은 에니샤가 머무르는 별궁을 제외하곤 그리 변한 게 없었다. 하지만 분위기가 완전히 달라졌다. 왕궁 전체에 대규모 마법진을 설치한 덕분이었다. 일종의 결계처럼 북풍과 눈을 막아주도록 설정한 마법진이었다. 덕분에 왕궁 내부는 살짝 쌀쌀한 수준의 공기를 유지하게 되었다. 히페리온처럼 온화한 정도는 아니지만, 곳곳에 쌓여 있던 눈을 전부 말끔하게 치워버릴 수준은 되었다. 다만 별궁 앞의 거대 눈사람은 별도의 마법진을 그려 넣어서 녹지 않도록 설정해놓았다.

내부 공기가 따뜻해지니 자연스럽게 식물들도 파릇파릇해졌다. 회색빛으로 가라앉아 있던 공간에 싱그러운 초록이 더해지자, 예전의 음울한 풍경은 찾아볼 수 없었다. 완전히 새롭게 태어난 자드카르 왕궁이었다. 연신 감탄하며 둘러보는데, 시녀장이 옆에서 말했다.

"아르커스와 히페리온에서 많은 도움을 주셨습니다."

신혼여행 가 있는 사이 부지런히 왕궁을 들쑤신 모양이었다. 그래도 결과가 좋아서 다행이라고 생각하는데, 시녀장이 에니샤에게 공손히 고개를 조아리며 말했다.

"진심으로 감사드립니다, 공왕비 전하."

시녀장의 감사 인사를 시작으로, 다른 시녀들 또한 무릎을 살짝 굽히며 인사했다.

에니샤가 한 일은 아니었다. 하지만 전부 에니샤가 있기에 이뤄진 일이었다. 시녀장은 진솔한 눈을 하고서 에니샤에게 말했다.

"저희는 공왕비 전하께서 자드카르에 와주신 것을 큰 영광으로 생각하고 있습니다."

갑작스러운 인사에 에니샤는 얼굴이 조금 붉어졌다. 때맞춰 바람이 불었다. 눈과 얼음이 사라진 부드러운 바람이 나뭇잎들을 시원한 소리를 내며 쓸어내고, 머리카락이 하늘하늘 흩날렸다. 에니샤는 시녀들을 향해 쑥스러운 미소를 지으며 답했다.

"고마워. 앞으로 나도 열심히 할 터이니……."

그 순간, 어째서인지 시녀들은 일제히 멍한 얼굴이 되었다. 아까 실수했던 시녀도 넋이 나간 눈으로 에니샤를 바라보았다. 다들 왜 저런 눈으로 보는가 싶어서, 에니샤는 고개를 갸웃했다. 그러다가 이럴 시간이 없다는 것을 깨닫곤, 시녀들을 데리고 얼른 다시 걸음을 옮겼다.

부지런히 걸었지만, 생각했던 시간보다 조금 늦게 회의장에 도착했다. 회의 시간에 늦은 것은 아니었다. 그러나 이미 장내에는 참석자 전원이 모여 있었다. 가장 안쪽에 앉아 있던 카힐은 에니샤가 들어오자마자 벌떡 일어났다. 귀족들 또한 예를 갖추기 위해 자리에서 일어섰다. 에니샤는 카힐에게 살짝 눈웃음을 보내며 그의 옆자리로 종종 걸어갔다. 상석에 공왕과 공왕비가 나란히 착석하고,

다시 모두가 자리에 앉았다. 카힐이 에니샤의 귀에 소곤소곤 속삭였다.

"보고 싶었습니다."

어젯밤 같이 꼭 끌어안고 잠들었다가, 아침에 눈뜨자마자 히페리온 황궁에서 받아온 간식 바구니를 사이좋게 나눠 먹었던 카힐이었다. 크림빵 뜯어 먹은 것이 겨우 몇 시간 전이건만, 그것 가지고 며칠 떨어졌던 사람처럼 속삭이는 것에 웃음이 나왔다. 에니샤는 카힐에게 마주 속삭였다.

"나도."

카힐은 서슴없이 에니샤의 이마에 입 맞췄다. 남들 다 보는 앞에서 무슨 짓이냐고 팔뚝을 콕 찌르는데도, 카힐은 그저 좋다고 웃었다.

신혼부부의 애정 행각에 노귀족들이 크흠 하고 대놓고 헛기침했다. 막 회의를 시작하려던 때였다.

"……?"

에니샤는 흘긋 천장을 쳐다보았다가, 살짝 미간을 찌푸렸다. 결계의 흔들림이 느껴졌다. 누군가 이동마법을 통해서 자드카르 왕궁 내부로 들어오는 것이었다. 침입자는 아닐 것이다. 에니샤가 히페리온의 총사령관으로 엘하르크 정벌에 나선 이후, 대법사 어쩌고 하던 놈들은 깔끔하게 박멸되었다. 물론 조금 남아 있을 수도 있겠지만, 엘하르크 정벌에서 대법사의 위력을 제대로 보여준 덕에 다들 지금은 얌전해진 상태였다. 그러니 감히 대법사의 신혼왕궁을 공격할 자는 아무도 없는 상황인데……. 에니샤는 왕궁으로 들어온 기척을 추적해보았다. 점차 회의장으로 가까워지고 있었다. 눈매를 살짝 좁히며, 마력을 끌어올리려던 때였다. 에니샤는 움찔 몸을 떨었다.

군건하게 닫힌 회의장의 문으로 성인 남자 넷이 스르륵 기어 들어오고 있었다. 기척을 감추는 마법을 두르고, 사물을 통과하는 마법을 사용해 회의장 내부로 들어온 것이다. 장내에 모인 사람들은 아무도 네 남자의 존재를 눈치채지 못했다. 다만 카힐만이 뭔가 이상함을 느끼고 에니샤를 곁눈질했을 뿐이다. 마법으로 단단히 모습을 감춘 네 남자는 회의장 벽에 나란히 쪼르륵 붙어 섰다. 그리고 에니샤와 눈이 딱 마주쳤다.

깜빡깜빡.

에니샤는 눈을 깜빡였다. 하지만 눈앞의 사람들은 사라지지 않고 그대로였다. 그들 중 한 명이 소리 없이 입 모양으로 말했다.

쭈글아!

그리고 씩 웃었다.

에니샤는 손으로 이마를 짚었다. 쌍둥이와 좌우법사였다. 예전에 에니샤도 마법을 덮어쓰고 자드카르 국무회의를 몰래 구경한 적이 있었다. 그때 카힐이 일하는 모습을 재밌게 구경했었는데……. 누가 가족 아니랄까 봐, 똑같은 행동을 하고 있었다.

할 말을 잃어버린 에니샤 앞에서, 헬라드가 씩 웃어 보였다. 옆에서 로시엘이 손을 살랑살랑 흔들고, 벨루안과 녹시타가 어색하게 미소 지었다. 누가 쌍둥이를 여기까지 데려와 줬는지, 안 봐도 뻔한 일이었다. 에니샤는 입술을 달싹이다가 그냥 한숨 쉬었다. 일단 빠르게 회의부터 끝내야 할 것 같았다. 벽에 달라붙어 있는 이들을 모른 척하며, 에니샤는 최대한 자연스럽게 시선을 다른 쪽으로 돌렸다.

카힐이 회의의 시작을 알렸다. 귀족들이 준비된 안건에 대해 여러 가지 이야기를 내놓았다. 회의장의 분위기는 평소보다 경직되어 있었다. 원래 존재하지 않았던 사람이 하나 추가되어 그런 것이리라. 본디 왕비는 국무회의에 참석하는 일이 드물었다. 하지만 오늘 에니샤는 이곳에 공왕비로 참석한 것이 아니었다.

몇 가지 안건을 결론 내린 후, 카힐이 에니샤를 바라보았다. 에니샤는 큼큼 하고 목을 가다듬은 다음 입을 열었다.

"다들 알고 있겠지만, 나는 아르커스의 대법사이기도 하지."

그리고 쳐다보는 시선들 앞에서 차분히 말을 이어갔다.

"앞으로 자드카르와 아르커스 간의 마법 교류를 추진하려는 바. 이에 대해 경들의 의견을 듣고 싶군."

또박또박 발언을 끝내자, 지켜보던 네 명의 관중이 소리 없는 아우성을 내질렀다. 에니샤는 그들을 애써 외면했다. 헬라드와 로시엘은 입꼬리가 귀에 걸려 있었다. 막둥이가 뭐만 하면 다 알고 싶어서 궁금해 죽는 둘이었다. 그런데 이렇게 귀족들 앞에서 대법사로서 발언하는 모습은 처음 보는 것이니, 당연히 좋아할 수밖에 없었다. 벨루안과 녹시타도 무척 초롱초롱한 눈으로 에니샤를 바라보고 있었다. 그들의 얼굴에는 딱 이렇게 쓰여 있었다.

이런 대법사는 처음이야!

박수를 치지 않은 게 다행이라는 생각이 들었다. 그들의 시선이 부담스러워서, 에니샤는 귓불이 조금 화끈거렸다. 민망함을 감추려 괜히 고개를 더 치켜 올리며, 에니샤는 좌중을 둘러보았다. 아무튼 귀족들에게 의견을 좀 듣고 싶은데, 다들 말이 없었다. 살짝 의아하게 눈을 깜빡이는데, 가장 앞자리의 노귀족이 발언했다.

"저희들이 어찌 감히 의견을 내겠습니까?"

에니샤는 그를 가만히 바라보았다. 예전 에니샤가 구경했던 국무회의 때도 카힐에게 많이 귀찮게 굴었던 자였다. 곧은 시선에 흠칫 몸을 떨면서도, 노귀족은 나불거리는 혓바닥을 멈추지 않았다.

"공왕비 전하께서 이리 국무회의까지 관여하시는 것은 월권이라 생각됩니다."

에니샤는 속으로 크게 탄식했다. 회의에서 어느 정도 반박이 들어오리란 건 이미 예상했다. 하지만 지금은 그러면 안 됐다. 몇몇 귀족들이 출입구를 흘긋 돌아보았다. 분명 문이 꼭 닫혀 있는데, 어째 싸늘한 기운이 흘러들어오는 느낌이 드는 탓이었다. 지극히 당연하게도, 그곳에는 네 남자가 일제히 노귀족을 노려보고 있었다. 이미 눈빛으로 난도질하고 있는 그들을, 에니샤도 눈에 힘을 빡 주고서 째려보았다. 허튼짓 하지 말고 얌전히 있으라는 경고의 눈빛이었다. 하지만 그렇게 열심히 노려봐도 안심되지가 않았다. 언제 회의에 난입할지 몰라서 가슴이 두근거릴 지경이었다. 특히 헬라드가 몸을 조금이라도 움직일 때마다, 에니샤는 함께 움찔움찔 놀랐다.

"……."

카힐이 옆에서 살짝 돌아보았다가, 문 쪽을 쳐다보았다. 그는 이미 상황을 다 짐작한 듯했다. 미소 짓지 않기 위해 가만히 입술을 말아 물은 모양새가 딱 그러했다. 에니샤가 속으로 한숨을 삼키던 때였다. 카힐이 탁자 아래에서 가만히 손을 잡아왔다. 자신이 대신 말해도 되냐고 묻는 손짓이었다. 에니샤는 그의 손등을 톡톡 두드려서 허락을 해주었다. 손을 살짝 힘주어 쥐었다가 놓고선, 카힐이 입을 열었다.

"경은 괴이한 논리를 펼치는군."

청회색 눈동자를 담은 눈매가 가느스름해졌다.

"분명 대법사로서 참석했다고 하지 않았나?"

"하지만 그 이전에 공왕비이시기도……!"

"이전이 아니라 이후이지."

카힐이 느슨하게 의자에 등을 기댔다. 그리고 고개를 까닥이며 질문했다.

"공왕비가 아니었다면 대법사에게 그런 식으로 말할 수 있었겠는가?"

"……."

핵심을 찌르는 질문이었다. 냉정하게 말해서, 공왕비 되기 전에는 꼼짝도 못 하던 놈들이 이제 자드카르 소속이라고 은근히 힘겨루기를 시도하는 것이었다.

"이는 나의 비를 무시하는 처사로밖에 생각되지 않는데."

"……."

노귀족은 다소 분한 얼굴로 입을 다물었고, 에니샤는 가슴을 쓸어내렸다. 여기서 저 귀족이 더 뻗댔으면, 헬라드가 회의장 탁자 위로 뛰어올랐을지도 몰랐다. 혼비백산하며 도망가는 귀족들의 모습을 상상해본 에니샤는 그만 피가 쑥 빠지는 느낌이었다. 그렇게까지 안 되어서 정말 다행이었다.

에니샤는 카힐에게 살짝 눈을 깜빡여서 고맙단 인사를 보냈다. 카힐은 말없이 미소 지었다. 히페리온 황궁에서 오래 지냈던 탓일까. 카힐에게선 황족들의 모습이 조금씩 묻어나곤 했다. 방금 귀족들 앞에서 발언하던 카힐의 모습에는 로드고의 흔적이 묻어났다. 왠지 뿌듯한 마음에 웃고 있던 에니샤는 순간 흠칫했다.

쌍둥이랑 좌우법사도 이런 마음인 것인가……?

왠지 모르게 그들을 이해해버리던 순간이었다. 방금까지 깐깐하게 굴던 노귀족 옆에 있던 자가 발언했다.

"그렇다면 자드카르에 아르커스 마법사들을 데려와주실 수 있습니까?"

마찬가지로 나이 지긋한 귀족은 줄줄줄 요구를 늘어놓았다. 아르커스 마법사들이 상주하면서 고위마법을 전수하고, 자드카르를 위해 일해 달라는 것이었다. '자드카르를 위해'라는 요구에는 왕궁에 설치한 온도유지마법진을 수도 저택에도 설치해달라는 것도 있었다. 그만한 규모의 마법을 유지하기 위해서는 엄청난 마력이 들어가건만, 수도 저택에 일일이 설치해달라니 말도 안 되는 소리였다. 무슨 꿍꿍이로 저런 요구를 하는지 아주 뻔했다. 수도에는 귀족들의 저택이 대부분이었다. 대답할 가치도 없다고 생각하던 에니샤는 순간 눈을 크게 떴다.

"……!!"

벨루안이 너무 열 받은 나머지, 실수로 모습을 감추고 있던 마법을 풀어버린 것이다. 아까부터 자꾸 싸한 기운에 흘긋흘긋 문 쪽을 돌아보던 귀족들 몇몇은 헬라드와 로시엘하고 정통으로 눈이 마주쳤다. 그냥도 아니고, 잔뜩 열 받은 헬라드와 로시엘하고 말이다.

"……."

눈 마주친 귀족들은 그만 비명도 못 지르고 기절해버렸다. 불쌍한 귀족들이 힘없이 픽 하고 회의장 탁자로 엎어지자, 옆에 앉아 있던 사람들은 깜짝 놀라서 벌떡 일어났다.

"이, 이보시게……! 백작, 왜 갑자기……!"

"자칼론 자작! 어서 의사를 불러오시오!!"

다들 무엇 때문에 이리되었는지 알아보려고 난리였다. 하지만 정신 차린 벨루안이 얼른 마법을 다시 덧씌웠기 때문에, 매끈한 벽과 문밖에는 보이지 않았다. 의문의 기절에 모두 우왕좌왕하는 동안 에니샤는 모른 척했고, 카힐은 잠시 손으로 입을 틀어막은 채 고개를 옆으로 돌렸다. 웃음을 참으려 애쓰는 그가 힘겨워 보였다. 노귀족들은 왠지 조금 해쓱해진 얼굴로 에니샤를 바라보았다. 에니샤가 무슨 마법으로 해코지를 했다고 생각하는 모양이었다. 피도 눈물도 없는 잔혹한 히페리온이라고 두려워하는 눈들을 보면서도, 에니샤는 그냥 그런 것처럼 덮어두었다. 진실은 더 참혹하기 때문이었다.

어쨌든 덕분에 귀족들은 조용해졌고, 헛소리도 하지 않았다. 그 뒤로는 별다른 일 없이 평탄하게 흘러갔다. 에니샤는 다시 침착하게 발언을 시작했고, 대법사로서 아르커스가 해줄 수 있는 여러 가지 일들을 이야기했다. 이미 좌우법사가 심심하면 자드카르 왕궁에 와서 들쑤시며 이런저런 마법진을 설치해놓긴 했지만, 정식으로 교류를 트는 것은 다른 의미였다. 서로 사절단을 주고받고, 상식적인 수준에서 마법으로 도움을 주겠다고 약속했다. 자드카르도, 아르커스도 서로 손해 볼 것이 없는 거래였다.

우여곡절 끝에 회의가 끝났다. 회의가 파하자마자, 에니샤는 귀족들과 인사를 나눌 새도 없이 쏜살같이 튀어나갔다. 그런 에니샤를 네 남자가 졸졸 뒤따랐다. 인적 드문 곳에 다다른 에니샤는 마력을 끌어올렸다. 금빛 마력이 허공을 뒤덮고, 물감을 걷어내듯 숨어 있던 사람들을 드러냈다.

"오라버니 왔다, 막둥아!"

"오랜만이지, 에니샤."

"죄송합니다, 대법사."

"하지만 쟤들이 협박했어요……."

넷이서 왁자지껄 떠들어대는데, 뭐라고 따질 힘도 없어서 에니샤는 그냥 조용히 중얼거렸다.

"그새 많이 친해지셨나 봐요……."

그러자 네 사람 모두 얼굴이 구겨졌다.

"친해지긴 무슨! 잠시 필요에 의해 협업 중인 것뿐이지."

헬라드의 말에 로시엘이 냉큼 받아다 말했다.

"장거리 이동마법진이 필요했거든, 에니샤."

마침 마땅한 도구가 있기에 사용했다며, 그가 태연하게 벨루안과 녹시타를 고갯짓했다. 그러더니 차갑게 웃으며 말했다.

"내가 애지중지 키운 막내가 그런 하등한 자들과 대화를 나누다니……."

뒤늦게 쫓아온 카힐이 저만치서 보였다. 쌍둥이와 좌우법사는 약속이라도 한 것처럼 카힐을 홱 돌아보았다. 나란히 그를 쏘아보는 네 남자를 보며, 에니샤는 소리치고 싶었다.

도망쳐, 카힐…….

다행스럽게도 에니샤는 위기를 넘겼다. 별궁 앞에 설치된 눈사람을 구경하러 가지 않겠냐고 제안한 덕분이었다. 초대형 에니샤 눈사람이 있다는 말로 정신을 빼놓는 데 성공한 에니샤는 그들을 별궁으로 졸졸 이끌었다. 그리고 다 같이 별궁 앞에서 눈사람을 감상했다. 카힐이 직접 지시한 특대 목도리를 두른 눈사람은 햇빛을 받아 반짝반짝했다. 로시엘이 안타까운 얼굴로 말했다.

"저기 눈에다가 보석이라도 좀 박을 것이지……."

"그래도 나쁘진 않네!"

헬라드가 혼자서 고개를 끄덕끄덕하더니, 불쑥 에니샤를 돌아보며 말했다.

"기분 이상하다."

"뭐가요, 오라버니?"

"네가 다른 곳에서 왕비 전하로 불리고, 또 어엿하게 일하는 모습을 보니까……."

헬라드는 씩 웃으며 손을 뻗어선, 에니샤가 머리에 쓰고 있는 왕관을 톡톡 두드렸다.

"정말 황녀님에서 왕비님이 되었네."

에니샤는 잠시 멈칫했다가, 이내 배시시 웃어 보였다. 그리고 헬라드에게 답삭 안기며 말했다.

"왕관 엄청 잘 어울리죠?"

"당연하지."

그러나 헬라드가 꽉 안아주는 순간, 주변에서 난리가 났다. 로시엘이 냉큼 헬라드를 밀어내며 말했다.

"내가 이 먼 곳까지 왔는데, 에니샤가 너랑 안고 있는 꼴이나 봐야겠어?"

"뭐야? 멍청해서 이동마법진 생각도 못 한 주제에······."

"······뭐, 멍청?"

헬라드와 로시엘 사이에 불꽃이 튀었다. 그 사이에 끼인 에니샤는 난감해 어쩔 줄을 모르다가 그냥 웃었다. 자드카르 공왕비가 되었지만, 에니샤의 일상은 여전히 변함없었다.

외전 4

◆

에니샤의 나날

황녀, 대법사, 거기다 공왕비까지. 최근 에니샤는 몸이 세 개라도 모자랄 일정을 소화하는 중이었다. 바빠서 정신없이 지내면서도, 신혼생활도 알차게 보냈다. 카힐하고 함께한 시간은 오래되었다. 하지만 부부라는 이름을 달고 함께 보내는 시간은 또 달랐다. 아무래도 가장 달라진 점은 매일 밤 함께 잠들고, 같이 눈을 뜬다는 것이었다.

"으응······."

에니샤는 눈을 비비적거리며 잠에서 깨어났다. 서로 딱 달라붙어서 잠들어 있었기에, 자연스럽게 카힐도 눈을 떴다. 그가 부스스 웃으며 에니샤를 끌어안았다. 에니샤는 카힐의 뺨에 쪽 하고 키스해주며 말했다.

"좋은 아침이야, 카힐."

"좋은 아침입니다."

카힐은 에니샤를 그대로 안아다가 욕실로 향했다. 시종들이 미리 마련해놓은 욕조에서 함께 뽀득뽀득 몸을 씻고, 어제 함께 수행했던 과제에 대해서 이야기를 나눴다.

"그 자세는 좀 불편했어. 나 아직도 허리가 아파."

"좋아하시기에 불편한지 몰랐습니다. 주의하겠습니다."

"음, 좋기는 했는데……."

에니샤는 제 몸을 내려다보고는 고개를 절레절레 내저었다. 누가 늑대모피 아니랄까 봐, 카힐은 틈만 나면 저를 이곳저곳 물어댔다. 잇자국이며 붉게 빨아들인 흔적이 가득한 몸을 보다가 카힐을 쳐다보았다. 에니샤는 그에게 얼룩송아지처럼 되어버린 몸을 가리키며 물었다.

"이 사태를 어떻게 생각해?"

카힐은 잠시 제가 만들어놓은 작품을 감상하듯 에니샤를 바라보았다. 에니샤는 콧등을 찌푸리며 그에게 찰싹 물을 튀겼다. 카힐이 낮은 웃음을 흘리며 말했다.

"이것도 주의하겠습니다."

둘이서 아웅다웅하며 목욕을 마친 후에는 카힐이 직접 머리를 말려주었다. 시녀들을 시키면 될 일인데도, 카힐은 에니샤의 머리카락 말리는 일을 즐겼다.

"햇빛 냄새가 나거든요."

"그래?"

그게 무슨 냄새인지 궁금해 하며, 에니샤는 탁자 위에 놓인 서신들을 한가득 집어 들었다. 카힐이 머리를 말려주는 동안 서신이나 읽어볼 생각이었다. 하나씩 훑던 에니샤는 어디서 한번 들어본 것 같지만 낯선 이름이 적힌 서신을 발견했다. 고개를 갸웃하며 뜯어 보니, 편지 내용은 더욱 의아했다.

"……?"

웬 기묘한 구구절절 반성문이었다. 공왕비 전하를 몰라 뵈어서 죄송하고 앞으로 잘하겠고 어쩌고 하는 내용이 작은 글씨로 빽빽 했다. 편지를 읽으며 연신 고개를 갸웃갸웃하자, 카힐이 등 뒤에서 건네다 보았다. 카힐은 들고 있던 수건을 의자에 걸쳐놓았다. 그리 고 자연스럽게 편지를 채가며 말했다.

"잘못 분류된 서신입니다."

"나한테 보낸 것 같던데?"

"별 내용도 없지 않습니까. 시녀들 선에서 답신을 보내야 할 서 신인데 흘러들어온 모양입니다."

에니샤가 여전히 의심 가득한 시선을 보내자, 카힐은 싱긋 웃었 다. 그러더니 살짝 달라붙어선 귓불을 만지작거리며 속삭였다.

"그냥 모르는 척해주면 안 될까요, 에니샤?"

"……카힐."

꼭 자기 불리할 때면 이렇게 존칭 없이 이름을 부르며 애교 부렸 다. 짐짓 목소리를 낮춰서 그를 부르자, 카힐은 웃기만 했다.

히페리온에서 온갖 일을 겪어온 에니샤는 이쯤 되니 바로 눈치 가 딱 왔다. 일전에 자드카르 귀족들과 회의를 할 때, 쌍둥이와 좌 우법사가 온 적이 있었다. 무서운 사람들이 지켜보는 줄도 모르고, 자드카르 귀족들은 열심히 날뛰었더랬다. 회의는 어찌어찌 잘 마무리되었다. 하지만 헬라드와 로시엘이 가만 내버려 뒀을 리가 없었다. 그 뒤로 분명히 카힐을 달달 볶아서 귀족들 줄초상을 냈을 터였다. 물론 에니샤가 모르는 사이에 쓱싹 하고 말이다. 방금 읽은 구구절절 반성문은 그들 중 하나가 보낸 것인 듯했다.

에니샤는 잠시 고민했다. 하지만 그냥 모른 척 덮어두기로 결심했다. 남편 욕하고 방해하는 무리들이 에니샤도 썩 마음에 들지 않았기 때문이다. 귀족들 물갈이도 할 겸, 이렇게 기선 제압을 해두면 앞으로 헛소리하는 놈들은 깡그리 없어지리라.

에니샤는 반성문 서신을 저만치에 던져놓는 것으로 대답을 대신했다. 카힐은 그런 에니샤의 정수리에 쪽 하고 소리 나게 뽀뽀했다. 자꾸 쪽쪽거리는 그를 밀어내고, 다른 서신들도 확인했다. 빠르게 하나씩 읽어나가던 에니샤는 눈을 동글하게 떴다. 헤르노어 아카데미에서 날아온 서신을 발견한 것이다. 신나는 마음으로 후다닥 밀랍봉인을 뜯어보았다.

유디트가 엘하르크의 왕이 된 이후, 이스미온은 교장직을 그만두겠다고 선언했다. 하지만 여러 가지 사정이 맞물려 아직 관두지 못하고 있었다. 아카데미의 교장으로 붙잡혀 있는 이스미온은 이따금씩 에니샤에게 서신을 보냈다. 항상 동부의 이야기를 그득하게 담아 보냈기에, 에니샤는 이스미온의 서신이 도착하면 선물을 받은 기분이었다. 이번에도 이스미온은 예쁜 필체로 이런저런 소식들을 적어주었다. 즐겁게 서신을 읽어 내려가던 에니샤는 마지막 줄에서 눈을 크게 떴다.

……하여, 혹시 아카데미에서 특별교수로 하루만 강의를 해주실 수는 없습니까?

에니샤는 저도 모르게 인상 깊은 단어를 따라 읽었다.

"특별교수!"

에니샤는 카힐에게 편지를 보여주면서 물었다.

"카힐, 헤르노어 아카데미 갈래? 시간 괜찮아?"

"특별교수로 강의를 하시는 건가요."

"그럴까 싶어서. 사실 나 이런 거 해보고 싶었어. 동부에서 만나고 싶은 사람들도 있고."

아카데미에서 짧게 강의를 하고, 동부 순회를 돌면 딱 좋을 듯했다. 제일 보고 싶고 궁금한 사람은 역시 유디트였다. 엘하르크의 왕이 된 그녀는 보수적인 동부에서 여러모로 튀는 행보를 벌이고 있었다. 극렬한 반대와 열렬한 지지를 동시에 받고 있는 유디트는 현 대륙에서 가장 주목받고 있는 사람 중 하나였다. 그리고 에니샤가 가장 좋아하는 친구이기도 했다. 벌써부터 그녀와 말하려고 꾸려놓은 이야기보따리가 한가득했다. 자드카르 특산품을 선물로 가져가면 좋아할 것 같았다. 공왕비의 권한으로 이것저것 잔뜩 싸갈 생각이었다.

이스미온과 하렌에게는 뭘 줄까 생각하던 에니샤는 잠시 멈칫했다.

하렌…….

대현자의 후손인 하렌은 중요한 길목마다 예언을 내주곤 했다.

그리고 에니샤는 지금 가장 중대한 일을 앞두고 있었다. 하렌의 말을 들어보는 것이 좋다는 것을 알면서도, 여태 계속 미뤄놓고 있었다. 하지만 이제는 물어볼 때가 찾아온 것 같았다. 어떤 대답을 듣더라도 말이다.

✿

바쁜 카힐을 놔두고, 에니샤는 먼저 동부로 향했다. 카힐은 강의가 있는 당일에 찾아오기로 했다. 헤르노어 아카데미로 하루 일찍 날아간 것은 충동적인 결정이었다. 아무에게도 알리지 않고 멋대로 왔지만, 대예언자와 소예언자를 하나씩 보유한 아카데미에서는 이미 방문을 예상하고 있었던 듯했다. 신관 기숙사 뒤편의 정원에 살며시 이동하니, 그곳에는 하렌이 기다리고 있었다.

"하렌!"

깊게 눌러쓴 모자를 젖히며 이름을 부르자, 하렌이 가만히 예를 갖췄다.

"히페리온의 세 번째 별이자, 자드카르의 공왕비 전하를 뵙습니다."

길어진 인사말에 에니샤는 멋쩍게 웃었다.

"내가 오는 줄 알고 있었구나."

"저는 몰랐습니다. 다만 이스미온 님이 난데없이 여기 가서 서 있으라고 하시기에……."

그가 괴상한 돌발 행동을 벌이는 게 하루 이틀 일이 아닌지라,

하렌도 그러려니 하면서 정원에 나온 모양이었다. 하렌이 조용하게 미소 지으며 말했다.

"잠깐 걸으시겠습니까?"

에니샤는 하렌과 함께 정원을 산책했다. 하렌은 많이 의젓해져 있었다. 앳된 소년을 벗어나, 어느새 청년에 가까운 모습이었다. 키도 이제는 에니샤보다 더 크고, 분위기도 많이 차분해져서 누가 봐도 예언자 같은 느낌이 났다. 둘이서 나란히 걸으며 아카데미 생활은 어떤지, 차기 교장이 되기 위한 교육을 받고 있는지 등등 이런저런 근황을 물어보았다. 그러나 정작 가장 묻고 싶은 것은 입 밖으로 꺼내지도 못했다. 차마 묻지 못하는 에니샤에게 먼저 질문한 것은 하렌이었다.

"천공섬 때문에 두려우신 겁니까?"

직설적인 물음에 에니샤는 잠시 멈칫했다. 그러나 이내 천천히 웃으면서 답했다.

"사실…… 많이 무서워."

예전 같으면 감췄을 마음이었다. 하지만 에니샤는 잠시 고민하다가, 그냥 솔직하게 털어놓았다.

"내가 토대는 만들어놓아야, 다음 대의 아르커스 마법사들이 이어서 천공섬을 만들어나갈 텐데……. 자꾸 실패하고 있어서. 어떻게 해야 할지 모르겠어."

천공섬을 다시 재창조하여 하늘에 띄우는 일은 아무리 에니샤라도 힘겨웠다. 중심축이 될 운석을 구해왔고, 아르커스 마법사들과 함께 연일 수식 계산에 매달리며 갖가지 실험을 거듭했다. 하지만 원인을 알 수 없는 부분에서 계속 실패하고 있었다. 남들에게 티를 내진 않았지만, 연이은 실패에 에니샤는 상당한 압박감을 느꼈다. 아무리 여유로워지자고 되뇌어도, 날이 갈수록 초조해지는 마음은 어쩔 수가 없었다. 에니샤는 홀로 씁쓸히 웃었다. 아바르티아를 잊었고, 그가 마지막으로 걸었던 저주는 보기 좋게 파훼했다고 생각했다. 하지만 상처가 아문 곳에 남은 흉터는 지우질 못하고 있었다. 천공섬을 부순 대법사. 평생 자신을 뒤따라 다닐 꼬리표였다. 그리고 그 꼬리표에 가장 괴로워하는 사람은, 에니샤가 아니었다. 아르커스의 마법사들, 히페리온 황족들…….. 에니샤가 소중하게 생각하는 이들이 가장 힘들고 고통스러워했다. 그들을 위해서라도 반드시 해내야만 했다. 하지만 무조건 열심히 노력한다고 보답 받는 일이 아니었다. 에니샤는 자신의 두려움을 꺼내보였다.

"내가 할 수 있을까?"

목소리가 조금 떨렸다. 에니샤는 헛기침을 해서 목을 가다듬었다.

"끝까지 해내지 못할까 걱정돼서…….."

하렌이 그런 에니샤를 지켜보다가 나직이 질문했다.

"제가 과거에 드렸던 예언을 기억하십니까?"

하렌과 처음 만났을 때, 에니샤는 예언을 받았다. 그때 받았던 예언의 구절들은 지금까지도 선명히 기억하고 있었다. 에니샤는 느릿하게 마지막 구절을 말해보았다.

"언제나 찬란한 행복만이 가득할지어니…….."

"기억하고 계시는군요."

하렌이 한쪽 눈을 가리고 있던 안대를 풀어냈다. 예언자의 눈이 에니샤를 바라보았다. 어떤 미래를 본 것일까, 조금 떨리는 마음으로 하렌의 말을 기다렸다. 두근거리는 에니샤 앞에서 하렌은 살며시 미소 지었다.

"두려워하지 마세요. 모두 원하시는 대로 이루어질 겁니다."

"······!"

에니샤는 눈을 크게 떴다. 갈피를 잡지 못하고 흔들리는 마음에 쐐기를 박듯, 하렌은 단단한 목소리로 말했다.

"이제 에니샤 님 앞에는 그 어떤 고난도 존재하지 않을 테니까요."

마음이 몽글몽글하게 부풀어 올랐다. 에니샤는 천천히 고개를 끄덕이며 답했다.

"고마워, 하렌."

"별말씀을요."

그런데 하렌이 아, 하고 한마디 덧붙였다.

"하지만 작은 고난은 있을 수도 있습니다."

"작은 고난?"

깜짝 놀라는 에니샤에게 하렌이 작게 웃음을 터뜨리며 말했다.

"특별교수로 오신다는 소식이 알려지면서, 아카데미가 난리 난지라······."

분명 극비리로 진행되었던 사안인데, 어쩌다 알려진 것일까. 에니샤는 손으로 얼굴을 쓸어내리며 무겁게 한숨 쉬었다.

"……큰 고난인 거 같은데."

그리고 심각한 에니샤 옆에서, 하렌은 한참 동안 웃음을 그치질 못했다.

✠

에니샤의 특별강의 소식을 들었을 때, 히페리온 황궁은 심각한 회의가 벌어졌다.

"한 명입니다."

로시엘이 비장한 표정으로 말했다. 헬라드와 로드고가 고개를 끄덕였다. 둥근 탁자에 둘러앉은 세 남자는 세상 진지한 표정이었다. 그들이 이렇게 모이게 된 이유는 당연히 에니샤 때문이었다. 마음 같아서야 다들 헤르노어 아카데미로 쫓아가고 싶었다. 하지만 현재 황궁 업무가 산더미처럼 밀려 있었다. 셋 다 자리를 비웠다간 그대로 다 같이 망하는 벼랑 끝 상황인 것이다. 지극히 히페리온답게, 황족들은 묘수를 떠올렸다. 단 한 명만 아카데미에 가기로 한 것이다. 승자독식의 잔인한 게임에 세 사람 모두 찬성했다. 종목은 포커로 선택되었고, 심판은 아르커스의 좌법사가 맡기로 했다. 얼떨결에 심판을 보게 된 벨루안이 혼잣말을 중얼거리며 카드를 섞었다.

"왜 내가 이런 짓을……."

"넌 아카데미 가잖아."

헬라드의 투덜거림에 벨루안은 조금 동정심 어린 눈으로 그를 바라보았다. 아르커스에서는 벨루안 혼자 가게 되었는데, 이는 전부 녹시타의 게으름 탓이었다. 원래는 같이 가려고 했지만, 녹시타가 귀찮다고 늦장 부리다가 서류를 한가득 미뤄놓았다. 벨루안은 제발 데려가라고 매달리는 녹시타를 울려놓고, 혼자서 단호하게 아카데미행을 결정했다. 하여 히페리온 황족들을 함께 데려가려고 찾아왔다가, 어찌어찌 심판까지 맡게 된 것이다.

불쌍한 황족들을 위해, 벨루안은 열심히 카드를 섞은 후 두 장씩 나눠주었다. 그리고 탁자 위에 다섯 장의 카드를 늘어놓았다. 카드를 받아 든 황족들은 매섭게 서로의 표정을 살폈다. 팽팽한 시선교환이 이뤄진 후, 로시엘이 카드로 입을 가리며 눈웃음 지었다.

"그럼…… 시작해볼까요."

세 남자의 눈빛이 동시에 번뜩였다.

❦

극비리에 진행되었던 에니샤의 특별강의는 너도 알고, 나도 알고, 모두가 아는 비밀이 되었다. 헤르노어 아카데미는 때 아닌 축제가 벌어졌다. 외부인의 출입을 제한했는데도, 다들 어찌어찌 인맥이며 개구멍으로 기어 들어와서 교정이 북적거렸다. 곳곳에 걸린 현수막과 사람들이 들고 다니는 손팻말은 애교였다. 각지에서 모여든 사람들이 우리 황녀님 오셨다며 노래까지 불러대고 있었다. 에니샤는 그 모습들을 쭉 지켜보다가 뒤를 돌아보았다. 입 다물고 쭈그러져 있던 이스미온은 눈이 마주치자 흠칫 몸을 떨었다.

"아, 아니, 그러니까 이것이······."

에니샤는 우물쭈물하는 그를 가만히 쳐다보았다. 옆에 서 있던 카힐이 에니샤를 대신해 말했다.

"에니샤 님의 강의를 소문내고 다니라는 예지라도 받으신 모양입니다."

"······."

이스미온은 다시 조용히 고개를 아래로 숙였다. 그러곤 예쁘게 땋은 머리카락을 이리저리 잡아당기며 어쩔 줄 몰라 했다. 에니샤는 그냥 어깨를 으쓱하고 말았다.

"뭐어, 기왕 이렇게 된 거 많은 사람이 함께 들으면 좋으니까."

"하지만 분명 히페리온에도 소문이 났을 텐데요."

"으음······."

카힐의 말에 에니샤는 심각해졌다. 안 그래도 요즘 에니샤를 자주 보지 못하는 탓에, 어떻게든 건수 만들어서 얼굴 볼 기회를 노리는 황족들이었다. 강의한다는 이야기를 듣자마자 가장 먼저 달려올 것이 뻔했다. 에니샤는 지극히 현실적인 걱정을 했다.

"강의 못 하면 어쩌지?"

카힐과 함께 도란도란 걱정스레 이야기를 나누고 있을 때였다. 누군가 교장실 문을 똑똑 두드렸다. 등장한 사람은 오늘 하루 에니샤를 보좌할 아카데미의 부교수였다. 그녀는 뻣뻣하게 굳어서 더듬더듬 외쳤다.

"모, 모, 모시게 되어 영광입니다!! 저, 저는, 이, 이본이라고 합니다! 마법학부에서 부교수를 하고 있습니다!"

주근깨가 귀여운 그녀는 에니샤가 아는 얼굴이었다. 과거 같은 마법학부 학생이었고, 막내 황녀님 모임에서 간부도 맡았던 것으로 알고 있었다. 예전에 손팻말 들고 막내 황녀 반대파 시위꾼들을 두들겨 패던 모습이 떠올랐다. 그랬는데 부교수가 되었다니! 에니샤는 이본에게 아는 척을 해보았다.

"마법학부 선배!"

"맙소사, 저를 기억하시다니……."

이본은 기절할 것 같은 얼굴로 숨을 헐떡였다. 간신히 진정한 다음, 그녀는 삐걱삐걱 고장 난 인형처럼 걸으며 에니샤를 안내했다. 로브를 눌러써서 얼굴을 가리고, 에니샤는 카힐과 함께 오늘 강의가 진행될 강당으로 걸어갔다. 이본이 앞장서는 길은 사실 에니샤도, 카힐도 다 알고 있는 길이었다. 하지만 그녀가 너무 좋아하니 모르는 척하며 뒤따라갔다.

목적지에 도착했을 때, 에니샤는 눈앞에 펼쳐지는 풍경에 입을 벌렸다. 강당 앞은 시장 바닥과 다를 바 없는 모습이었다. 막내 황녀님 기념상품을 파는 잡상인들이 온 사방에 바글바글 끓었다.

"히페리온 황실에서 만든 공식 상품입니다! 절대 쉽게 구할 수 없는 상품, 오늘 특별한 가격에 모십니다!"

"황녀님 부채 있습니다! 공왕비 부채도 있어요!"

한쪽 편에는 레오네 케이크 가게에서 커다랗게 천막을 쳐놓고 있었다. 강의실 입장하는 사람들에게 케이크를 비롯한 간식거리를 무상으로 제공했는데, 포장에 무슨 황녀님 어쩌구 하는 글씨까지 써놓았다. 손에 하나씩 들고 줄지어 강의실에 입장하는 가운데, 다른 쪽 구석에선 마법사들이 머리채 쥐어뜯으며 싸우고 있었다.

"입장권 내 거라고!"

"마력도 없이 마법 시전하는 소리 하네! 내가 입장권 샀다고!!"

"뭐야? 네놈이야말로 수식 계산 안 하고 마법진 그리는 소리 하지 마!"

치고 박고 난투극을 벌이는 옆에선 암표상들이 은밀하게 돌아다니고 있었다. 그들은 에니샤한테도 슬쩍 다가와서 속삭였다.

"표 있습니다. 1열 가운데."

"……."

에니샤는 말없이 카힐을 쳐다보았다. 카힐은 암표상을 데리고 조용히 구석으로 향했다. 끌려가는 암표상을 뒤로하고, 에니샤는 헛웃음을 흘렸다.

이래서 극비리에 진행했던 것인데…….

개판도 이런 개판이 없었다. 어디 갈 때마다 난리 나는 것이야 이제 익숙하니, 크게 놀랍진 않았다. 다만 이래서야 무사히 강의를 할 수 있을까 걱정이었다. 일단 강당 안에 들어가야겠다고 생각하던 때였다. 갑자기 시끌벅적하던 강당 앞이 순식간에 조용해졌다. 그러더니 바글거리던 사람들이 하나둘씩 슬금슬금 도망가기 시작했다. 뒤를 돌아본 에니샤는 눈이 동그래졌다. 풍성한 적갈색 머리 타래를 늘어뜨린 요염한 분위기의 여인이 우아하게 걸어오고 있었다. 날카롭게 눈을 치뜬 그녀는 동부 엘하르크를 다스리는 왕, 유디트 엘하르크였다. 에니샤는 모자를 살짝 젖히며 유디트에게 손을 흔들어 보였다.

"에니샤!"

유디트는 에니샤를 발견하자마자 사르르 녹아내렸다. 냉랭하던 얼굴 위로 옅은 홍조가 떠올랐다. 그녀가 종종걸음으로 다가오는 순간이었다. 번쩍, 아카데미의 푸른 하늘 위로 빛이 쏟아졌다. 무언가가 태양을 가리며 두둥 하고 나타났다. 마력으로 만든 배였다. 돛을 활짝 펼친 배는 서서히 땅으로 내려와 강당 앞에 착지했다. 아주 자연스럽게, 벨루안과 헬라드가 배에서 내려섰다. 다들 바빠서 두 사람만 간신히 온 모양이었다. 에니샤는 이걸 다행이라고 해야할지, 아니면 불행이라고 해야 할지 조금 고민되었다. 그리고 헬라드와 벨루안에게 아는 척하기도 전에 사건이 터졌다.

"......!"

헬라드와 유디트가 눈이 마주친 것이다. 맞닿은 시선에서 불꽃이 파바박 튀었다. 유디트는 손으로 입을 살짝 가리며 먼저 입을 열었다.

"어머나, 이게 누구십니까."

그녀는 헬라드를 위아래로 훑고선, 나긋한 목소리로 먼저 시비를 걸었다.

"히페리온의 첫 번째 별이시군요. 공사다망하실 텐데 어찌하여 여기까지 쫓아오셨는지?"

헬라드의 입매가 대번에 비뚤어졌다. 헬라드는 헛웃음을 터뜨리며 받아쳤다.

"그러는 그쪽은 국정에나 힘쓰실 것이지, 무슨 촌구석 아카데미까지 오셨는지?"

헬라드와 유디트는 서로를 마주 보며 미소 지었다. 그리고 두 사람의 미소가 깊어질수록, 주변 공기는 한없이 싸늘해져 갔다.

강당 앞에 모여 있던 사람들은 저 멀리 떨어져서 수군거리며 두 남녀의 대화를 관찰했다. 히페리온과 엘하르크의 파혼을 모르는 이는 아무도 없었다. 전 약혼자끼리 나누는 대화라니, 이렇게 흥미진진한 구경거리도 없었다. 물론 목숨 내걸고 구경해야 하지만 말이다. 다들 오들오들 떨면서도 호기심 가득한 눈으로 지켜보는 와중이었다.

"저기……."

오늘의 주인공, 에니샤가 용감무쌍하게 나섰다. 하지만 자그맣게 목소리를 내자마자, 헬라드와 유디트는 동시에 에니샤에게 달려왔다. 헬라드가 오른팔을 착 꿰어 찼다. 곧장 뒤이어 유디트가 왼팔을 휙 꿰찼다. 그렇게 에니샤의 팔 한쪽씩 차지한 두 남녀는 다시금 서로를 맹렬하게 노려보았다. 사이에 꼭 찡겨버린 에니샤는 중재를 시도해보았다.

"두 분 다 진정하시고……."

그러나 전혀 소용이 없었다. 헬라드가 몹시 유치한 공격을 날렸다.

"오라버니가 마녀보다 좋지?"

어린애도 비웃을 소리였으나, 유디트는 매우 발끈했다.

"헛소리가 심하시네요."

"……뭐라고?"

열 받은 헬라드가 오른쪽에서 들썩거리며 에니샤를 재촉했다.

"에니샤, 빨리 저 정신 나간 여자한테 진실을 알려주자. 오라버니를 세상에서 제일 사랑하지?"

"정말이지 교양이라곤 조금도 없는 발언이십니다, 전하."

고상한 질책을 날린 유디트가 왼쪽에서 찰싹 달라붙으며 채근했다.

"에니샤는 날 더 좋아하죠?"

"나라고!!"

헬라드와 유디트는 에니샤를 돌아보았다. 그리고 동시에 소리쳤다.

"나야, 마녀야?"

"나예요, 저 무뢰한이에요?"

"……"

중간에 달랑달랑 매달린 채, 에니샤는 한숨만 푹푹 쉬었다.

❦

대륙마법협회의 협회장, 제나는 요즘 아주 살판이 났다. 이제 공왕비 전하가 되신 막내 황녀님께서 헤르노어 아카데미에 특별교수로 오신다고 결정된 덕분이었다. 아르커스 대법사의 일일강의는 비밀리에 진행되어 당일 날 깜짝 발표할 예정이었다. 황녀님의 인기 때문이었다. 미리 발표했다가는 최소 아카데미 폭발, 최대 대륙 폭발이었다. 무슨 일이 생길지 모르기에 최대한 감춰놓으려 했던 것이다. 하지만 헤르노어 아카데미의 푼수 교장, 이스미온은 입이 너무 간지러웠다. 무려 그 대법사께서 특별교수로 강의를 해주신다는 것을 어찌나 자랑하고 싶었는지, 그만 사고를 쳐버린 것이다.

— 이건 너만 알고 있어야 하는 건데…….

제 딴에는 친한 몇몇한테만 자랑을 늘어놓았다. 하지만 원래 소문이란 게 그렇듯이, 그 친한 몇몇도 자랑을 해버렸다.

— 이건 진짜 진짜 너만 알고 있어야 하는데…….

은밀하게 퍼져나가던 소문은 결국 제나의 귀에까지 흘러들어오게 되었다. 소식을 듣자마자, 제나는 냉큼 강의 입장권을 구하기 시작했다. 본래 아카데미에서는 특별강의가 개설되면 외부 사람들도 강의에 들어올 수 있는 입장권을 판매했다. 하여 협회장의 권한까지 남용해가며, 살 수 있는 만큼 입장권을 다 쓸어 담은 것이다. 이렇게 한가득 구해온 입장권을 암표로 팔 생각이었다. 떼부자가 될 생각에 행복해하며 레시나에게 자랑했건만…….

"안 돼!!"

예상 밖으로 레시나가 불같이 화를 내는 것이다. 제나는 당황해서 눈만 끔뻑였다.

"언니, 왜 그래……? 이런 거 좋아했잖아. 내가 언니 몫도 떼 줄게."

"무슨 소릴! 신성한 황녀님 강의에 암표라니!!"

히페리온의 수석마법사가 되더니, 레시나는 조금 이상해져버린 모양이었다. 제나는 결국 암표 계획을 취소하게 되었다.

"협회 마법사 중에 성실하고 착한 애들로만 골라다가 입장권 나눠줘."

"알았어."

레시나의 엄포에 제나는 시무룩한 얼굴로 대답했다. 그런 제나의 모습에 레시나는 눈썹을 치켜올리더니, 주머니에서 담뱃갑을 꺼냈다. 둘이서 박하잎 담배를 하나씩 손에 들었다. 레시나는 손가락을 딱 튕겨서 담배에 불을 붙였다. 그리고 자매는 나란히 한 모금 들이마신 다음, 푸후 하고 연기를 뱉어냈다. 제나가 레시나에게 턱을 까닥이며 물었다.

"요새 히페리온은 어때?"

"아, 몰라아……."

레시나는 입을 삐죽거리며 담뱃재를 툭 털어냈다.

"옛날에 황녀님이랑 아카데미 다닐 때가 좋았는데."

그때는 내가 아주 황녀님 오른팔이었다며, 소싯적 자랑을 줄줄 늘어놓던 레시나는 울적하게 중얼거렸다.

"요즘은 얼굴 보기도 힘들고……. 서럽다, 서러워."

찡찡거리는 레시나의 모습에 제나가 혀를 차며 말했다.

"그래도 종종 히페리온 오신다며."

"그렇긴 한데, 황족님들이랑 아르커스 좌법우법 보기도 바쁘시니까."

"서운하겠네."

"황녀님이 행복하시니까 됐어."

제나는 그런 레시나를 몹시 이해할 수 없다는 표정으로 바라보았다가, 떨떠름하게 답했다.

"그, 그래애……."

레시나는 하늘을 올려다보며 중얼거렸다.

"나 진지하게 자드카르로 파견근무 신청할까 고민 중이다."

"황녀님 보고 싶어서?"

설마하며 던진 질문이었건만, 레시나는 단칼에 대답해버렸다.

"응."

"……."

여기서 더 대화해봤자 무엇하리오. 황녀님 칭찬만 줄줄 늘어놓을 것이 뻔했다. 하여튼 중증이라고 생각하며, 제나는 애꿎은 담배만 뻑뻑 빨아들였다.

❦❧❦

에니샤의 특별강의는 어영부영 마무리되었다. 전부 헬라드와 유디트 때문이었다. 대륙에서 무섭기로 1등, 2등을 다투시는 분들이 나란히 앉아 있으니, 자연스럽게 강당의 분위기는 매우 정숙해졌다. 모여든 사람들은 열심히 강의를 듣다가도, 헬라드나 유디트가 몸 한 번 들썩이는 순간 소스라쳤다. 특히 두 사람 근처에 앉은 이들은 어디 가서 하소연도 못 하고, 소리 없이 눈물만 줄줄 흘리고 있었다.

벨루안도 도움이 되지 않기는 매한가지였다. 그는 누가 에니샤에게 허튼소리를 할까 봐 날카롭게 신경을 세우고 있었는데, 조금만 수상하게 굴어도 당장 눈매부터 치켜세웠다. 그나마 카힐이 가장 나았지만, 어디까지나 '그나마'였다. 카힐이 가장 나은 이유는 에니샤의 시야에 없었기 때문이다. 에니샤가 강의를 하는 동안, 카힐은 바깥에서 암표상을 비롯해 히페리온 공식 상품이라고 거짓말하는 잡상인들까지 싹 잡아들였다. 잡은 놈들은 전부 히페리온식 교육을 통해 바른 길로 인도해줄 예정이었다.

그래도 오랜만에 아카데미에 돌아와 강의를 하는 것은 재밌었다. 다들 열심히 에니샤의 강의를 들어주었기에 더욱 그랬다. 겨우 겨우 강의를 끝낸 후에는, 자드카르 공왕 부부, 히페리온 황태자, 엘하르크의 왕과 아르커스 좌법사라는 아주 희한한 조합으로 차를 마시게 되었다.

다섯 사람은 이스미온을 쫓아내고 떡하니 교장실을 차지했다. 그러나 지은 죄 많은 이스미온은 찍 소리도 못 했다. 그는 차와 다과까지 거하게 한 상 차려주고선, 얌전히 자리를 비켜주었다. 헬라드는 투덜거리며 홍차에 각설탕을 쓸어 넣었다.

"이런 놈들이랑 차나 마셔야 한다니. 내가 얼마나 힘들게 여기 왔는데……!"

그러고 보니 헬라드 혼자 온 것이 신기했다. 다들 오고 싶어서 난리쳤을 텐데, 로드고와 로시엘을 꺾고 왔다니. 에니샤는 그에게 호기심 가득한 눈으로 물어보았다.

"오라버니, 어떻게 왔어요?"

"포커 쳤어."

"……?"

"아, 네가 오라버니 이기는 모습을 봤어야 했는데!"

자랑거리를 하나 놓친 헬라드는 몹시 안타까워했다. 무용담을 들어보니 승부가 아주 치열했다. 로드고는 패가 좋지 않아서 진작 죽어버리고, 헬라드와 로시엘 둘이서 진검승부를 펼쳤다.

"로시엘이 A가 세 장이었는데, 내가 7이 네 장이었거든."

로시엘의 패는 9할 이상으로 승률을 가져가는 무척 좋은 패였다. 그런데 헬라드가 희귀한 확률을 뚫고 이겨버린 것이다. 다 이겼다고 생각한 상황에서 졌으니, 로시엘은 분명 적잖이 열 받았으리라. 아마 헬라드를 괴롭힐 방법을 300가지쯤 만들어놨을지도 몰랐다. 그러나 헬라드는 딱히 뒷일을 걱정하는 성격은 아니었다.

"어쨌든 둘이서 실컷 일하라고 내버려 두고 왔다는 말씀."

낄낄거리며 신나 하는 헬라드 앞에서 에니샤는 눈썹을 모으며 말했다.

"하지만 강의 끝나고 히페리온에 가려고 했는데……."

"진짜?"

"천공섬 때문에요."

순간 주변이 조용해졌다. 천공섬은 에니샤에게 가장 크고 아픈 상처였다. 지금까지 에니샤는 이 주제를 직접적으로 이야기한 적이 거의 없었다. 수식 계산을 하고 있다든가, 연구를 하고 있다든가 하면서 간단히 언급한 적은 많았다. 하지만 이렇게 먼저, 그것도 깊게 털어놓은 적은 처음이었다.

"새로 실험해보고 싶은 방식이 떠올라서요. 사실 천공섬 연구에 문제가 생겨서 막힌 상황이거든요."

천공섬을 만들기 위한 가장 첫 번째 단계는 운석을 공중에 띄우는 것이었다. 자체적으로 마력을 발전시켜 나가며 무한히 허공에 떠 있어야 하는데, 이게 쉬운 일이 아니었다. 에니샤는 할 수 있는 모든 지식을 동원하여 수식을 짜고 마법진을 그렸다. 그러나 무수히 반복한 시도는 여태까지 전부 실패했다. 문제의 원인을 알 수가 없으니 연구는 고착 상태였다. 에니샤는 따뜻한 찻잔을 손에 쥐고서 조곤조곤하게 말을 이어나갔다.

"왜 운석을 띄우지 못하는 걸까, 많이 고민했는데…… . 어쩌면 제 마음의 문제일지도 모르겠단 생각을 해봤어요."

마법은 마력과 마법진으로 이루어진다. 하지만 단순히 수식을 계산해서 마력을 넣는 것만이 마법의 전부는 아니었다. 대륙에서는 누구도 설명할 수 없는 신묘한 일들이 넘쳐났고, 마법 또한 똑같았다. 숫자로 계산할 수 없는 상황들이 왕왕 벌어지곤 했다. 천공섬의 토대를 처음 쌓아올린 마법사는 자신의 마법에 순수한 소망을 담았다고 들었다. 마법사들을 위한 낙원을 만들고 싶다는 소망이었다. 지극히 간단하면서도 외골수 같은 소망은 운석을 움직이고, 마법을 실현하는 원동력이 되었다. 하지만 지금 에니샤의 마음은 복잡했다. 아르커스 마법사들을 위하는 마음은 같지만, 꼭 그것만 존재하는 것은 아니었다. 잘해내야 한다는 책임감, 그리고 반드시 해내야만 한다는 압박감. 조금 더 깊은 곳에 들어가면, 지울 수 없는 분노와 슬픔도 구석에 웅크리고 있었다. 온갖 감정이 이것저것 뒤엉킨 채, 궁지에 몰려 쫓기듯 운석을 띄우려 했다. 운석이 에니샤의 마법을 거부하는 것은 어찌 보면 당연한 일일지도 몰랐다. 이번에 하렌과 대화를 나누면서 생각이 확실해졌다. 운석을 띄우기 위해서는 훌륭한 마법진과 뛰어난 마력만으로는 부족했다. 그 이상의 다른 것이 있어야 했다.

"그래서 혼자 하지 않고, 모두의 힘을 빌려서 운석을 띄워보고 싶어요."

자신이 가진 마음만으로는 부족하니, 다른 이들의 소망까지도 모아보고 싶었다. 소중한 사람들이 지켜보는 앞에서 운석을 띄워보려는 것이었다. 에니샤는 밝게 웃으며 말했다.

"다들 시간이 나신다면 보러 와주세요."

물론 실패할 수도 있지만요, 하고 덧붙여 말하는 것도 잊지 않았다.

에니샤가 말을 끝낸 뒤, 방 안에는 정적이 내려앉았다. 가장 먼저 입술을 뗀 것은 유디트였다. 그녀가 머리카락을 쓸어 넘겼다가, 나직이 숨을 뱉으며 말했다.

"꼬마아가씨는 이제 정말 어른이 되었네요."

에니샤는 눈을 느릿하게 깜빡였다. 어째서인지 유디트는 조금 아픈 표정을 짓고 있었다. 헬라드도, 벨루안도, 그리고 카힐도……. 다들 가라앉은 눈빛을 하고서 에니샤를 바라보았다. 헬라드가 갑자기 한숨을 크게 내쉬더니 입을 열었다.

"그래, 잘 생각했어."

그는 장난스러운 미소를 지으며 말했다.

"이번에는 혼자서 하지 말자, 에니샤."

운석을 띄우는 날짜는 일주일 후로 결정했다. 에니샤를 위해서, 다들 만사 제쳐놓고 히페리온 황궁에 모이겠다고 흔쾌히 약속했다. 이스미온과 하렌도 오기로 했다. 황궁에 가면 델 하르인과 레시나에게도 지켜봐달라고 부탁할 생각이었다.

"그럼 지금 히페리온에 가시는 겁니까?"

카힐의 질문에 에니샤는 고개를 끄덕였다. 일주일 동안 아르커스 특별 구역에 콕 박혀서 연구에 매진할 생각이었다. 자드카르 공왕인 카힐은 오랫동안 자리를 비울 수가 없으니, 먼저 돌아가야 했다. 하여 에니샤와 카힐은 헤르노어 아카데미에서 갈라지게 되었다.

"갑자기 미안해……."

하렌과 대화하고 충동적으로 결정한 일이었다. 왠지 지금 꼭 해야 할 것 같다는 생각이 들었다. 그것은 말로 딱 꼬집어 설명할 수 없는 직감이었다. 하여 급작스럽게 일정을 바꾸고, 카힐 혼자 보내기로 한 것이다. 잔뜩 미안해하는 에니샤에게 카힐은 조용히 고개를 내저었다.

"걱정 말고 연구에만 전념하세요."

급하게 자리 비우게 된 것은 알아서 잘 처리하겠다며, 오히려 에니샤를 도닥여주었다. 운석을 띄우는 날에 황궁으로 찾아오겠다고 약속한 뒤, 카힐이 두 팔을 벌렸다. 에니샤는 그의 품에 안겼다. 힘주어 꽉 안아주는 품은 포근하고 따스했다.

"일주일이나 떨어질 생각을 하니, 벌써부터 보고 싶습니다."

"나도."

카힐이 작게 한숨 쉬며 정수리 위에 턱을 얹었다. 꾹꾹 누르며 장난치던 그가 작게 속삭였다.

"너무 무리하진 마시구요."

"저기, 카힐."

에니샤는 그와 눈을 마주하고서 물었다.

"나 할 수 있겠지?"

"원하는 대로 되실 겁니다. 모두 같은 마음이니까요. 그리고 해내지 못한다고 하여도……."

카힐은 에니샤의 입술 위에 짧게 키스했다. 그가 희미하게 웃으며 말했다.

"그것이 끝은 아니지 않습니까? 당신과 내가 걸어갈 길은 아직 많이 남아 있으니까요."

"……."

카힐이 옳았다. 이 또한 기나긴 여정의 일부일 뿐이었다. 하나 실패한다고 해서, 인생이 끝나는 것은 아니었다.

"열심히 할게."

"지금도 충분하십니다."

카힐은 그렇게 에니샤의 마음을 단단히 잡아주고선 자드카르로 돌아갔다. 그를 떠나보낸 뒤, 에니샤는 벨루안과 헬라드하고 함께 복닥거리며 히페리온으로 향했다.

황궁에 도착하자마자, 에니샤는 로드고와 로시엘하고 딱 맞닥뜨렸다. 둘이서 헬라드를 맞이하러 나온 덕분이었다. 물론 좋은 목적으로 마중 온 것은 아니었다. 오자마자 붙잡아서 집무실에 처넣어 버리려고 나온 것이었다. 하지만 금방이라도 헬라드를 칼로 찌를 기세였던 두 남자는 에니샤를 보자마자 거짓말처럼 유순해졌다.

"에니샤……?"

칼 맞을 뻔한 헬라드는 잽싸게 에니샤 뒤에 숨었다. 그러나 눈이 휘둥그레진 로드고와 로시엘은 이미 헬라드가 뭘 하든 관심 밖이었다. 아마 물구나무서고 앞구르기, 뒤구르기를 했어도 몰랐을 터였다.

"아빠! 오라버니!"

로드고가 냉큼 에니샤를 끌어안았다. 옆에서 로시엘이 상기된 얼굴로 물었다.

"갑자기 어쩐 일이니. 오라버니는 좋다만……."

에니샤는 운석 띄우기 계획을 말해주었다. 자초지종을 들은 로시엘이 가늘게 눈매를 좁혔다. 그가 나직이 중얼거렸다.

"하긴, 천공섬 연구를 진행한 지도 오래되었지."

똑똑한 로시엘은 에니샤의 난항을 진즉부터 눈치채고 있었던 모양이었다. 단순히 겉으로 드러난 것 이상으로, 에니샤가 속에서 훨씬 괴로워하고 힘들어했다는 것까지 말이다. 로시엘이 곱게 눈썹을 찌푸리며 말했다.

"마음 같아선 오라버니가 대신 만들어주고 싶구나, 에니샤."

구석에서 듣고 있던 헬라드가 소리 내어 비웃었다. 로시엘은 그런 헬라드에게 욕 대신 화사한 미소를 보냈다. 왠지 헬라드의 책상 위에 서류 한 더미가 추가되는 듯한 환상이 보였다. 쌍둥이끼리 투덕투덕하는 모습에 키득거리는데, 로드고가 이름을 불렀다.

"에니샤."

이름만 불러놓곤, 그는 아무 말도 하지 않고 물끄러미 쳐다보았다. 그러나 에니샤는 로드고에게 대답했다.

"괜찮아요."

잔뜩 골이 팬 그의 미간을 살살 어루만지며 웃었다.

"이번에는 함께 있잖아요."

혼자가 아니었다. 에니샤의 말에 로드고는 옅게 숨을 내뱉었다. 그러곤 더 이상 아무 말 없이, 그냥 에니샤를 아르커스 특별 구역까지 데려다주었다.

로드고와 쌍둥이하고 포옹과 키스로 인사를 나눈 뒤, 에니샤는 벨루안과 금빛 반구로 덮인 아르커스 특별 구역으로 들어갔다. 안쪽으로 들어선 지 얼마 되지 않아, 녹시타가 뛰어나왔다.

"대법사아……!"

그는 에니샤의 깜짝 방문에 꼬리 흔드는 강아지처럼 좋아했다. 녹시타와 짧은 해후를 나누었다가 금방 다시 발을 재촉했다. 할 일이 태산이었다. 일주일의 시간 동안 마지막으로 수식을 전부 점검하고, 마법진도 새로 짜놓아야 했다. 벨루안이 옆에서 함께 걸으며 그간 연구가 얼마나 진척되었는지 말해주었다.

"그동안 수식 연구는 끝내놓았습니다. 9,834번째와 1,0672번째 시도에서 사용했던 마법진을 결합하고, 여기에 새로운 수식을 적용하여……."

한참 설명을 듣던 에니샤는 문득 걸음을 멈췄다. 그리고 왼쪽을 돌아보았다.

"벨루안."

"예, 대법사."

벨루안의 손을 붙잡은 뒤, 다시 오른쪽을 돌아보았다.

"녹시타."

"네에……?"

녹시타의 손까지 붙잡자, 좌우법사가 조금 의아한 얼굴로 에니샤를 내려다보았다. 왼쪽과 오른쪽에 하나씩 잡은 두 손이 든든했다. 에니샤는 활짝 웃으며 기운차게 외쳤다.

"우리 열심히 해보자!"

✦•※•✦

운석을 띄우는 날은 아침부터 햇살이 화사했다. 청명한 푸른 하늘에 바람도 적당히 살랑거리는 것이, 무엇을 시작하든 완벽할 날이었다.

에니샤는 새벽같이 일어나 황궁 공터에서 마법을 준비했다. 그리고 해가 가장 높은 곳에 다다랐을 때, 초대한 사람들이 하나둘씩 모여들었다. 에니샤는 저를 위해 한달음에 달려온 이들을 찬찬히 바라보았다. 어째서인지 다들 말쑥하게 차려입고 왔다. 언뜻 보기에는 마치 연회라도 하는 듯한 모양새라서, 에니샤는 잠시 미소 지었다. 아르커스의 마법사들도 죄다 모인지라, 너른 공터는 정말 야외 연회를 치르는 것처럼 보였다. 무사히 일을 끝내고 나면, 다 같이 모인 김에 소소하게 연회를 열어도 괜찮을 것 같았다. 사람들로 북적이는 가운데, 가장 앞자리를 차지한 것은 역시 히페리온 황족들이었다. 애초부터 누구 뒤에 서 있을 사람들이 아니니 당연했다. 하지만 당당하게 앞자리를 차지한 것과 달리, 로드고와 쌍둥이는 다소 굳은 얼굴이었다. 정작 마법을 쓰는 것은 에니샤인데, 그들이 더 긴장하고 있었다.

에니샤는 그들과 눈을 마주하고서 생긋 웃어 보였다. 굳어 있던 세 남자는 그제야 조금 누그러졌다. 에니샤는 마지막으로 황족들 옆에 자리한 카힐을 바라보았다. 카힐은 작게 고개를 끄덕였다. 별다른 말 없이, 그저 작은 몸짓 하나였다. 그러나 에니샤에게는 더없이 단단한 신뢰였다. 카힐이 있기에, 에니샤는 언제나 날개를 펼칠 수 있었다. 추락하더라도 그가 받아줄 테니까. 그러니 이번에도 에니샤는 마음껏 날갯짓할 것이었다.

모인 사람들 앞에서 에니샤는 감사 인사를 했다.

"다들 귀한 시간을 내어 와주셔서 감사해요."

에니샤는 장난스럽게 웃으며 말했다.

"저를 위해 열심히 기도해주세요."

하지만 가볍게 던진 농담에 아무도 웃지 못했다. 전부 에니샤가 무슨 일을 하려는지 잘 알고 있기 때문이었다.

에니샤는 품 안에서 운석을 꺼내 잔디 바닥에 내려놓았다. 벨루안과 녹시타가 각기 양옆에 자리했다. 눈을 살짝 감고서, 천천히 마력을 끌어올렸다. 등 뒤로 화려한 금빛 날개가 돋아났다. 대법사의 뒤를 이어 좌법사와 우법사 또한 아르커스의 날개를 펼쳤다. 삼두법사는 각기 다른 색의 날개를 펼친 채, 마력을 끌어올렸다.

손끝에 모이는 힘이 느껴졌다. 마력의 파동으로 머리카락과 로브가 크게 휘날렸다. 긴장감에 가슴이 두근거렸다. 세차게 뛰는 심장박동을 고스란히 느끼며, 에니샤는 호흡을 가다듬었다. 주홍색 눈 위로 윤광이 휘돌았다. 아르커스의 날개가 반쯤 접혔다가, 활짝 펼쳐졌다. 펼쳐지는 날개와 함께 눈부신 황금색 빛이 폭발했다. 사방을 뒤덮은 빛은 이내 금빛기둥이 되어 치솟기 시작했다. 하지만 이것으론 부족했다. 가진 마력을 전부 쏟아부어야 했다.

에니샤는 크게 숨을 들이마셨다. 그리고 모든 힘을 쓸어 넣었다. 대법사가 전력을 다해 쏟아내는 마력이 하늘로 솟구쳤다. 태양을 꿰뚫을 듯 거대한 빛의 기둥 한가운데서, 운석은 홀로 요요히 빛났다. 이마에 식은땀이 맺혔다. 몰아치는 바람이 황궁을 뒤흔들었다. 에니샤는 커다랗게 외쳤다.

"벨루안, 녹시타!"

보라색과 녹색의 빛이 기둥을 향해 쏟아졌다. 세 가지 빛이 뒤섞이는 신묘한 광경은 아름다웠다. 무엇이라도 너끈히 해낼 마력이 모였으나, 에니샤는 긴장의 끈을 놓지 않았다.

방심해선 안 된다.

머릿속에서 수식들이 빠르게 흘러 지나갔다. 금빛이 감도는 손끝으로 마법진을 그리기 시작했다. 선과 도형이 하나하나 만들어지고, 허공에서 복잡하게 얽혀나갔다. 에니샤는 이를 꾹 맞물었다. 눈앞에 어떤 기억들이 스쳐지나 갔다. 부서지는 섬, 날개의 파편, 추락하는 자들의 비명. 돌이킬 수 없는 과거, 지우지 못할 흉터.

"……제발."

저도 모르게 간절한 말이 흘러나와버렸다. 마법진을 그리는 손이 흔들리려는 순간이었다.

"대법사."

"대법사……!"

벨루안과 녹시타의 목소리가 정신을 일깨웠다. 에니샤는 눈을 크게 떴다. 방금까지 보이지 않던 것들이 시야에 들어왔다. 유디트, 이스미온, 하렌, 레시나, 제나, 델 하르인, 아르커스의 마법사들……. 그리고 나의 가족들, 히페리온과 카힐. 그들은 에니샤만큼, 아니, 어쩌면 에니샤보다도 더욱 간절한 눈을 하고 있었다. 천공섬이 아닌 에니샤를 위해서.

마음을 거세게 짓누르던 압박감이 엷어졌다. 반드시 성공해야 할 필요는 없었다. 실패해도 괜찮았다. 설혹 크게 넘어지고 굴러도, 이곳에 모인 이들은 내가 다시 일어날 수 있도록 손 내밀어줄 테니까.

그러니까……. 그냥,

최선을 다하면.

가느다란 손가락이 마법진을 끝맺었다. 휘몰아치던 마력은 마지막으로 크게 빛을 내었다가, 이내 운석 속으로 빨려 들어가듯 사라졌다. 에니샤는 입술을 잘근 깨물었다. 여태껏 무수하게 거듭했던 실패의 광경이 그려졌다. 달칵 소리와 함께 운석이 떨어지는 장면을 상상했다.

"……!!"

그러나 운석은 추락하지 않았다. 아주 느리게, 하지만 분명하게 하늘로 날아오르기 시작했다. 서서히 떠오르는 운석을 바라보며, 벅차오르는 희열에 잠시 동안 아무 말도 하지 못했다. 화창한 햇빛에 반짝이는 운석은 아주 자그마했다. 하지만 위대한 첫걸음이었다. 자신이 만들어낸 새로운 별을 바라보며, 히페리온의 세 번째 별은 더없이 환하게 웃었다. 지금 이 순간, 에니샤는 행복했다.

특별외전 1

◆

# 막내 황제님

어느 날 갑자기 에니샤는 황제가 되어야겠다고 생각했다. 하여 황족들을 모아놓고 선언했다.

"오늘부터 내가 황제다!"

그러자 아무도 반대하지 않았다. 에니샤는 황제가 되었다.

"......?"

이래도 되나? 너무 쉬운데?

막상 말 한마디에 황제가 되고 나니, 이거 괜찮은 걸까 하는 생각이 들었다. 하지만 이미 되돌릴 수가 없었다.

로드고는 직접 왕관을 벗어서 에니샤의 머리에 씌워주었다. 얼떨떨한 표정으로 왕관을 쓴 에니샤에게, 그는 제일 먼저 아부를 떨었다.

"황위에 오르신 것을 축하드립니다, 폐하."

누구보다 빠르게 황제 에니샤를 맞이하는 로드고였다. 그에 뒤질

세라, 헬라드와 로시엘 또한 약삭빠르게 에니샤 앞에 무릎 꿇었다.

"저희도 충성하겠습니다! 충성 충성!"

"왕관이 정말 잘 어울리십니다, 황제 폐하."

로드고와 쌍둥이는 에니샤를 황제로 만들어놓고, 알아서 각자 자리를 나눠 가졌다. 그리하여 막내 황제님 아래, 세 명의 대공작이 새롭게 탄생했다. 군사에 헬라드, 정치 외교에 로시엘, 그리고 모든 국정을 아우르는 로드고. 기다렸다는 듯이 한 자리씩 꿰어 차는 모습이 지극히 자연스러웠다. 에니샤는 잠시 의문을 가졌지만, 좋은 게 좋은 거라고 이내 자연스럽게 받아들였다. 어쨌든 에니샤는 오늘부터 황제였다!

황제가 된 에니샤는 기분 좋게 금으로 만든 황좌에 앉았다. 조금 큰 왕관을 삐뚜름하게 눌러쓰고, 하얀 털이 달린 붉은 망토도 멋지게 늘어뜨렸다. 그 모습을 본 로시엘은 잠시 입을 틀어막았다. 그러곤 침착하게 화가, 조각가, 악사, 시인 등등 각종 예술인을 불러다 막내 황제님의 모습을 기록하라 명했다.

다들 머리카락 한 올까지 기록하지 못해 안달이었다. 에니샤는 조금 부끄러웠지만, 이 또한 황제의 의무라 생각해 참아냈다. 기록 시간이 끝난 후에는 본격적으로 교육에 들어갔다. 갑작스럽게 황위에 오른지라, 에니샤는 아직 황제가 어떤 자리인지 잘 몰랐다. 삼부자는 그런 에니샤를 위해 철저한 맞춤 교육을 준비했다. 로시엘은 에니샤에게 가장 부족한 것이 황제로서의 위엄이라고 말했다.

"히페리온의 태양이시니, 응당 그에 맞는 위엄을 갖추셔야지요."

위엄이라는 말에 황좌에 앉은 에니샤는 일단 거만하게 턱을 치켜들어 보였다. 히페리온 삼공작은 열렬하게 박수를 보냈다.

"거 완전 히페리온 황제 같습니다. 황제네, 황제야."

헬라드의 칭찬에 에니샤는 으쓱해졌다. 로시엘도 에니샤를 칭찬했지만, 그러면서도 엄한 말을 하는 것 또한 잊지 않았다.

"훌륭합니다, 폐하. 하지만 아직 조금 부족합니다."

에니샤는 눈을 동그랗게 뜨고서 물었다.

"그럼 어쩌지?"

"좋은 방법이 있습니다. 황제로서 완벽한 위엄을 갖추기 위해서……."

로시엘이 사악하게 눈을 번뜩이며 말했다.

"폭군이 되는 겁니다."

악녀로 다시 태어나 폭군 황제가 되자며, 로시엘은 에니샤를 살살 설득했다. 무릇 히페리온이라 함은 태생부터 악당이었다. 히페리온의 황제가 되기 위해선 사람을 찍어 누르는 위압감, 스치는 것만으로도 기절시키는 살벌한 눈빛, 그림자만 봐도 도망가게 만드는 패악한 성정 등등을 갖춰야 한다는 것이었다. 하지만 에니샤는 영 그런 쪽에 자신이 없었다. 에니샤는 걱정스럽게 질문했다.

"폭군은 어떻게 되는 거야?"

"걱정 마십시오, 폐하."

로드고가 비뚜름하게 웃으며 말했다.

"여기 전직 폭군이 있지 않습니까."

"……?"

뭐가 어떻게 돌아가는지 모르겠지만, 그렇게 말하는 로드고는 굉장히 든든하고 믿음직스러워 보였다. 에니샤는 로드고만 믿고 가기로 결심했다. 그리하여 히페리온 삼공작의 열성적인 교육 아래, 폭군 꿈나무 에니샤는 악녀가 되기 위해 열심히 노력했다. 은테 안경을 착용한 로시엘이 교수님처럼 말했다.

"자, 폐하. 신하들이 말 같지도 않은 소리를 해댄다? 그러면 어찌해야 한다고 했지요?"

에니샤는 가짜로 쌓아놓은 서류탑을 한 손으로 탁 무너뜨렸다. 그리고 와르르 쏟아지는 서류들과 함께 매섭게 소리쳤다.

"죽고 싶으냐! 너네 다 사형이다!!"

나름 무섭게 한다고 했는데, 어째 실패한 것 같았다. 앞에서 구경하고 있던 로드고와 헬라드가 일제히 손으로 입을 틀어막고 몸을 부들부들 떨었기 때문이다. 둘 다 웃음을 참느라 정신이 없었다. 로시엘을 봤더니 그도 비슷한 상황이었다. 아랫입술을 물고서 간신히 웃음을 참아내며, 귀여워 죽겠다는 얼굴을 하고 있었다. 에니샤는 그만 시무룩해졌다.

"역시 위엄 없지……?"

나름 어젯밤에 혼자서 열심히 연습했는데, 성과가 없는 듯했다. 아직도 웃음 참기의 시련에 시달리는 헬라드가 숨을 헐떡거리며 말했다.

"아뇨, 위엄 있는데, 그, 딴것도 해봅시다."

헬라드는 커다란 곰인형을 가져와 에니샤의 앞에 세웠다. 황궁 시종 역할을 할 곰인형이었다.

"여기 곰인형이 시종입니다. 그런데 이놈이 엄청난 실수를 저질렀다, 그럼 어째야 합니까?"

"다음에 잘하자……?"

"아니, 뺨 정도는 때려야 하지 않겠습니까!"

아주 호되게 문책해야 두 번 다시 그런 짓을 안 한다며, 헬라드가 아무거나 해보라고 말했다.

'호되게'가 어느 정도인지 모르겠지만, 상대는 곰인형이니 막 나가도 괜찮을 것 같았다. 에니샤는 일단 마력을 끌어올렸다. 그리고 주먹으로 곰인형의 얼굴을 갈겼다. 화려하게 휘몰아치는 금빛 마력과 함께, 곰인형은 퍽 하고 터져나갔다. 갈기갈기 찢어진 천 조각과 하얀 목화솜이 사방에 흩뿌려졌다. 삼공작은 결국 웃음을 참지 못했다. 헬라드가 바닥을 구르며 끅끅거렸다.

"와, 폐하, 진짜 심한 폭군 아닙니까? 나보다 한 술 더 뜨네."

"……."

분명 하라는 대로 했는데, 너무 열심히 한 모양이었다. 그 외에도 에니샤는 이것저것 폭군 교육을 받았다. 물론 대부분의 교육은 삼부자 웃느라고 정신없어서 흐지부지 끝났다. 그래도 잘 생각해보면 뭔가 배운 것 같기도 했다. 교육이 끝난 뒤, 로드고가 제복을 들고 왔다.

"이제 대충 준비는 끝난 듯하니……."

에니샤의 어깨에 총사령관 제복을 걸쳐준 로드고가 몹시 태연한 목소리로 말했다.

"역시 정벌에 나서야 하지 않겠습니까."

"정벌?"

"대륙을 일통하는 겁니다."

"대륙 일통……?"

그거 엄청 큰 일 아니냐며, 에니샤는 놀라서 팔짝 뛰었다. 하지만 삼공작은 태연하기만 했다. 다른 사람이면 몰라도, 막내 황제님이라면 충분히 가능하다며 호언했다. 에니샤는 약간 자신이 없었지만, 삼공작만 믿고 전쟁에 나섰다. 과연 삼공작의 말이 옳았다. 에니샤의 얼굴을 보는 순간 모든 사람이 무릎을 꿇었고, 에니샤가 위엄 있게 한마디 하는 순간 죄다 눈물 흘리며 감화되었다. 아무래도 폭군 특훈 덕분에 다들 무서워서 벌벌 떠는 것 같았다. 연전연승의 쾌거와 함께, 에니샤는 자신감을 가지고 정벌을 이어나갔다. 막내 황제님의 대륙 정벌은 그야말로 순풍에 돛을 편 배처럼 순조롭기 짝이 없었다. 하지만 쭉쭉 뻗어나가던 정벌이 처음으로 암초에 부딪치게 되었으니. 바로 천공의 마도왕국 아르커스였다.

천공섬으로 대륙 하늘 곳곳을 떠도는 아르커스는 히페리온의 무분별한 정벌에 반기를 들고 나섰다. 에니샤는 일단 아르커스 마법사들과 만나서 이야기를 나눠보기로 했다.

회담 당일, 아르커스에서는 두 마법사가 대표로 나섰다. 그들은 각기 자신을 벨루안, 녹시타라고 소개했다. 한 명은 차갑고 냉랭한 인상이었고, 다른 하나는 맹하고 멍한 인상이었다. 맹한 애는 냉랭한 애 뒤에 숨어서 흘금흘금 에니샤를 쳐다보느라 정신이 없었다. 냉랭한 애도 내색은 않지만, 에니샤에게서 시선을 떼지 못했다. 에니샤는 속으로 한숨을 내쉬었다.

휴……. 또 나한테 반했군…….

하지만 이상하게 에니샤도 아르커스 마법사들이 마음에 들었다. 그래서 당당히 제안했다.

"너희! 내 동료가 되어라."

갑작스러운 발언에 모두가 깜짝 놀랐다. 그런데 아르커스 마법사들은 기다렸다는 듯 답했다.

"영광입니다."

"동료 할래요……."

에니샤는 마도왕국 아르커스를 얻게 되었다!

아르커스를 얻은 막내 황제님은 더 이상 거칠 것이 없었다. 중부와 동부, 남부를 정벌하고 북부 정벌에 나섰다. 대륙 북부는 자드카르 공국이 세력을 잡고 있었다. 하지만 막내 황제님 앞에선 바람 앞의 촛불과 다름없었다. 에니샤는 단숨에 북부를 쓸어버렸고, 공국 왕궁에는 히페리온 제국기가 휘날리게 되었다. 마지막까지 극렬하게 반항했던 자드카르의 공왕은 밧줄에 꽁꽁 묶여서 에니샤 앞에 대령되었다. 에니샤는 높은 의자에 앉아 그를 내려다보며 명령했다.

"고개를 들라."

그러자 무릎을 꿇고 있던 공왕이 천천히 얼굴을 들어올렸다. 사르륵 흘러내리는 은회색 머리카락과 함께, 투명한 청회색 눈동자가 에니샤를 바라보았다. 얼음 결정처럼 아름다운 외모에 에니샤는 감탄했다.

"흠, 잘생겼군."

주변에 절세미남들이 넘쳐나니, 웬만한 미남에는 꿈쩍도 하지 않던 막내 황제님이었다. 하지만 그런 막내 황제님의 눈에도 흡족할 만큼 뛰어난 미모였다.

"너."

에니샤는 조금 부끄러워서 헛기침을 한 뒤, 점잖게 말했다.

"오늘부터 내 황후가 되어라. 그러면 자드카르 공국은 침공하지 않도록 하지."

자드카르의 공왕은 느릿하게 눈을 깜빡였다. 그러더니 일말의 망설임도 없이, 희미하게 얼굴을 붉히며 답했다.

"황후 하겠습니다. 공국도 원하시면 마음껏 침공하십시오."

"……?"

공왕은 에니샤의 옆에 찰싹 달라붙었다. 뭔가 이상했지만, 일단 약속대로 공국은 제국의 침공에서 벗어나게 해주었다. 하여 자드카르 공왕, 카힐 자드카르는 빼어난 미모로 나라를 지키게 되었다.

❧❀❧

"……."

잠에서 깬 에니샤는 부스스한 얼굴로 눈을 깜빡였다. 그리고 멍하니 중얼거렸다.

"뭐야, 이 개꿈은……."

어디 가서 말하지도 못할, 정말 이상하고 부끄러운 꿈이었다. 문제는 아주 비현실적이지도 않다는 것이었다. 꿈 내용을 떠올려보던 에니샤는 마른 손으로 얼굴을 쓸어내렸다. 냉수 먹고 정신 차려야겠다고 생각하는데, 방문이 열렸다.

"에니샤, 일어났니?"

"쭈글아!"

헬라드와 로시엘이 신나서 방으로 쳐들어왔다. 오늘 같이 아침 먹자며 신난 두 사람에게 에니샤는 무심결에 물었다.

"오라버니들, 나 황제 만들고 싶어요?"

질문이 떨어지자마자, 둘 다 버쩍 굳었다. 그러더니 눈을 빛내며 물었다.

"왜, 우리 에니샤 황제 하고 싶어?"

"황제 할래? 야, 황제 하자. 잘 어울리네."

"……."

역시 이럴 줄 알았다. 열렬한 반응의 쌍둥이 앞에서, 에니샤는 한숨을 푹 내쉬며 중얼거렸다.

"나는 황제 못 할 거 같아요……."

역시 에니샤는 막내 황제님보다는 막내 황녀님이 더 좋았다.

특별외전 2

◆

# 21세기 황녀님

* 본편과 관계없는 현대 버전 특별외전입니다.

— ……우리 시대 최고의 배우라 하면, 역시 이분을 빼놓을 수가 없죠.

이리저리 TV 채널을 돌리던 에니샤는 익숙한 얼굴이 등장하자 리모컨을 멈추었다. 그리고 와작와작 과자를 먹으면서 소파에 누워 프로그램을 시청했다.

— 저도 정말 좋아하는 배우예요. 데뷔부터 그야말로 혁명을 일으켰죠. 지금은 연예인들의 연예인이라는 칭호가 가장 잘 어울리시는 대배우가…….

패널들은 로드고가 최근에 찍은 화보를 스크린에 띄워놓고 열심히 설명을 주고받았다. 미혼부로서 아이들을 키우기 위해 스크린 데뷔를 결심하였으며, 카리스마 넘치는 연기력과 전문 스턴트맨들도 어려워하는 액션까지 전부 소화해내는 능력이 대단하다고 입이 마르게 칭찬했다.

그들은 단순히 영화와 관련된 이야기뿐만 아니라, 로드고의 사생활에 대해서도 구체적으로 떠들어댔다. 전 소속사 대표와 크게 다툰 이후, 로드고는 소속사를 이적했다. 바로 그의 둘째 아들이 설립한 신생 엔터테인먼트 회사였다.

— 이 과정에서 여러 말들이 많았죠.

— 전 소속사 대표와 싸운 이유는 아무래도……. 막내딸 때문이었죠?

— 네. 올해로 열 살이었던가요? 그런데 전 대표가 자꾸 막내딸을 방송에 끌어들이려고 해서.

— 그렇죠.

야채맛 과자를 케첩에 찍어 먹던 에니샤는 잠시 멈칫했다. 그때 있었던 일은 에니샤도 기억이 생생했다. 사장은 에니샤를 연예계로 끌어들이고 싶어서 안달이었다. 하지만 로드고는 에니샤가 연예계에 발 들이는 것을 원치 않았고, 정중히 거절했다. 사장은 그 이후에도 자꾸만 데뷔시키자고 졸라대더니, 나중에는 슬쩍 마케팅으로 이용하려 하기까지 했다.

사장의 행태에 격분한 로드고는 막대한 위약금을 물어주고 계약을 파기했다. 그리고 로시엘이 직접 소속사를 설립해 로드고와 함께 일하기 시작했다. 가족 경영이라는 비난과 함께 망할 거라는 예언들이 쏟아졌지만, 로시엘은 경영에 탁월한 재능을 보였다.

— 로시엘 대표님은 이후 헬라드 씨를 영입해 아이돌 그룹도 데뷔시켰는데요. 친형이자 로드고 씨의 첫째 아들이죠.

로시엘은 하기 싫다는 헬라드를 살살 꼬여서 아이돌로 데뷔시켰다. 헬라드는 데뷔하자마자 엄청난 인기를 얻었다. 재밌는 점은 처음에 로드고와 제 혈연관계를 비밀로 하고 데뷔했다는 것이다. 아빠랑 엮이기 싫다는 발악이었지만, 워낙 얼굴부터 분위기까지 비슷해서 금방 밝혀져 버렸다.

— 그러고 보니 이번에 개봉한 영화에 아빠와 아들이 함께 출연하지 않았나요?

아이돌로서 초절정 인기를 달리고 있지만, 역시 피는 속일 수가 없는지 이번에 첫 스크린 데뷔를 하게 되었다며 패널들은 열심히 설명을 이어갔다.

— 아버지와 아들의 꿀케미가 관객몰이에 많은 영향력을 발휘하고 있어요.

— 네에, 주연과 조연이 어쩜 그렇게 찰떡같이 대사를 주고받을 수 있냐며 호평이 자자합니다.

에니샤는 헬라드가 집에 와서 대본을 들고 열심히 연습하던 모습을 떠올려보았다. 헬라드는 연기에 별로 관심이 없었는데, 로시엘이 러브콜을 받자마자 냉큼 수락해버렸다. 나중에 로드고랑 같은 영화에 출연한다는 사실을 알게 된 헬라드는 일주일 내내 로시엘과 싸워댔다. 그러나 막상 출연하기로 결론을 내리자, 누구보다 열심히 연습했다. 아이돌 낙하산 캐스팅이라고 욕 배 터지게 먹었다고, 잘해야 한다며 눈에 불을 켜고 대본을 파헤치던 기억이 눈에 선했다. 확실히 죽어라 한 보람이 있었는지, 시사회 때 보니까 연기가 그럭저럭 괜찮았다. 욕하던 사람들도 개봉하고 나서는 조용해졌고 말이다.

에니샤가 다 먹은 과자 봉지를 구겨서 쓰레기통에 집어넣고 있는데, 휴대폰이 울렸다. 로시엘에게서 온 전화였다.

— 에니샤, 집이니?

꿀 떨어지는 목소리에 에니샤는 네에, 하고 대답했다.

— 그래, 별일은 없지? 휴대폰 꺼놓고 있어.

"왜요?"

— ……하아.

또 사고 쳤구나. 로시엘이 한숨 쉬자마자 에니샤는 로드고와 헬라드가 사고 쳤다는 사실을 직감했다.

— 매니저한테 전화 올 텐데 받아주지 마. 이제 단호하게 끊어낼 때도 됐어. 네가 자꾸 받아주니까 응석만 늘어나는 거야.

로시엘의 당부에 에니샤는 일단 알겠다고 말하고 통화를 종료했다. 그리고 전화를 끊자마자, 귀신같이 매니저한테 전화가 왔다.

— 어흑, 에니샤, 진짜 이번 한 번만 더 도와줘…….

눈물, 콧물 짜내며 통곡하는 말에 에니샤는 눈썹 사이를 좁히며 말했다.

"로시엘 오빠가 안 된대요."

— 에, 에니샤……!

매니저가 다급하게 외쳤다.

— 이번에 새로 나온 게임기 어때? 확장팩까지 싹 다 해서 사다 줄게!!

에니샤는 잠시 눈을 깜빡였다. 새로 나온 게임기라면, 사고 싶었는데 품절이라 못 구했던 것이었다. 그리고 귀찮아서 그냥 잊어버렸는데, 말이 나오니까 또 갑자기 갖고 싶어졌다.

"좋아요. 어디로 가면 돼요?"

— 고마워! 진짜 고마워!! M 방송국이야. 차 보낼까?

"아니에요. 카힐이랑 같이 갈게요."

전화를 끊은 에니샤는 카힐에게 문자를 넣었다. 카힐은 로드고가 유명해지자마자 가장 먼저 고용한 개인 경호원이었다. 로드고 본인이 아닌 에니샤의 경호원이었는데, 연예부 기자들이나 극성팬들이 에니샤를 노리는 경우가 생긴 탓이었다. 초창기 로드고가 한창 인기몰이를 할 때, 집 앞에 몰린 팬들 때문에 에니샤가 넘어져서 다친 일이 있었다. 그때 로드고는 개차반 같은 성질을 고스란히 드러냈고, 덕분에 그 뒤로 사생팬이 전부 깨끗하게 없어지는 기적이 벌어졌다. 어쨌든 그 이후 로드고가 에니샤를 위해 고용한 경호원이 카힐이었다. 오랜 시간을 함께해온지라 카힐과는 많이 친한 편이었다.

청바지에 품이 넉넉한 오버사이즈 후드티를 입은 에니샤는 휴대폰을 후드 주머니에 넣어놓고 카힐을 기다렸다. 얼마 지나지 않아 카힐이 에니샤를 찾아왔다. 차 문을 열어주고, 안전벨트까지 꼼꼼하게 확인해준 후에 출발했다.

"M 방송국에 가자."

"……사실 대표님께 전화 받았습니다."

에니샤 님을 절대로 방송국에 데려가지 말라 하셨다고 말하는 카힐에게 에니샤는 입을 삐죽 내밀며 물었다.

"내가 중요해, 로시엘 오빠가 중요해?"

"당연히 에니샤 님입니다."

"그럼 가자. 게임기 받기로 했어."

"……."

카힐은 더 이상 군말 않고 M 방송국으로 운전했다. 방송국 앞은 사람들로 북적거리고 있었는데, 오늘따라 유난히 많은 느낌이었다. 스윽 훑어보니 대부분 로드고와 헬라드의 팬들이었다. 평소 TV 출연이 거의 없는 로드고인데, 헬라드와 함께 영화 홍보를 하러 예능에 출연했다. 지금 방송국 내의 스튜디오에서 열심히 촬영 중일 터였다.

에니샤는 뒷문 쪽에서 내렸으나, 이미 그곳에도 팬들이 몰려 있었다. 카힐은 익숙하게 에니샤를 안아 들고 방송국 건물로 향했다. 그 짧은 거리를 이동하는 동안, 에니샤를 알아본 팬들이 사진을 찍어대기 시작했다. 대포같이 커다란 카메라를 든 팬들은 바로 옆에 다른 연예인이 지나가는데도 에니샤만 찍어댔다.

"에니샤! 여기 봐줘, 에니샤!!"

"아, 오늘도 귀여워……. 미친다, 진짜……."

"오구, 우리 아기 아빠랑 오빠 보러 왔어?"

에니샤는 카힐에게 달랑달랑 안긴 채 팬들한테 손을 흔들며 아는 척을 해주었다. 팬들은 그런 에니샤를 찍어다 SNS에 빠르게 사진을 업로드했다.

에니샤 등판이욬ㅋㅋㅋ 하 오늘도 넘 기여워ㅠㅠ 힐링♥

└ 에니샤 출근길ㅎㅎ

ㄴ 헐 에니샤 몇 살이죠 이제? 왤케 기업ㅠㅠ

ㄴ 에니샤 열 살입니닷ㅋㅋ 제가 바로 랜선맘!!ㅋㅋㅋ

ㄴ 흐우르흥루으흐르으ㅠㅠㅠ니샤야ㅠㅠㅠㅠㅠ

ㄴ 헉헉 프리뷰 넘나 조아요ㅠㅠㅠㅠㅠ운다울어ㅠㅠㅠㅠㅠ

ㄴ 이 집은 경호원마저도 잘생김ㅠㅠ 에니샤 왔으니 오늘 대표님도 오실 듯?

　♥가족모임기원♥


　성격 나쁜 로드고와 쌍둥이가 껌뻑 죽는 유일한 대상이 에니샤
였다. 종종 위기 상황에 소환되는 바람에, 에니샤는 로드고와 헬라
드 팬들 앞에 몇 번이나 얼굴을 내보였다. 아빠와 오빠를 꼭 닮은
귀여운 에니샤의 모습에 팬들은 그야말로 한 방에 꽂혀버렸다. 그
리하여 에니샤와 로시엘, 심지어 카힐까지 포함하여 이른바 '가족
덕질'을 하는 것이 유행처럼 번져나갔다. 그렇게 알음알음 알려지
다가, 에니샤는 웬만한 연예인들보다 유명해져버린 것이다.

　팬들에게 마지막으로 인사해주고, 에니샤는 카힐과 방송국에 입
성했다. 방송국에 들어서자마자 1층에서 초조하게 서성거리고 있
는 매니저가 보였다. 매니저는 에니샤를 보곤 반색해서 달려왔다.
대기실로 가면서 대충 얘기를 들어보니, 촬영 중에 MC 하나가 로
드고와 헬라드의 신경을 건드린 모양이었다. 덕분에 둘 다 나란히
스튜디오를 박차고 나와서 촬영 거부 중이었다.

　"MC가 뭐라고 했는데요?"

　"그게…… 에니샤 네 얘기를 해가지고…….'

　에니샤는 얼굴을 찌푸렸다. 로드고와 헬라드가 제일 싫어하는

짓이 에니샤에 대해 질문하는 것이었다. 에니샤만큼은 연예계에 끌어들이지 않고 보호하고 싶어서 그러는 것인데, MC가 사전 미팅까지 끝내놓고도 질문한 모양이었다. 처음 질문이 나왔을 땐, 로드고와 헬라드는 웃으며 다른 이야기를 하자고 말했다. 하지만 이놈의 MC가 미쳤는지, 계속 물어댄 것이다.

"그래서 난리 났지, 뭐……. 너만 믿는다, 에니샤."

매니저가 한숨 푹푹 쉬며 하는 말에 에니샤는 게임기 잊지 말라고 그에게 상기시켜주었다.

대기실 앞에 도착한 매니저가 노크를 하자마자, 안에서 꺼지라는 소리가 터져 나왔다. 매니저는 가뿐하게 무시하고 문을 열었다.

"꺼지라고 했……! 에니샤?"

벌컥 소리 지르던 헬라드가 눈을 휘둥그레 떴다. 에니샤라는 말에 안쪽에 있던 로드고도 빠르게 튀어나왔다. 로드고가 얼른 에니샤를 달라고 카힐에게 손을 내밀었으나, 에니샤는 고개를 팩 하고 돌렸다.

"에, 에니샤……?"

충격받은 얼굴을 한 로드고에게 에니샤가 뾰족하게 말했다.

"왜 촬영 안 해요?"

"그게, 아니 MC가……."

"아무리 그래도 그렇지! 스태프분들 전부 기다리잖아요. MC가 잘못했지, 그분들은 무슨 날벼락이에요."

"……."

"아빠도, 오빠도 너무해요. 그런 식으로 일해서 나 어떻게 먹여

살려요?"

조그만 에니샤가 하는 말에 로드고와 헬라드는 얌전히 반성했다. 방금 꺼지라고 소리 지른 모습은 온데간데없이, 한없이 순한 모습이었다. 둘이서 한창 잔소리를 듣고 있는데, 저 멀리서 깔끔한 정장을 입은 미남자가 걸어왔다.

"내가 이럴 줄 알았지."

"로시엘 오빠!"

결국 방송국으로 찾아온 로시엘은 카힐에게 에니샤를 받아다 안으며 로드고와 헬라드를 한심하다는 눈으로 바라보았다.

"성질 좀 죽이십시오. 항상 에니샤 불러대고, 이게 뭡니까? 헬라드, 너도 똑바로 해."

"아, 알았어! 촬영할게."

항복 선언을 뱉은 헬라드가 슬쩍 물어보았다.

"넌 이제 뭐 할 건데……?"

"에니샤랑 놀아야지. 촬영 끝날 때까지 기다릴 테니까, 빨리 하고 와."

로시엘은 에니샤를 안은 채 카힐과 함께 유유히 사라졌다. 로드고와 헬라드는 한시라도 빨리 에니샤를 보러 가기 위해 그 어느 때보다 성실한 자세로 촬영에 임했다. 덕분에 촬영은 훈훈한 분위기속에서 무사히 종료되었다. 그리고 그날 SNS에는 로드고 가족의 퇴근길 사진으로 축제가 벌어졌다.

막내 황녀님 - 외전

**초판 1쇄 발행** 2020년 3월 5일
**초판 2쇄 발행** 2020년 7월 31일

**지은이** 사하
**펴낸이** 김문식 최민석
**기획편집** 이수민 김현진 박예나
　　　　　김소정 윤예솔
**제작** 제이오

**펴낸곳** (주)해피북스투유
**출판등록** 2016년 12월 12일 제2016-000343호
**주소** 서울시 성북구 종암로 63, 4층 402호(종암동)
**전화** 02)336-1203
**팩스** 02)336-1209

**ISBN** 979-11-6479-068-5 (04810)
　　　　979-11-6479-063-0 (세트)